———————— 阅读之前 没有真相

午夜文库

———— *连·戴顿作品*

连·戴顿
Len Deighton (1929—)

连·戴顿（Len Deighton），英国著名间谍小说作家，一九二九年生于英国伦敦，曾在英国皇家空军服役，毕业于皇家艺术学院。戴顿的母亲是一名兼职厨师，在他十一岁时，目睹了安娜·沃尔科夫被捕（他母亲的客户之一）。安娜·沃尔科夫是一名纳粹间谍，并被控窃取了丘吉尔和罗斯福之间的私人信件。戴顿日后说起此事时表示，正因为儿时这个不同寻常的经历，才使得他走上写作道路时，第一个想尝试的题材就是间谍小说。

戴顿还是一位插画师，他除了为纽约和伦敦的机构绘制广告插画外，还为二百余本书籍及杂志设计封面。他的处女作《伊普克雷斯档案》在一九六二年一经面世便名声大噪。戴顿曾说，之所以在全是牛津剑桥毕业生的当权派之外选择一位工薪阶层间谍作为主角，是因为他在伦敦广告机构工作时，全体董事会成员中只有他一人没上过伊顿公学。

戴顿与他笔下冷静深沉、却有独一无二幽默感、出身平民阶层的无名英雄一样，低调内敛。他不喜欢接受访问，一生中也极少接受访问；他也从不在各种热闹的文学节上露面。戴顿以其间谍小说闻名于世，是与约翰·勒卡雷，伊恩·弗莱明齐名的"间谍小说三大家"之一。戴顿最知名的两个系列作品为在二十世纪六七十年代出版的秘密档案系列（《伊普克雷斯档案》《柏林葬礼》等）和在二十世纪八十年代出版的"游戏，陷阱与竞赛三部曲"（《柏林游戏》《墨西哥陷阱》《伦敦竞赛》）。他的作品被《卫报》《泰晤士报》《每日邮报》《观察家报》等主流英国媒体及书评人盛赞为"重塑了间谍小说的形态"，对其同时代的勒卡雷等人也产生了巨大影响。《柏林游戏》被英国媒体评为史上最佳二十部间谍小说之一。戴顿本人也被誉为"对这个充满欺骗的人类世界的无畏观察者"。他一生高产，有很多作品被改编成影视作品及广播剧；在享誉世界的同时，也取得了巨大的商业成功。

柏林游戏
Berlin Game

[英] 连·戴顿 著
王雨佳 译

新星出版社　NEW STAR PRESS

1

"我们在这里坐多久了?"我问,顺手拿起旁边的双筒望远镜,打量前方玻璃岗哨站里那名形单影只的美国士兵。

"差不多四分之一个世纪了吧。"沃纳·沃尔克曼双臂枕在方向盘上,耷拉着脑袋,下巴搁在手臂上说,"我们第一次来这执勤、竖着耳朵等狗叫的时候,那个大兵还没出生呢。"

狗叫声——残存的阿德龙大酒店院子里养的狗,它们通常是最先察觉到异样的。狗的反应可以说明另一边是否有情况。从引起狗群的骚动到驯狗人前去查看,中间往往还要好一会儿,为此我们特地开着车窗,好听清楚所有动静,但也因此几乎被冻了个半死。

"不仅那个大兵没出生,他手里那本间谍小说也还没写出来呢,而我们都以为柏林墙不出几日就会被推倒。那时我俩还是愣头青,日子却比现在好过,你说是吧,伯尼[①]?"

"年轻的时候什么都好,沃纳。"我说。

这么多年过去了,查理检查站[②]的样子一点没变——其实没什么好看的,不过就是一间小屋、几幅标语,上面写着"跨过这里就离开了西德地界"之类的警告;对面的东德却早已建起

[①] "伯尼","伯纳德"的昵称。
[②] 查理检查站,以前东西柏林之间最有名的过境处。

了层层高墙、重重围栏、厚重的大门和各种屏障，地上还画满白线，指示不同的交通线路。最近，那边又建了一个封闭式检查区，所有外来车辆进出都必须接受盘查，不仅里里外外被搜个底朝天、悄悄装上窃听器，还会有一脸苦相的工作人员推着带镜子的小推车，把每辆车的底盘都查看一遍，以防有东德人藏在车底逃跑。

检查站从无安宁。东德那边功率强大的探照灯一直"嗡嗡"作响，那个声音仿佛酷暑白日下成群结队的昆虫飞舞。沃纳抬起头，调整身体重心。我俩都在屁股底下垫了个海绵胶垫，这是我们在"过去的四分之一个世纪"里学到的重要生存技能之一。另一个技能就是用胶带把车门开关粘上，这样每次开关门，车里的灯就不会跟着亮。

"不知道泽娜会在慕尼黑住多久。"沃纳说。

"我可受不了那地方。"我说，"说真的，我看不惯那些巴伐利亚人。"

"我也只去过一次。"沃纳说，"为了帮美国人办一件急差。当时我们有个成员被人打成重伤，当地警方却毫无头绪。"我和沃纳从上学起就认识，他说的英语还是带着浓重的柏林口音。如今沃纳·沃尔克曼已经四十岁，体形敦实、留着一头乱糟糟的黑色短发和络腮胡，双眼总是透着疲惫，很容易被认作住在柏林当地的土耳其人。他伸手擦了擦挡风玻璃上的玻璃窥视孔，透过它望着对面耀眼的灯光。在灯光的映衬下，查理检查站只剩一道幽深的轮廓，背后东德的弗里德里希大街却明如白昼。"不，"他说，"我一点也不喜欢慕尼黑。"

就在前一天晚上，喝醉酒的沃纳跟我坦白，说妻子泽娜跟一个给可口可乐公司开货车的司机私奔了。那之前的三天，我都在他家借宿，夜里就睡在一张坑坑洼洼的沙发上。沃纳的小公寓位于柏林达勒姆区，就在格鲁内瓦尔德森林区域的边缘。不过，刚开始处于清醒状态的沃纳跟我说的是，他妻子走亲戚去了。

"有人来了。"我说。

此时，沃纳正仰头靠在椅背上，根本懒得动，只说："是一辆棕褐色的福特车吧。它会通过检查站，在前面再过去一点的位置停下；里面的人会喝一杯咖啡、吃个热狗，然后回东德去，届时恰好午夜刚过。"

我盯着那辆车，一切正如沃纳所说，一辆棕褐色的福特牌小型运货车，车身没有任何标记，车牌是西柏林的。

"他们平常就停在我们现在的位置上。"沃纳继续说，"这些是土耳其人，找了个东德的女朋友。那边法律规定非东德人员必须在午夜前离境，所以他们出来，等午夜过后再回去。"

"好家伙！这女朋友得有多美啊，让他们甘愿这么折腾！"

"在东边，一件韦斯特马克牌的厨具就能为你换得到不少好处。"沃纳说，"这你又不是不知道，伯尼。"一辆警车缓缓驶过，里面坐着两名警察。他们认出了沃纳的奥迪，其中一名警察抬手略行了一礼。警车离开后，我再次举起望远镜，目光透过检查站后的围栏和障碍物，落在东德边境上跺着脚取暖的守卫身上。今晚真是太冷了。

沃纳问："你确定他会从这里入境，而不是博恩霍姆大街或王子大街的检查站？"

"这个问题你已经问四遍了，沃纳。"

"还记得咱们刚开始当情报员的时候吗？那时还是你父亲管事，一切都和现在很不同。还记得冈特先生吗——就是那个胖胖的、会唱滑稽的柏林卡巴莱①歌曲的那个？他用五十马克②跟我打赌说建不起来——我是说柏林墙。如今恐怕他也老啦，当时我才十八九岁，五十马克可不是一笔小数目。"

"你说的是赛拉斯·冈特吧。他就是伦敦的'指导报告'看太多了。"我说，"有段时间甚至连我都信了他的话，认为你的想法全是错的，包括柏林墙。"

"可你从来不赌。"沃纳回道，用保温杯往纸杯里倒了点黑咖啡递给我。

"但东西德边境关闭的那天晚上，我主动请缨要去东边。那时的我可不比老赛拉斯聪明多少，只不过是拿不出五十马克来当赌资罢了。"

"最先听到风声的是出租车司机。那天大概凌晨两点，一些私人出租车司机就开始抱怨，说跨境时被人拦下来盘查；很快，城里的出租车派遣中心便通知手下们不要再接去东德的单子，紧接着派遣员就打电话把这一切都告诉了我。"

"而你不让我去东边。"

"是你父亲让我别带上你。"

"可你自己却去了，沃纳，还带着老赛拉斯一起。"原来东西德边境关闭那晚，是我父亲阻止我过去的——之前还真不知道这件事。

"我们是那天早上四点半左右过的境。当时来了好多俄国卡车看守，无数士兵忙着在夏里特医院门口竖起带刺的铁丝网。没过多久我们就回来了。赛拉斯说美国人早晚会调坦克过来把那些

---

①卡巴莱（Cabaret），一种具有喜剧、歌曲、舞蹈及话剧等元素的娱乐表演，盛行于欧洲。表演场地主要为设有舞台的餐厅或夜总会，观众围绕着餐台进食并观看表演。
②马克（mark），德国以前的货币单位。

铁丝网都压扁、碾碎；你父亲也说过一样的话，对不对？"

"华盛顿那帮人吓得要死，沃纳，哪里还肯帮忙。那帮高高在上的白痴以为俄国佬要打过来占领西柏林了，一听要建墙别提有多高兴了。"

"或许他们知道一些我们不知道的秘密。"沃纳说。

"你说得对。"我回答，"他们知道局里管事的是一帮白痴，可惜这并不是什么秘密。"

沃纳勾起嘴角，露出一丝浅笑："后来差不多早上六点，人们就听见一辆接着一辆重型卡车和建筑用的大吊车驶过。还记得我骑摩托车载你去波茨坦广场看他们修墙的事吗？吊车把带刺的铁丝网运往广场的另一边。我早就说过这事迟早会发生，那五十马克真是得来全不费工夫。真不明白冈特先生怎么会同意跟我赌。"

"他那时才刚来柏林，"我说，"之前在牛津大学工作了一年，讲政治科学和纯属胡诌的所谓统计数据——新人报到时不都要交一份的嘛。"

"我觉得你才应该去那里教书。"沃纳语气里带着一丝讽刺，"你不是没上过大学吗，伯尼？"这不是一个真正的问题，而是一种反讽——他接着说："我也没读过，但就算没上过大学你也一样优秀。"我没有接话，不过沃纳此刻谈兴正浓，倒也不在意——"后来你还见过冈特先生吗？他那一口优美的德语可真是不得了，和咱俩完全不是一个档次——'标准德语'，好听得很。"他说。

沃纳的出口贷款生意十分兴隆，看起来日子过得比我好不少。此刻他正看着我，等我的回答，于是我说："我娶了他的外甥女。"

"我竟然忘了老赛拉斯·冈特和菲奥娜是亲戚！听说你老婆如今在局里可是颇受器重。"

"她业务能力是不错，"我说，"就是过于勤奋了，我俩平时都没什么时间陪孩子。"

"你们肯定赚了不少钱吧。"沃纳接着说，"夫妻俩都是局里的老员工，你还有差旅费……不过菲奥娜自己也有钱，对不对？她父亲不是什么产业大亨吗？怎么不托岳父帮你在公司里找份轻松的好工作？总比大冷天坐在柏林的僻静小街上冻得要死强吧。"

我看着检查站后的栅栏再次升起又降下，守卫重新回到站岗的小亭子里，说："他不会来了。"挡风玻璃上又结了一层薄薄的雾气，检查站的灯光逐渐氤氲成童话般的迷离光晕。

沃纳没有说话。我一直没告诉他为何要守在查理检查站外，却在他的车载电池里接上了录音器，遮阳板内还藏着收音设备，甚至借来一把左轮手枪绑在手臂下侧，鼓鼓囊囊的很不舒服。过了几分钟，他伸手擦了擦挡风玻璃上的雾气，露出一块能清楚看见外面的地方，才开口道："看来局里不知道你来找我。"

我知道他心里有多渴望听我说"柏林情报站已经原谅了你过去所有的失误"，于是告诉他："他们不会太介意的。"

"他们记性可好着呢。"沃纳不信。

"给他们一点时间吧。"我安慰道。然而事实是，局里电脑上"沃纳"的资料里写着"非关键职员"的加密信息，仅此一条便足以令他再也接不到任何任务。毕竟与这份工作相关的一切都是"关键"且重大的。

"他们还没有取消对我的禁令，对吗？"沃纳问着，却忽然意识到一件事：我这次的行动根本没有通知柏林情报站，他们甚至都不知道我已经到了柏林。

"你又何必在乎呢？"我说，"如今你的生意不是做得挺好嘛。"

"我对他们还有用处，局里也可以多帮帮我。这些我跟你说过的。"

"我再跟伦敦那边说说看吧，"我回答，"尽力而为。"

沃纳对我的保证没什么热情。"他们也只会把这事推给柏林情报站而已，最后还不是一样。你也知道他们会怎么回答。"

"你太太是柏林本地人吗？"我问。

"她才二十二岁，"沃纳伤感地说，"家里是普鲁士移民……"他说着把手伸进衣服内侧口袋，似乎想掏烟，可他心里清楚这是不允许的：一片漆黑的夜里，打火机的火光和明灭的烟头太引人注目了，于是只好又把手拿出来、扣上大衣扣子接着说，"我估计你已经看过放在储物柜上她的照片了——是一个身材娇小、长相甜美的姑娘，有一头乌黑的长发。"

"原来那就是你太太。"我说，心里却想着其实我并没注意到那张照片，但这样至少成功转移了话题。我不希望沃纳继续打听局里的事情，他也清楚这样并不合适。

可怜的沃纳。为什么妻子出轨的男人总是一副穷困潦倒的模样？明明不忠的伴侣才是那个滑稽可笑的人啊！世事真是太不公平了，也难怪沃纳之前要假称太太只是去探亲了。此刻他正目不转睛地注视着前方，浓黑的眉毛耷拉了下来。"但愿你等的人不会傻到用伪造文件通关。如今那边什么都要拿紫外线灯扫一遍，文件上的标记每周都会更换，就连美国人都不敢再伪造文书了——那简直和自杀无异。"

"这我可就无从得知了。"我回答，"我的任务就是接到他，询问任务执行情况，然后让局里给他安排下一个任务。"

沃纳转过头来，茂密的黑发和深色的皮肤衬得他的一口白牙熠熠生辉，像个牙膏广告模特："伦敦那边才不会仅仅派你来接个人，伯尼。这种小事他们会找低级职员来做，比如我。"

"要不我们找个地方吃点东西、喝一杯吧，沃纳。"我说，"你知道哪家安静一点的餐厅卖好吃的香肠、土豆和柏林啤酒吗？"

"我还真知道一个特别符合这个描述的地方。就沿着这条弗里德里希大街再往前走一点，到了铁路桥下、轻轨火车站左边，施普雷河岸边上，有家叫'加尼米德'的餐厅。"

"这笑话真不错。"我应道。我们和加尼米德餐厅之间可是隔着一座高墙、无数机关枪、带刺的铁丝网和两个营的持枪官兵呢——"快发动你这破车，咱们赶紧离开吧。"

沃纳发动了引擎。"她走了倒还好些。"他忽然说，"谁也不想每次回家都有个女人堵着你问：又去哪儿了，怎么这么晚才回来？"

"可不是嘛，沃纳。"我说。

"对我来说她太年轻了。我真不应该和她结婚的。"沃纳任由引擎跑了一会儿，好让车里的暖气驱散玻璃上的雾气，"咱们明天再来？"

"不必了，沃纳，今天是最后一次等他。明天我就回伦敦，晚上就能睡在自家大床上了。"

"你妻子……菲奥娜，之前承蒙她照顾了，就是那次我一连好几个月无法行动，只能在办公室工作的时候。"

"我记得。"我回答。之前有一次沃纳回家时，被两个潜伏在公寓里的东德特工从窗户推了下去，一条腿摔成重伤、三处骨折，好长时间才恢复过来。

"你记得跟冈特先生说,我一直记得他呢。我知道他很早就退休了,但想必你还能时常见到他。你跟他说,要是哪天又想找人打赌、猜东德那帮人打算干吗,记得一定先来找我。"

"下礼拜我就会见到他,"我说,"到时一定如实转达。"

2

"我还以为你没赶上飞机呢。"我的妻子打开床头灯说。她还没睡着,长长的秀发一丝不乱,身上精致的睡裙镶着繁复花边,尚未被压出褶皱。光看这身打扮,她倒像是早早上床准备休息的模样。床头柜上的烟灰缸上搁着一支点燃的香烟。看来她一定又关着灯躺在床上,一边吸烟一边思考工作的事了。烟灰缸旁放着厚厚一摞资料,是从办公楼的图书馆借来的,上面还有一册薄薄的蓝色文件,封面上写着《科学技术特别委员会报告》,除此之外,还有一个笔记本、一支铅笔和必不可少的"金边臣"牌香烟。烟盒已经空了一大半,变成烟蒂紧紧塞在从客厅拿来的大号玻璃烟灰缸里。我不在的时候她完全过着另一种生活,以至于此刻的我竟觉得像是闯进了别人的房子和卧室,而眼前的女人也很陌生。

"机场又在闹罢工。"我解释道。床头的收音机闹钟上放着一只威士忌玻璃酒杯,我拿起来轻抿了一口:冰块早已融化,把烈酒稀释成带着一丝暖意的淡酒。我的妻子经常这样:费心为自己倒一杯美酒消遣,还准备了一张高级餐巾、一支调酒棒和几片干酪酥条——结果却忘得一干二净,一口没动。

"你说伦敦机场吗?"她注意到还燃着的香烟,于是捻熄了烟头,又挥手驱散烟雾。

"不然还有哪会天天没事就罢工?"我烦躁地抱怨。

"怎么没听新闻播报?"

"现在罢工已经不算新闻了。"我说。她显然并不相信我真是从机场直接回家的,因此没有半句安慰,见她这态度再想到我白白浪费的三个小时,我的心情变得更加恶劣了。

"一切可还顺利?"

"沃纳让我跟你问好。他跟我讲了之前和你舅舅赛拉斯为柏林围墙打赌,赢了五十马克的故事。"

"又来了。"菲奥娜叹道,"他这辈子都忘不掉这件事,是吧?"

"他对你印象挺好的。"我说,"还让我跟你问好呢。"这话并不完全真实,但我希望妻子能多喜欢沃纳一些,就像我一样。"还有,他妻子离他而去了。"我补充道。

"可怜的沃纳。"她感叹道。菲奥娜是一个美丽的女人,尤其当她摆出那种女人独有的、听说男人被抛弃时的笑容,更是美得不可方物。"他妻子和别的男人跑了吗?"她问。

"不是的。"我撒了个谎,"是她受不了沃纳总和别的女人厮混。"

"沃纳?"妻子不屑地笑了起来。她一点也不相信沃纳身边会女人不断,真不知道她是怎么猜的,如此准确,明明以我男性的视角来看,沃纳是个很有魅力的家伙——看来我永远也不明白女人。可问题是,女人们似乎总能看明白我,而且看得一清二楚。我脱下外套挂在衣架上。"别把外套放进衣柜。"菲奥娜赶紧说,"不干净,得先清洁一下。我明天来收拾。"说完又看似十分随意地加了一句:"我给柏林的施泰根贝格尔酒店打过电话,找你,可你不在;后来又打去奥林匹亚的执勤站,结果根本没人知道你在哪儿。比利的喉咙发炎了,肿胀严重,我想大概是得了腮腺炎。"

"我没在酒店住。"我说。

"是你让局里帮忙预订的酒店,还说那是全柏林最好的住宿。也是你让我有事给酒店打电话。"

"我去沃纳家住了。正好他妻子离开,多了间空房间。"

"并且还和他的'许多情人'度过了美好时光?"菲奥娜嘲笑道,"你是不是早就计划好的,故意让我吃醋?"

我俯下身亲吻她:"我很想你,亲爱的,真的很想你。比利还好吗?"

"他不会有事的。不过车行那个该死的男人收了我整整六十镑!"

"他干了什么,收这么贵?"

"他把明细都写下来了,我说会让你检查一遍。"

"那他把车给你了吗?"

"我得接比利放学,他不是不知道,却还是不管不顾地检查起来。最后还是我跟他发了一通脾气才把车给我。"

"我夫人真了不起。"我恭维道,然后脱掉衣服走进浴室,准备洗澡刷牙。

"一切都顺利吗?"她提高嗓音问。

我望着镜子里的自己心想,个子高也是件好事,不然长胖了就很明显,美味的柏林啤酒显然助长了这个趋势。"上面让我干吗我就干吗罢了。"我说,然后默默刷完了牙。

"你才不会呢,亲爱的。"菲奥娜说。我摁响冲牙器,她的声音伴着机器的响声传来,"你从来不是别人让你干什么就干什么的人。"

回到卧室,菲奥娜已经梳好头发,又把我那一侧的床单整理平顺，放了一套睡衣在我的枕头上，那是一件红色上衣和一条印花裤子。我惊讶地问："这是给我穿的？"

"衣服之前拿去洗了，这周还没送回来。我已经打电话去催了，可他们说司机生病了……你就将就一下吧。"

"我承认自己根本没去柏林情报站报到——如果这件事让你感到膈应的话。"我老实说，"那里现在尽是些小屁孩儿，根本什么都不懂。我觉得还是和沃纳这样的老手搭档更安心。"

"可万一出了什么事呢？万一你遇到了麻烦，而情报站里却根本没人知道你在柏林呢？你难道不清楚这有多危险吗？就算走个过场、打个电话通知他们一下也好啊！"

"奥林匹亚体育场那边执勤点的人如今我一个也不认识，亲爱的，自从弗兰克·哈灵顿接手以后一切都变了。那里尽是一帮毫无实战经验的愣头青，就知道学校背的各种没用的理论。"

"那你等的人来了吗？"

"没有。"

"所以你去了整整三天却一无所获？"

"我想事实就是如此。"

"他们肯定会派你去那边亲自找他的，这点你知道的吧？"

我跳上床说："胡说。他们会从西柏林找个人去。"

"亲爱的，这是老掉牙的招数了：他们把你派过去干等……结果呢，对方根本没联络，连个影子都没有。现在你两手空空地回来，汇报说任务失败，那他们可不正好有理由派你过去找他么。我的天哪，伯尼，有时候你真是个傻子。"

我倒真没想这么多，可菲奥娜的话看似愤世嫉俗却并非危言耸听。"哼，他们大可找别人来干。"我有些愤怒，"让他们找柏林当地人去找吧，我的样子那边不少人都认识。"

"那他们就会推脱说,柏林那边的情报人员都还是孩子,搪塞你,这些话你刚才自己不也说过。"

"咱们要等的可是布拉姆斯四号。"我对她说。

"布拉姆斯——现在的暗线名称真可笑。我还是喜欢以前的代号,比如'特洛伊''威灵顿''法国干红'。"

菲奥娜说这话的方式令我很是不悦。"战后的暗线代号是特别设计过的,为了不泄露国别信息。"我反驳道,"再说了,布拉姆斯线的四号特工以前可救过我的命,是他把我从德国魏玛救出来的。"

"也是身份被保护得最严密的一个——是啊,我知道。不然你以为上头为什么派你去接他?你现在明白我为什么说他们会派你亲自去找他了吗?"床头柜上放着我的照片,银色相框里的人注视着我——伯纳德·萨姆森,一个表情严肃的年轻男人,长着一张娃娃脸、一头卷发、戴着一副牛角框架眼镜,和现实中每天早上镜子里那个满脸皱纹的老傻瓜一点也不像。

"当时我被困在那个地方,他明明可以扔下我走掉,不用专程赶回魏玛的。"我躺下,枕着松软的枕头说,"那是多久以前的事了——十八年还是二十年?"

"快睡吧。"菲奥娜说,"明早我会给局里打电话,就说你不舒服,需要休息,给你争取一点时间好好想想。"

"你是没看见我办公桌上堆积如山的文件。"

"我带萨丽去那家希腊餐厅给比利过生日了,侍应生给他唱了生日歌,吹生日蜡烛的时候还为他欢呼,真是个不错的人。要是当时你也在就好了。"

"我不去——明天一早我就这么回答那个老家伙。这样的任务我可不会再干了。"

"银行的摩尔先生打过电话,想和你谈谈,说不是什么急事。"

"但我们都明白那是什么意思。"我说,"意思就是让我必须马上给他回电话!"此刻我躺在床上,离菲奥娜很近,能够闻到她身上的香水味。是特地为我喷的吗?我心想。

"哈利·摩尔不是那样的人。圣诞节时我们超支了快七百镑,结果我在妹妹的圣诞派对上见到了他,他还宽慰说让我们别担心呢。"

"布拉姆斯四号把我带到了一个叫伯施的男人家里——卡尔·伯施,他在魏玛有一间空屋子……"往事的记忆逐渐苏醒,"我们在那里待了三个晚上。之后卡尔·伯施回了东边,结果不幸被抓去了莱比锡的安全营房,从此以后就再没人见过他了。"

"你现在是局里的高级职员了,亲爱的。"菲奥娜的声音听起来睡意渐浓,"你要是不想去,谁也不能逼你。"

"昨晚我给你打过电话。"我说,"凌晨两点,可是没人接。"

"我在家,正睡觉呢。"菲奥娜说。从声音判断,此刻的她已经睡意全消,并且带上了一丝警惕。

"我让电话响了很久。"我接着说,"总共打了两次。最后还让接线员帮我拨了号。"

"那肯定是家里的电话又出问题了。昨天下午我也打电话回家想找保姆,同样没人接。明天找修理工来看看。"

3

理查德·克鲁耶是统管德国情报站的官员，也是我的直接上级，比我小两岁。他谦虚地客套说自己年纪轻轻却忝居高位，但这一举动反而凸显了一个事实，那便是他在短时间内从一个不以升职速度著称的部门获得多次晋升机会。

克鲁耶有一头卷发，喜欢敞开衬衫领口，穿褪色的牛仔裤，并乐于在一众穿着深色西装、一板一眼打着领带的员工中显得与众不同。尽管他在说话时会刻意加上几句时下流行语，并故意摆出一副随和的姿态，却是整个部门中最妄自尊大又古板顽固的人。

"大家都以为我的工作很轻松，伯纳德。"克鲁耶一边搅着咖啡一边说，"却不知道我每天都被欧洲情报站副主管盯得死死的，还得应付局里各个委员会无休止的会议。"

他可真行，连这番抱怨都显得那么做作，仿佛只为彰显他在局里的重要地位。他微笑着说出这番话，带着一种暗示，好叫我知道这些麻烦事他都应付得来。他的咖啡盛在一只斯波德牌的高级瓷杯里，下面枕着一只配套的托碟，搅拌勺是银制的，红木做的托盘上还有一副一模一样的杯碟，以及配套的糖碗和一个盛放奶精的奶牛形银制容器。这套杯具是古董——克鲁耶不止一次跟我强调过，还说每天晚上都会把它们锁进坚固的文件柜里，同机密文件和日常邮件副本存放在一起——"他们以为我每天就是陪上司去高级餐厅吃个午餐、喝喝小酒而已。"

克鲁耶说的"小酒"指的是白兰地，菲奥娜告诉我那是他在牛津大学读本科时就有的习惯——那时的克鲁耶是牛津大学食品及葡萄酒社团的社长。然而他刻意营造的美食家人设却与个人形象很是不符——克鲁耶是一个纤瘦的男人，臂膀瘦，腿也瘦，手指和手掌都瘦骨嶙峋，其中一根瘦削的手指此刻正不停摸着自己薄薄的嘴唇。有人说那是人在紧张时下意识的举动，因为感受到了周围环境的不友好。这话纯属胡说，但必须承认的是，我确实不喜欢这个让人浑身不舒服的家伙。

克鲁耶浅啜了一口咖啡，一边细细品着，一边蠕动着嘴唇盯着我看，仿佛盯着一个打算卖给他一年份玉米的农户。

"比普通咖啡要苦一个度，你觉得呢，伯纳德？"

"雀巢咖啡在我喝来都一个味道。"我说。

"这可是优质的查格咖啡，现磨现泡的。"他冲我点点头，平静地反驳，表明他知道我是故意为了膈应他才那么说的。

"总之，他没有出现。"我切入主题，"我们可以坐在这里喝一早上的查格咖啡，布拉姆斯四号也不会顺着电线爬过来。"

克鲁耶没有说话。

"他和你们重新联络上了吗？"我问。

克鲁耶把咖啡杯放回桌上，飞快地翻了翻面前的几页文件说："是的。我们收到了他的常规汇报。他很安全。"说完下意识地啃了啃手指甲。

"他为什么没来？"

"这点我们尚不清楚。"他微笑着说。克鲁耶有张英俊的脸，就是外国人想象中戴着圆顶礼帽的英国上流绅士的样子：面容清俊、线条紧致，圣诞假期去巴哈马度假时被阳光镀上的棕色肤色还尚未褪去。"等时机成熟他自会解释的。别追着外勤特工刨根问底——这是我的一贯方针。你说是吧，伯纳德？"

"是唯一正确的方针，理查德。"

"天哪！你不知道我有多想回到一线，再当一次特工！你们的工作最是精彩刺激。"

"我已经整整五年没出过外勤了，理查德，早就变成办公室职员了，和你一样。"——和你这个从来没有出过外勤的人一样——这才是我内心的真实想法，但忍住了没说。自打退伍后，克鲁耶先是自称"克鲁耶上尉"，但很快他便意识到，这一称谓在总是身穿正规上尉戎装的军情六处主任面前是多么可笑，以及自称"上尉"对他的升迁之路而言毫无助益。

克鲁耶站起身，整理了一下发皱的衬衫，一只手端起杯子抿了一口咖啡，另一只手托在杯底以免杯口的咖啡滴落。他注意到我并没动过面前的查格咖啡，于是问："你更喜欢喝茶吗？"

"现在喝金汤力酒是不是太早了？"

他没有回答我的问题。"我想你一直觉得自己欠了'布四'①的人情——你依旧对他回到魏玛救了你的事念念不忘。"看见我惊讶的神色他点了点头，"我看过所有文档，伯纳德，对发生的一切了如指掌。"

"他的行为很高尚。"我说。

"的确。"克鲁耶答道，"那确实是一件高尚的事，但他那么做并不是为了这个理由——不全是。"

"你并不了解当时的状况，理查德。"

"'布四'当时慌了阵脚，伯纳德。他逃跑了。逃到边境一个

---

① "布四"，特工"布拉姆斯四号"的简称。

叫图林格瓦尔德的荒芜之地时被我们的人截获，告诉他克格勃并没有打算抓他去问话——根本没有人在调查他。"

"那都是过去的事了。"我说。

"我们好不容易才说服他回去。"克鲁耶说。我注意到他的称谓变成了"我们"，"我们给了他一些假情报，让他回去继续扮演一个愤怒的无辜民众。我们让他假意配合敌方。"

"假情报？"

"就是一些已经撤离的人名和早已不用的庇护所位置……把这些消息告诉克格勃能让布拉姆斯四号赢得他们的信任。"

"可他们还是抓到了伯施，那个曾经庇护我的人。"

克鲁耶不徐不疾地喝完咖啡，又用托盘上的餐巾擦了擦嘴才开口道："至少我们把你俩救出来了。就当时的危急情况而言，三个身陷险境的特工中能救出两个，我认为已经不错了。伯施跑回以前的庇护所去拿他的集邮册……居然为了几本集邮册！你能拿这种人怎么办？这一回去自然和敌人撞了个满怀，无处可逃。"

"那些集邮册或许是他一生的心血和唯一的宝贝。"我说。

"或许是吧，但若非如此他也不会让敌人抓住，伯纳德。撞上那些浑蛋可没有第二次机会了，这一点你知、我知、他也知。"

"所以就是因为这件事，我们的外勤人员才那么讨厌布拉姆斯四号。"

"是的，就是因为这件事。"

"他们以为他把情报泄露给埃尔富特情报线。"

克鲁耶耸了耸肩。"我们能怎么办呢？总不能四处宣扬说我们本想编个故事让他得到克格勃的信任吧。"克鲁耶走到放酒水的柜子前，拿出一瓶杜松子酒，倒了些在一只大号的沃特福德威士忌玻璃酒杯里。

"多倒点酒，少一点气泡水。"我说。克鲁耶转头盯着我，眼神却心不在焉。"如果那是给我倒的。"我补充道。原来事情还有这样一番阴差阳错的缘故：局里让布拉姆斯四号暴露本已经撤离的老伯施的地址好获取敌方信任，结果那个可怜的老特工又跑了回去，想带走自己的集邮册，结果恰好撞在克格勃搜捕队的枪口上。

克鲁耶又倒了些杜松子酒，然后小心翼翼地往杯里加了些冰块，以免溅起水花，走回桌前把酒杯和一小瓶气泡水递给我。我把气泡水放在一边，根本没打开。"你不必再为此事挂怀，伯纳德。你已经去过柏林了，接下来的事情我们会交给其他人去办的。"他说。

"他会有麻烦吗？"

克鲁耶走回柜子前，把方才打开的酒瓶拧上盖子放回原位，又把用来搅拌酒水的小棍子放好，然后关上柜门，才说："你知道布拉姆斯四号一直以来提供的是什么样的情报吗？"

"经济情报。他在东德银行工作。"

"他是我们在德国最重要的特工，也得到了最严密的保护。你是唯一见过他真容的几个人之一。"

"但那也是二十年前的事了。"

"他的情报都是通过邮件寄来的，把信息分寄给布拉姆斯情报线上的不同成员——全是当地地址，以避开监察机关和国安局的耳目——如有紧急情况，会把材料放到秘密投件处。仅此而已——不用微点[①]、不用一次性密码本，也没有代码、微型发射

[①] 微点（microdot），摄影术语，专指将文件通过精密光学摄影机缩小数百倍在极高分辨率的感光膜上形成如同句号点一般大小的影像。微点像经显微镜放大后，清晰可见。第二次世界大战期间，常被国际间谍用作隐藏、传递秘密情报的手段。

器、隐形墨水。相当老派的操作。"

"却相当安全。"我说。

"相当老派却也相当安全，至少到目前为止是如此。"克鲁耶赞同我的说法，"就连我也没资格查阅布拉姆斯四号的资料。关于他，我们一无所知，只知道他的情报都来自敌方高层，剩下的只能靠猜。"

"猜出什么结果了吗？"我故意拿话激他，虽然知道克鲁耶本就打算告诉我。

"我们从'布四'那里得到的是德国投资银行和德国农业银行的重要决策。这两家国有银行为德国工农业提供长期信贷，且都隶属于德国中央银行的管辖，后者控制着整个德国经济命脉，包括汇款、支付和清算活动。除此之外，我们还能不时收到有关莫斯科国民银行和苏联经济互助委员会的情报。我认为布拉姆斯四号应该是德国中央银行内部某位主管的秘书或私人助理。"

"或者某位主管本身？"

"所有银行都有专门的经济情报部门。有野心的银行家对这个部门的主管位置可没什么兴趣，因此常有人事调动。这么久以来，布拉姆斯四号能一直不间断地提供情报，不太可能是主管，多半是内部职员或者助理。"

"你会想念他的。现在把他挖出来是个糟糕的决定。"我说。

"把他挖出来？我可没打算那么做。我希望他能继续坚守岗位。"

"我以为你……"

"是他想回西德去，不是我要让他回来！我是希望他能继续留在现在的位置上，不然少了这条线我们可麻烦了。"

"难道他害怕了？"

"特工们迟早都会害怕的。"克鲁耶说,"这叫作'战斗疲劳症'——长期承受巨大压力,任谁也受不了。再说特工们也会老、会累,会想得到属于自己的奖赏,然后告老还乡,买栋房子,种种花、养养鸟,颐养天年。"

"那是我们二十多年前承诺给他们的东西——真正的生活。"

"谁知道这些疯狂的家伙脑子里在想什么?"克鲁耶冷漠地说,"我花了半辈子想搞明白他们的动机……"他向窗外望去,强烈的阳光为街边的青柠树镶上了一层金边,几抹模糊不清的云朵高悬在深蓝色的天空上。"却至今也毫无头绪。"

"总有一天你得放手,让他们离开。"我说。

他用手指碰了碰嘴唇,也可能是拿嘴唇吻了吻自己的手指,或者尝了尝刚才滴在手指上的杜松子酒说:"这是莫兰勋爵的理论吧?我记得他好像是把人分成四类:一类从不知害怕为何物;一类会害怕但不会表现出来;一类会害怕也会表现出来,但依然坚持完成任务;还有一类人……会因害怕而退缩。布拉姆斯四号属于哪一类?"

"我不清楚。"我回答。克鲁耶这样的人怎么可能明白年复一年日夜悬心、整日生活在恐惧中的感觉?除了上头突然宣布要调查账目支出记录以外,他有什么好害怕的?

"总之,他目前必须继续待在自己的岗位上——这份工作并非没有尽头。"

"为什么派我去接他?"

"他这是在闹脾气,伯纳德。你也知道,这些人有时候就是会这样。他以前也曾威胁过要离开组织,但并没有;后来又威胁说要用伪造的美国护照从查理检查站离开。"

"所以我是被派去拦截他的?"

"我们总不能张贴通缉文书吧？既不能把他的名字告诉警察，又不能让船舶、机场用打印机印出寻人启事四处张贴。"克鲁耶说着打开了窗户锁，用力推开窗。那扇窗户去年整个冬天都不曾打开，克鲁耶花了九牛二虎之力才终于推开——"啊，伦敦街道上的柴油味！这感觉好多了。"他说话的间隙，一丝凉风从窗外拂来，"他可真不让人省心啊，又给我们找麻烦——这段时间已经不再定期提供情报了，还威胁说以后都不会再提供。"

"那你……拿什么威胁他了？"

"威胁可不是我的行事风格，伯纳德。我只是请他坚持再干两年，帮我们找到可以接替的人。天哪！你知道过去五年里他跟我们要了多少钱吗？"

"只要你别让我去接替他就行。"我说，"那边不少人认识我的脸，而且以我现在的状态，再干这种体力活儿可有些力不从心了。"

"我们人手多得是，伯纳德，不需要让高级成员去冒险。退一万步讲，就算事情真朝着对我们不利的方向发展，也会派法兰克福当地的特工过去。"

"这话听着有些令人不悦啊，理查德——我们要从法兰克福找什么人？"

克鲁耶吸了吸鼻子。"这点不必我多说了吧，老兄，如果'布四'真打算把我们出卖给东德，就必须尽快下手。"

"紧急事态下的权宜之计？"我问，尽量让声音保持平稳、表情淡然。

克鲁耶冷漠的神情略有些松动："我们必须争分夺秒。如果前线人员判定那是当下唯一的解决办法，就只能那么做。你应该明白这是没办法的事，紧急权宜之计必不可少。"

"可他是我们的自己人啊，理查德，是拿命给局里干了二十多年的老特工。"

"我们求的——"克鲁耶故意放慢语调,"不过是他像以前一样继续工作而已。可万一他真的疯了,决定背叛我们,又该如何处理呢?——当然了,这只是一种推测,毫无意义的推测。"

"我们的工作就是推测。"我说,"而我也忍不住推测,如果到时候我不得不乘着飞机去接替'布四',听你'从法兰克福找的人'跟我汇报紧急权宜计方案的实施结果,我该怎么想、怎么做?"

克鲁耶笑了起来。"你可真会开玩笑!"他说,"你等着,我且得把这话说给老头子听。"

"还能再倒点杜松子酒吗?味道不错。"

克鲁耶从我手上接过酒杯,说:"布拉姆斯四号的事就交给弗兰克·哈灵顿和柏林特勤处吧,伯纳德。你又不是德国人,也早不是外勤特工了,就算想干年纪也太大了。"

他往杯子里倒了些酒,又用虎爪形的银钳子夹了几个冰块放进去。"我们还是聊些开心的事吧。"他侧过头对身后的我说。

"既然你这么说——理查德,我的新车津贴怎么样了?你不批文件,出纳可不会给钱。"

"这事让我秘书去办。"

"我已经填好申请表了,"我说,"而且今天就带在身上,只需要你签个名就好……一式两份。"我把文件摊开在他的办公桌角落,又从桌上的文具架上拿起一支笔递给他。

"这车对你来说太大了。"他咕哝着,一边假装笔没有墨水,"到时候你会后悔没选个小一点儿的轻便车型。"我从兜里拿出自己的塑料圆珠笔递给他。材料终于签好了,我仔细确认了一番才把申请表折起来放进衣兜。这大概就是所谓的天赐良机。

4

我和妻子约好这周末去探望她舅舅赛拉斯。其实从严格意义上来讲，赛拉斯·冈特并不是菲奥娜的舅舅，只是她母亲家的一个远房亲戚。他们第一次见面还是我促成的，当时我刚跟菲奥娜约会，为了提升自己在她心目中的形象，特别带她去见了赛拉斯。那时菲奥娜刚从牛津大学毕业，如世人所预期的那样，在被学术圈称为"现代三艺"——哲学、政治和经济三个学位上都取得了傲人的成绩，并完成了几乎所有被当时的人们认为精英人才该做的事：在巴黎索邦大学学习俄语，同时进修标准法语口语，那是当时上流社会女孩的标志；在蓝带国际一流烹饪学校完成了短期烹饪培训课程；为艺术品经销商工作过一段时间；作为工作人员参加过跨大西洋游艇赛；还给一位自由党议员候选人撰写过演讲稿，只可惜这位候选人在最终选举时棋差一招，遗憾落败。我和她就是在那时邂逅的。第一次见面，老赛拉斯就非常喜欢这个新认识的远房外甥女，后来便经常约我们见面，甚至成了我儿子比利的教父。

在情报组织尚属高度机密组织时，赛拉斯·冈特便已经是其中一员，如今他更是身份崇高、令人敬畏。那时秘密特工的工作汇报都是手写的，字迹工整漂亮，外勤特工的地位也十分受人尊崇。当年我父亲管理柏林情报站时，赛拉斯就是他的直接上级。

"他是个招人嫌的蠢货。"当我提到理查德·克鲁耶时菲奥娜如此评价。那是一个周六的早晨，我俩正驱车前往赛拉斯位于科茨沃尔德山的农场。

"是个危险的讨厌鬼。"我说，"一想到外勤特工的命运由那家伙决定，我心里就……"

"你是指布拉姆斯四号吧。"菲奥娜接口道。

"他叫他'布四'，最近新发明的词汇——没错，就是像那样的特工，"我答道，"一想到这点我就浑身发冷。"

"他是不会放掉布拉姆斯这条线的。"菲奥娜说。我们刚离开高速路，正行驶在雷丁的大街上，为了寻找"伊丽莎白雅顿"牌爽肤水。开车的是菲奥娜，车是去年她三十五岁生日时岳父送的红色保时捷，说这个生日一定要送点特别的礼物让女儿好好开心一下。我很期待再过两个礼拜到我四十岁生日时，岳父大人会送什么礼物，好让我也开心一下：目测估计又是每年一瓶的人头马干邑，以及可能塞在礼品箱子里的贺卡，还是局里办公室统一分发的那种。

"经济情报委员会的工作全靠布拉姆斯四号这条线提供的信息支撑。"菲奥娜沉默良久，字斟句酌地说。

"要我说，咱们还是应该回到高速路上。村里的药妆店肯定有爽肤水卖。"我说，其实根本不晓得"爽肤水"是什么水，反正过去几十年我的皮肤不用这个东西也没怎么样。

"但是肯定没有雅顿这个牌子。"菲奥娜回答。此刻我们被堵在雷丁城内的大街上，放眼望去周围一家药妆店也没有。长时间运行让引擎温度飙升，于是菲奥娜干脆熄了火让它散散热。"或许你说得对。"妻子终于承认，并转过身随意地给了我一个吻。

她这么做不过是为了讨好我,因为一旦发现要找的商店,还得是我下车飞奔去买那该死的什么水,而她只负责坐在跑车里对上前盘问的交警使美人计。

"你们在后面还好吗?挤不挤啊,小家伙们?"妻子问。

车后排的两个孩子一左一右地坐在一个大行李箱两侧。他们一路上都很乖,一点也没抱怨。听见母亲的询问,女儿萨丽模糊地咕哝了一声便继续阅读手里那本名叫《威廉》的书,儿子比利则问道:"上了高速路你能开多快?"

"理查德也是经济情报委员会的人。"我说。

"是啊,还宣称那是他的主意。"

"我已经记不清他到底参加了多少个委员会。每次找他,人都不在办公室。他的日程簿写得满满当当,里面的内容跟《美食指南》似的。最近又发明了什么'早餐会议',整天吃吃喝喝,真不明白他怎么还能那么瘦。"

堵塞的车流终于动了起来,菲奥娜重新发动引擎,紧跟在一辆老旧的红色双层巴士后。公交车站台上的售票员盯着她和跑车,丝毫不掩饰脸上的艳羡之色。菲奥娜对他报以微笑,售票员也以微笑回应。这简直荒谬,我想,可心里还是忍不住有点吃醋。"我必须去。"我说。

"你是说柏林?"

"理查德知道这事非我不可。他那天所说的话都不过是为了逼我就范罢搭的幌子罢了。"

"你去了又能怎样?"菲奥娜问,"布拉姆斯可不会受人钳制。他要是决定撂挑子,局里任何人都拿他没办法。"

"是吗?"我说,"嘿,话可别说得太肯定了。"

菲奥娜看了我一眼说:"可是布拉姆斯四号年事已高,可以退休了。"

"理查德话里话外都透露着威胁的意思。"

"虚张声势罢了。"

"或许吧。"我点头,"但他想让我明白,要是我不干,他会派别的人去,而他们恐怕下手不知轻重。不过,理查德的话不见得可靠,尤其是当他上线的时候。"

"你不能去,亲爱的。"

"我去或许真的不能起到任何作用。"

"所以啊……"

"可如果换了别人去——比如柏林站的年轻人,万一发生什么不好的事,我要怎么才能说服自己不去后悔,不去想要是当初去了说不定事情会有转机?"

"就算如此,伯纳德,我还是不希望你去。"

"到时候再说吧。"我回答。

"你并不欠布拉姆斯四号的。"她说。

"我欠他。"我答道,"这一点我知道,他也知道。所以他就算不信别人也会信任我。他知道我欠他的情。"

"那都是二十年前的事了。"妻子坚持道,仿佛我们讨论的不过是房贷一类的事——随着时间推移,身上的负担就会随之减轻。

"这和时间长短没有关系吧?"

"那你欠我的又该怎么算?你欠比利和萨丽的呢?"

"别生气啊,甜心。"我出言安慰,"这种情况本就让人为难。你以为我想去那边陪他们玩童子军游戏吗?"

"我哪儿知道。"菲奥娜斥道。她很生气。等车子好不容易挪上高速路,菲奥娜一脚油门飙起车来,指针在仪表盘上画出一道流畅的弧线。抵达赛拉斯舅舅的农场时,他连午餐前的香槟都还没打开。

怀特兰兹农场占地六百公顷,位于风景秀丽的科茨沃尔德高地,整个地区由石灰岩构成,横跨在泰晤士峡谷和赛文河之间。农场是用当地古老的蜂蜜色岩石建造的,窗户也是传统的竖框,门廊有些歪斜,看起来简直就像好莱坞电影里的场景。只可惜还没到夏天,天色阴沉,屋外的草地也光秃秃的,周围的玫瑰丛刚刚修剪过,一个花骨朵也没有。

石砌的巨大谷仓外还停着几辆车,大门口拴着一匹马,门栏栅上挂着新泥。古老的橡木大门虚掩着,菲奥娜像个女主人一样推门走进门廊——那是身为房主家人的特权——门廊的墙上挂满了外套,还有些披在长椅上。

"来的人有理查德和达芙妮·克鲁耶。"菲奥娜认出了一件貂皮大衣。

"还有布莱特·伦斯勒。"我补充道,伸手抚摸一件柔软的驼绒大衣袖子,"莫非全办公室的人都来了?"

菲奥娜耸了耸肩,转身示意让我帮她脱一下外套。别墅里间传来交谈声和礼貌的笑声。"并非都是办公室的人。"她说,"停在前门的那辆路虎是村里那位退役老将军的,他夫人经营一所马术学校——还记得吗?你很讨厌她来着。"

"不知道克鲁耶夫妇会不会在这里过夜。"我有些担心。

"外套都挂在门廊上——不会的。"菲奥娜笃定地说。

"你真该去当侦探。"我说。她冲我翻了个白眼,这话在菲奥娜听来并非赞美。

科茨沃尔德地区拥有英格兰乃至全世界最美的乡村风景,然而我却在这种刻意的完美之中感到了一丝不安。郊外原本属于工人的狭小农舍如今却是股票经纪人和建筑投机商的产业；古朴小村庄里经营着地道乡村酒吧的是航空公司的飞行员，只能趁着工作的间隙过来看看；真正的本地村民住在村里主要街道两旁难看的红砖联排房里，门口的花园里停满了报废的摩托车。

"你们要是去河边玩，记得小心岸边的泥地，很滑的。还有啊，回来吃午餐之前，一定记得把沾满泥巴的鞋子好好擦干净再进来。"两个孩子一听这话高兴得欢呼了起来。"真希望我们周末也能有这么个令人兴奋的地方玩耍。"菲奥娜对我说。

"怎么没有。"我答道，"这里不也有我们的份儿吗？你舅舅赛拉斯说了，让你想什么时候来就什么时候来。"

"那怎么能一样呢。"菲奥娜嗔道。

"确实不一样，你说得太对了。"我说，"这要是我们的房子，午餐前你一定会径直穿过门廊，开一瓶香槟来喝，还会在厨房里忙着用凉水洗菜。"

"菲奥娜，我亲爱的！还有伯纳德！"正说着，赛拉斯·冈特从厨房里走了出来，"我就说刚才似乎看见两个小孩越过灌木丛跑河边玩去了。"

"真抱歉。"菲奥娜道歉，可赛拉斯开心地笑着一掌拍在我的背上。

"午餐很快就好，咱们先喝点儿。我猜今天来的每个人你们都认识。村里的几个邻居也来过，可惜未能说服他们留下来一起用午餐。"

赛拉斯·冈特体形魁梧，坠着一个啤酒肚。他虽然一直胖胖的，但自妻子去世后更胖得一发不可收拾——和其他富有且自我放纵的男人一样。对于消失的腰线他一点也不在乎，也不在乎衬衫是否越来越紧，扣子是否总被扯掉，又或者下颚的赘肉让他看上去越来越像一只忧伤的猎犬。他的头发都快掉光了，高高的前额在双眼上投下阴影，仿佛总是皱着眉头的样子，唯有在放声大笑时方能一扫阴霾，因为他总是仰着头、张开大嘴冲着天花板开心大笑。赛拉斯舅舅主持午餐派对的样子就像一个乡绅招待自己农场的工人，不过大家并不介意，因为他显然是故意这样打算幽大家一默，如同他以农场主自居的行为——尽管门廊上零散地放着好几双橡胶靴子，屋后的草坪上还有饱经风霜的干草堆，看起来仿佛现代雕塑作品。

"家里总有访客，"赛拉斯边说边为客人倒酒——一九六四年的伯图斯红酒，"有的是想听我讲六十年代为局里工作的惊险故事，有的想请我帮忙跟上头的人拉关系，还有的则希望我能帮他们卖掉继承来的带抽屉的维多利亚式小柜子——那玩意儿别提多难看了。"赛拉斯环视着桌边的客人，确认大家都记得他是伦敦邦德街一家古董店的合伙人。那个沉默寡言的美国人布莱特·伦斯勒拿手捏了捏身边女伴的胳膊，那是随他一起来的一位身材凹凸有致的女人，"这些人我都来者不拒——所以说，我从不孤独。"听得这话，我很为老赛拉斯感到难过，因为只有无比孤独的人才会说这种话。

伯特太太是赛拉斯的厨娘兼管家，此刻正端着一大块烤牛里脊走出厨房。"太好了，我最喜欢牛肉。"我的小儿子比利说。

伯特太太对他致以感谢的微笑。她是一个很懂分寸的老太太，不该听的不听、不该看的不看，能少说话就少说话。"今天不够时间做炖肉或者肉派之类的复杂菜。"赛拉斯舅舅一边解释说，一边给孩子们开了第二瓶柠檬汽水，"我希望大家能大口吃肉——我很讨厌往肉上倒一堆酱汁和调味料的做法，那种法国菜还是留给法国佬自己吃吧。"他给我儿子倒了一点点柠檬汽水，然后等着比利品味汽水的色泽和芳香，浅尝一口后再点头表示喜欢——这些都是赛拉斯教他的。

波特太太把盛肉的托盘放在赛拉斯面前，又把切肉的刀叉递到他手上，然后回厨房去拿做好的蔬菜。理查德·克鲁耶用餐巾轻点了一下嘴唇，擦拭酒渍。刚才主人的话似乎是冲着他说的。"我可不能听见您这样侮辱法国美食，还袖手旁观，赛拉斯。"理查德微笑道，"否则一定会被法国大厨保罗·布谷斯写上黑名单的。"

赛拉斯给比利切了一大块三分熟的烤牛肉，然后继续为大家分餐。"快吃吧，别客气！"他命令道。理查德的妻子达芙妮把盘子递了过去。她在广告业工作，总穿着老气的连衣裙外加一条黑丝绒领巾，胸前戴着一块浮雕胸针，鼻梁上架着一副细金属镶边的眼镜。她坚持只要一小块牛肉。

比利不小心把肉汁洒在了衬衫上，理查德见状朝我投来同情的微笑。克鲁耶的儿子们都在寄宿学校，只有放假时才能见到父母：这是我们唯一保持理智的办法——理查德不止一次跟我解释。

赛拉斯刀工娴熟地切着牛肉，客人们纷纷发出惊喜的赞叹。理查德·克鲁耶赞美说这真是一顿丰盛的晚餐，并称赛拉斯为"慷慨的主人"；菲奥娜默默地看了我一眼以示警告，让我不要说任何蠢话，以免刺激理查德说出更多溜须拍马之词。

"烹饪是一种实用艺术。"赛拉斯说道，"法国人从来只能得到一些零碎食材，所以要切细了搅在一起，再淋上些味重的酱汁做做表面功夫。我才不吃那种垃圾呢，有钱谁吃那玩意儿，还是正儿八经的食物才行——哪个头脑正常的人会喜欢法餐？"

"您可以试试'新式法国烹饪'。"达芙妮·克鲁耶建议道，她很为自己的法国口音自豪,"口味清淡,而且每道菜都精致得像一幅画。"

"我不喜欢清淡的食物。"赛拉斯扯着粗嗓门儿大声说,一边拿切肉刀指着达芙妮,"'新式法国烹饪'——"他轻蔑地说,"花里胡哨的大盘子中间给你放上一小坨菜。这种行为放在便宜小旅馆里就叫'饮食节制',结果被搞公关的家伙们换个名头再写篇长文,就变成了精致的'新式法餐',大张旗鼓地刊登在女性杂志上。能让我愿意花钱的食物,就是侍应生推着餐车过来问我要吃什么、吃多少,而我会告诉他蔬菜该放在哪里。我才不想让一问三不知的侍应生给我上一盘全是肉、只有两片菜叶子的'美食'。"

"赛拉斯舅舅,今天的烤牛肉火候掌握得很好,真是完美。"菲奥娜插嘴道。她很高兴赛拉斯今天的这番激情演讲并未像平日一般掺杂脏话,"不过萨丽只要一小片就好……最好是全熟的。"

"我的老天爷啊,女人真麻烦!"赛拉斯抱怨道,"让你女儿多吃点能长精神、提气色的东西吧。全熟的肉!怪不得她看起来气色那么差。"说着便切了两片三分熟的烤牛肉放在一个加热过的盘子里,又用刀叉把它们切成容易入口的小块。他总是这样细心地为孩子们准备餐食。

"什么是气色差?"比利问。他很喜欢半生的牛肉,此刻正一脸崇拜地望着手持利刃、熟练切割牛肉的赛拉斯。

"就是消瘦、苍白、贫血,看起来病怏怏的。"赛拉斯一边回答一边把餐盘递给萨丽。

"萨丽身体很好。"菲奥娜抗议道——没有什么能比当面质疑她对孩子的照料更能激怒菲奥娜的了,我猜这是所有职业母亲共有的某种隐秘的愧疚感。"萨丽是他们班游泳最快的。"菲奥娜说,然后问女儿,"对吧,萨丽?"

"那是上学期。"萨丽小声嘟囔着。

"多吃点三分熟的牛肉,"赛拉斯对萨丽说,"会让你的头发变卷哦。"

"好的,赛拉斯舅舅。"萨丽乖乖答道。赛拉斯一直看着萨丽咬了一大口牛肉,然后冲自己露出微笑才满意。

"你真是个暴君,赛拉斯舅舅。"妻子抱怨道,可赛拉斯把这话当耳旁风;他转头看着达芙妮,恶狠狠地说:"你可别说也要全熟的。"

"我喜欢一两分熟的,"达芙妮答道,又用法语补充了一句,"再加点英国芥末酱。"

"把芥末酱给达芙妮。"赛拉斯吩咐,然后学着达芙妮的法国腔调说,"把'马铃薯'也给她——她也该增增肥了,不然你抱起来手感可不好。"最后这话是对克鲁耶说的,还边说边冲他挥舞着切肉用的大叉子。

"您可稳着点儿。"克鲁耶回道,他不喜欢别人对妻子评头论足。

理查德·克鲁耶拒绝了餐后甜点"俄式水果奶油蛋糕",说他已经"十分满足"了,于是比利和我把理查德的那份分而食之——俄式水果奶油蛋糕是伯特太太的拿手点心。用过午餐,赛拉斯把男士们领到台球室,对女士们说:"你们去河边散个步吧,或者去花房温室里坐坐,再不然,要是觉得冷就去客厅,那有烧木材的壁炉。波特太太会为你们冲咖啡的,不过你们要是愿意,让她倒杯白兰地也行。我们男人聊天时偶尔会说脏话、打嗝,还抽烟，况且都是工作上的事和板球比赛，你们不会感兴趣的。去照看孩子们吧——这是女人的天性。"

女人和孩子们离开的时候并不愉快——主要是达芙妮和菲奥娜不愉快。达芙妮骂老赛拉斯是一只粗鲁的猪，菲奥娜则威胁要让孩子们去他的书房玩——那可是赛拉斯的圣殿，谁都不让进；可惜无论她们说什么都没用，老赛拉斯照样把男人们领进了台球室，把女人们关在门外。

沉闷的台球室墙面上镶着红木镶板，里面的装修和陈设仍然保留着原屋主——一位啤酒大亨的十九世纪设计风格，就连墙上挂的鹿角和家族肖像画也原封不动地保留着。台球室的窗户正对着外面的草地；天色依旧暗淡，整个房间里只有台球桌上的一盏电灯亮着，反射着绿色的桌面，把室内映衬得发绿。理查德·克鲁耶清理了桌面，摆好球；布莱特精心挑选了一根球杆；赛拉斯则忙着脱外套、招待酒水和雪茄，期间还不小心崩断了身上鲜红色的背带。"听说布拉姆斯四号最近不怎么安分？"赛拉斯为自己挑了一支雪茄，拿起桌上的火柴盒问，"怎么，你们都哑巴了吗？"他摇晃着火柴盒，发出沙沙的声响。

"呃，要我说——"克鲁耶正在给球杆抹松香，闻言手一抖，差点儿没把松香块丢下。

"你可别做蠢事，理查德。"赛拉斯冲他说，"主任现在十分担心，生怕失去那边的银行数据。他说你打算让伯纳德去处理这件事。"

克鲁耶摆弄着手里的球杆，好为自己争取些许思考的时间——他一直很小心，极力避免让我知道其实他已经向情报局主任推荐了我去执行这项任务。片刻后他开口道："伯纳德？是有人提了他的名字，可我是反对的。伯纳德的使命已经完成了，这点我跟他也是这么说的。"

"别跟我玩含糊其辞那套，理查德，这些伎俩留着你开委员会议的时候用吧。主任让我这周末跟你好好谈谈，让你清醒一点，周一的时候重新提出几个合适的人选……最迟周二。这事要是处理不当，全局可都要遭殃。"赛拉斯说这番话时盯着台球桌，此时抬眼望着众人，"好了，现在要怎么办？伯纳德可不怎么会玩，所以他还是跟我一组，对付你俩吧。"

布莱特一言不发。理查德·克鲁耶望着赛拉斯，眼神中满是敬畏。恐怕之前他从未如此清晰地认识到，眼前这个老头子对局里的影响仍旧如此之大；也或许他没想到这个早已退休的老家伙竟然还和以前一样狂傲不逊且雷霆手段，而成为这样能轻易操控人心的人正是克鲁耶的梦想。面对如此危机，赛拉斯却总能泰然自若、举重若轻地应对，这是理查德·克鲁耶从来可望而不可即的本事。

"我也认为不应该派伯纳德去。"克鲁耶坚持，可语气中已少了之前的笃定和自信，"他的样子那边不少人都见过，一旦出现必定会被盯梢的人发现。但凡出了半点纰漏，我们都会立马被招去内政部，商议新的替补人选。"他像赛拉斯一样用没什么起伏的音调说话，语气听起来也很轻松，仿佛不是在谈论事关生死的大事，只是朋友间的闲聊，这是英国人在面对危机时惯有的气魄。此刻他正斜倚着球桌，球杆轻推，一颗球滚落球洞，整个过程中房内一片寂静。

"那派谁去？"赛拉斯问，偏过头望着克鲁耶，就像校长提了一个简单的问题，然后等着班里的后进生回答一般。

"我们已经筛选出五六个符合条件的人。"克鲁耶回答道。

"这些人认识布拉姆斯四号吗？他会信任他们吗？"

"布拉姆斯四号谁也不信。"克鲁耶说，"想必您也知道，想退出任务的情报线人是何种心态。"他收起球杆直起身，下一个轮到布莱特了——后者低头仔细地研究了一会儿桌面形势，然后摆开架势，一击而中，球径直落入了球洞。布莱特是理查德的上级，可每次有问题他总让理查德回答，自己倒像个局外人一样——布莱特·伦斯勒就是这样的人。

"好球啊，布莱特！"赛拉斯赞道，"这么说这些人都从未见过他？"他吸了一口雪茄，冲克鲁耶的方向吐出烟雾，"我有说错吗？"

"唯一和他打过照面、一起行动的就只有伯纳德。"克鲁耶老实承认道，顺手脱下外套搭在旁边的椅背上，"我连他最近的照片都没有。"

"布拉姆斯四号——"赛拉斯抓了抓他的大肚子说，"和我年纪差不多大，你们知道吗？我和他早在柏林还没分成东西两部分时就认识了。我俩一块泡妞、一块喝酒，烂醉如泥。我跟他的关系和对他的了解堪比从小一起长大的挚友——柏林！我真的爱那座城市。"

"这些我们知道。"克鲁耶的声音里带着一丝不易察觉的尖锐。他集齐所有球重新放回桌上，又把它们沿着桌边滚到一起。

"一九四六年末，布拉姆斯四号曾想杀掉我。"赛拉斯无视克鲁耶的语气继续说，"他守在柏林亚历山大广场附近的一家小酒吧外，一见我出来就朝我开了一枪。那时我正好背对着酒吧门口的灯光，目标十分明显。"

"他打偏了？"克鲁耶的语气里有恰到好处的担忧。

"是的。我这么大个子，又背对着光源，就算随便放一枪也该打得中，结果那个蠢王八蛋却打偏了。幸好当时我的司机也在，是个军警，从我抵达柏林起就一直跟着我——毕竟得有个正儿八经的军人教我如何穿军装、扎腰带、何时该行礼之类的。总之，我的司机立刻抓住他痛扁了一顿，要不是我拦着，恐怕得打残了——主要是那位军士以为枪是冲他开的，又惊又怒，气得要死。"

赛拉斯喝了一口餐后甜酒，又抽了一口雪茄，沉默地看着我十分业余地打出一杆。克鲁耶则乖乖捧场，问他后来发生了什么。

"俄国佬听到枪声立刻围了上来。有军人、有宪兵，一共四人，都是身材魁梧粗犷的男人，一看以前就是干农活儿的；他们穿着脏兮兮的靴子，脸上胡子拉碴，上来就想把布拉姆斯四号拖走。当然，那时候他还不叫布拉姆斯四号，这个代号是后来才有的。即便当时柏林墙还没建起来，亚历山大广场也归俄国人管辖。我说他是名英国军官，喝醉了耍酒疯才会乱开枪。"

"他们信你的话？"克鲁耶问。

"不信，可俄国佬谁不是从小就习惯了听谎话？他们虽不相信，却也没特别打算拆穿我，只是象征性地上前拽了一下。我和司机不由分说便抬起布拉姆斯四号塞进自己的车里。那些俄国人哪敢碰有英国军队标识的车，他们可以想象若有人公然挑衅俄国军官的车，会有什么下场，因此我们才得以把他救回西德。"

"他为什么想杀你？"我问。

"我这白兰地味道不错吧？"赛拉斯说，"在木桶里酿了二十年呢，这种陈年佳酿如今可不好找。啊，是了——他那时跟踪了我整整两天，说是听到风声，那个把好几名西德联邦情报局人员抓起来的幕后黑手就是我，而他的挚友在搜捕时受了重伤。不过后来我俩聊起往事，很快就解开了误会。"我只是点了点头。如此笼统又模糊的解释是赛拉斯礼貌提醒我少管闲事的方式。

于是我们仨都盯着布莱特·伦斯勒打球。他精准地量好位置，只轻松一击，一颗红球便滚落球洞，而白球则恰好回到球杆顶端；接着，他稍微调整姿势又进了一球。"自一九四六年以来他就一直听你指挥吗？"我看了一眼赛拉斯又问道。

"不、不、不。"赛拉斯连声否认，"我可让他离我们赫姆斯多夫的人远远的。当时我有资金，于是把他送回了东边，命令他按兵不动、低调行事。'二战'期间，他在德国帝国银行工作——他的父亲是股票经纪人，而我认为将来无论那边的制度变成什么样——无论是共产主义还是资本主义，都会迫切需要拥有顶尖银行业经验的人。"

"这么说，他原本是您在那边的一笔投资？"克鲁耶问。

"与其这么说，不如说我是他在这边的一笔投资。"赛拉斯回道。大家的出杆速度逐渐慢了下来，每个人都在比画着寻找最佳击球位置，心里却琢磨着别的事。克鲁耶瞄准了一颗球却没打中，轻声咒骂了一句。赛拉斯接着说："我们本打算就这样在未来的日子里相互照应的，这点自不必多说——他率先找了一份税务局的工作。话说你们思考过集权国家是如何集权的吗？那可不是秘密警察的功劳，而是税务部门——执政党利用它疯抬税率，员工越多的公司要交的税也越高，就这样拖垮了私有企业，只有那些员工不足十几人的小公司才能勉强存活。东德摧毁私有企业后，布拉姆斯四号又跳槽到'德意志发行和清算银行'——当时正值货币改革时期。"

理查德朝我投来胜利的微笑，然后对赛拉斯说："后来那家银行变成了现在的'德国中央银行'。"猜得好、猜得妙，理查德，你可真聪明——我在腹诽道。

"他潜伏了多长时间？"我问。

"很久了。"赛拉斯答道,然后微微一笑仰头饮尽了杯里的甜酒。"这甜酒真带劲。"他赞道,举起酒杯对着窗户,透过日光观察玻璃杯上残留的酒色,"可惜该死的医生只允许我一个月喝一瓶——'请你一个月只喝一瓶'……是啊,军情六处被叛徒搅得不得安生的时候他一直潜伏着。那时局里有内鬼,把咱们的工作事无巨细全部泄露给克里姆林宫①。他算走运,或者说足够聪明,也可能兼而有之——他的档案被层层加密,谁也看不到,因此最终在这场混乱里活了下来。后来,天地良心,好不容易平息了内鬼之乱,我又指示他重回一线。毕竟当时局里元气大伤,布拉姆斯四号的情报十分重要。"

"就您一人?"理查德·克鲁耶显得十分震惊,"您和他单线对接?"他一边说着一边换了根球杆,仿佛之前失了准头是因为原来的球杆不好。

"这是布拉姆斯四号提出的条件。"赛拉斯回答,"那时候局里很多情报线都是这种情况:他只向我一人汇报,这样让他觉得更安全,对于我来说也是件好事。"

"那您被调离柏林以后他怎么办呢?"我问。

"没办法,我只能把这条线交给新的主管。"

"是谁?"我继续追问。

赛拉斯注视着我,仿佛在思考是否应该回答我的问题。可答案早已确定,一切也早已安排好了。"接任我位置的是布莱特。"此言一出,在场三人齐刷刷地转头盯着布莱特·伦斯勒,这位身着黑色西装、年约五十有五、发际线稀疏的美国男人则紧张地对众人笑了笑。有些美国人很乐意被人当作英国人,而布莱特正是

---

① "克里姆林宫",在这里是俄国政府和情报组织的代称。

其中之一。被英国军情六处招募时,他还在牛津大学读书,拿着罗德奖学金①,多年以来早已成为忠诚的亲英派,曾在英国布局在欧洲的多个情报站服役,后被选为"欧洲经济组"副主管,也就是如今的"经济情报委员会",并将之变为其一人独大的王国。如果布拉姆斯四号这条线断掉,布莱特·伦斯勒的王国必定土崩瓦解,真难怪他看起来如此紧张。

该布莱特出球了。他调整着球杆角度,仿佛在衡量重量、寻找平衡点,然后伸手拿起松香块说:"我作为单线对接的上级,已经接管布拉姆斯四号很多年了,一切都和赛拉斯当年保持一致。"

"你和他见过面吗?"我问。

"没有,我从不曾去过东德。据我所知,他也不曾离开过那边,只知道我的代号而已。"终于抹好了松香,布莱特顺手把松香块放在计分板的支架上。

"你沿用了赛拉斯的代号?"我紧追不放,"你的意思是,这么多年你一直假装成赛拉斯和他联络?"

"自然。"布莱特说得好像这是一件理所当然的事。在外执勤的特工痛恨更换上线,而秘密更换更是令人深恶痛绝,便是局里的内勤人员也尽量回避提及这种操作。布莱特迟迟不愿出杆,他平静地看着我,只是语速比之前略快了些,明显带上了些许辩护之意:"布拉姆斯四号和赛拉斯之间的羁绊是任何新上线无法企及的,不让他知道上线已经换人是更稳妥的决策。"他说着俯身击出一球。这一杆堪称完美,紧接着第二杆也一发中的,可惜第

---

① 罗德奖学金(Rhodes Scholarship),创立于一九〇三年,是世界上历史最悠久、最负盛名的国际奖学金项目之一,有"全球青年诺贝尔奖"的美誉,得奖者被称为"罗德学者"(Rhodes Scholars),其评定标准包括学术表现、个人特质、领导能力、仁爱理念、勇敢精神和体能运动等多方面。

三杆却打偏了。

"就算赛拉斯不管了……"我说，同时往旁边挪了挪，好让赛拉斯看清桌面，选择要打的球。

"我也不是全然放手不管了！"赛拉斯越过我身边恼怒地说，"我一直跟他保持联络。布莱特也来这里和我商讨过几次。我经常给他寄些东德买不到的东西——只有我才知道他喜欢什么，他一看便知是我买的。"

"可自从去年大换血之后，他的态度就变得有些冷淡。"布莱特·伦斯勒难过地说，"情报交接一时有一时无。虽然我们仍旧能收到一些颇有价值的信息，但总不像从前那样完美，而他却开始不断索要更多钱。钱倒不是重点——我们愿意付钱保住这条宝贵的情报线——可我们怀疑他这么做恐怕是起了退出之心。"

"而现在他终于下定决心了？"我问。

"或许吧。"布莱特回答。

"也有可能这只是他用来索要更多钱财的手段。"赛拉斯说。

"那这手段也太复杂了。"布莱特显然不怎么相信，"搞出这么多事只为多要点钱？不，我认为他这次是真的想退出。"

"他要那么多钱来做什么？"我问。

"这一点我们也始终没弄明白。"布莱特老实承认道。

"甚至连尝试打探都无处入手。"克鲁耶怨恨地补充道，"每次刚拟出计划便总会被高层的什么人否决。"

"冷静点儿，理查德。"布莱特宽慰道，那是只有上级对下级才有的温和劝慰，"如此宝贵的情报线，就算费尽心思去查，反倒得罪了他——若他不过是包养了个情妇，或是乐意在瑞士银行开个秘密账户累计些钱财，那可得不偿失。"

这些内幕究竟能让我知道多少赛拉斯自然早有决断——"这

么说吧，我们的钱打进了一家慕尼黑的银行，再从那家银行汇入一家从无任何经营活动的出版社账户。"赛拉斯说。若真要派我去执行任务，他们一定会确保我了解足够多信息——但仅限于他们希望我了解的信息。这是这份工作的常规操作，大家都心知肚明。

"嗨，他想找个由头花花自己的钱呗。"我说，"这也没什么所谓，对吧？"

赛拉斯转头看着我，眼神中充满了一贯的刻毒。"是没什么，只是他手里握着咱们迫切需要的情报，伯纳德，那性质可就完全不一样了，一切就都很有所谓了！"他把球网里的球一一拣出来，狠狠抛到球桌上，力道之大甚至让球撞到桌沿又弹了回来。他的态度隐含着一种残忍的拒绝，我曾不止一次领教过。

"明白。所以你们想说服我，因为只有我才能见到他本人、和他好好谈谈。"我总结道，"我猜今天这场聚会就是为了这个目的——我说错了吗？"我目不转睛地盯着赛拉斯，后者略带歉意地笑了笑。

"你不是最合适的人选。"布莱特的语气明显没什么自信，剩下两人都没出声。他们心里很清楚，除了我没有更好的人选了。费心安排这场聚会就是为了让我明白，这是他们的一致决定。理查德·克鲁耶举起手里的雪茄放到嘴边却没有抽。布莱特接着说："派你去无异于派了一整个英国卫兵队去，宣布'伟大的不列颠在此，尔等还不臣服！'——那会把布拉姆斯四号吓坏的。换谁都会害怕吧。你一旦踏上东德的土地，必定少不了被跟踪监视。"

"我不这么想。"克鲁耶反驳。他们这讨论的架势仿佛我并不在场；我甚至有种感觉，要是哪天我执行任务时被敌人抓住或是杀了，他们大概也会这样讨论一番。克鲁耶接着说："伯纳德对那边的情况了如指掌。再说这次也不需要待太久——只要找到他当面谈谈，弄清楚他到底怎么想的，再说明我们真的很需要他再多干两年，仅此而已。"

"你怎么想，伯纳德？"赛拉斯问我，"你一直都没发表过意见。"

"听上去这事必须得有人去办。"我说，"还必须是他了解信任的人，才有可能套出真实的情况。"

"而且，"布莱特语带歉意地说，"留给我们行动的时间也不多……你是这意思吗？"

克鲁耶说："上个月我们才派了个传信的人搭旅游巴士去过，装作普通游客、乘观光大巴去了又回，什么事也没有。"

"现在西德的游客也能中途下车观光了吗？"赛拉斯问。

"噢，当然。"克鲁耶回答，一脸开心，"今时不同往日了，赛拉斯。他们会去瞻仰红军纪念碑，还能停下来喝咖啡、吃蛋糕——东德政府缺钱得紧，巴不得多赚点西德的钱。另外一个适合见面的地方是佩加蒙博物馆，西德的观光车也会经过那里。"

"你有什么看法，伯纳德？"布莱特摩挲着手上的印戒问，眼睛却盯着球桌，仿佛在认真观摩克鲁耶即将打出的高难度角球。

我对他们如此轻易揣测感到恼火：这种事本该计划周密、反复盘算，然后写一大堆申请文件和报告，多得能淹没整个情报局。于是我说："我怎么看有什么用呢？一切都取决于我们是否了解他到底在干什么。他可不是大字不识的农民，而是学识丰富的长者，有一份体面且重要的工作。我们需要知道他的婚姻是否顺利；身边有没有关系亲密的好友，好到能邀请来参加他孙子辈的生日宴并发表演讲的那种。或者他是否过得不如意，孤身一人、愤世嫉俗；他的身体状况如何，是否需要先进的医疗看护……还有种可能，他不过是找了一个青春年少、身材姣好，又对他崇拜得不得了的小情人。"

布莱特轻笑了一声说："两张去里约热内卢的头等舱机票，外加无限制的香槟特饮。"

"除非那个小情人其实是苏联克格勃的秘密间谍。"我补充道。

布莱特面无表情地看着我，问："那么，把执行这个任务的人送过去最好的办法是什么呢，伯纳德？"

"如何潜入一事，我并不打算和各位商议。我唯一想说的是，我不需要这边做任何特别的安排：不要任何文件或提前准备，不需要紧急联络线，也不需要当地支援——什么都不需要。我希望一切能全权由我自己来安排和执行。"这种独立行动计划通常不受情报局待见，我本已做好准备迎接众人的批判，然而却意外地无人反对。

"你说得很对。"赛拉斯说。

"我还没同意去呢。"我提醒他。

"决定权在你。"赛拉斯回答。球桌上的灯光如此明亮，将剩下两人的脸隐藏在周围的阴影中，只依稀可见他们同时点了点头。克鲁耶的手在灯光的映照下显得十分苍白，仿佛两只巨大的蜘蛛盘踞在桌上。他挥出一杆却没打中。他的心思压根儿不在台球上，我也一样。

看见克鲁耶打偏，赛拉斯故意皱起一张脸，抿了一口甜酒。"伯纳德，"他忽然开口道，"我想我最好——"然而话音未落，他却突然止住了话头——波特太太悄无声息地走进了房间，手里拿着一只切割精致的玻璃烟灰缸和一张抹布。赛拉斯目光一凛，直视着她的双眼。

"有您的电话,先生。"波特太太解释道,"伦敦打来的。"

她没说是谁打来的,因为她认为只要说是伦敦,赛拉斯必定知道是谁。实际上我们的确都知道或者说能猜到是谁——迫切需要知道今天商谈结果的人。赛拉斯搓了一把脸,转头看着我说:"伯纳德……那瓶白兰地你要是喜欢,就再喝一杯。"

"多谢。"我应道,心里却觉得刚才赛拉斯想说的绝非此事。

赛拉斯舅舅家的周末总是遵循着同样的流程:非正式的周六午餐,台球或桥牌游戏,下午茶及盛装出席的正式晚宴。这个周六晚上总共有十四位客人:除了我和菲奥娜、克鲁耶夫妻俩、伦斯勒和他的女朋友之外,菲奥娜的妹妹特莎也来了——她丈夫不在家,是特地过来陪赛拉斯舅舅的。此外,还有一对美国夫妇,丈夫名叫约翰逊,专门来英国收购古董,再运回美国费城的古董店售卖;还有一位年轻时髦的建筑师,擅长把农舍改造成"梦中情屋"再转卖给有钱人,赚得盆满钵满,不仅换了个聒噪的新老婆,还买了辆聒噪的法拉利跑车;最后是一位红鼻头的当地农场主和他鸡窝头的妻子,整个晚上就说过两句话,还只是为了叫妻子给他递酒。

"今晚你可逍遥了,"好不容易一切结束,我们回到阁楼的小客房整理床铺时,菲奥娜赌气地说,"换我坐在理查德·克鲁耶旁边,听了一晚上关于他那艘豪华游艇的事。他说下个月要去法国。"

"理查德连主副帆都分不清,早晚死在海上。"

"别这么说啊,亲爱的。"菲奥娜出言阻止,"我妹妹特莎也去呢。还有里奇——就是那个年轻英俊的建筑师,和他那个有意思的妻子克洛特。"她的语气有一丝刻薄,看来不怎么喜欢这些人。除此之外,她还在为白天被关在台球室外一事耿耿于怀。

"嚯!那得是一艘大船。"我说。

"能睡六个人……如果挤挤八个人也行。这是达芙妮告诉我的。她不去,说是晕船。"

我用审视的目光打量着菲奥娜:"你妹妹不会和理查德·克鲁耶好上了吧?"

"你可真是个大聪明。"菲奥娜平静地说,听不出半点赞许之意,"只可惜想法已经落伍了,亲爱的。特莎爱上了一个比她年长许多的男人,她亲口告诉我的。"

"她可不是什么好人。"

"可大多数男人都认为她很有魅力。"菲奥娜说,听到我对特莎的批判,她心里不知为何倒有几分窃喜,并很乐意刺激我多骂两句。

"我以为她和丈夫已经和好了?"

"这事可没那么容易。"菲奥娜叹道。

"谁说不是呢。"我点头,"尤其对你妹妹的丈夫乔治而言。"

"今晚你不是一直坐在那个古董女旁边吗——怎么样,她有趣吗?"

"是在古董行业工作的女士。"我纠正妻子的用词,她微笑不语,"她跟我说买梳妆台时要睁大眼睛看仔细了,现在很多梳妆台都是把现代设计的台面和古董桌脚拼起来的合成品。"

"这可真新鲜!"菲奥娜咯咯笑道,"去哪儿能找到这种东西啊?"

"这屋里不就有吗?"说完,我和她一起跳上床裹紧了被子,

"快把热水袋给我。"

"哪有什么热水袋——嘿,你抓的是我!天哪,你的手可真凉。"

不知过了多久,我被农场的狗吠声吵醒,很快,河对岸另一座农场里的狗也开始吠叫。我睁开眼查看时间,却发现床头灯开着。此时是凌晨四点,菲奥娜穿着睡衣正在喝茶,见我醒了,她连忙说:"抱歉,吵醒你了。"

"是狗叫声。"

"每次不在家睡我都失眠。刚才去楼下泡了点茶,还给你也拿了个杯子——要喝吗?"

"半杯就好。你在这里坐了多久?"

"我刚才似乎听见有人下楼的声音。这种老房子可真有点吓人,对吧?这里还有块饼干——你要是想吃的话。"我接过茶喝了一小口,菲奥娜则继续说:"你答应他们了吗?去柏林的事——你答应了吗?"可她的样子仿佛在问:我和工作对你而言究竟哪个更重要?

我摇了摇头。

"可昨天下午的台球比赛不就是为了这个吗?反正我是这么猜的。不然赛拉斯也不会固执地不让我们参加。有时我真不明白他是否清楚——我现在已经是局里的高级成员了。"

"他们都很担心布拉姆斯四号的事。"

"可为什么一定要派你去?他们的理由是什么?"

"除了我还有谁能去呢,赛拉斯吗?"我把昨天谈话内容的重点简明扼要地说给菲奥娜听了。赛拉斯的狗又叫了起来,楼下传来关门声，接着又响起赛拉斯安抚狗的声音。那声音有些嘶哑，语气和对比利及萨丽说话一样。

"我看了伦斯勒写给主任的报告。"菲奥娜压低了声音，仿佛害怕有人偷听，"有整整五页呢。我把报告带回自己办公室，从头到尾读了一遍。"我有些惊讶地望着她：菲奥娜可不是那种敢于公然违背情报局规定的人啊。"我必须知道这件事的情况。"她补充道。

我端起茶杯默默喝茶，心里并不是很想知道伦斯勒和克鲁耶对我做了怎样的安排。

"布拉姆斯四号有可能神经错乱了。"见我不说话，菲奥娜终于忍不住道，"布莱特和理查德认为这是其中一种可能性。"言罢等了一会儿才继续往下讲，好让我有时间消化刚听到的信息。"他们认为布拉姆斯四号可能出现了某种精神崩溃，所以才如此着急。谁也不知道他会做什么。"

"报告里真这么说？"我笑道，"我看那只不过是布莱特和理查德为自己开脱的借口罢了。"

"理查德提议找一位权威的专业医生来，根据布拉姆斯四号的报告评估他的精神状况，可布莱特否决了这一方案。"

"确实是克鲁耶才能想出来的'好'点子。"我讽刺道，"今天让精神科医生来军情六处开会，明天咱们就能上周日新闻的头版头条，评论里还会出现咱们'自己人'的胡说八道或是错字百出的话。感谢上帝没有让布莱特通过他的提案。他们认为布拉姆斯四号的发疯症状具体是什么？"

"无非是常见的妄想和偏执：怀疑到处都潜伏着敌人，谁也不敢相信；他还问过能不能把所有可以查看他档案的人员名单抄一份给他；问我们知不知道局里高层有内鬼，而这人把他发回的所有信息都泄露了出去……总之，就是人发疯时常想的那些事。"

我点了点头。菲奥娜根本不懂特工人员在外过着怎样的日子，理查德和布莱特也不懂。这帮只会坐在办公室里纸上谈兵的家伙什么也不明白。我父亲曾说——"自由的代价就是永无止境的妄想和疑心。光有警惕心是远远不够的。"

"说不定布拉姆斯四号说的是真的呢。"我回答，"说不定那边真的到处都潜伏着敌人。"我想起了那天克鲁耶在办公室里讲的，当年局里为了帮助布拉姆斯四号获得东德政府信任的计划。他一定为此结了不少仇家——"或许他并没有疯。"

"那么，高层安保有漏洞也是真的？"菲奥娜问。

"这种事以前又不是没有过，对吧？"

"布拉姆斯四号要求见你。这件事他们告诉你了吗？"

"没有。"原来昨天台球室里的紧张氛围是因为这个。我小心隐藏起内心的惊讶。

"他不愿再向平时的上线汇报，说除了你谁也不见。"

"我估计这话只会让主任更相信他的确是发了疯。"我喝完茶，把茶杯放在床头柜上，关上了灯——"我得再睡一会儿。"我对菲奥娜说，"真希望我能和你一样，晚上只睡五个小时也能生龙活虎，我不睡饱了可不行。"

"你不会去的，对不对？答应我，别去。"

我咕哝了一声把脸埋在枕头里。我总是趴着睡觉，因为这样会让黑暗更加长久。

5

周一下午,我被布莱特·伦斯勒叫去了办公室。他的办公室在军情六处顶楼,离主任办公室不远。顶楼的办公室装修风格各异,每一间都能完美地体现其主人的性格和品位,这是上位者的特权之一。布莱特的办公室十分"摩登",家具饰面多为玻璃和铬合金材料,铺着灰色地毯,给人一种坚硬、严肃、单调、缺乏生气的感觉,非常符合他的气质。此刻的他身穿一身深色精纺面料的萨维尔高级定制西装,内搭一件洁白如新的衬衫,领口系着精致的领带,花白褪色的头发一丝不苟地梳起,脸上偶尔浮现出一丝转瞬即逝的微笑,仿佛一个腼腆羞怯的人,其实那只是他内心冷漠的下意识反应。

见我进来,布莱特微笑着冲我点点头,伸手指着对面一张黑色皮面的切斯特菲尔德沙发示意我坐下,嘴上却一刻不停地继续打着电话。我默不作声地坐下,听他拒绝电话另一头的人共进午餐的邀约,说那天没时间、第二天也没时间、之后也都忙得很。

"你玩扑克吗,伯纳德?"还没完全放下听筒,布莱特便已转了谈话对象,冲我问道。

"简单的可以,玩得不好。"我琢磨着他的意思谨慎作答。

"想过将来退休以后要做什么吗?"

"没想过。"我简短应答。

"没打算去西班牙太阳海岸买一家酒吧,或者英国苏塞克斯买个蔬果农场什么的?"

"这是你的退休计划吗?"我反问。

布莱特笑而不语。他很有钱,富得流油,以至于一想到他穿着便服在苏塞克斯的蔬果农场干活儿的画面,我便忍不住想笑;至于阳光海岸的平民消遣,我想布莱特宁可命令飞行员调转机头也不愿进入那里的领空。"我想你太太一定很有钱。"伦斯勒说完这话顿了顿才接着说,"但我猜你一定是那种自恃清高的家伙,死也不会用妻子一分钱,对吧。"

"这就算自恃清高吗?"我问。

"你要是够聪明,何不用她的钱来投资,把资产翻个一两倍也没什么坏处。你说是吧?"

"你是说业余时间,还是辞职专门干投资?"

"每次问你一个问题,你总用更多问题来回答我。"

"原来你是在质询我?"我回答,"我在接受审查吗?"

"干我们这行的,平时没事翻翻别人的银行账单也不是什么大事。"伦斯勒说。

"我的银行账户可什么也没有。"我说。

"连家庭存款也没有?"

"家庭存款?我哪儿有那钱,都快三十岁了才勉强请得起育儿嫂。"

"像你这样的一线特工,往往都会为自己存些钱财证券之类的,藏起来。我敢打赌你肯定开了好几个秘密银行账户。"

"我往秘密账户里存什么呢?午餐券吗?"

"善意和希望。"布莱特说,"将来总有用得上的时候。"然后拿起桌上的一份报告,那是我之前发给他的,关于沃纳·沃尔克曼的进出口生意简报——原来是为了这个：他想知道我在沃纳的生意里到底有没有捞油水。

"沃尔克曼的生意还没好到能给谁丰厚的提成——如果你是担心这个的话。"我说。

"可你希望局里能为他提供资金？"他一直站着说话。布莱特喜欢站着，走来走去，像个拳击手一样不停地调整身体重心和姿势，仿佛有无形的攻击会随时落在他头上。

"你最好换一副更好的老花眼镜。"我不客气地说，"我可没说局里要给他什么钱。"

布莱特笑而不语。等他的耐心磨光，不再扮演害羞的"好好先生"时，就会突然变得特别直接——当面质问、指责和羞辱对手，但至少这人不怎么喜欢背后捅刀子。"那可能是我看得太急，看错了吧。可这'未偿债务买卖'究竟是个什么买卖？"

布莱特这一招和高等法院的法官们一样：斜倚着身体问出庭的人什么是"大男子主义"或者"大型计算机"。其实他们心里有数，只不过需要得到同样的回答作为确认，并计入庭审记录罢了。

"沃尔克曼帮西德的公司筹集资金，好让他们把商品出口至东德后能及时收到付款。"

"他是怎么办到的？"布莱特低头翻了翻桌上的报告问道。

"得处理一大堆令人头疼的复杂文书。"我回答说，"不过简而言之就是，把货运细节和价格发给一家东德银行，让他们签字、盖章；和东德进口方照谈好价格并确认无误，再协商好付款日期，之后沃尔克曼再去找一家或者多家西德银行，或者其他能够提供现金的机构，出具之前签好字的那份'背书'材料，对出口商品进行贴现——就是这样的生意。"

"类似于保付代理业务?"

"比那个要复杂,需要广泛的人际、打通许多关节,其中绝大多数是官僚。"

"然后你的朋友沃尔克曼从每笔交易中抽成。这生意可真不错。"

"这生意可不好做,布莱特。"我说,"中间总会有不少人提出各种各样的要求,说下笔生意要再多给他们百分之几点几,否则就不让他继续做了。"

"沃尔克曼可没有任何银行业的工作背景,他就是个骗子吧。"

我努力控制着呼吸的节奏,耐着性子缓缓说:"干这行不需要深厚的金融或银行业背景。这事沃纳·沃尔克曼已经干了很多年,在东德建立了不错的关系网,不用费多大劲就能出入东德边境。那边很喜欢他,因为他会想办法帮东德出口公司做捆绑交易——"

布莱特闻言举手打断我,问道:"什么捆绑交易?"

"不少银行都只愿意跟现金打交道。沃纳有资源、有办法能为愿意进口东德产品的西德客户搜罗到他们想要的商品。这样一来就能为西德公司省下不少资金,甚至还有可能促成更好的交易,让货物的出口费用和应付的进口费用金额相同。"

"是吗?"布莱特条件发射地反问道。

"沃尔克曼说不定会对我们很有用,布莱特。"我说。

"怎么个有用法?"

"收发货币、货物和人。"

"这些事情我们有人做。"

"可其中有多少人能轻松出入东德而不被盘查呢?"

"沃尔克曼有什么顾虑？"

"你也知道弗兰克·哈灵顿这人什么样——他俩关系不好，从来都是针尖对麦芒。"

"而弗兰克不喜欢的人，柏林情报站绝不会用。"

"柏林情报站就是弗兰克一人独大。"我说，"现在那边人手本就不多，布莱特，更是什么事情都是弗兰克说了算。"

"所以你想让我敲打一下弗兰克，教训他如何管理柏林情报站？"

"我写的报告你有认真看吗，布莱特？上面不是清清楚楚写着，我只是希望局里能调用我们自己的商业银行，为沃尔克曼提供累计资金保证而已。"

"说来说去还是钱的事呗。"布莱特仿佛得胜般总结道。

"只需要稍微调用一下咱们自己的银行资源罢了，用他们的专业技能给沃纳提供一些正常的协助，比如沿用现有的银行利率。"

"这种事他自己为什么做不到呢？"

"因为那些擅长处理未偿债务买卖的银行并不清楚沃纳·沃尔克曼是何许人，而咱们局里又有个过时的老规矩：临时特工没资格让情报局主任为自己背书。而我们也不能跟银行说，咱们学习这门生意的办法就是把年满十八岁的年轻特工派到东德去卧底吧。"

"那你倒是跟我说说，沃尔克曼这生意是怎么做的。"

"通过非常规银行渠道，利用货币市场筹集资金。但这样一来就得克扣下属员工的薪水，这也给他带来了不少麻烦。可是，如果他放弃这门生意，就意味着我们将失去一个了解东德的绝佳机会和人际。"

"万一哪天他搞砸了一笔生意，银行收不到钱呢？"

"哦，看在上帝的分儿上，布莱特！银行的人又不是三岁小孩子，他们知道如何应付这些事。"

"他们还会小题大做、借题发挥。"

"要是连这点事都解决不了，我们养这些该死的银行干什么用？"

"你想要多少？"

"总共一百万德国马克应该刚好。"

"你脑子是不是坏掉了？"布莱特斥道，"一百万马克？就为了那么一个没用的家伙？门儿都没有，伙计。"他说着用手抠了抠鼻翼，"这些是不是沃尔克曼教你说的？"

"他什么也没说过。相反，他总喜欢跟我显摆他的生意有多成功。"

"那你怎么知道他手头紧？"

"干我们这行的，"我说，"平时没事翻翻别人的银行账单也不是什么大事。"

"早晚有一天，你会因为暗地里搞这些调查而惹到不该惹的人，把自己给坑死的。要是被人发现了你怎么办？"

"我会赌咒发誓说只是在例行公事，正规调查。"我答道。

"确实是你的作风。"伦斯勒恨道。

我整理衣服准备离开办公室时，伦斯勒忽然叫住我："等等，要是我告诉你布拉姆斯四号指名要见你，你会怎么说？假如我说，除了你，他不相信局里其他任何人呢？假设如此，你有什么看法？"

"我会觉得这家伙看人还挺准。"

"行了，别抖机灵了。咱们认真谈谈。"他无奈地说。

"假设如你所说,那么证明他只信任我一个人,仅此而已。毕竟整个局里真正跟他有过个人接触的人并不多。"

"你这个回答可真是滴水不漏,伯纳德。这么说吧,楼下的评估小组已经开始怀疑布拉姆斯四号叛变了。我跟楼下的团队谈过,他们大多数人都认为:说不定赛拉斯·冈特一开始在酒吧里遇上他时,他就已经是克格勃高级成员了。"

"就楼下那个团队,"我一字一顿地耐着性子说,"哪怕克格勃高级特工手里挥舞着红旗直接走到他们面前,他们也认不出的。"

伦斯勒点了点头,似乎在认真考虑自己的下属是否果真如此没用。"或许你说得对,伯纳德。"每次叫伯纳德的名字,他总把重音放在第二个字上,这是他身上唯一剩下的还能看出他是美国人的地方。

正在这时,亨利·克莱夫莫爵士忽然走进办公室。他身材颀长,气质冷漠,略有些不修边幅,是英国上流社会的典型面貌,所有细节无一不用心向世人宣告他们并非那种一夜暴富的平民。

"真是太抱歉了,布莱特。"克莱夫莫主任见我也在,立刻道歉,"我不知道你们在开会。"说着他皱眉打量起我来,努力回忆着我的名字。"很高兴见到你,萨姆森。"好不容易想起了我的名字,他又说,"我听说你去赛拉斯家过周末了。玩得开心吗?他钓到什么好鱼了没?"

"台球。"我回答,"我们的时间都拿来打台球了。"

情报局主任抿嘴微微一笑,说:"是的,这听起来才更像赛拉斯的风格。"说完转头看着布莱特的办公桌又道:"我的眼镜不知放哪儿去了。是不是落在你这里了?"

"没有,主任。今天早上您没来过我办公室。"布莱特回答,

"可我似乎记得,您总会在秘书办公桌的顶层抽屉里放一副备用眼镜。要不我去帮您找找?"

"可不是嘛,你说得对。"主任道,"在顶层抽屉里,我想起来了。我的秘书生病了,今早没来——你看看,没有她我真是什么都做不好了。"说完他勾起嘴角朝布莱特笑了笑,又转头对着我微微一笑,好充分表明刚才的话只是他天性谦和开的玩笑。

说完,亨利爵士转身离开了房间,在走廊里还嘀咕着打扰了我们的"会议"很抱歉。好不容易等他走远,布莱特虔诚地对我说:"老爷子最近烦心事挺多。"

"你知道如果他走了,谁会接替他的位置吗?"我问布莱特,刚才差点儿没忍住说出"等他滚蛋了"这种话来。

"现在还没个定数。不过他很可能在任期结束后再战一轮,再次被选上,回来接着干三年。"我盯着布莱特沉默不语,他也直视着我,过了好一会儿才终于松口,"两害相权取其轻,伯纳德,和认识的上级打交道总比和不认识的强。"

6

菲奥娜和特莎两姐妹无论是外表还是性格都迥然不同。我的妻子发色较深、面部略宽，总是嘴角含笑；她的妹妹特莎却有一头近乎金色的头发，一双碧蓝的眼眸和一张表情严肃的脸，让她看起来总像个小女孩。特莎的头发并不卷曲，长度刚好披肩，有时她会用手把头发捋到耳后，有时又任由它们披散下来挡住脸，然后从头发的缝隙间往外看。

我从军情六处刚一回家，便看见特莎坐在客厅，可我一点也不惊讶。这姐妹俩关系很好——大概是因为两人从小就一起接受那个自负且专制的父亲对于"性格培养"的严酷训练，算是患难见真情，再加上过去一年菲奥娜算是不遗余力地帮助特莎挽回与乔治的婚姻——乔治是特莎的丈夫，一位富有的汽车经销商。

客厅桌上有一只冰桶，里面插着一瓶已经打开的香槟，看样子她们已经喝了不少，剩下的酒刚到瓶身标签的位置。"有什么好事需要庆祝吗？"我一边脱下外套挂在门廊的衣架上一边问。

"别这么俗气。"特莎嗔怪道，顺手递了一支细脚香槟杯给我，淡黄的液体装得满满当当，就差溢出杯口了。和有钱人结婚就会遇到这种问题：他们对何为"奢侈"根本没有概念。

"八点半吃晚餐。"菲奥娜说着给了我一个象征性的拥抱，一只手上还拿着香槟，此刻正高高举着以免亲吻时泼到我身上。

"迪亚斯太太很好心,答应留下来帮我们做晚餐。"她说。

迪亚斯太太是一位葡萄牙人,是我们的管家兼勤杂工,总会留下来帮忙做晚餐。我暗自琢磨,不知道请她得花多少钱。这笔钱和其他许多家庭开销一样,都是从菲奥娜的个人信托基金收益里出的,最后总被湮没在账本上的一大串开支记录中。她知道我不喜欢这样,但相比于和我吵架,我猜她更讨厌做饭。我在沙发的另一边坐下,尝了一口香槟,赞道:"好酒。"

"是特莎带来的。"菲奥娜说。

"是我的一位追求者送的。"特莎带着一丝狡黠说。

"我可以问问他叫什么吗?"我说,却见菲奥娜拿眼瞪我,我只装作不知情。

"等时机成熟自会告诉你,我亲爱的姐夫。"特莎回答,"目前暂时'无可奉告'。"

"这么说,他目前是'现行犯'?"

"你可真讨厌!"特莎斥道,然后大笑起来。

"乔治还好吗?"我又问。

"我俩各过各的。"特莎回答。

"别提这些不开心的。"菲奥娜说。

"我没有不开心。"特莎说着用戴满珠宝的雪白玉手捋了捋头发,"我很喜欢乔治,现在、将来都不会变,可我们不适合一起生活,总吵架。"

"听这意思,难不成你打算离婚?"我又喝了一口香槟问。

"乔治不想离婚。"特莎解释道,"家里现在对他来说基本就是酒店,周一到周五回家住,其他时间带着他的漂亮小妞去乡下别墅。"

"乔治真的找了漂亮小妞?"我敷衍地问了一句。

"真有此事。"特莎却说,"不过最近他忙着赚钱,不知道还有没有时间管别的。"

"真是个幸运的家伙,"我说,"我认识的其他人都在赔钱。"

"唉,所以这就是乔治聪明的地方啊。"特莎说,"好几年前他就开始销售小型且价格实惠的汽车了,那时候其他人都没什么兴趣。"她的语气很是自豪。即便争吵不休,妻子们依旧会为丈夫的成就感到由衷的喜悦。

菲奥娜伸手拿起香槟酒瓶,用一块干净的餐布裹在瓶身上,像一名专业侍酒师一样娴熟准确地为每个人添了酒。她很小心,不让瓶口碰触到酒杯,餐布也恰好地裹在瓶身标签以下的位置,好让人们看清标签。如此专业且精致的动作只有从小锦衣玉食、在仆人簇拥下长大的人才懂。给我斟酒时她说:"特莎想让我帮她找间公寓。"

"顺便再装修一下,以便住人。"特莎补充道,"这种事我可一窍不通。看看我家现在乱成什么样子你就会明白的。乔治很不喜欢待在家里,有时我也会想,说不定就是因为这样,我们的婚姻才会变成现在这个样子。"

"你家的房子很不错,很温馨。"菲奥娜维护地说,"就是太大了,家里就你们俩。"

"又老又旧,还很黑。"特莎却抱怨道,"说实话还有点潮湿。我能理解乔治为什么讨厌它。他不过是看中汉普斯特德这个富人区罢了,比起之前住的伊斯灵顿来说,好歹是个进步。可他又总说就算伦敦高级富人区梅菲尔我们也住得起。"

"你要买的新房子,"我问,"乔治会喜欢吗?"

"别扯了!"特莎换上自带戏谑感的伦敦考克尼口音嗔怪道——她总觉得和我说话用这个腔调更合适,"我还没找到满意的地方,所以才来找姐姐帮忙。一个人去看房时,我总是无法做出决定。那些房屋中介嘴皮子都太利索了,他们说什么我都信——这就是我的问题,总给自己惹麻烦。"

不管特莎的人生经历过怎样的麻烦,都绝不是因为她轻信人言造成的,我心里这么想着,嘴上却没有反驳,只是点点头,喝完了杯中剩下的香槟。晚餐时间快到了,虽然迪亚斯太太厨艺还过得去,可我真不想再吃她做的巴西肉烧豆了。

"你不会介意吧,亲爱的?"菲奥娜问。

"介意什么?"我一时有些摸不着头脑,"啊,你是说帮特莎找房子的事?不介意,当然不介意。"

"你真是个好人。"特莎对我说。然后又转头对菲奥娜说:"你真幸运,在我认识伯纳德之前就下手了。我不是一直说嘛,他绝对是个不可多得的好丈夫。"

对于这话我没有任何回应——只有特莎能让"不可多得的好丈夫"这种赞美之词听起来像是一种令人厌恶的瘟疫。

说完那句话,特莎向后靠在沙发靠背上。今天的她穿了一条雾灰色的丝质连衣裙,从领口开始一路到裙边都用小纽扣扣了起来,柔顺光滑的材质沿着曼妙的曲线散发着一层柔和的光晕。她一只手举着香槟,另一只手把玩着脖子上的珍珠项链,每一颗都是天然珍珠。她看起来有些紧张,不停交换着双腿姿势,并下意识地用手指绞缠着雪白脖子上的珍珠项链。

"特莎有件事想跟你说。"菲奥娜忽然打破沉默。

"还有香槟吗,亲爱的?"我问。

"特莎带来的唐培里侬香槟王已经喝完了。"妻子回答,"只剩冰箱里从塞恩斯伯里超市里买的。"

"冰箱里的塞恩斯伯里香槟听起来也不错。"我说着把酒杯递了过去，顺便问道，"你想跟我说什么，特莎？"

"你认识一个叫吉尔斯·特伦特的男人吗？"她问。

"外交部的，个子高挑、灰色卷发、声音低沉，一口上流精英口音，对吗？比我年纪大些，没我帅。"

"不算是外交部的人。"特莎有些顽皮地说，"他的办公室的确在外交部，但确实是你们组织的一员。"

"这是他告诉你的？"我问。

"是的。"特莎回答。

"他不该告诉你这些。"我说。

"我知道。"特莎说，"刚才我跟菲奥娜讲的时候，她说一九七八年时，吉尔斯·特伦特还在柏林情报站工作过呢——说他是重要成员。"

菲奥娜拿着超市买的香槟回到客厅，为我斟满。我说："是吗，既然菲奥娜这么说……"

听我的口吻，菲奥娜回道："特莎是我的亲妹妹，亲爱的，她才不会敲锣打鼓地跑去跟俄国人报告你们的秘密。是不是，特莎？"

"除非遇到一个优质俄罗斯男人。但即便如此……我的意思是，你们见过俄罗斯女人的照片吗？"她把珍珠项链含在嘴里说，这个举动实在像个小孩。她喜欢当小孩。

"吉尔斯·特伦特怎么了？"我问。

听到这话特莎又开始摆弄项链。"他是我去年夏天认识的，在我家邻居办的一场晚宴派对上。当时他有考文特花园的演出票——莫扎特作曲。歌剧的名字我已经忘了，但我记得当时大家都在抱怨一票难求，可吉尔斯却能搞到票。总之，那场表演真是太迷人了。虽然我对歌剧并不是特别感兴趣，但那天我俩坐在包厢里，趁着演出休息的时候喝了一瓶香槟呢。"

"然后你就和他好上了。"我替她讲完了故事。

"他可是个风度翩翩的英俊男人，伯尼，而且当时乔治又不在——他跑去看日本人如何制造汽车了。"

"你怎么不跟他一起去？"我问。

"这种汽车制造商给经销商安排的行程，你但凡去过一次就不会这么问了。带上妻子完全是多此一举，亲爱的——每个卧室里都给安排了知冷知热的女仆服侍呢。"

菲奥娜为自己和特莎各倒了一杯刚打开的香槟，才开口道："特莎是想跟你聊聊吉尔斯·特伦特的事，可不是来做婚姻咨询的。"这是一种训诫，和所有妻子对丈夫的训诫一样，总是带着微笑开始，再以仿佛忍俊不禁的笑声结束。

"那就说说吉尔斯·特伦特吧。"我说。

"我知道你刚才是开玩笑的，不过吉尔斯其实比你年长，伯尼，年长许多。他单身，日子过得井井有条。我一开始还以为他喜欢男人，因为他总是那么干净整洁，吃穿都很讲究。他家厨房——他在国王路上有一栋豪华别墅——厨房里的刀叉和锅碗瓢盆全都按尺寸、从小到大摆放得整整齐齐：最小的在左边，然后从小到大一路往右排列，最右边的是最大的。一切都摆放得太精致了，害得我连煎个鸡蛋、切片面包都战战兢兢，生怕不小心把面包屑什么的掉到擦得明晃晃的地砖上，或者在菜板上留下刀痕。"

"那你是怎么发现他并不喜欢男人的？"我说。

"你看，我就说他不会认真听我说话的吧。"特莎对着菲奥娜抱怨道，"我就说他肯定只会讽刺我——我说对了吧！"

"这可不是开玩笑，伯纳德。"妻子说——只有在讨论严肃的事时她才会叫我伯纳德。

"你是说特莎和吉尔斯是认真的?"

"我是说吉尔斯·特伦特在给俄罗斯大使馆传递我们的情报信息。"

此言一出,现场登时一片安静。我过了好久才蹦出两个字:"该死。"

"吉尔斯·特伦特在局里可是老资格了。"菲奥娜提醒。

"比我的资历还老啊。"我叹道,"当初我刚进局里时,他就已经是培训新人的老手了。"

"他曾在柏林的信号部门工作过一段时间。"菲奥娜又说。

"是的。"我回答,"那份关于如何审讯被捕者的培训报告还是他写的呢。这事可不大好。吉尔斯·特伦特……真的?"

"吉尔斯·特伦特看起来确实不像是这种人。"菲奥娜说。举止优雅、风度翩翩的吉尔斯·特伦特一向颇受女士们青睐,他总彬彬有礼地摘下帽子行礼,身上的衬衫也总是干净平整。

"这种人一般表面上都看不出来。"我说。

"好在他和外勤特工并没什么接触。"菲奥娜说。

"是啊,这真是不幸中的万幸了。"我说着看了看特莎,"这件事你还对别人提过吗?"

"除了爸爸,再也没有了。"特莎回答,"他叫我赶紧把这些事忘掉。"

"真是个好爸爸。"我说,"每次需要的时候总会在你身边。"

迪亚斯太太端着一大盘炸虾仁走了进来。"别吃太多了,先生。"她用一贯的略显生涩和尖锐的口音说,"会长胖的。"葡萄牙人往往看起来阴沉而严肃,但迪亚斯太太脸上却总挂着微笑。我总感觉那是因为我们给她的薪水太高了。

"你真是太棒了,迪亚斯太太。"妻子面带微笑客气地赞道,不过这微笑在她发现盘子里的炸虾用的是她放在厨房、原本准备明天当午餐的材料时迅速消退。

"她可真是个难得的人才。"特莎一边赞扬一边把一块炸虾塞进嘴里,结果下一秒便不得不吐在了餐巾上——新鲜出炉的炸虾很烫。"我的天哪,好烫!"她拉下脸来。

菲奥娜最讨厌油炸食品,对我递过去的餐盘挥了挥手表示拒绝。我挑起一只虾,用嘴吹了吹然后吃掉。味道还不错。

"可以了,迪亚斯太太。"菲奥娜轻描淡写地说了一句。我转头发现迪亚斯太太还站在客厅门口,面带微笑望着我们。听到妻子的指示,她很快离开客厅回到了厨房,不一会儿厨房门内飘出一团烟雾,又传来器物碰撞的刺耳声响,我们却假装不知。

我对特莎说:"你是如何得知他给俄国人传递资料的?"

"是他自己告诉我的。"她说。

"就这么简单?"

"事情的起因是:某天下午我俩去伦敦苏活区约会,那是一间风格奇特的酒吧,吉尔斯一直在看电视播放的赛马节目。后来他的几笔下注赢了,于是我们又去了闻名遐迩的丽兹酒店,在那遇到了吉尔斯的几个朋友,他想招待他们吃晚餐以显慷慨,于是我建议去贝克街的安娜贝儿俱乐部——乔治是那里的会员。我们在那里一直待到很晚,没想到吉尔斯竟然那么会跳舞……"

"这些都是为了告诉我最后他是在床上跟你讲的私密话所做的铺垫吗?"我有些无奈地打断她。

"呃……是的。后来我俩回了他家,就是国王路上那栋豪华别墅,我又喝了几杯。实话说,当时我心里不是没想过乔治,还有各种传统女德,但我转念一想:去他的,何必呢。然后便答应了吉尔斯,留在他家过夜。"

"他到底跟你说了什么,特莎?你看现在已经快要八点半了,我都饿了。"我说。

"当天半夜我被他吵醒了。简直太不可思议了。他睡着睡着忽然大声哀号起来。那声音真让人头皮发麻,亲爱的,你都不知道——他一直哀号着'救救我'还是什么的。我的意思是:简直像噩梦一样。我做过噩梦,也看过别人做噩梦——读书时学校宿舍有一半女生每天晚上都会做噩梦,对不对?——但这些和吉尔斯的情况都不一样:他浑身都被汗水湿透了,不停颤抖,就像冬天风中的落叶。"

"你说的是吉尔斯·特伦特?"我有些讶异。

"是啊,我知道这很不可思议、很难想象,对不对?我的意思是,他平时明明看起来那么隐忍坚毅,像个军人。不过话说回来,那天半夜他被噩梦魇住了一直大喊大叫,我摇了他好久才醒过来。"

菲奥娜说:"告诉伯尼,他都喊了些什么。"

"他喊着:'救救我!是他们逼我的。'还有'求你了、求你了、求你了'。好不容易把他叫醒,我赶紧倒了一大杯矿泉水给他,他很感激地喝完,又过了一会儿,才终于振作了一些,神情也恢复了正常。可就在那时,他突然问我:如果有一天他告诉我,他是俄国人的间谍,我会怎么办?我当时说,我会嘲笑你的。他点点头说,也好,反正都是真的。于是我问他,那你当间谍是为了钱吗?——我其实是开玩笑的,因为我以为他是在开玩笑。"

"那他是怎么回答的呢?"我问。

"我知道他不缺钱。"特莎说,"他读过伊顿公学,认识许多有头有脸的大人物,还跟我父亲一样有私人裁缝,出手阔绰,而且是许多高级俱乐部的会员。你也知道现在的俱乐部会费有多贵,乔治就总抱怨这点,毕竟为了工作他经常需要带商业伙伴出入这些场所。可我从来没听过吉尔斯抱怨会员费的事。国王路的那栋别墅是他父亲给他买的,还另给了他一大笔钱,足够日常开销和吃喝玩乐。"

"同时他还有自己的薪水。"我补充。

"唉,那点工资可不算什么,伯尼。"特莎说,"不然你以为光靠你那点钱,能和菲奥娜过上现在的日子吗?"

"能过得好的人多了去了。"我说。

"可惜我们这样的人做不到。"特莎声音甜美又耐心地解释,"可怜的菲奥娜不得不去买超市的香槟,因为她知道如果买了爸爸喜欢的那种香槟,你一定会不高兴的。"

听得此话菲奥娜赶紧打断她:"你跟伯尼说说吉尔斯和俄国人接头的事吧。"

"他跟我讲了如何遇见'商务代表团'那个人的故事:某天晚上,吉尔斯去了波多贝罗路的一家酒吧——他很喜欢找那种只有当地人才知道的酒吧。快到闭店时间时,他问酒保能不能再来一杯,但被拒绝了。当时一个站在吧台前的男人主动搭话,说可以带他去苏活区的一间国际象棋俱乐部——杰拉德街的'卡尔俱乐部',虽然那里是会员制,但会一直开到凌晨三点。这个俄国人就是那间俱乐部的会员,还说要帮吉尔斯也申请会员,于是他便答应了。根据吉尔斯的描述,那家俱乐部并没有什么特别——里面的客人主要是艺术家和作家之流。吉尔斯很会下象棋,自那天以后甚至把它变成了一种习惯,每隔一段时间便会去那个俱乐部找俄国人下棋,或者观摩别人下棋。"

"他是哪天做的噩梦?"我问。

"具体日期不记得了,但离现在已经有一段时间了。"特莎回答。

"关于那个俄国人的事,他还在别的场合跟你讲过吗,还是就那天半夜?"

"后来我主动问起过。"特莎说,"出于好奇,我想知道那天他到底是不是在开玩笑。吉尔斯·特伦特知道你的名字,也知道菲奥娜,因此我猜他的工作应该也和秘密任务有些关系。上周五我跟他回家时已经很晚了,他兴冲冲地给我看了新买的电子象棋机,我说既然有了这个,你就不用总去那家俱乐部了,他却说自己喜欢那儿。我问他怕不怕别人看见他总跟俄国人混在一起,怀疑他是奸细。吉尔斯听了这话一屁股坐在床上,喃喃自语地说了些诸如'那他们可真没猜错'之类的话。那天晚上他喝了不少酒,主要是白兰地——我发现他只要一喝白兰地就容易醉,其他酒都不会。"

说到这里,特莎已经比刚才平静严肃了许多,这倒是我没见过的样子,以前在我眼中,她总是一派活泼天真的样子。"请继续。"我鼓励道。

特莎再次开口道:"总之,我当时还是认为他是在开玩笑,于是也顺着他开起玩笑来,没想到他竟是认真的。'我真心祈求上帝能让我退出,'他说,'可我现在完全落在他们手上,永远无法摆脱了。早晚有一天,我会落得个被中央刑事法院判决蹲三十年大牢的下场。'我问他难道不能逃跑吗?乘飞机逃到别的地方不行吗?"

"他怎么说?"

"他说:'最后落在莫斯科手里吗?那我宁可被关进英国的监

狱、听人用英语咒骂,也不愿意下半辈子都待在莫斯科。你能想象那种日子吗?'他这么说,随后便开始跟我讲双面间谍金·菲尔比①和另外两个间谍的故事,讲他们在莫斯科过的什么日子。我意识到他平时肯定没少看关于他们的资料,然后把自己吓得要死。"

特莎说完这番话,抿了一口手里的香槟。

菲奥娜问:"现在怎么办,伯尼?"

"这件事可不能放着不管。"我说,"必须正式调查,向上面汇报。"

"我不希望把特莎牵扯进去。"菲奥娜说。

特莎也望着我。"这可不是我能说了算的。"我说。

"要我说,最好什么也别说,就让这事过去吧。"特莎说。

"就让这事过去?"我无语,"这可不是哪个不长眼的流浪汉不小心跑到你父亲的麦田里捣乱,然后警察问你们要不要起诉这种性质的小事。你说的这可是间谍活动——如果我不汇报,那么你、我、菲奥娜很可能都要陪他一起站在中央刑事法院的法庭上接受审判。"

"是这样吗?"特莎看着菲奥娜问。她总是这样,犹豫不决时更相信姐姐而不是我。特莎的言行举止总透着一种孩子般的简单直接,就算惹人生气也很难一直怀恨在心。她真是完美印证了人们关于老大、老二的所有性格分析:妹妹特莎为人真诚却肤浅,充满爱心却善变,喜欢在人前表现自己,却又缺乏成为演员的足够自信;而菲奥娜则展现出家中老大的所有性格特征:沉稳、自

---

①英国军情六处特工金·菲尔比(Kim Philby)是冷战时期最知名的双面间谍——原本负责反苏情报工作,多年来却一直向苏联出卖英国情报,被发现后终在一九六三年投奔苏联。

信、聪慧，总是冷眼打量着周遭的人、事、物，善于发现问题。

"是的，特莎，伯尼没有骗你。"

"我会尽力避免把她牵扯进来的，"我说，"但无法做出任何承诺。不过，我想告诉你一件事：要是我费尽心力从这件事中把你的名字抹去，你却把此事透露给了任何其他人，比如你们的父亲，那我一定会想尽一切办法，让你和他以及所有知情不报的人受到法律的制裁。"

"谢谢你，伯尼。"特莎回答，"要是那样乔治可要倒大霉了。"

"我担心的就是他。"我说。

"你其实没那么可怕。"特莎说，"其实你心肠挺好的，你自己知道吗？"

"你要再敢这么说，"我看着特莎，"我就把你的鼻子打断。"

她闻言笑了起来，说："你真有趣。"

说完这些事，菲奥娜去厨房查看晚餐准备如何了，特莎则从沙发一头朝我这边挪了挪。"他是不是有大麻烦了——我是说吉尔斯，会有大麻烦吗？"她的声音透着紧张，对我有种一反常态的恭敬，就像一个病人询问即将做出诊断的医生。

"只要他愿意配合，就不会有事。"这话自然是假的，可我不想让她过分担心。

"我敢肯定他一定会配合的。"特莎说着又喝了一口香槟，然后微笑地看我，那表情显然在说：我一个字都不相信。

"他和那个俄国人来往多长时间了？"我问。

"有一阵子了。你一定能查到他是何时加入象棋俱乐部的吧？"特莎摇晃着酒杯，看着香槟浮起绵密的气泡。当年遇到乔治时，她可没少用到在戏剧学校学习的表演技巧，最后选择了嫁给乔治而非进军演艺圈。此时她把头偏向一边，意有所指地看着我说:"吉尔斯不是个坏人,他只是有时会犯傻。"

"我得找时间再和你谈一次,特莎,到时候你可能需要把今天讲的所有事情跟调查官再讲一遍,还要写下来、签字证明。"

她用一只手指轻抚着香槟酒杯,沿着杯口划了几圈,说:"如果你答应我对吉尔斯手下留情,我就帮你。"

"我会手下留情的。"我保证——真让人头疼。我若非如此回答,她岂能消停?

盛晚餐的瓷器是明顿牌的,餐桌上摆放着结婚时菲奥娜父母赠送的银质餐具,还有我父亲送的一尊玻璃花瓶,那是他在柏林跳蚤市场淘来的。当年住在柏林时,他每周六早上都会去跳蚤市场转转。圆形餐桌很大,我们三人只能并排坐在一起才方便说话。我和菲奥娜坐在特莎两侧。今晚的主菜是炖鸡肉,分量很少,盛肉的盘子却很大。迪亚斯太太上菜时,雪白的围裙上多了一大块棕色的肉汁印渍,脸上也没了笑意。等她上完菜回到厨房,菲奥娜才悄悄说,迪亚斯太太把那个小的盛肉碗打碎了,一半的炖鸡肉都撒在了地板上。

"我们为什么要悄悄说话?"我说。

"我就知道你要吼。"菲奥娜说。

"我没吼。"我反驳道,"我只是说……"

"你说的话我们都听见了。"菲奥娜打断我道,"要是你惹迪亚斯太太不高兴,辞职了……"剩下的话她没说。

"你为什么说得好像这是我的错?"我问。

"只要什么东西坏了,他总是这个样子。"菲奥娜对妹妹抱怨道,"除非那东西是他自己弄坏的。"

我舀了点少得可怜的炖鸡肉，又盛了一大碗米饭。菲奥娜拿出橱柜里剩下的几瓶上好红酒，我开心地倒了一杯。

"等伯纳德走了，你愿不愿意来陪我住一段时间？"菲奥娜问妹妹。

"你要去哪里？"特莎问。

"这件事还没定呢。"我说，"还不确定我是不是真的要走。"

"柏林。"菲奥娜无视我，直接回答特莎，"我不想自己一个人住。"

"我很乐意，亲爱的。"特莎回答，"什么时候来？"

"我说了，还没定呢。"我坚持，"我也不一定会去。"

"快了。"菲奥娜继续无视我，"下周吧，最迟下下周。"

迪亚斯太太回到餐厅收拾碗碟，同时听取人们对她烹饪的赞美。菲奥娜对她的手艺大加赞赏，特莎也在一边跟着帮腔。

"萨姆先生呢？"她总是称呼我"萨姆先生"，从不说"萨姆森先生"。"萨姆先生……他喜欢吗？"这问题她是看着菲奥娜问的，却不直接来问我，这让我想起了那天听着赛拉斯舅舅、布莱特·伦斯勒和理查德·克鲁耶当着我的面，旁若无人地讨论我能不能活着从柏林回来的场景。

"你看他的盘子，迪亚斯太太。"菲奥娜语气轻快地说，"吃得一干二净。"

我是吃得一干二净，但那是因为我原本就只分到了一小只鸡腿和一小块胸颈肉。大部分炖鸡肉现在正堆在外面的花园里，而邻居家的猫群正围着它们大快朵颐——我能听见后门外的空牛奶瓶被撞倒的声音。"非常美味，迪亚斯太太。"我说，菲奥娜冲我投来赞许的微笑，可等迪亚斯太太离开餐厅后，那笑容却立刻褪去了。"你就非得语带讥讽吗？"她说。

"是很美味啊,我是认真的。"我说。

"下次中介再带新的女佣来时,你自己面试吧,到时候你就知道我们现在有多幸运了。"

特莎给了我一个拥抱,说:"菲奥娜,我亲爱的姐姐,你别对他这么凶。上次在我家寄宿的学生把乔治的影碟机掉地上了,他的态度可比伯纳德糟多了。"

"啊,说到这个我倒想起件事。"菲奥娜说着探出身体看着我,"你不是说今晚要把W.C.菲尔德斯的喜剧电影录下来吗?"

"啊,对!"我差点儿忘了,"几点开始来着?"

"八点整。"菲奥娜说,"恐怕现在已经来不及了。"

闻言,特莎立刻伸手捂住我的嘴。

迪亚斯太太端着餐后点心奶酪和饼干走了进来。"我早就提醒他设闹钟。"菲奥娜说,"可他就是不听。"

"男人不都这样吗?"特莎说,"你应该跟他说'别设闹钟',这样他反而偏要设。我每次都这么对付乔治。"

吃过晚餐,特莎便早早离开了,说是和"一位旧校友"约好在伦敦萨沃伊豪华酒店里的酒吧见面。"看来不是一般的校友!"菲奥娜出门送特莎,等她回来后我说。我总让妻子独自送妹妹离开,因为姐妹间通常会在分别时说些私密的体己话。

"江山易改,本性难移。"菲奥娜叹道。

"可怜的乔治。"我说。

菲奥娜在我身边坐下,给了我一枚香吻,然后问:"我今晚是不是很不讨人喜欢?"

"*Asinus asino, et sus sui pulcher*[①]",我用一句拉丁语

[①] 直译是"A donkey (is) beautiful to a donkey, and a pig to a pig",即为:一头驴看另一头驴怎么都是美的,猪也一样。

谚语回答她，又用英语解释，"公驴不嫌母驴丑，猪公不怕猪婆臭。"

她大笑起来："刚遇见你时，你也总爱引用拉丁语谚语，现在却很少听你这么说了。"

"说明我成熟了。"我回答。

"可别熟过头了。"她说，"我爱你本来的模样。"

我的回应是一个长长的吻。

"可怜的特莎，会遇到这种事也没办法，对吧。她总是这样大大咧咧，脑子缺根弦，连自己的生日都能记错，谁能指望她记得具体哪天遇见的吉尔斯。我很高兴你没有当场臭骂她一顿，或命令她按照时间顺序把事情从头到尾说一遍。"

"早晚会有人那么命令她。"我说。

"你今天工作是不是很辛苦？"她问。

"布莱特·伦斯勒不愿意让银行给沃纳提供帮助。"

"你和他吵架了？"菲奥娜问。

"他觉得有必要拿十五年的资历来震慑我。"

"他怎么说？"

我把布莱特在办公室说的话转述给菲奥娜。

"以前你脾气可没这么好，比这温和的情况都能让你暴跳如雷。"菲奥娜听完我的描述说。

"他这是试探我呢。"我说，"我根本没把他的话当真。"

"全部都没当真？"

"伦斯勒和克鲁耶并不真的相信布拉姆斯四号叛变——情报局局长也不相信，这一点我可以打包票。要是他们真相信他是克格勃的人，就不会费这番工夫考虑派谁去找他，并且早就把柏林站的所有文件秘密处理了，根本不可能打上'立即行动'的标签通知各处。他们会忙着准备各种借口和真假参半的说辞来为自己的失职开脱，并想办法在东窗事发时设置障碍，阻挡调查质询。"我把特莎剩下的红酒倒进自己的杯子接着说，"他们对我也没有疑心，否则在了结此事之前，绝不会让我靠近情报局半步。"

"可他们不得不让你参与——布拉姆斯四号坚持只和你见面。这件事我早跟你说过。"

"他们真正的想法是：布拉姆斯四号是过去十年内最优质的情报线。当然，每次都得等这条线快消失时，他们才会想起来。"

"那你对特伦特这件事又怎么看？"

我顿了顿，有些迟疑。这件事目前只能靠猜。我看着她，脸上的表情将心中的不确定表露无遗："接触特伦特的或许是克格勃的人，打算通过他渗透到军情六处内部。"

"我的天哪！"这次菲奥娜是真的惊了，"俄罗斯人打算从我们这里获得布拉姆斯四号的资料？"

"他们想清查布拉姆斯四号的身份。他可是情报局保护最严密的特工之一，这是得益于他和老赛拉斯之间的盟约，而赛拉斯是一个信守诺言的人。因此他们唯一能够追查关于布拉姆斯四号的办法，就是了解伦敦总部究竟得到了什么材料。"

"这根本不可能。"菲奥娜说。

"怎么说？"我问。

"因为吉尔斯根本不可能接触到布拉姆斯四号的资料——全是最高机密，就连我也看不到。上面只会让你知道一星半点儿的必要信息。"

"可是俄国人并不见得知道这一点。在他们看来，吉尔斯级别很高，肯定能查阅任何文件。"我说。菲奥娜盯着我的眼睛，仿佛想看进我的内心深处——"你认为布拉姆斯四号有没有可能从某种渠道得知了克格勃正在追查他的消息?"她问。

"有可能。"我说,"这正是我的推测。布拉姆斯四号提出退休是为了争取谈判的筹码,迫使局里更换他的情报上线。"

"这件事真是越想越可怕。"菲奥娜说,"我真的不希望你去找他——这不是一两天就能解决的事,而是事关敌我双方、牵一发而动全身的艰巨任务。"

"可我想不出除了我,他们还能派谁去。"我坦言。

菲奥娜忽然愤怒起来。"你这浑蛋其实就是自己想去!"她吼道,"你和那些家伙一样——很怀念,对不对?你很怀念那种枪林弹雨、命悬一线的日子!"

"我并不怀念。"我说。这是实话,可她并不相信。于是我伸出双臂拥抱住她,把她拉到怀里说:"别担心。我已经老了,不敢冒险了。"

"这个任务就算不冒险也可能出事。"

我还没有告诉她,沃纳已经打过电话催我回去了——要是说了,只会让事情变得更复杂。于是我只告诉她,我很爱她——这也是实话。

7

天气真是冷得要命——什么时候夏天才能来啊？我把双手藏在外套口袋里，竖起衣领，步履匆忙地在伦敦苏活区的大街上穿梭。才傍晚时分，大多数商店却已关门，门口堆满了垃圾袋，等着第二天清晨被收走。白天熙熙攘攘的大街此刻却了无生气，只剩下一家色情商店和几座破破烂烂的"成人"电影院尚且开着。此刻的我对卡尔俱乐部无比渴望，期待里面充斥着烟味的温暖空气和特调辛辣朗姆酒，还有独此一家提供的国际象棋游戏。

卡尔俱乐部是特莎绝不会涉足的那种地方，位于苏活区拉德街的地下，原先是一家葡萄酒公司的地下储藏室，之前的地面建筑在一九四一年四月的德军大轰炸中不幸被击中，烧成了灰烬。俱乐部由三个彼此相连的宽敞地窖构成，天花板是硬质纤维板，有一个噪声很大的中央供暖系统，古老的砖墙被漆成白色，反射着每个座位上的台灯光，恰好能照亮桌上的国际象棋板。

让·卡尔是一名波兰退役军人，战争结束退伍后却发现已无法回到祖国，于是开了这间俱乐部维持生计。如今，他已是个白发苍苍的老人，顶着一个硕大的酒糟鼻；他的儿子阿尔卡迪也已长大，平时经常在俱乐部的吧台帮忙；客人们大多数还是波兰人，混杂着少部分来自东欧其他国家的流亡者。

扫视了一圈,我发现除了第二个地窖改的房间里的两个年轻人,今天的俱乐部里没有一个熟脸。那两人是国际象棋比赛冠军,此刻正彼此切磋棋艺,周围已经吸引了一帮围观者。对于象棋没那么讲究的客人,比如我,都待在另两个地窖房间里等着酒菜。此时俱乐部里已有不少客人,大多数是老人,留着大胡子、顶着黑眼圈、嘴里叼着卷曲的大烟斗。远处一角的墙上挂着一台时钟,下方坐着两个男人,都穿着不太合身的衣服沉默地盯着桌上的棋盘。他们偶尔看向对方,目光炯炯,仿佛都憋着一口气;他们的棋下得很没有耐心,只要看见对方的棋子出现在攻击范围内便会一口吃掉,就像小孩子玩跳棋一样。我选了一个能看见俱乐部大门的角落坐下,在面前摆上棋盘、棋谱和酒水,只要有人进来,就躬身在会员簿上签名,我都能看清。

吉尔斯·特伦特提早来了。时隔多年再次端详他,我发现他比记忆中老了一些。特伦特摘下棕色窄边呢帽,动作有些局促,显得很紧张,就像被叫到校长办公室的学生;银灰色的头发长度刚好遮住了耳朵上缘。他个子很高,俱乐部的天花板却很低矮,以至于不得不弯腰低头才能避开悬挂着粉色流苏灯罩的吊灯。特伦特脱下雨披挂在木质衣架上,伸手指捋了捋头发,仿佛担心发型不够精致;他穿着格伦格牌高级格子西装,那是高级白领们的最爱,如此精致高贵的装扮自然少不了配套的西装背心和金怀表链。

"你好,卡尔。"特伦特向老板打了个招呼,后者正坐在暖气旁自得其乐地啜饮着最爱的兑水威士忌。俱乐部的成员们大多称呼他为"卡尔",只有几个上了年纪的波兰人知道"卡尔"其实是他的姓氏——他们曾和他一起在意大利服役。

特伦特站在吧台前,年轻的阿尔卡迪正忙着给客人安排冷盘和酒。这里的独家朗姆酒据说是老卡尔在意大利打仗时发明的，除此之外，还有上等咖啡、常温啤酒、加冰的伏特加，以及关于象棋的胡乱建议和难喝的茶。特伦特点了朗姆酒。

"切列斯塔科夫先生还没有来。"年轻的酒保告诉特伦特说。

特伦特低声抱怨了一句，转身环视着俱乐部，我则低头装作在看棋盘的样子，一只手托着下巴，手掌正好挡住脸。

特伦特的俄国朋友十分钟后姗姗来迟。他穿着昂贵的驼毛外套和高级皮鞋，身高只到特伦特的肩膀，大腹便便、手掌宽大、面带笑容。男人摘下帽子，露出一头梳得油亮的乌黑头发，头顶梳得高高的，并齐齐整整地分开。见到特伦特，俄国人露出微笑，用手拍了拍他的肩膀并亲切地询问他近来可好，还称呼他为"同志"。

我了解这类人：乐于展示苏联的友好和美好一面的苏联官员——那种总会带着高级伏特加参加聚会的人，他们会冲你眨眼，摆出一副讲义气、重友情的模样，仿佛为了友谊可以随时开后门、送人情。

特伦特想必是问了男人想喝什么，因为我听见俄国人大声回答："伏特加。我来这儿就是为了品尝咱们波兰朋友的上等'野牛草'伏特加！"他的英语是在电子教学机上学的，听起来很流畅，却没什么节奏感，毕竟那是必须经常与真人对话才能学会的。

两人在特伦特选的位置坐下。俄国人连喝了好几杯伏特加，不管特伦特说什么，他都恰到好处地发出愉快的笑声，并吃着腌鲱鱼配黑面包。

俱乐部的每张桌子上都摆着一张象棋盘和一只装着老旧棋子的盒子。特伦特把棋盘摊开，又一一放好棋子，动作机械，显然心事重重。反观那个俄国人却是一副轻松自在的模样，一点担忧的神色也没有。他狼吞虎咽地嚼着鲱鱼、咬着面包，神情愉悦，并不时高声询问吧台后的让·卡尔关于天气预报、美元汇率、运动比赛等资讯。

让·卡尔曾在一九三九年被关进俄国战俘营，被释放后加入"安德斯将军的波兰军团"，因此他不喜欢俄国人，回答总是礼貌而简短。可特伦特的俄国朋友对此却好像全无察觉。他对老卡尔的每个回答都报以微笑，对冷淡的否定答案也友好点头以示遗憾。

我起身走到吧台前，又点了一杯饮料——这次是咖啡。我背对他们而立，刚好能听见特伦特在说什么。

"事情进展很慢。"特伦特说，"一切都需要时间。"

"我忽然想到一个疯狂的点子。"俄国人说，"把你现在手上有的东西拿到贝克街的复印店去，全部复印一份——就是之前你去过的那家。"

俄国人嗓门儿不小。即便背对着他们，我也能感觉到特伦特轻扯他的衣袖，提醒他小声一点。特伦特再次开口，声音更轻了些，说："交给我来办。"他语气有些焦躁，明显不想再继续这个话题。

"吉尔斯，我的朋友！"俄国人说道；他口齿有些含糊，竟像是喝醉了的样子，"我当然会交给你来办。"

酒吧老板的儿子为我倒了咖啡，我端着杯子回到座位，换到另一张椅子坐下，好让自己继续保持背对他们的姿态。我面前的墙上挂着一副波兰毕苏斯基将军的画像，玻璃画框虽然有些斑驳，却依旧能映出身后人的些许影子。

我选了棋谱上一九二七年国际象棋锦标赛中卡帕布兰卡对阵

阿列欣的名赛之一，照着样子排阵布局，却看不太明白。等我照着棋局走到卡帕布兰卡赢得比赛的那一步时，特伦特和那个俄国人已经走上楼梯、离开了俱乐部。

"介意我坐这儿吗，伯纳德？"等我收拾好棋子放回棋盒里并折起棋盘后，老让·卡尔忽然走到我身边，"我已经好几年没见你了。"

"我结婚了，让。"我说，"再说我也不怎么会下象棋。"

"你父亲的事我听说了。真的很遗憾。他是个好人。"

"已经过去了。"我回答。

他点点头，然后提议请我喝一杯。我告诉他自己马上就要离开。让扭头看了看俱乐部，已经没剩下几个客人了，剩下的人都跑到隔壁房间去看那两人下棋，据说是棋逢对手、难分胜负。"今天是来公干的吧？是不是为了那个俄国人？"

"哪个俄国人？"我装傻。

"那个蛮横无理的浑蛋。"让·卡尔骂道，"正常人若是明知自己不受欢迎，谁还会厚着脸皮往前凑。"

"都那样的话，俄国人就没地方可去了。"

"这事我不会说出去的，你放心，就连我儿子也不会说。"

"那样最好，让。"我说，"这件事很敏感，得加倍小心。"

"我恨俄国人。"他说。

吉尔斯·特伦特的房子是前窄后宽的乔治时期风格，是联排别墅的其中一栋，最初是做投机生意的建筑商们在一八五一年英国举行万国工业产品博览会时建造的，后来切尔西这个地方逐渐成了高级白领和商人青睐的上流区域。特伦特家的大门是黑色镶板，上嵌着一只铜狮子头的门环。此刻别墅门口正站着一个人——他名叫尤里安·麦肯锡，是刚进军情六处不到半年的一个年轻人。我选他来监视特伦特主要是因为我知道他不敢问东问西或要求我先写申请。

"半个小时前他搭出租车回来了。"麦肯锡告诉我，"里面就他一个，没有别人。"

"灯呢？"

"只有一楼亮了灯——我好像还见着屋子后方亮了灯，估计是他去厨房给自己泡热可可喝了吧。"

"你可以下班了。"我对麦肯锡说。

"您不打算让我陪您一块进去吗？"

"谁说我要进去了？"

麦肯锡勾起嘴角一笑。"行，那祝您好运，伯尼。"他语气轻快，还开玩笑地行了个军礼。

"作为一个在局里工作了将近二十年的人，居然被还在试用期的新人称呼'伯尼'——"我说，"真让我怀疑自己是否本事不足，或许这辈子都坐不上局长的位置了。"

"对不起，长官。"麦肯锡立刻道歉，"我没有不尊敬您的意思。"

"那就赶紧走。"我说。

用铜制的门环整整敲了三次，吉尔斯·特伦特才慢吞吞地前来开门。"什么事？！"门刚开了一条缝就听见他抱怨。

"是特伦特先生吗？"我语气恭敬地说。

"怎么回事？"他看着我，仿佛在看一个素未谋面的陌生人。

"我们最好进屋再说。"我回答，"这可不是能在门口随便聊的事。"

"别别别,半夜三更的,你干什么?"他拒绝道。

"我是行动组的伯纳德·萨姆森。"我自报家门——看来刚才在俱乐部根本没必要担心吉尔斯·特伦特认出我:此刻我就站在他跟前,他看我的眼神却依旧像打发上门卖吸尘器的推销员。"我负责德国事务,直接上级是理查德·克鲁耶。"我再次说明。

本以为这样的说明能瞬间扭转他的态度,却没想到他只是不耐烦地咕哝了一声,向后退了一步让我进门,嘴里仍念叨着"有什么事不能等到明天早上再说"。

大门后是狭窄的门廊,两侧墙上贴着摄政风格的条纹墙纸,挂着镶着精致边框的某个我不认识的荷兰艺术家的版画。门廊尽头有一段狭窄的楼梯,旁边一扇打开的门内露出装修颇具现代感的厨房一隅。别墅内部的陈设井井有条:墙上没有一丝划痕,墙纸干净崭新,地毯上也没有一点污渍……所有的一切都在宣告着房主是个富有且讲究生活品位的人,并且没有孩子。

走过门廊便进入了被特莎高度赞誉的"豪华又精致"的客厅。客厅地面铺着一张白色地毯,墙也漆成干净的白色,白色沙发点缀着金色铜质钮钉,甚至连墙边的小型钢琴也是白色的,旁边的墙上还挂着一张几乎没什么色彩的抽象画。吉尔斯·特伦特的品位竟是如此,真令我难以置信:这种室内装修风格很容易让人联想到那些和富豪离婚并获得大笔赡养费的年轻女人。

"你最好有十万火急的事。"特伦特瞪着我说,既不打算请我喝点什么,也无意让我坐下,或许是觉得我身上的防水风衣和他的白色客厅风格不搭吧。

"的确是很要紧的事。"我说。特伦特已经换掉了之前在卡尔俱乐部系的领带,换了一条丝质围巾,平整地塞在敞开的衬衫衣襟下;原本的外套也换成了羊绒针织衫,脚上跐着灰色天鹅绒拖鞋。我很好奇，不知他是每天回到家、睡觉前都要重新打扮一番，还是听到敲门声才特地换上这身行头来开门——所以才用了那么久时间？难不成今晚特莎要来？

"我想起来你是谁了。"特伦特突然说，"你是那个和菲奥娜·金博哈金森结婚的男人。"

"今晚你去了卡尔俱乐部，是吗？"我单刀直入地问。

"是的。"

"和俄罗斯大使馆的一名工作人员见面聊了会儿天？"

"那是一家国际象棋俱乐部。"特伦特回答，然后走到刚刚坐着的椅子旁，把放在茶几上的笔放进旁边摊开的书里——那是法国作家埃米尔·左拉的《萌芽》。他合上书、放回书架，摆在阿加莎·克里斯蒂的精装书系列和其他侦探小说的旁边。做完这一切后特伦特才接着说："我和俱乐部里的不少人都聊过天，谁有空便下一局象棋。我并不知道他们都做什么营生。"

"你今晚见的人在外交人员名录里被登记为大使馆第一秘书，但我认为他的真实身份是克格勃的密探。这点你怎么看？"

"我没考虑过这些，不管是秘书还是密探。"

"是吗？你没考虑过这些？你介意我汇报时复述你的原话吗？"

"别想威胁我。"特伦特说着打开刚才放在小说旁边的银色盒子，从里面拿出一根香烟，掏出打火机点燃吸了一口。这一系列动作看着像是在拼命压抑心中的怒火。他对我说："萨姆森先生，论地位和工作职位，我都是你的上级。你没资格半夜闯进我家，拿你们平时以大欺小那套来对付我。"

"你不会认为地位和职位能赋予你特权，可以定期会见克格勃密探，为他们提供内部材料复印件，且不被质询吧？"

特伦特闻言脸色有些泛红，转开头避开了我的目光，但这个动作却更凸显了他的不安："什么复印件？我听不懂你在说什么？"

"我希望你不会傻到告诉我，你只是帮他复印象棋棋谱，或者说你和克格勃密探会面是情报局局长的指示，又或者是受命于某个不能透露姓名的神秘大人物。"

特伦特转过头，走到我面前，用手点着我的胸口说："我要告诉你的是——立刻从我家离开。有任何问题，请你去找我的律师谈。"

"我不认为找律师是一个明智的选择。"我用尽可能友好的语气对他说。

"出去。"他终于下了逐客令。

"你不打算再说句诸如'我一定会让上面炒你鱿鱼'这种话吗？"我问。

"滚。"他又说了一遍，"不管是谁派你来的，请你回去告诉他，我会动用法律武器保护自己的权益。"

"你没有这种权益。"我说，"阅读并签署情报工作的相关法案是你的日常工作，应该很了解里面的内容吧？"

"我很确定里面没有任何一条规定说：当某个职场新贵半夜闯入我家、红口白牙地污蔑我叛国或者别的什么莫须有的罪名时，我没有权利请律师帮忙。"

"我并没有污蔑或指控你任何罪名，特伦特，我只是问了你一个简单的问题，而你却给了我无比复杂的回答。若是把律师牵扯进来，这种行为一定会被我们的上级领导视为一种挑衅。他们会认为你有意选择对抗，特伦特，而这种对抗你必输无疑。"

"我会赢的。"

"请你冷静一点好好想想，特伦特——就算诉诸法律，甚至发生奇迹让你胜诉并获得赔偿，你认为还能保得住现在这份工作吗？到时候丢了工作，你去哪儿再找一份？不可能的，特伦特，你必须忍受被我这种地位低微的人质询，因为这份工作就是如此——而这也是你唯一的工作。"

"等等，等等——让我先搞明白两件事。"他说，"是谁告诉你，我定期和那个所谓的俄国外交官联络的？"

"我们的审讯工作很有意思：能提问的只有审讯者，而被审讯者只能回答问题——你还专门写过相关的培训资料呢，一定比我更清楚吧。"

"所以现在你是在审我？"

"是的，我在审你。"我说，"并且认为你绝对有罪——我认为你是俄国人的间谍。"

特伦特摸了摸脖子上的丝巾，仿佛怕热似的用手松了松。他终于害怕了——特伦特不是一个会屈服于武力恐吓的人。身体上的痛苦、不适甚至折磨，对他来说反倒是一种享受，因为在特别学校受训时便已习惯了这些。令他恐惧的是别的东西：自己多年苦心经营的完美形象毁于一旦。推测一个人内心真正的恐惧是我工作的一部分，但我只点到为止，然后转移话题去谈论一些无关紧要的事，留出足够的空间让对方慢慢琢磨，直到他自己回过味儿来，亲手剥掉内心的保护壳，令恐惧直击要害。

因此，我没有继续告诉他，一旦此事暴露会对他的名誉和形象带来怎样的伤害，只说要想让我不再追查甚至毁掉到目前为止收集的所有相关材料其实很容易——只要他明天早上走进我的办公室，主动交代情况即可，如此一来，所谓的审讯和调查便不再成立，变成由特伦特主动汇报被俄国外交人员私下接触、试图策反他的事，而我们则将计就计，指示他下一步该如何进行。

"局里会允许这么做吗？他们会同意把这事算作我主动汇报吗？"

上面的话自然是我编来吓他的，哪有什么报告文件需要修改或者销毁。特莎说的事我从未跟旁人透露过，可我还是摆出开明的姿态点点头说："你自己想想局长更愿意看到哪个结果吧，特伦特。若是我们发现你和俄国人接触，那就是个大问题、大麻烦；可若把这事解释为你受我们指示、打入敌人内部的话，就变成我方取得的小小胜利了，不是吗？"

"有道理。"

"当然——这里面的门道我可清楚得很。"

"所以你希望我继续和他见面？"

"没错。但你要直接向我们汇报，将他蒙在鼓里。"

特伦特脸上终于露出了笑容，看来他觉得这个主意不错。

我把我的计划详细地跟他说了好几遍，特伦特的态度终于变得和善起来，不仅为我倒了好几杯饮品，还诚恳感谢了我的宽宏大度和思虑周全。他满怀热切和感激地重复了一遍我的计划，然后抬头看着我，等我点头确认——经过长达一个小时的交锋，我在他心中已成功荣升为一位神父、保护者乃至救赎者。"完全正确。"我向他确认，并在声音里添上了一丝暖意，"只要照我们说的做，你一定不会有事。不仅一切无虞，说不定还能让这件事成为你晋升的垫脚石。"

8

　　这世上是否有从不曾怀疑丈夫忠诚的妻子？又是否有哪个丈夫从不曾对妻子的某次缺席、无意间的一句话或某天的晚归生出一瞬的疑窦？我心中有种难以琢磨、隐隐的不安，它并不确凿，只是一种令人困惑的疑虑。菲奥娜的怀抱还是一如既往地火热，对我的笑话仍和往常一样开怀大笑，看着我时也依旧眼波流转——可就是这十分动人的眼神，在我看来有时却似乎过于明媚了，以至于令我感觉像是一个女人正满怀同情地看着被她抛弃的男人。

　　我的一生都专注于解读他人的内心，但这却可能带来危险。正如医生可能对各种小症状疑神疑鬼，警察经不住贪污的诱惑，牧师屈服于物欲……每逢此时我便知道，自己恐怕对身边之人观察得太过细致了。怀疑是这份职业的核心，是间谍无可避免的职业病，但这样的习惯无论是对友情还是对婚姻，都可能造成致命伤害。

　　那天晚上从吉尔斯·特伦特那里回到家已经很晚了，身心疲惫的我沉沉睡去。第二天清早七点醒来时，菲奥娜已不在身边，自带闹钟的收音机上放着一个盘子，里面有一片涂了黄油的烤面包和一杯咖啡，早已冷却。看来她一早就离开了。

　　站在厨房里，我听见两个孩子和年轻保姆嬉闹的声音。我打开儿童房的门跟他们打招呼,又给自己倒了一杯橙汁站着一饮而尽。我努力尝试加入孩子们的游戏,却被他们大声嘲笑,因为我不知道游戏的规则是用印第安语回答。离家上班前,我对孩子们飞吻道别,但他们根本没注意。我穿上绵羊皮外套,开门下楼来到大街上、坐进车里,花了整整十五分钟才发动引擎。

夹着雪花的雨水淅淅沥沥地落下,我被堵在拥挤的车流中;好不容易到了单位大楼,却发现理查德·克鲁耶的捷豹轿车缺乏公德心,停在车位边缘,害得我费了好大力气才把车挤进旁边给我的停车位。别生气,萨姆森,能有地方停车已经很不错了,我想着——理查德,你这停车技术看来没学到家啊,恐怕给你两个车位才够。

进了办公室,我先花了半个小时打电话,询问新车什么时候送到,却始终未能得到一个明确的答复。我看了一眼墙上的时钟,决定给菲奥娜办公室打电话。接电话的是她的秘书:"萨姆森夫人今早有个会,已经出城了。"

"哦,对——她跟我提过这件事,我记得。"我说。

秘书很清楚,这只是我挽回颜面的搪塞之词——做秘书的对这种事都很敏感,于是她语气越发亲切起来,仿佛为了弥补菲奥娜的不告而别:"萨姆森夫人说今天会晚些回来。不过她上午会打电话来询问是否有人留言。她一直是这么做的。我会告诉她您打过电话。请问您是否要留下口信,萨姆森先生?"

不管菲奥娜在做什么,她的秘书小姐是否知情?——我心里琢磨着:是对女人而言必须严阵以待的事,还是可以付之一笑、无足轻重的那种——就像当初她笑着跟我讲小时候的初恋故事一样?或者,其实菲奥娜是那种对谁都三缄其口、心思深沉的女人?后者确实更像她的风格,我心中暗想。谁也无法掌控菲奥娜,这是她自己时常挂在嘴边的话。她从不曾向任何人袒露过全部的自己。

"您需要给您太太留言吗,萨姆森先生?"秘书小姐又问了一遍。

"不用了。"我回答,"告诉她我打过电话就好。"

布莱特·伦斯勒喜欢跟别人介绍自己是个"工作狂"。他似乎毫不介意用这个老掉牙的说法来定义自己——布莱特喜欢用老掉牙的词汇,他说那是给脑子不好的人讲解简单道理最有效的方法。虽说老套,这个称谓对他而言却十分贴切:他真的十分热爱工作。伦斯勒家里给他留下一大笔遗产:除了维京群岛上的房产,还有足以让他下半辈子衣食无忧的股票投资。只要他想,就算不工作也能每天悠闲地晒太阳、享受人生,然而他却依旧每天早晨八点半准时出现在办公室,从不曾请过一天病假。当然了,为了参加某些重要活动他也会请假:比如去法国海滨勒图凯过复活节,或者去多维尔降灵群岛和六月皇家围场参加赛马会,又或者参加八月的皇家柏林马展……这些日子都被布莱特用红色记号笔清楚记载在他的年度计划表里。

毫无疑问,伦斯勒从未做过前线特勤工作,唯一相关的实战经验恐怕就是在美国海军服过两年兵役,而当时他的父亲一直希望他能回家继承家族银行的产业。

布莱特的一生大部分时间都在办公室里度过:坐在旋转椅上对着答录机和另一头的人据理力争,或是在委员会上展露风度、保持微笑。他也有健硕的肌肉,但那是每天举哑铃和沿着泰晤士河边的豪宅慢跑练出来的。单从外表来看,任谁都会感叹这是保持健康的好方法，因为布莱特年纪虽长但身形依旧优雅、风度翩翩。他的皮肤是标准的健康小麦色，只有被高级滑雪场上的优质粉雪反射的阳光照射过，才能晒出这样的色泽；原本就是浅色的头发已不知不觉变成了漂亮的银白色；鼻梁上的老花眼镜和加利福尼亚高速公路上开罚单的巡警们用的如出一辙。

"我有个坏消息，布莱特。"好不容易等到他从繁忙的日程中抽出时间给我，我立刻开门见山——"吉尔斯·特伦特今早来我办公室，说他一直在给俄国人传递情报。"

听闻此言，布莱特反应冷静，并没有像上次听理查德说他老婆跟人跑了那样，突然跳起来边做俯卧撑边平静地说："愿闻其详。"

我把昨天在卡尔俱乐部的见闻告诉了他，包括那场对话的细节，以及我如何说服特伦特向局里如实汇报一切。至于我为什么会去俱乐部，以及特莎的事，则只字未提。

他安静地听完我的汇报，一次也没有打断，却站起身来用手不停拨弄着桌上小盒子里的回形针。

"你说有三个俄国人。另外两个在哪儿？"

"坐在角落里，用手指捻着棋子假装下象棋，一声不吭。"

"你确定他们也参与其中？"

"他们是克格勃的杀手组织。"我回答，"这一点也不难发现——廉价的莫斯科式西装、方头皮鞋、安静地坐在角落里。因为他们的英文不好，最多只能点杯咖啡。他们躲在暗处，目的是在需要时为出头露面的那个人提供帮助。他们三人一起行动。"

"我们的外交人员名录上真的有'切列斯塔科夫'这个名字？"

"没有，这是我编来骗特伦特的。但那人一定是克格勃的人——他穿着考究,手上却没戴戒指。您没发现克格勃的特工们从不在西方买戒指吗?那是因为戒指会在手上留下戒痕,如此一来回到俄国时便要接受质询,您懂的。"

"可你又说,在俱乐部的会员签名簿上,他们都登记为匈牙利人——你确定他们是俄国人吗?"

"他们确实没有当众大跳哥萨克舞或者演奏巴拉莱卡琴①,"我说,"但我猜那是因为他们没想到还能这么做:那个叫切列斯塔科夫的矮胖子——这自然是个假名——居然当众称呼特伦特为'同志'——'同志'!我的天哪,除了在老掉牙的电影里,我已经很久没听过这个称呼了。"

布莱特·伦斯勒摘下眼镜握在手里把玩:"那个俄国人说:'我忽然想到一个疯狂的点子。把你现在手上的东西拿到贝克街的复印店去,全部复印一份'……"

我接话道:"'……就是之前你去过的那家。'——是的,布莱特,他是这么说的。"

"在那么一个人多眼杂的地方说这样的话,一定是疯了。他就不怕被人听见?"

"这就是问题关键,布莱特。"我说,尽量不让语气听起来太过讽刺,"照他自己所说:一个克格勃特工,忽然一拍脑袋想到了一个疯狂的点子。"

布莱特继续把玩着手里的眼镜,仿佛以前从未见过这种东西:"你怎么想?"他眼都不抬地问我。

"你说呢,布莱特。"我答道,"你见过俄国人仅凭一时脑热做决定吗?您听说过克格勃特工临时起意、按照忽然想到的'疯

---

①巴拉莱卡琴,俄罗斯的传统舞蹈和乐器。

狂的点子'执行任务的吗？"

布莱特神情凝重地勾起嘴角，像是要扯出半抹笑意，没有回答。

"我曾遭遇过不少克格勃特工，他们身上都有种根深蒂固的特质——总是冷静自持、诡计多端，最重要的是思虑周全、行事谨慎。"

布莱特终于把手中的眼镜放回眼镜盒，然后身体后仰靠在椅背上，目不斜视地盯着我："你到底想说什么？"

"布莱特，俄国人做得太明显，就差当众大唱《国际歌》了。"我说，"但特伦特的行为并不轻率，而是步步小心、句句谨慎；反倒是那个克格勃的人行为浮夸，仿佛在刻意表演'切列斯塔科夫'这个角色。"

"难道你认为他们并非真正的俄国人，而是假扮的？"

"不，"我答道，"我的想象力没有那么丰富，也不认为有谁没事喜欢假扮俄国人。"

"那你的意思是，这些人故意在你面前演戏？你认为他们这么做只是为了毁掉吉尔斯·特伦特的名声，让他失去局里的信任？"

我没有说话。

"而且，为什么你一诘问，吉尔斯·特伦特就立刻坦白了呢？"布莱特又问，步步紧逼。

"我不知道。"我老实承认。

"一口吃不成胖子，老兄，咱们先别着急，慢慢来，好吗？别把事情搞得太复杂了。这些事就交给情报协调组的人去查——抽丝剥茧、查漏补缺、清查背景是他们的长项。"

"好。"我答应，"但现在最好立即派人把特伦特的住所从头到脚搜一遍——不能只是掀开床板或者拿手电筒照一照阁楼那么简单，必须彻底搜查。"

"同意。你去告诉我的秘书，让她把文件准备好拿给我签字，同时你马上安排人手去办——必须是你信赖的人。还有一件事，伯纳德，以现在的情况来看，我们或许还得请你去柏林一趟。"

"我不确定自己能否胜任，布莱特。"我用和他一样的委婉措辞回答。

"决定权在你。"他说，脸上的笑容十分友好。大多数情况下布莱特都是那个"好好先生"：会为你开门；乘电梯时让你先上；你讲笑话时捧场大笑；随和地听取你的意见并不耻下问……然而当这一切表面的寒暄结束时，最终他还是会用自己的方法确保一切进展如他所愿。

直到当晚下班，我还在想着布莱特·伦斯勒：他和军情六处其他部门的领导都不一样，尽管有时也有凶巴巴、不讲情理的一面，但比起局长和理查德·克鲁耶来说却要好相处得多。布莱特身上有种泰然自若的自信，那是生活富足的美国人独有的气质。他是唯一一个敢于挑战情报局"只有局长才能开豪车"这项不成文规定的人。除了他，军情六处的其他高管都只敢开捷豹、奔驰、沃尔沃之流，而布莱特却堂而皇之地开了一辆豪华宾利轿车，还配备了一个身穿制服的全天候私人司机。

走出电梯，我一眼便望见地下车库里布莱特那辆漆黑的宾利轿车，在灯光下散发着高级色泽。车内亮着灯，还隐隐传出立体声音响播放的莫扎特交响乐。布莱特的私人司机正坐在后座上抽烟，一边把烟灰弹进旁边的纸袋里，一边和着音乐摇头晃脑。

司机名叫阿尔伯特·宾汉,六十来岁,是前苏格兰卫队[①]的退役军人。平时工作出于职业守则不得不三缄其口,以至于一旦不在工作状态,他便忍不住喋喋不休。"您好啊,萨姆森先生。"他向我打招呼,"我是不是挡着您的路了?"

"没有。"我说,但阿尔伯特已经下了车,蓄势待发准备和我畅聊一番了。

"我刚还在想,您今晚会不会开您太太的车回家。"他说,"可后来我又想,她待会儿大概会回来自己把车开走。我知道她有多爱那辆保时捷,萨姆森先生,我们上周还聊过此事呢。我说我可以找人帮她把车上的零件升级换代,就是帮我给这辆宾利轿车做车检汽修的朋友——那家伙对车可真有两把刷子。他自己也有一辆保时捷,不过是二手的,比不上您太太那辆新型号的。"

"我今晚开这辆旧福特回去。"我说着用车钥匙碰了碰车窗。

"我听说您申请换一辆沃尔沃。"他接着说,"家庭车很适合您。"

"是啊,我太太的保时捷可挤不下一大家子人。"我回答。

"您会喜欢沃尔沃的。"阿尔伯特说话的语气很符合宾利私家司机的身份,"那车结实,质量不比奔驰差,真的,这话我不怕跟任何人说。"

"等我下次用它换奔驰车的时候——"我说,"就跟人这么说。"

阿尔伯特笑了笑,抽了口烟。他知道我这么说有点嘲笑的意味,但也知道如何向我表示他并不介意。"您太太本想开保时捷载伦斯勒先生走的,可先生坚持要开宾利。他不喜欢跑车,相比

[①] 苏格兰卫队(Scots Guards),英国皇家卫队的五个步兵卫队团的其中一支。

于速度,伦斯勒先生更喜欢能够舒展手脚的大车。他在战争中受过伤——这事您知道吗?"

阿尔伯特的话让我有些意外,立刻开始琢磨这到底是怎么一回事:菲奥娜跟我说的是,今晚要去妹妹特莎家,帮她和房屋中介商谈租房的事。"受过伤?这我倒不清楚。"我说。

"他当兵时被分配在潜水艇上服役,爬升降扶梯时摔了下来,把膝盖摔坏了——就是船上特有的一种梯子。当时他们出海执行任务,扶梯自己升上去了。可惜巡逻中的潜水艇不会因为一个海军少尉的腿受伤就打道回府的。"阿尔伯特说完自觉风趣地哈哈笑了起来。

伦斯勒什么时候和我妻子出去的?我心里这么想,嘴上却说:"你也差不多要下班了吧,阿尔伯特?"

阿尔伯特惊喜于我并没有和其他人一样,为了逃避和他聊天而匆匆钻进车子离开,深吸了一口气说:"没关系的,萨姆森先生。说实在的,我不介意加会儿班,反正回去也是在老旧的小床上躺着,还不如躺在高级皮制车椅上呢,还能听莫扎特的音乐。萨姆森先生,躺在地下停车场里欣赏莫扎特的交响乐可不比在别的任何地方差,这车上的音响可真是绝了,不信您上来听听。"

他俩一定没有走远,否则不会让阿尔伯特把宾利开回停车场等着——"今晚伦敦市内交通情况怎么样,阿尔伯特?我得开车穿城去西区呢。"我问。

"非常糟糕,萨姆森先生。我看整个伦敦早晚有一天会完全堵死的。"这是阿尔伯特的经典台词,通常会先说出来,然后再慢慢思考如何回答我的问题,"这会儿皮卡迪利那应该正堵得不可开交——正赶上剧院开场的时候。"

"每次回家都得经过皮卡迪利,真不知道该怎么办,也不知道有没有别的路能走。"

阿尔伯特兴奋地吸了一口烟。我的话无疑打开了他最爱的话匣子：伦敦市区的交通捷径。"这个嘛——"

"就比如你刚才开那趟，"他正准备开口便被我打断，"你是怎么避开堵车的？你肯定早就估计到会堵车了吧……你几点出发来着……是七点吗？"

"七点十五分。让我想想……他们先去了寇松街的白象俱乐部喝酒；我记得他们本来是要从那儿直接走路去凯莱德酒店的，但好像忽然下起了雨，当时寇松街又打不到出租车。他们预约了凯莱德酒店烤肉餐厅八点的晚餐。这么大的宾利可开不进寇松街，每年这时候那条街上都停满了车，有时甚至还并排停在路上。所以我转到了鸟笼步道，从那里经过白金汉宫和海德公园角……绕了好大一个圈才开到酒店门口。不过，要是你也和我一样在伦敦开了这么多年的车，就会……"

阿尔伯特的声音逐渐远去，仿佛变成电影背景音，而我在思考妻子为什么要对我撒谎。她说晚上去找特莎，实际上却和布莱特·伦斯勒去豪华酒店共进晚餐。"哎呀，都这时候了。"我看着表说，也不管阿尔伯特是否还在滔滔不绝，"我得走了。很高兴和你聊天，阿尔伯特。你真是个万事通。"

阿尔伯特脸上泛起笑容。等我开着旧福特来到停车场出口时，那辆豪华宾利的音响里正在播放莫扎特的喜歌剧《女人皆如此》。

我看着妻子摘下被雨水氲湿的头巾。她只有在精心打扮、做了特别的发型时才会披上丝质大方形头巾，以保护发型。她晃了晃脑袋，用指尖轻轻捋了捋发丝，白皙的脸上妆容精致、眼波流转。她脸上挂着微笑，看上去那么美丽却又那么遥远。

"你在外面吃了晚餐？"她问，注意到餐桌上迪亚斯太太为我准备的餐具并没有使用的痕迹。

"我在酒吧里吃了个奶酪卷。"

"怎么吃这么不健康的东西。"她说，"脂肪和碳水化合物含量太高了，对你身体不好。家里准备了冷食鸡肉和蔬菜沙拉。"

"特莎找到新房子了吗？"

或许是我的语气，也或许是我定定地站在她面前这个举动让菲奥娜察觉到了异样，她转头看了我一会儿才脱掉雨衣说："今晚没去成特莎家。忽然有事要处理。"她抖了抖雨衣，雨水凝成的水珠在灯光下微微闪烁。

"你是说工作的事？"

她再次定定地看向我，然后点了点头。我们之间早有默契，绝不打听对方的工作内容。"伦斯勒有事找我。"她一眨不眨地看着我回答，仿佛一种挑衅，看我接下来还想说什么。

"今天下班去车库的时候，见你的跑车停在那儿，可保安却说你早就走了。"

她从我身边经过，把外套挂在门廊的墙上，然后对着墙上的镜子照了照，又拿出梳子一边梳理头发一边说："今天下午外交部送来很多资料，其中一些需要翻译，但布莱特的秘书德语只有高中水平，所以我只好去对面楼帮忙。"

情报局里有个流传已久的笑话：如果有谁因为某个不愿公开的理由而要缺席某事，便会假称自己去了隔壁楼的外交部公干，反正谁也找不到你。"你是和伦斯勒一起去吃晚餐了。"我再也无法抑制心里的怒气。

她停下了梳理头发的手,打开手提包,把梳子扔了回去,笑道:"噢,你也不希望我饿死吧。亲爱的,对不对?"

"别跟我来这套!"我说,"你和伦斯勒晚上七点十五分离开大楼,坐他的宾利轿车走的。我还知道,他把凯莱德酒店的前台号码告诉了夜间值班人员,以作紧急联络之用。"

"看来你的本事真是一天也不曾生疏啊,亲爱的。"菲奥娜冷冷地说,"当过特工的人,一辈子都摆脱不了暗中窥探的习惯——俗话是这么说的吗?"

"这种话就是克鲁耶和伦斯勒这种人编出来、用来贬低那些在一线提着脑袋干实事的人。"

"呵,你的本事这不就为你带来回报了吗?"她说,"你用对付敌人的手段,查明原来我今天晚上是和布莱特·伦斯勒去了凯莱德酒店用餐。"

"你为何要对我撒谎?"

"撒什么谎?我跟你说了是伦斯勒临时有工作找我。我们一起吃了晚餐——丰盛大餐,还点了红酒,但谈的都是公事。"

"什么公事?"

她推开我走进客厅,那里和餐厅连在一起,是被称为"开放式客厅"的当代室内设计。她收拾起餐桌上没用过的干净盘子和餐具说:"你知道不该问我这个问题的。"然后转身走进了厨房。

我跟着她来到厨房,看着她把碗碟餐具放回架子上:"秘密?"

"是机密。"她说,"你的工作也有涉及机密、连我也不能讲的事,不是吗?"

"倒是没有需要去凯莱德酒店烤肉餐厅谈的工作机密。"

"看来你连我们在哪个包间都一清二楚吧?你今晚可真辛苦

呢。"

"否则你和上司去吃烛光晚餐的时候我应该干什么？坐在家里一边吃冷鸡肉一边看电视吗？"

"你下班应该和朋友去喝一杯，然后去我父母家接孩子。"

我的老天！我竟然把这事给忘了。"我完全忘了要接孩子的事。"我老实承认。

"我早就给母亲打过电话了，就猜到你会忘记。她给孩子们做了晚餐，然后会和他们一起坐出租车过来。没事的。"

"真是个好岳母。"我说。

"你没必要这么阴阳怪气。"菲奥娜说，"为了布莱特和我吵架已经够糟了。"

"那我们别吵了。"我说。

"随你吧。"菲奥娜说，"今天晚上我说了太多话，懒得再说了。"她关上餐厅的灯，打开洗碗机的门看了看，然后关上并摁下启动键。洗碗机运作时的噪声就像交响乐团的击鼓声，让人无法继续交谈。

我洗漱完毕从浴室出来，本以为菲奥娜已经裹好被子佯装睡去——这是每次吵完架后她的标准操作，却惊讶地见她穿着睡衣靠坐在床上，正阅读一本厚厚的文件。那粗糙的装订方式一看便知是从情报局图书馆借来的资料。她是想用这种方式提醒我，她所做的一切都是为了工作。

换好睡衣，我试着用轻松友好的语气问道："布莱特找你是为了什么事？"

"我以为你不会继续追问了。"

"你俩之间没什么，对吧？"

菲奥娜笑了一声，却听不出什么笑意："你怀疑我和布莱特·伦斯勒有点什么？……他的年纪都可以做我父亲了。"

"他的年纪恐怕比那个密码译电员的父亲还大——就是那个叫洁妮什么什么的姑娘，去年圣诞节前夕离职的。"

菲奥娜抬起双眸看着我，眼神中透着一丝听到八卦的兴趣："你是说……她和布莱特？"

"内部安保组派人专门查了她没递辞呈就匆匆离开的原因。她也很坦白，说是因为自己和布莱特有了婚外情，但布莱特却把她甩了。"

"真糟糕。"菲奥娜感叹，"布莱特可惨了吧——这事恐怕必须报告给局长。"

"局长一听那姑娘的安全审查没有问题很高兴，然后就不了了之了。"

"那他老人家可真是心胸宽广，我还以为他会勃然大怒呢。不过话又说回来，布莱特也不算已婚男人，他的妻子已经离开他了，不是吗？"

"据说就是因为布莱特出轨。"

"并且出轨对象都会接受安全审查——嘿，布莱特可聪明。所以你以为我……"说到这里，菲奥娜又笑了起来，这一次是真的开怀大笑。她合上手中的资料，用一只手指夹在正在看的那页上："他不过是跟我谈了谈情报系统的安全漏洞风险而已，常规事务。"

"我把吉尔斯·特伦特的事告诉他了。"我说，"没提到特莎。"

"布莱特决定找每个人单独问话。"菲奥娜说。

"他不会是在怀疑你吧？"

菲奥娜微笑道："没有，亲爱的。布莱特找我去凯莱德酒店可不是为了边吃当季野味边审问我——今天一整晚他都在说你的事。"

"我?"

"到时候他也会单独约你,询问关于我的事——你懂这是怎么回事吧,亲爱的,这份工作你可比我干得久。"说完她把笔放进刚才夹着的资料,又把资料放到一边。

"噢,我的天哪,真是够了。"

"你要是不信,亲爱的,可以自己去问布莱特。"

"或许我真该问问他。"我说。等我上了床,菲奥娜伸手关掉了床头灯。"我还以为有什么不得了的大事。"我补充道。菲奥娜没有回答。

9

星期三，布莱特·伦斯勒派人叫我去他办公室，我到的时候发现理查德·克鲁耶也在。克鲁耶的双手拇指插在牛仔裤后面的口袋里，一头卷发的脑袋略偏向一边，仿佛在聆听远处的声音。

伦斯勒坐在旋转椅上，双脚搭在一张皮面小板凳上。我观察着他俩故作轻松的姿态，估计是听见我走到门口时才特意摆出来的：这可不是一个好兆头——伦斯勒环抱双臂、克鲁耶双手插袋的姿势让我想起审讯小组的工作状态。

"伯纳德！"见我进门，理查德·克鲁耶用惊喜的语气叫道，仿佛我只是偶然闯进办公室找他们喝茶聊天的，而不是他连续派人传召了三次、等了半个小时后才慢吞吞前来的下属。伦斯勒表情平淡地看着我们，仿佛出租车上的乘客看着站在街边公交车站台上等车的人。"看起来咱们要再去大柏林一趟了。"理查德说。

"是吗？"我应道，语气毫无波澜。布莱特没穿外套，白色的衬衫勾勒出紧致的身形；他领口系着领结，衬衫外套着一件西装背心，就像密西西比河豪华游轮上自信满满的赌徒，准备高歌猛进赢得决胜局。

"不是秘密线报，也不是什么复杂的情况……"理查德说，"就是直接打进局里的一通电话，说有个东德人跑去敲弗兰克·哈灵顿的门，给了他一大包文件，要求他寄到伦敦总部。弗兰克说此人不愿跟柏林情报组的任何人交流。"理查德·克鲁耶说完用手指捋了捋卷发，表情严肃地朝伦斯勒点了点头。

"又多了一个怪人。"我说。

"你这么想吗，伯纳德？"伦斯勒用他惯有的十二万分真诚的语气问，但我已经学会了无视。

"什么文件？"我问。

"这个嘛……"克鲁耶开了个头，却没有回答。

伦斯勒慢条斯理地解释道："一些有意思的东西。"他字斟句酌——"绝大多数内容都是这边的内部资料。比如局长和外交部某些高官之间的会议记录；我们成功窃听某国驻伦敦外交人员电话线路的任务评估；我们使用美国加密机的部分报告……总之，什么内容都有，但值得引起重视，对吧？"

"可不是，相当值得重视，布莱特。"我说。

"什么意思？"克鲁耶问。

"对于相信这世上有圣诞老人的人来说，这是件大事。"我补充道。

"你认为这只是克格勃混淆视听的诡计？"伦斯勒问，但紧接着又说，"是啊，很有可能。"克鲁耶诧异地看着他，为上司突然转变的态度感到不解。"但从另一方面而言，"然而伦斯勒接着说，"如果置之不理，对我们也是一种威胁。你同意吗，伯纳德？"

我没有回答。

理查德·克鲁耶把插在裤兜的手抽出来，握住皮制牛仔腰带上硕大的铜盘扣："柏林那边的人很担心——非常担心。"

"老弗兰克什么事都担心。"我说，"他有时就像个一惊一乍的老太婆，这一点你我都清楚。"

"自从接手柏林情报站，总有一大堆令人头疼的事要处理，弗兰克也不容易。"伦斯勒清楚表明了对手下的维护，但并没有反驳我的话——弗兰克·哈灵顿，我们柏林站的高级主管，有时候像个一惊一乍的老太婆。

"文件内容都来自伦敦总部？"我问，"确凿无疑是从这里流出的？一字不差，都是我们内部文件的复印件？——这是怎么泄露的？"

"这种事问弗兰克也没用。"克鲁耶赶紧表态，以免有人责怪他查不出来。

"任何事问弗兰克都没用。"我接口道，"既然如此，他怎么不把所有文件都寄过来？"

"这反倒是件好事。"伦斯勒抱着双臂，眼睛则盯着书架上那本《内部人员职位职责名录》，"如果真是克格勃为了扰乱我们搞的小把戏，就不必让柏林的人专程过来接受质询，否则就正中克格勃的下怀，让他们知道了这么做对我们确实有效——那将来只会没完没了。我们得慢慢来，先派伯纳德过去把事情查清楚，跟他们谈一谈，汇总信息后向我们报告。万不可操之过急、自乱阵脚。"说完他一把关上书桌抽屉，发出"砰"的一声脆响，仿佛扣动了手枪扳机。

"这完全是浪费时间。"我说。

布莱特·伦斯勒踢了踢腿，让椅子转过来面对着我。他放下交叉的双臂，用手按了按笔直的袖口，脸上浮起笑容。"可我就是希望你这么做，伯纳德。你去柏林，用那双愤世嫉俗的眼睛把这件事从头到尾彻查一遍——这种事理查德办不了，"他看着克鲁耶微笑着说，"他一激动就只会打局长热线。"

理查德·克鲁耶把手深深插进牛仔裤口袋，耸起肩膀，沉着脸不说话。他不喜欢伦斯勒把他形容成一个沉不住气的家伙，他希望自己在别人眼中是冷静自持、出类拔萃的一位青年俊杰。

伦斯勒看着我笑而不语。他知道那么说会让克鲁耶难堪却并不在意，还想让我和他一起享受这份乐趣。"彻底清查柏林那边的电传电报线路，把他们的情报来源全部记录下来，再和原文件做对比，包括局长在外交部的那场会议记录，还有有关密码机的所有记录和文件等等。等到了那边，这些自会有助你做出判断。"他瞄了一眼克鲁耶，见后者正闷闷不乐地望着窗外，便又看着我说，"无论最后查出什么结果，你都要告诉弗兰克·哈灵顿——这些都是垃圾，不足为虑。"

"没问题。"我说。

"搭明天皇家空军的飞机过去，和弗兰克好好谈谈，让他冷静下来。然后去见见提供文件的那个德国人，搞清楚他究竟有何企图。务必把这件事处理干净。"

"好的。"我回答，心里跟明镜似的——早知道布莱特一定有办法名正言顺地把我送去理查德口中的"大柏林"。

"另外，吉尔斯·特伦特那件事怎么样了？"我问。

"已经着人处理了，伯纳德。"伦斯勒回答，"这件事等你回来以后再谈。"说完又笑了笑。伦斯勒很英俊，有时候魅力甚至不输电影明星，菲奥娜要爱上他也不是没可能。我真想把唾沫啐进他眼睛里。

第二天，我如约登上了飞往柏林的军机。除了我，飞机上仅有的乘客是两名担任卫生员的士兵，昨天刚送一个生病士兵回英国，以及一位带着无数大包小包的陆军准将。

准将跟我借了报纸，并尝试和我聊关于"飞钓"的事。他是个和蔼可亲的人，外表看起来很年轻，和我见过的绝大多数陆军准将都不一样，但我见过的准将也不多，所以没资格做出评判。在某种程度上，他的形象气质和菲奥娜的父亲很相似，这虽然不是他的错，但对于我而言心里总有些膈应。我把座位调低，含混地说了句"昨晚睡得太晚"之类的话，好结束话题然后静静地望着窗外。不一会儿，窗外的天空出现几缕薄云，仿佛颜料半干的画笔涂抹的色彩，半遮住下方德国典型的横平竖直的农田。

准将见我无心聊天，便把话头抛给其中一名卫生兵，问对方当兵多久了、有没有成家、住在哪里。士兵的回答十分简略，明显对这个话题不太感兴趣，更愿意和自己的同伴聊足球。可是准将先生并未因此退缩——他的声音竟然也有些像岳父大人，甚至在每次鲁莽偏执的发言后也一样喜欢加上"哈"这个口头禅。

这让我回忆起第一次见到菲奥娜父母的经历：那次他们请我一起回家过周末。我的岳父岳母在萨里郡的利斯希尔有一栋历史悠久的庄园豪宅，周围绿树环绕——多是冷杉和松树，再外围则是被树林覆盖的连绵起伏的丘陵，这足以让菲奥娜的父亲——英国皇家艺术协会会员、富有的商人兼农场主、屡获殊荣的业余水彩画家大卫·提莫西·金博哈金森先生万分自豪，并表示从书房望出去目之所及的一切土地都归他所有。

作为主人，早上十点半就把早餐收走显然缺乏同情心，可是菲奥娜的父亲并不这么认为："我早上六点半就起床喂了马，又带着家里最好的猎犬出去散了步，还赶得及回来吃早餐。"

他穿着上好的马裤、脚蹬油光锃亮的马靴、身着一件黄色羊绒高领毛衣和剪裁合身的格子花纹骑装夹克，略微发福的身形被修饰得十分完美。我之所以对岳父的穿着如此清楚,是因为他回来时正遇上穿着睡衣、披着一件老旧睡袍、光着脚丫子溜进餐厅的我,打算把电热炉上剩的、早已干掉的炒蛋倒进盘子。"你不会是想把这些剩菜残渣……"他走到跟前来看了一眼,发现炒蛋碎下面还有两块干瘪的煎火腿和四只皱巴巴的蘑菇,"拿到卧室吃吧?"

"实际上我正有此意。"我回答。

"不行,不行!"他语气强硬——若是在舞会上,这个音量和态度一定会令全场顿时鸦雀无声,"我的好太太绝不会在卧室里用餐。"

我端着盘子一边往门口走一边说:"我不是要拿去给您太太。这是我自己要吃的。"

这次遭遇基本断绝了我和金博哈金森先生之间一切可能的"父慈子孝"关系,不过当时我还没想到要娶菲奥娜,因此也不认为将来需要再和大卫·提莫西·金博哈金森先生见面。

"我的天哪,小子,你竟然连胡子都没刮!"我走上楼梯时他在我身后怒斥。

"你是故意惹他生气。"当我把这番遭遇讲给菲奥娜听时,她这么说。当时菲奥娜还穿着蕾丝花边的睡衣躺在床上,等着分享我从餐厅偷来的战利品。

"你怎么能这么说?"我辩解道,"是他先跟我说话我才回应的,而且我只是礼貌地回答他的问题而已。"

"你这个虚伪的家伙!你就是故意惹他生气的,你自己心里清楚,还在这儿装无辜——你净问他些关于如何利用廉价劳工赚钱的问题。"

"那是因为他一直强调自己是个社会主义者。"我说,"别动另外那片培根：一人一片。"

"坏蛋。你知道我不爱吃蘑菇。"菲奥娜舔了舔手指，"你也没有好到哪里去，亲爱的，你做了什么比我老爸更'社会主义'的事呢？"

"我可不是社会主义者，"我回答，"我是个法西斯——这话我早就对你说过了，你总不信罢了。"

"我爸对于社会主义有自己的一套看法。"菲奥娜说。

"他不愿和法国人做生意；厌恶美国人；坚决不雇佣犹太人；认为阿拉伯人都是奸诈之徒；唯一看得上的俄罗斯人是柴可夫斯基——所谓的兄弟情谊体现在哪里？"

"他的长篇大论多数是冲我来的。"菲奥娜说，"自从我找赛拉斯·冈特写了推荐信，爸爸就一直生我的气。赛拉斯是我母亲那边的亲戚，我父亲和他们一直不和。"

"原来如此。"

"每次父亲长篇大论时，比如昨晚，我都会产生加入共产党的冲动——你没这种感觉吗？"

"没有。但我忍不住想建议你父亲加入共产党。"

"不，亲爱的，我是说真的。"

"真的想加入共产党？"

"你知道我在说什么：全世界的工人阶级应该团结一心什么的。我爸爸的社会主义也就嘴上说说而已，从来不会落在实处。"

"就算加入共产党你也摆脱不了他。"我说，"说不定你父亲一怒之下，写张高额支票就把整个党给买下来，然后再把他们的运动场卖掉修办公楼。"

"快回床上来吧。"菲奥娜嗔道，"既然错过了早餐，就没有起床的必要了。"

菲奥娜很少提到父亲的政治立场，对她自己的立场也通常含糊其词，面对晚餐桌上的政治话题，她通常选择左耳进、右耳出、神游天外，或者找机会打断对方，提出自己的话题，比如孩子、针织或者发型，等等。有时候我忍不住怀疑她到底是不是真心热爱情报局的工作，莫不是为了留在身边监视我吧。

"快要降落了，小伙子。"陆军准将的话把我的思绪拉回了现实，"系好安全带。"

飞机此刻已到柏林上空。我透过机窗向外望去，那道蜿蜒的围墙清晰可见。飞行员正用无线电最后一次向柏林加图的皇家空军塔台请求降落。那里曾是德国空军培训学校，笔直的飞机跑道被柏林墙突兀地截断，然而这里的"围墙"并非砖石建造，而是一道铁丝栏围网和沙地，周围也并未埋藏地雷或堆放障碍物。据情报称，这是为了预防某天附近的俄国坦克营突然发兵、妄图夺取柏林加图时碾坏跑道和电子装置。

10

你有没有遇到过曾经谈婚论嫁最后却分手的前女友？她的笑容在你眼里是否还和当初一样甜美可人；挽起你手臂的动作是否依旧如昨，令你恍如梦回旧时？她微笑时的皱纹是否会令你慨然兴叹错过了多少美好时光？——每次回到柏林，我的心里都有这种久别重逢的激动与怅然。

莉莎·亨尼格酒店就在康德大街旁边，位于西德境内，这么多年过去竟一点也没变——墙面上依旧布满一九四五年苏联红军留下的弹孔，这么久了也没人想过要修整或者重新粉刷。酒店正门旁开了一间眼镜店，但透过庄严华丽的酒店大门，那条气势宏伟的大理石楼梯依然如故，红色地毯早已褪变成棕色，一路向上直到酒店的"沙龙"门口——而你总能在那儿找到莉莎。酒店的家具都是厚重的橡木材质，是莉莎的母亲从亚历山大广场上的韦特海默百货公司买来的，那时候希特勒还未当政，而这栋破旧的酒店还是富丽堂皇的豪华别墅。

"你好，亲爱的。"莉莎亲切地打起招呼，仿佛我们昨天才刚见过。她老了，身材臃肿，身下的扶手椅几乎就要兜不住这身赘肉，而身上的红色连衣丝裙材质却十分柔软，紧贴着她的身形，将每一块凸起的肥肉形状都精准勾勒出来，仿佛一摊融化的岩浆正从山顶汨汨而下。"你看起来很累，亲爱的，工作太拼命了。"她说。

这间"沙龙"的陈设和装修还保留着莉莎年幼时的模样，那时她有五个仆人侍奉——每面墙上都挂满了各式各样的照片：黑檀木相框内嵌着深褐色的老旧家庭照，除了最亲的家人还有各路亲戚；此外，还有褪了色的三十年代名人相片——比如拿着长长烟杆的女演员、戴着宽檐帽的作家、乌发电影公司芳华绝代的电影明星、精心修饰过的国家歌剧院首席女歌唱家、参与达达运动的艺术家们、冬季嘉年华会上的空中飞人表演艺术家，以及如今早已销声匿迹的昂贵俱乐部里的驻唱歌手。每一张都有明星本人的亲笔签名，花里胡哨、极尽热情，仿佛一朵朵在演艺圈尽情绽放的美丽昙花。

那里还有莉莎早已过世的丈夫的照片：穿着上好的西装、系着白色领带，与柏林爱乐乐团一起演奏贝多芬第五钢琴协奏曲，观众席里还有当时德国的最高元首——那是他人生的高光时刻。至于多年后，那个只能在柏林夏洛滕堡的破酒吧里表演，佝偻着肩膀、一瘸一拐、靠着微薄的小费糊口的可怜人，则没有留下任何一张照片。

照片里的人有些是莉莎家的老朋友——二十世纪三四十年代经常来家里做客、参加"沙龙"活动的人，那时这间大厅可谓高朋满座、名流云集。到了五十年代，来家里的变成了带着罐头食物和工作许可证的人。一众照片里自然也有几张来自当代，拍的都是历经各种艰难险阻也没有搬走的长期住户——比如忍受时有时无的热水、吵闹的中央供暖系统、忘记转达的电话留言、忘记送达的信件、坏掉的浴室灯等。此等忠诚住户会在付清账单后得到莉莎的邀请，进入堆满东西的狭小办公室，与她共进一杯雪利酒，而他们的照片则会被裱起来，珍而重之地摆在收纳现金的盒子上。

"你看上去很不好，亲爱的。"莉莎说。

"我没事，莉莎婶婶。"我回答，"还有房间吗？"

她打开另一盏灯。突然亮起的灯光照射在栽种在新艺术风花盆里的硕大装饰植物上，在墙上投下张牙舞爪的丑陋阴影。她转过头来认真打量我，脖子上的珍珠项链有至少一半陷入肥肉褶子里："你的房间随时都有，我的宝贝。来，给我一个吻。"

其实不用她吩咐，我也已经准备俯身亲吻她的脸颊。这是必不可少的仪式。早在我学会走路之前她便如此，总是开心地叫我"宝贝"并索吻。"看来一切如故啊，莉莎。"我说。

"什么一切如故！你该说时过境迁，一切都变了。看看我，看看我这张丑陋的老脸和病怏怏的身体。人生是残酷的，伯纳，我的甜心。"从我记事起莉莎就爱叫我"伯纳"，那是我的小名，"总有一天你也会明白人生的残酷。"只有柏林人懂得苦中作乐，拿自身的不幸和艰难自嘲，而莉莎是尝尽人生百苦后最成功的幸存者，这一点我和她都很清楚。她毫无顾忌地大声笑着，我也只好跟着哈哈大笑。

莉莎松开手里的《斯图加特报》，任其滑落到地毯上。阅读新闻并和大家分享里面的故事是她这辈子最爱做的事。"什么风把你吹到这座美好的城市来了？"她问，一边揉着酸疼的膝盖一边叹气。她得了关节炎，时常腿疼，除了去银行以外鲜少出门。

"还在卖药？"她又问——我一直跟她说自己在一家向东西德出售药品的大制药公司工作。不等我回答她又问了下个问题，估计是根本就不想听我编的谎话："这次你把漂亮妻子和可爱的孩子的照片带来了吗？家里一切都好吧？"

"都好。"我含糊其词，"顶楼的房间还空着吗？"

"当然。"她也不追问，只说，"除了你还有谁会要那个房间？明明有带着大阳台和卫浴的舒适客房却不要。"

"我先上去洗个澡。"我说。阁楼的房间以前一直是局里为我父亲安排的住所，那时的他是情报局的少将，而这里对我来说是一个充满回忆的地方。

"我希望你这次来不是为了去那边的。"莉莎说，"东边什么医药物资都有了，现在对药贩子卡得很严。"

我礼貌性地微笑，表示接收到了她的玩笑话，然后说："我不会去那边的，莉莎。我是来度假的。"

"家里一切都好吗，亲爱的？此'度假'非彼'度假'吧？"

弗兰克·哈灵顿，柏林情报站的主管，下午四点整准时抵达莉莎的酒店。

"这次不打算去沃纳家睡沙发啦？"他一来就问。

我只看着他，没有说话。

"我们虽说动作慢，"弗兰克接着说，"可总归是会听到消息的。"

"东西带来了吗？"

"都带来了。"他把一个看起来很昂贵的黑皮公文包放到桌上，伸手打开道，"连你上次在伦敦借我的《伦敦街道百事通》那本书都一起带来了。抱歉一直没还你。"

"小事一桩，弗兰克。"我回答，把那本伦敦街道指南扔进打开的行李箱以免忘记带回去，"送情报给你的那个男人呢？"

"他走了。"

"我以为你会把他留下来让我详细盘问。伦敦那边是这么要求的。"

哈灵顿叹了口气:"他走了,回东德去了。你也知道做这些事的人什么心态。他昨天突然变得特别紧张,最后找了个机会溜走了。"

"那可真是太可惜了。"我说。

"我刚在楼下看到一个很可爱的小姑娘在跟莉莎聊天。金发碧眼,不超过十八岁。她也是这里的住客吗?"

六十岁的弗兰克·哈灵顿身材精瘦、皮肤很白,有一双灰色的眼睛和骨节明显的鼻子,留着那种一看就让人觉得性格倔强的黑色小胡子。这种胡子很受军人欢迎。他提这个问题只是为了转移话题,不过弗兰克看女人的眼光确实很不错。

"这我可不知道,弗兰克。"我回答。

我低头检索他带来的文件,其中一些是情报局派人去外交部对汇报某些特殊事宜并进行商讨的详细会议记录,好在这些材料中并没有十分要紧的内容,不过,内部信息被泄露给东德情报机关这件事本身就很令人忧虑——相当令人忧虑。

弗兰克·哈灵顿坐在阁楼狭小的窗户边,拿出烟斗开始抽烟。烟味很难闻。小时候我常在那个窗前,嘴里哈着气,把折好的纸飞机扔出去。"你还记得那年你父亲为亨尼格夫人举办的生日派对吗?"弗兰克是我认识的唯一一个称呼莉莎为'亨尼格夫人'的人,"他请了一个六人舞蹈团来,在楼下的沙龙里表演。波茨坦广场做生意的黑市商人们个个都贡献了不少食物。我从没见过这样的阵仗。"

我从厚厚的资料堆中抬起头看着他。

他冲我挥了挥手里的烟斗以示安抚:"别误会,伯纳德,你父亲和黑市交易没关系。那些人都是亨尼格夫人的朋友。"说着他似乎想到了什么有趣的事,自顾自地笑了笑,又说,"你父亲是最后一个和黑市有来往的人。他总表现得一本正经:举止规范、言行得体,有时衬得我们这些凡夫俗子好像不合时宜似的。他——你父亲的所有成就都是凭自己的努力一点点拼下来的。他们这类人都这样——不怎么宽容、脾气又倔,凡事都得照章办事。"他又挥了挥烟斗,"别生气,伯纳德,你知道我和你父亲关系很好。"

"是啊,弗兰克,我知道。"我说。

"你父亲没有接受过正统教育,十四岁就辍学,却整晚泡在公共图书馆里。等到他从军队退役,已经获得上校头衔,后来又被委任为柏林情报站的主管——我说得可对?对于一个自学成才、白手起家的人来说,他这一生可真值了。"

我翻开剩下的一堆文件,开始阅读关于密码机的记录。"我也是那样吗?"我问,"不怎么宽容、脾气又倔、凡事都得照章办事?"

"噢,开什么玩笑,伯纳德。你可不是那种一心向往上大学的人。你是柏林的'地头蛇',从小在这座奇怪的城市长大,围墙建起来之前整天骑着自行车,在各条大街小巷穿梭自如,对这里的地形和民情了如指掌,德语也和当地人一样地道。所以一旦你不想被打扰,我们根本找不到你的一丝踪迹。"

"我是柏林人。"我学着美国总统肯尼迪的语气说,但这其实是一个玩笑——在德国,塞满果酱的甜甜圈就叫"柏林人",当年肯尼迪总统在西柏林发表的演说中提到这句话后,柏林的动画艺术家们不约而同地纷纷制作了会说话的甜甜圈的动画,掀起一阵狂热。

"你不会希望当初你父亲把你送回英格兰,接受政治理论和现代语言学教育吧？你有兴趣听牛津大学的老学究们絮絮叨叨地讲德国铁血宰相俾斯麦犯了什么错，或者听年纪轻轻的语言学老师解释哪个介词决定什么'与格'之类的事吗？"

我沉默不言。不是因为被说服，而是我真的不知道答案。

"清醒一点吧，兄弟，你对这世界另一面的了解比任何牛剑高才生一辈子所知的加起来都多！"

"你会把这句话写在我的评估档案里吗，弗兰克？"

"你还在为理查德·克鲁耶得到原本该你的位置生气吗？嗨，不过你生气也正常——我当初可是清楚表明了态度的，这一点你不用怀疑。"

"我知道，弗兰克。"我一边整理文件一边回答，把重新放整齐的材料装进棕色纸袋里，"但牛津剑桥也不只是学习历史和语言——还能结识不少人。当初的一个小小决定，基本上便能左右之后的人生过上什么样的日子。对这座老城的犄角旮旯了如指掌又如何，还不是连一份办公室的清闲工作也无法帮我得到。"

弗兰克·哈灵顿吐了一口烟雾："克鲁耶不止资历比你浅，年龄也比你小。"

"别火上浇油，弗兰克。"我说。

他哈哈大笑，我忽然对之前把他形容为"一惊一乍的老太婆"感到愧疚。可说实在的，我怎么形容，都不会再对他的工作产生什么实质影响，因为弗兰克很快就要退休了，对他来说被调离柏林并不是一件坏事。他很讨厌柏林，并且从不吝啬让人知道。"让我给情报局局长写信说说这事。"弗兰克像是忽然想到一个好点子似的说，"打仗那会儿，那个老家伙可是我手下的兵呢。"

"看在上帝的分儿上，你可别！"弗兰克就是这个毛病，莉莎也是——直到现在依旧还把我当成刚得到人生第一份工作的十九岁"愣头青"。相比一惊一乍的老太婆，他更像是一番好意却容易帮倒忙的大婶。

"说说你对那堆文件的看法吧？"他拿起一根火柴，伸进烟斗口里搅弄着，仿佛在寻找什么宝贝。

"一堆垃圾而已。"我回答，"就是莫斯科用来扰乱心神，盼着我们整天疑神疑鬼的小伎俩。"

弗兰克点点头，抬眼望着我说："我估摸着你也会这么说，伯纳德，这是你必须做出的回答。不管事情究竟如何，你都必须说它们是垃圾，不值一提。"

"我能请你喝一杯吗？"我问。

"我最好还是尽快赶回办公室，把那堆废纸扔进碎纸机。"

"好吧。"我也不再坚持。他早就猜到伦敦派我来是为了赶紧销毁这些文件的。或许是因为在这里待得太久了，弗兰克很清楚局里那些人的心思。

"我猜你接下来要去城里逛逛，见几个好朋友吧。"

"我可不做这种事，弗兰克。"

他面带笑意抽了一口烟："你总是这样，伯纳德，从不肯让任何人知道你的想法。"我记得小时候他也对我说过一样的话。"去吧。"他说，"我很期待明晚和你共进晚餐。穿着随意就行，就是吃顿便饭。"

等弗兰克离开，我走到行李箱前打算拿一件新衬衫，却瞥见那本伦敦街道指南里落出一个对折的信封。看样子原本是夹在书里当书签用的。收件人写着"哈灵顿夫人"，地址却只有一个邮箱号码和一个邮编。这可实在是太奇怪了，谁会用这种方式寄信给弗兰克的妻子？我想了想，把信封放进了钱包。

国家剧院、柏林皇宫、政府机关大楼和一部分极其脏乱的贫民窟是俄国人的地盘；西方势力则占据着动物园、公园、百货大楼和商店、夜间俱乐部和富人区格鲁内瓦尔德的豪华别墅；从这两个区域之间直穿而过的便是"东西轴线"，像穿过烤肉的一根木签。

本德勒大楼——当年纳粹最高统帅的大本营、指挥德国军队进攻欧洲的司令部，如今已被改建成一家化妆品公司的办公大楼；本德勒大街也改了名。这里的一切早已物是人非，在我看来并不令人愉悦。宏伟的安哈尔特火车站以黄砖砌成，正面有三道巨大的拱门，曾是直通维也纳和德国东南地区的豪华特快列车车站，如今也早已没了往日的繁华。由于太久未曾使用，车站周围荒草丛生，一片凋零。曾经有那么几次，沃纳·沃尔克曼便选在这里和我见面，今天也一样——这通常是他内心十分不安的表现。他穿着一件羔羊皮领口的宽大的黑色大衣，手里拿着一个小文件夹。这身行头穿在别人身上或许看起来像是演艺圈经纪人或名流贵族，可在沃纳身上却像是从陶恩齐恩大街轻轨火车站旁的跳蚤市场淘来的二手货。

天色渐晚，沃纳停下脚步朝街道前方看了看。画满涂鸦的高墙上方透出蓝绿色的灯光；若是在别的城市，这表示墙的另一边必然有大型体育馆，夜里有足球比赛。然而在柏林，墙的另一边是宽敞的波茨坦广场——这个原本车水马龙的欧洲交通枢纽，如今却变成了探照灯高悬、针落有声的"死亡区域"，摆满了带刺的铁丝网、战壕和架设好的机关枪。

沃纳在街角逗留了一阵子，转身看着一群年轻人往哈雷门站走去。他们的着装打扮十分怪异：姑娘们都穿着皮制紧身衣和长筒靴，外搭一件领口和袖口都镶着长绒毛的毡皮大衣；小伙儿们则穿着铆钉皮革无袖夹克,头戴非洲军团帽;有几个还把头发挑出几缕染成红黄蓝三原色。对于柏林年轻人这种特立独行的做派,沃纳已见怪不怪,而我却暗自吃惊。柏林的居民不必服军役,越来越多的年轻人把这当成庆祝的理由。然而沃纳对于这几个年轻人却不曾放松丝毫警惕。他一直没有行动,只是看着他们,直到一辆黄色的双层巴士停靠在路边车站,把那群小年轻通通接走才稍稍松了口气。接着他忽然一个转身,在红绿灯路口过了马路。我立刻装作赶绿灯的样子紧跟其后。

过了街,沃纳走进一间叫作"洛伊施纳咖啡厅"的小店,摘下帽子挂在衣架上,选了店内侧的桌子坐下,把文件夹小心地放在旁边的凳子上。我也走进咖啡厅,假装刚看见他的样子挥了挥手。沃纳叫来侍应生点了两杯咖啡,我叹了口气坐下——他迟到了。这在我们这行是不可饶恕的大罪。

"都怪弗兰克·哈灵顿。"沃纳解释道,"我得先确定自己是否真的甩掉了他派的人。"

"弗兰克为什么派人跟踪你?"

"伦敦那边把他逼得很紧。"沃纳说,"有传言说他们想把他撤掉。"

"这跟你有什么关系呢?为什么非要跟踪你?"

"伦敦那边是不是出了岔子,泄露了信息?"他问,但很清楚我多半不会回答,于是接着道,"应该你来告诉我才对。是你让我帮忙收集信息的,应该由你来告诉我伦敦到底发生了什么事。"

"没有什么信息泄露。"我的回答言简意赅。如今回想起来,当时应该还说了我并没有正式请他"帮我收集信息"这种话,以及按照他进出东德的频繁程度,对伦敦事务了解得越少越有利。

"那钱呢？伦敦总部愿意帮忙让银行贷款给我吗？"

"钱也没有。"我说。

沃纳泄了气，弓着身子靠在桌上，难过地点了点头。我打量着这间咖啡厅：室内十分宽敞，墙上挂着镶金边框的镜子，下方有石膏塑的小天使伸出双臂托住镜框，咖啡桌是塑料的，表面贴着大理石纹样的装饰纸；咖啡厅的一侧是长长的收银台和点心展示柜，样式古老精致，从厅的一头一直延伸到另一头。这家店我太熟悉了，早在现任店主洛伊施纳先生的父亲经营的时候就来过。那时柏林的孩子们还能从这里买到洛伊施纳的女儿做的正宗美国冰激凌，可惜后来她和一位美国军人结婚，搬到美国南部的阿肯色州去了。

咖啡终于端了上来：两个银镀小咖啡壶和两个极小巧的奶油罐，另有几个印着茶叶广告的彩色小纸包，里面装着方糖，另有常见的瓷制印花咖啡杯和碟子。这样的杯碟让我不由得想起小时候在家吃早餐的情景：父亲一本正经地纠正着母亲的德语，说德语里的"Es geht um die Wurst（一切取决于香肠）"的意思其实是"成败在此一举"或者"一切全靠它了"，而"Mir ist alles Wurst（这对我来说简直就是香肠）"的意思是"我真的无所谓"。我母亲只是微笑着往印花瓷杯子里倒咖啡：原本她是想说家里的香肠恐怕不够给每个人做晚餐了，可是父亲却坚持要把简单的事情往复杂了解释。这也是白手起家、自学成才的人的通病。

我问沃纳："我们见个面为何要如此大费周章、生怕别人看见？直接约在这里见不就行了。"

"那样一来坐在这里就不只是你和我，还有弗兰克派来监视的手下了。"

"你开心就好，沃纳。"我说。

"弗兰克·哈灵顿很担心。"沃纳说。

"担心什么?"我快要控制不住自己的烦躁,"我以为弗兰克根本不想见到你,他都不让你靠近他的办公室。"

沃纳像高深莫测的东方人那样勾起一抹神秘的微笑:"不用去他办公室我也能打听到最新消息。伦敦那边给弗兰克找了很多麻烦。传言说情报局里有内鬼泄露机密,弗兰克怕得要死,因为他觉得自己会被当作'替罪羊'。他很担心上边会炒掉他,找理由不付养老金。"

"真是鬼扯!"

"要是弗兰克被调职,你觉得柏林情报站会不会重新启用我?"

"局里没有什么机密泄露。"我再次重申。

"那就好。"沃纳看着我一边点头一边说,努力显得十分相信的样子,这却反倒令我不安,"麦克斯·布林德回去了——他结了婚,生了三个小孩,在这儿找不到工作,只好回东边去了。"

麦克斯·布林德是我们小时候的同学,是个勤奋好学的孩子,每年圣诞晚会总会被挑去演唱《平安夜》合唱节目中的独唱部分,还悄悄囤积了不少违禁的纳粹徽章,令我们垂涎三尺。我一直很喜欢他。"麦克斯很优秀。"我说,"他太太是东德人,对不对?"

"他们住在斯大林巷的'多层蛋糕'公寓里。"提到地名沃纳还是习惯用旧称,"现在人们终于发觉那种公寓楼的好处了,至少层高足够,还有不少橱柜和储物空间。马察恩区的新住宅楼建得又紧又密,空间还小,有的一家四口挤在麦克斯家杂物间那么大的地方。"

"你最近去过东边?见过麦克斯了?"

"我时常回去看望麦克斯。他现在找了一份不错的工作：海关的工作——他是主管。"

沃纳的语气里有一丝微弱的不寻常，令我心生警觉："你和麦克斯在搞什么见不得光的勾当？"

"我和麦克斯？"沃纳忽然紧张起来，伸手拿起咖啡壶往自己杯里又倒了些。

"我又不是不知道你，沃纳，还有麦克斯——你俩在谋划什么？"

"麦克斯负责处理我的保付代理交易文书，仅此而已。"

"你是指做担保，保证买方会把钱付给卖方的工作？仅此而已？"

沃纳知道瞒不过我，也没打算否认这中间的猫腻，只转移话题道："我说伯纳德，上礼拜我又见着泽娜了，她答应会回到我身边。"

他看起来一脸期待，等着我的祝福，我只好说："那是好事，沃纳。"

"她回柏林了……就待了几天。我们一起吃了午餐，她很关心我最近过得如何。"

"那么你究竟过得如何呢？"

"我想让她回到我身边，伯尼，没有她我真活不下去。这话我也跟她说了。"

"然后呢？"

"我跟她说我会赚更多的钱。我和她之间除了这个没有别的问题。要是我能赚更多的钱，她就会回来的。她自己基本也是这么说的。"

"我会再努力试试，沃纳，看能否让伦敦那边同意银行的事。

可是，我要你忘掉伪造担保材料这件事，或者你们正在谋划的任何别的勾当。要是被东边发现了，你立刻会被关进监狱，一辈子也别想出来。他们会给你冠上'欺骗人民'的罪名或者别的什么弥天大罪，把你千刀万剐，以儆效尤。"

沃纳点了点头："我只打算干两票就收手。只要能赚到足够的钱，不用再低声下气地去求银行就好。那些整天就知道扒钱的杂种简直要把我榨干了，伯尼，每笔生意他们都要分一杯羹。"

"我说了，这件事别想了，收手吧沃纳。"

"我答应要带泽娜去西班牙，给她一个完美假日的。你去过马贝拉吗？真是一座迷人的城市。将来总有一天，我会在那儿买栋房子定居。泽娜需要阳光、需要休假，我也一样。这样我们俩就可以重新开始了。去南美也行。这是个宝贵的机会，我想把握住它，过上改头换面的人生。"

沃纳已经喝掉两杯咖啡，现在又握住咖啡壶摇晃着把最后剩下的几滴液体倒进杯里。我开口道："你做进出口诈骗这事弗兰克知道吗？"

"弗兰克·哈灵顿？我的天哪，他当然不知道。他为了避开我可是无所不用其极。上个月我到动物园车站，打算去换汇窗口兑换一个背包客付我的支票，结果弗兰克也在，他一看见我连队也不排了，转身就走。他在躲我。所以他当然不知道了。天哪！就算世界上的人都死光了我也不会找他商量的。"他拿起另一只咖啡壶摇了摇，想看里面是否还有剩余，然后问道，"剩下的能给我吗？"

我点头道："为什么不告诉弗兰克？"

这一次，沃纳把奶油倒进了咖啡：不停喝饮料或者吃东西是他内心紧张的表现。"我不想让他知道我总往东边跑。"

"你是不是有什么事瞒着我？"

沃纳开始全神贯注地调制面前的咖啡。他打开一块被纸包住的方糖，敲成两半，放了一半在咖啡里，另一半则扔进嘴里大声咀嚼起来；手上也没闲着，他用指缘把包方糖的纸展开铺平。"别把我当孩子一样，伯尼。你我从小一起长大，什么事都一清二楚。"

"你不是在和那边暗度陈仓吧？"我不理他的抗议继续追问，"你是不是答应了他们什么愚蠢的协议？"

"你是指把你的秘密全盘托出的愚蠢协议吗？"沃纳细心地把包方糖的纸折成一个小小的纸飞镖，然后尝试着朝装盐和胡椒的小瓶子扔了过去。"我能跟他们说什么？说弗兰克在换汇窗口转头就走不理我；还是说你来了柏林、住在莉莎的酒店里？要不然我跟他们说听到了传言，伦敦那边选了你代替弗兰克接管柏林情报站，可弗兰克却不答应？"

我看着他折的纸飞镖说："你对他们来说或许很有价值，沃纳，因为你消息灵通。"然后捡起桌上的纸飞镖朝他扔过去，却没成功。

"你能理解吗？"沃纳压低声音说，"现在已经没有人找我干活儿了。弗兰克是个落井下石的浑蛋。以前美国人和你的军情人员还会找我，处理一些他们觉得棘手的案子，可如今连他们也不找我了。我没那个本事当双面间谍，伯尼，我早就被踢出局了。如今就只有你还能给我些工作，还是看在过去的情分上——这些我都知道，你也知道。"

我没有提醒沃纳，就在几分钟前他还坚持"应该由我来"详细告诉他伦敦总部信息泄露的事。"这么说，有人认为我会接管柏林站？那他们还有没有说，我来以后谁会接替我在总部的位置？"我问。

沃纳拾起纸飞镖。这小东西在他手里总能飞起来，但那是因为他愿意花时间慢慢调整飞镖的尾巴和所有能优化空气动力的部分。"你也知道这座城市什么样，街头巷尾总是闲话不断。你别以为我真相信这些传言。"他说。

"行了，沃纳，你刚才的话成功引起了我的兴趣，所以不如干脆一点，直截了当告诉我你都听到了些什么。无论什么我都能承受，不会崩溃痛哭的。"

这些话意外地对沃纳产生了极大的鼓励。我们之间一直以德语对话，而德语的句法结构决定，人在开口前必须先想好要说的整个句子，不能像英语一样可以有个模棱两可的开头，说到一半还能改，因此一旦开了头沃纳就必须把话说完整："有传言说，你妻子将会接手你在伦敦的位置。"

"这个谎话编得可真巧妙。"我说，却还是不太明白可怜的老沃纳到底想告诉我什么。

他把重新折好的纸飞镖举到眼前，在咖啡厅昏暗的灯光下仔细端详了起来。他全神贯注地盯着飞镖，语速飞快地说："他们说你俩要分开了，你和妻子。他们说……他们说伦斯勒和你妻子有……"话音未落他把飞镖掷了出去，但这次没有听话地飞向目标，而是旋转着落进了他的咖啡碟中，尾巴被咖啡浸成了棕色。

"布莱特·伦斯勒？"我质疑道，"他的年纪都快赶上菲奥娜的父亲了。我无法想象她会爱上伦斯勒。"

沃纳脸上的表情清楚说明了他此刻的心思：只有你想不到的，没有什么不可能的。"伦斯勒之前就把在总部负责德国情报的管理工作交给了克鲁耶，如果再把你妻子抢走，他要是多少有点良心又足够聪明的话，就会把柏林站交给你管。这样不仅能把你支开,还能让你得到这一行油水最多、'零花钱'最多的工作。而且你本来也喜欢这种工作,能干得很好。你一定无法拒绝的,伯尼,这一点你自己清楚。"

我认真思考着他的话,胃里忽然泛起一阵恶心,但不愿表露出来。"而我不会阻挡菲奥娜的晋升之路。如果她真能得到行动部组的高级管理职位,届时将成为同级人员中唯一的女性成员。"我微笑道,"真是够巧妙,沃纳,流言蜚语的本质便是如此——听起来比珍珠还真。但实际上,菲奥娜根本不喜欢伦斯勒,那个老家伙也绝不会允许一个女人坐上高管的位置,局里也不可能安排我来接替弗兰克,做柏林站的主管。"我继续微笑,笑容却有些凝滞,沃纳识趣地转开了目光。

"你要如何保证?"沃纳问,"以前我也从不认为我太太会和那个可口可乐公司的货车司机私奔,去慕尼黑。那个男人我见过几次,妻子跟我说那是她办公室一个女孩的哥哥,说他只是偶尔送她回家而已。有一次我晚上回家,还看见他们一起喝啤酒,也从没半点怀疑。当时的我就和现在的你一样。我太太曾说那个男人挺蠢的,就这一句话,我就完全相信他们之间绝不会发生任何事。这不就和你刚才说的话一样吗?我也以为她不喜欢那个男人,就像你认为你妻子不可能喜欢伦斯勒一样。"他又剥开另一块方糖,用包装纸折新的飞镖,"或许真相只是你不喜欢伦斯勒罢了——就像我也不喜欢那个卡车司机,因此便认为自己的妻子也不会对他感兴趣。"折了一半他忽然放弃了,把未完成的飞镖抛进桌上的烟灰缸。"我戒烟了,"他喃喃地说,"手上不做点什么总不能让我冷静下来。"

"你专程把我叫到这里来,不只是为了告诉我伦斯勒和菲奥娜的绯闻,对吗,沃纳?"

"对，我是想问你关于情报站的事。你是我认识的唯一一个能见到弗兰克、和他平起平坐谈话的人。"

"我和他并非平起平坐。"我答道，"弗兰克对待我就像对待一个十二岁的孩子。"

"他是挺喜欢摆出一副高高在上的样子。"沃纳说，"在他那个年代，干这份工作的都是剑桥毕业的谦谦君子或希腊学者，和他同类。在他们看来，情报工作不过是茶余饭后、吟诗作赋之外的消遣，一份能赚外快的工作。弗兰克很欣赏你，伯纳德，非常欣赏，可即便如此他也绝不可能改变想法，认为像你这样在柏林街头野大的草根小孩能得到他的工作。他对你很好，我知道，可你觉得他会乐意听命于一个从未受过上流教育的人吗？"

"我从不曾对他发号施令。"我纠正沃纳。

"你知道我的意思。"沃纳答道，"我只是想知道弗兰克为什么这么针对我罢了——要是我真做了什么得罪他的事那便算了，可这中间若是有误会，我希望能有机会澄清。"

"你为什么如此在意跟他的关系？"我问，"你不是有自己的灰色生意吗，做成了就能在马贝拉和里奥哈买豪宅，下半辈子衣食无忧。干吗要费尽心思想知道你和弗兰克之间有什么误会，还要澄清什么？"

"别装傻，伯尼。"沃纳说，"弗兰克能给我制造许多麻烦。"

"这都是你胡思乱想出来的，沃纳。"

"他讨厌我，伯尼，同时又害怕你。"

"他怕我？"

"他害怕你真的会从他手上夺走这份工作。你知道得太多了，这意味着你有很多问题要问他，并且都是令人尴尬、难以回答的问题。但弗兰克现在最关心的恰恰是能否保住清白、顺利退休、拿到养老金。凡是可能影响这些的事，他都绝不会做，哪怕嘴里再怎么跟你叙旧，说和你父亲关系有多好。"

"弗兰克累了，"我说，"得了'柏林忧郁症'。他并不讨厌任何人，甚至包括东德共产党，所以他才一直想离开这里。"

"刚才我说，弗兰克·哈灵顿隐瞒了你来这里调查的事——你没听明白吗？"

"刚才我也说了，那都是废话，你也没听明白吗？我可以告诉你为什么没人再给你安排工作，沃纳——因为你变成了一个搬弄是非、爱传闲话的人，而这正是这一行的大忌。你总跟我说各种各样的传言，一会这儿一会那儿的，还说你觉得大家都不喜欢你，而你却不明白为什么。你得振作一点，沃纳，否则我早晚也会被你加到'不理解你的人'这个长清单上去。"

沃纳弓着背俯靠在桌上，宽松的大衣和毛领隆起，显得他的体形更庞大了。终于，他点了点头，头埋得很低，下巴都快碰到桌面了。"我明白。"他说，"刚意识到被妻子背叛时，我跟谁都无法心平气和地交流。"

"我会给你打电话的，沃纳。"说完我站起身来，"多谢你的咖啡。"

"坐下。"我正要走，却听沃纳简短地说了一句。他的声音很轻，语气中却透着急切，仿佛已经忘了刚才的争执。我听话地坐回位子上，两个男人正好走进咖啡厅。洛伊施纳兄弟俩中的弟弟刚才一直在清点大镜子下方货架上的饮料，见到来人立刻转过身，带着职业微笑迎了上去："请问二位要点什么？"他紧张地用抹布抹着收银台的大理石台面——除了洛伊施纳兄弟俩，那是店里为数不多的、从战争中存留下来的东西。"二位要吃点什么吗？我们有紫甘蓝配小香肠和烤鸡肉配鸡蛋面疙瘩。"他又问。

进来的两个男人都三十岁上下，体形魁梧，脚上的鞋子看上去十分结实，身上穿着双排扣雨衣，头戴宽檐帽，让帽檐滴落的雨水恰好避开脖颈。我对上沃纳的眼神，后者点了点头：这两人显然是警察。其中一人拿起桌上给他们的塑封菜单看了起来。弟弟洛伊施纳伸手捻了捻修剪得和威廉二世一样的胡须，这是他刻意留的，好让自己看起来老一些。不过，看着他如今即将秃顶的脑袋，想必并不一定需要这两抹小胡子了。"还是二位想喝点什么？"他又问。

"巧克力冰激凌。"其中一人用冷冰冰的声音回答，令人丝毫不敢质疑。

"一杯烈酒。"另一人说。

洛伊施纳从五六种颜色清亮的烈酒中选了一瓶，慷慨地倒了一大杯，然后舀了两勺冰激凌放在一个小浅碗里，又提供了餐巾和勺子。"再来杯水。"男人咕哝了一句，迫不及待地舀起冰激凌送进嘴里。他的同伴转身背靠着收银台，一边小口抿着烈酒，一边状似随意地巡视着咖啡厅里的人。两人都没有坐下的意思。

我把牛奶倒进咖啡杯，用勺子轻轻搅拌，好让自己看起来比较自然。吃冰激凌的男人两三口便把碗里吃了个干净，另一个低声和他说了些什么，然后二人朝我和沃纳走了过来。

"你在这儿附近住吗？"那个吃巧克力冰激凌的问沃纳。

"我住在达勒姆。"沃纳微笑着回答，努力掩饰着内心的憎恶。

"那个地方不错。"吃冰激凌的警察说，然而我很难判断这话究竟是真心还是讽刺。

"把你的身份证明拿出来看看。"另一个警察说，他几乎把全身重量都靠在了我的椅背上，张口时能清晰地嗅到烈酒的味道。

沃纳迟疑了片刻，斟酌着是否值得要求他们出示警员证。但最终他还是乖乖掏出了钱包。

"把文件夹打开。"吃冰激凌的警察命令道,指着沃纳放在身旁座位上的文件夹。

"那是我的。"我说。

"我不管它是谁的。"警察不屑地说。

"但我管。"我回道,这一次是用英语说的。

警察打量了一下我的脸,又看了看我身上的英式着装,一切已经一目了然,我是属于西德给予"庇护"的西方国家官员。"有身份证明吗?"他问。

我把之前的军官证递了过去,上面显示我是英国皇家工兵部队的毕晓普少校。他看了一眼,微微勾起唇角冷淡地笑了笑说:"这个证件两个月前就到期了。"

"那您觉得证件过期以后我又是谁呢?"我问,"难道变成别人了?"

警察狠狠瞪了我一眼,说:"我要是你就会早早更新证件,毕晓普少校。否则下次再遇到警察,恐怕会被当成逃兵或者间谍。"

"那么下次的警察只会自取其辱。"我回答,可他们已经转身朝门口走去。经过收银台时,吃冰激凌的那个警察扔了两枚硬币上去。

"该死的纳粹。"沃纳低声咒骂道,"他们故意找我麻烦,因为我是犹太人。"

"别胡说,沃纳。"

"不然是为什么?"

"警察要人出示证件可能有很多原因,比如当地发生了什么案件;附近有辆眼熟的车;报案人形容的嫌疑人和你长得像等等。"

"他们马上就会找来军警。他们会回来逼迫我们打开文件夹,好让我们知道谁才是这里的老大。"

"不,他们不会的,沃纳。他们只会顺着这条街往前走,找到下一家咖啡馆,然后再随便挑个人找麻烦。"

"我真希望你不是如此顽固。"

"关于什么?"

"关于弗兰克·哈灵顿。这是他给人施压的常用手法。"

"你有没有冷静地好好思考过,监视一个人得花多大成本?四个人、两台车、一周五天,每天轮岗分别工作八小时。依我看,要监视你至少得六个人、三台车,车上还必须配备和我们一样波长的无线电通信设备,也就是说不能用租来的车。监视人员必须接受专业培训并通过严密审查。除此之外,还要给他们提供和其他部门职员一样的保险、特殊津贴和医疗保险,算下来花在每个人身上得有一千多马克,还没算上那几台车,每一台少说也要一千马克。再加上支援等其他成本,又是差不多一千马克。也就是说,为了监视你,弗兰克每个礼拜至少要花一万马克。他得多恨你才会这么做,沃纳!"

"这你得问他。"沃纳绷着脸说。我总觉得他并非不知道这些,只是不愿承认"弗兰克讨厌他所以故意刁难他"这件事只是他的一厢情愿,因为若非如此,他就必须面对一个残酷的事实:弗兰克解雇他只是因为他无法良好地完成任务。

我投降地举起双手说:"我会跟他谈谈的,沃纳。但请你现在务必先把这件事放下,别再执着于弗兰克迫害你的想法了——可以做到吗?"

"你什么也不明白。"沃纳沮丧地说。

我看着刚才情急之中假称是自己的文件夹问:"好奇问一下,沃纳,'我的'文件夹里到底装着什么?"

他伸手抚在文件夹上:"我说是将近五十万的瑞士法郎新币你相信吗?"

我注视着他,他并没有笑,于是我说:"你多保重,沃纳。"我从来分辨不出沃纳到底是开玩笑还是认真的,从小就是如此。

11

我还记得父亲第一次带我去弗兰克家参加派对的盛景。他的豪宅位于格鲁内瓦尔德，而我则规规矩矩地穿着正式西装前去赴宴。时过境迁，早已物是人非，但那座豪宅却依然如故，并且还增添了一名园艺师、一名厨师、一位管家、一名女佣和一名贴身男仆。男仆从战时起便跟着弗兰克。

弗兰克描述的"穿着随意，吃顿便饭"的晚宴上有十几位客人，个个都是柏林最有头有脸的人，非富即贵。用餐时我被安排在一位名叫"波比"的姑娘旁边，她最近刚离婚，前夫手握两间啤酒厂和一家制造阿司匹林的药厂。当晚的其他客人包括：德国中央银行高管及其夫人；西柏林德意志歌剧院的一位院长和剧院最美女中音歌唱家；一位据说是全世界最权威的古美索不达米亚陶器研究者、博物馆女馆长；柏林警察总署的一位长官，由于警察总署位于柏林滕珀尔霍夫达姆地区，因此他便让人直接称呼他为"滕珀尔霍夫达姆来的某某"；最后是一位说话轻声细语的美国人，名叫乔伊·布洛迪，介绍自己在西门子电器公司工作。弗兰克·哈灵顿的夫人也出席了宴会，她年约六十岁，时常露齿微笑却自有种不怒自威的气势，头发精心卷烫过，卷曲服帖、一丝不苟，仿佛戴着一顶橡胶泳帽。哈灵顿的儿子也在，他是大英航空公司首个柏林直飞航线的主管，看上去平易近人，留着两撇薄薄的金色小胡子，脸色白里透红，仿佛参加派对前刚被母亲摁在浴缸里从头到脚搓洗了一遍。

这样一群人出席晚宴自然要盛装打扮：女士们都穿着优雅长裙，女中音歌唱家还在头发里别了贵重的珠宝发饰，德国央行高层的夫人则戴着金饰，博物馆女馆长穿着意大利知名高级时装品牌的裙装；男人们都穿着深色西装，胸前的扣子上别着绶带①，系着条纹领带——因细节让衣服主人的高贵身份一目了然，懂行的一看便知。

整个晚宴桌上的对话全都围绕着金钱和文化。

"法兰克福和波恩②之间很少发生摩擦。"中央银行的男人说。

"只要把好处通通交给政府，日子自然太平。一百亿马克——你们今年要给那些政客的是不是还是这个数？"弗兰克问——在座的客人自然多少都能猜到他的身份，哪怕不十分确定。

中央银行的男人微微一笑并未接话。

女博物馆馆长对此很感兴趣，也加入了话题："要是法兰克福和波恩同时出现资金短缺会如何？"

"中央银行并没有为政府提供资金赞助的责任，也没有援助经济、恢复就业和平衡贸易的义务。我们的首要目标是维持货币稳定。"

"您现在或许这么认为。"女中音歌唱家插嘴道，"可惜只要能得到议会的多数票支持，波恩的政客们就能对中央银行指手画脚、为所欲为。"

中央银行高管又给自己切了一片臭烘烘的比利时林堡干酪，

---

①类似于荣誉勋章的细带子，有扣孔，可以别在扣子上。
②波恩，西德首都，德国中央银行总部位于法兰克福，中央银行高管用这两个地名指代银行和政府。

挑了一片黑面包放在盘里才开口："我们坚信，保持中央银行独立性是宪法规定的必要条件。没有任何政府可以通过操控议会多数表决的方式来控制我们，挑战民意。"

弗兰克·哈灵顿的儿子是剑桥大学的历史系博士后在读生，听完此言道："当年帝国银行的高层也一样笃定，直到希特勒改了宪法，逼他们为自己大量印刷钞票。"

"就像你们英国一样？"德国央行的高层彬彬有礼地回敬。

见势不妙，哈灵顿夫人立刻把话题转移到女中音身上："最近上演的新版《帕西法尔》①歌剧你听说了吗？"

这部歌剧的核心台词——"你看，我的孩子，这里的时间变成了空间"很快便成了哈灵顿夫人、女中音歌唱家和古陶器专家之间的热门话题，三人热火朝天地讨论起《帕西法尔》中的哲学典故和符号。就餐后闲聊而言，这种话题的确有趣，可我却提不起兴致。相较歌剧与哲学，我觉得和波比辩论"白葡萄酒的相对优点"和梨酒、覆盆子酒、紫李子酒和黄香李酒到底哪一个最好喝更有意思。这场辩论的核心是弗兰克餐厅边柜中的各种藏酒，还包括一杯又一杯的试饮环节，喝到最后还是没辩出个输赢。最终波比站起身来对女士们说："女士们该离席了。各位，请跟我来。"

我之所以如此执着地和波比调情，根源还是内心对菲奥娜的疑虑和恐惧。我想要证明自己魅力不减、也有资格和别的女人暧昧，而波比则是这场游戏最合适的对手。不过我还算清醒，知道今晚并非做这种事的最佳时机，弗兰克·哈灵顿的家也并非合适的地点。

---

① 《帕西法尔》(Parsifal)，德国作曲家理查德·瓦格纳创作的最后一部歌剧作品，也是该作品里男主角的名字。

"我亲爱的波比,"我说,刚才喝下的混酒此刻正在血管里燃烧,"你可不能走。没人扶我,我可不起来。"我假装醉醺醺地说,但其实和所有能够活到最后的特工一样,我已经很久没真正品尝过酩酊大醉的滋味了。

"梨酒最好喝。"波比说着拿起桌上的酒瓶,"至于你,还是再来点覆盆子酒吧,我的朋友。"然后把那瓶覆盆子酒重重地放在我面前,又把那瓶已经半空的梨酒、自己的空酒杯和脱下的鞋子紧紧抱在怀里。我一脸遗憾地看着她——波比是我的理想型。

喝完两杯黑咖啡,我穿过餐厅走到弗兰克身边,说:"昨晚我和沃纳见面了。"

"你这可怜的孩子。"弗兰克答道,"你要是想跟我聊这个,那我可得给你倒杯白兰地。"说完他转身走开去找白兰地,离我远远的,可我抬起手遮住了酒杯口。"瞧我这蠢脑袋。"弗兰克道,"你这一晚上可没少跟女人喝酒。"

我无视了他的话中带刺,只道:"他认为你不喜欢他,对他有成见。"

弗兰克给自己倒了些白兰地,皱起眉头做出认真思考的模样,然后盖上瓶盖、把酒瓶放回边柜才道:"关于他的意见我都写在档案上了,伯纳德,你亲眼见过的,你知道。"

"是,我看过。"我应道,"可都已经过去五年了,难道不该再给他一次机会吗?"

"你是说给他些无关痛痒的任务?这个嘛……"

"他觉得自己像被放逐了一样,被排挤在外。"

"可以理解。"弗兰克说,"美国人不再用他,这边的工作也没什么建树。"

我看着弗兰克的眼睛缓缓点了点头,脸上的表情很直白:

他这番话很可笑——美国人自然也收到了那份不再启用沃纳的文件，因此除非有十分特别的理由，否则当然不会再给他安排任务。"他认为你对他有个人成见。"我说。

"那他有告诉过你，他为什么那么想吗？"

"他说他不明白原因。"

弗兰克转头看了看客厅：彬彬有礼的警察正和波比聊得兴起，他注意到弗兰克的目光，冲他笑了笑；弗兰克的儿子正和女中音歌唱家聊天；哈灵顿夫人正和穿着白围裙、戴着白色荷叶边小头巾的女佣说话——那样的装扮我几乎只在老照片里见过——夫人叫她再拿些好喝的香槟来。似乎没有什么好的理由转移话题，于是弗兰克回头看着我，一脸遗憾。"或许我应该早点告诉你此事的内情。"他终于说，"之前我一直尽力保持低调，'非必要不外传'。"

"明白。"我说，余光瞟到警察官员说了句什么，让波比笑得很开心。她怎么会和那家伙相谈甚欢？

"一九七八年的九月，我安排沃纳负责通信室的信息安全工作。当时我们需要接收和处理的信息相当庞杂。恰逢巴德尔·迈因霍夫集团[①]劫持了汉莎航空的一架波音客机，西德政府认定他们打算让飞机飞往布拉格……你回头问问你妻子吧，她一定也还记得那天晚上的事。所有人连夜加班，一刻也不曾合眼。"说完这些，弗兰克抿了一口手中的白兰地又接着说，"凌晨三点左右，一名密码译电员来报，说截获了一则驻卡尔斯霍斯特[②]的俄军电波，内容是俄军总指挥官要求捷克斯洛伐克西南部的某座军用机场二十四小时保持通畅运作，并等候下一步指示。由于同时

[①]巴德尔·迈因霍夫集团，二十世纪七十年代德国的极左恐怖组织。
[②]卡尔斯霍斯特，德国柏林利希膝贝格区的下属区，原驻德苏联军事管理委员会所在地。

截获多个信息来源,我知道这则命令所指为何,也知道它和巴德尔·迈因霍夫集团没有关系,因此便命令暂时拦截这个情报。我的窃听小组是当晚唯一执行该命令的部门,这一点我也通过北大西洋公约组织得到了确认。"

"我不太明白你到底想说什么,弗兰克。"我说。

"结果那天,我的指令信号被人沿着卡尔斯霍斯特的电波频段发了回去,还在上面标注了'信息被拦截'的警示。这份指令唯有沃纳一人知晓。"

"他并不是唯一知晓的人,弗兰克。那个前来汇报的译电员也知道,还有话务员、遵照你的指示将'拦截'信息发出去的情报人员、你的秘书、助手等……许多人都知道。"

弗兰克十分巧妙地避开了我的质疑,只说:"你说昨晚和咱们的老朋友沃纳见了面,是在什么地方见的?——安哈尔特火车站吗?"

这出乎意料的回复令我目瞪口呆。

他接着说:"别这么惊讶,伯纳德,你交给警察的那张身份证明还是我给你的呢。而且你这个糊涂蛋竟然连证件过期了也没告诉我——你也知道这种伪造证件上的电话都会打到我这里来,好在警察质询的时候帮忙兜底。我自然是帮忙圆了谎,因为猜到是你——否则,除了毒贩、拉皮条的、妓女和流浪汉,以及无可救药的浪漫主义者伯纳德·萨姆森,还有谁会那么晚去洛伊施纳咖啡厅?"

就在此时,自称"在西门子公司工作"的美国人乔伊·布洛迪缓步走向我们,笑道:"你俩在密谋什么呢?"

"我们在聊安哈尔特火车站。"弗兰克回答道。

闻言乔伊·布洛迪叹了口气:"战前那里堪称这世上最繁华

的所在,即便如今,老柏林人也还是喜欢去瞻仰那里的断壁残垣,缅怀曾经的人声鼎沸和火车轰鸣。"

"乔伊在一九三九年至一九四〇年间曾在柏林执行任务。"弗兰克解释道,"见证过纳粹全盛时期的柏林。"

"而后又随美军回到了这里。关于安哈尔特火车站还有一件事,不知你是否听说过?——当年我们曾获知斯大林的重要军令,内容是让其麾下的白俄罗斯与乌克兰前线火力分进合击,以最快的速度占领柏林、结束战争。这份军令中专门提到的会师地点,就是安哈尔特火车站。"

弗兰克点头道:"乔伊,你跟伯纳德说说我们当时是怎么处理卡尔斯霍斯特的那份情报吧……就是俄军统帅要求军用机场保持通畅的那条信息——你还记得吧?"

乔伊有些秃顶,但目光炯炯,思考的时候总喜欢捏着鼻子,仿佛准备跳水似的。"你想了解此事的什么细节呢,萨姆森先生?"

弗兰克·哈灵顿立刻代我回答:"你就跟他说说,我们是如何找出那个泄露消息、让俄国人知道我们窃听情报的人吧。"

"说实话,这并不是什么天大的篓子。"布洛迪缓缓道来,"但弗兰克认为兹事体大,必须暂停当晚在场所有人的工作,彻底清查,直到把这个泄密者找出来才行。"

"我们把当晚经手此事的所有人员都查了个遍。"弗兰克接着说,"我个人对沃纳并无意见;实际上我也曾怀疑过那个译电员,然而调查结果表明他是无辜的。"

"当时吉尔斯·特伦特也经手过那个情报吗?"

"吉尔斯·特伦特?是的,他当时也在场。"

"不可能是他。"布洛迪说,"这事可没法往吉尔斯·特伦特身上栽。就我所知，他并无接触电信情报的权限。"

"这么多年前的事，您还能记得这么清楚？"我问。

布洛迪转头看着我，反射在金丝边框镜片上的灯光一闪而过。他一字一句清晰地回答道："弗兰克让我放手去查，说哪怕掘地三尺都行。我猜他的意思是希望我回去告诉美国方面，英国人绝不会姑息此类泄密事件或试图掩盖。"弗兰克舔了舔嘴唇保持微笑，表示即便这番话他已经听过很多次，如今依旧有兴趣再听一遍。"于是我便依言放手去查。"乔伊·布洛迪继续道，"结果发现是你们的人干的，叫沃纳什么的……"

"沃纳·沃尔克曼。"我补充道。

"对！沃尔克曼。"布洛迪说，"我们排查了所有人，大部分人都被排除了嫌疑。还有另外一个人，调查时也多花了些时间——就是特伦特：吉尔斯·特伦特——伦敦不太愿意让我们调阅他的档案。不过最后发现他也是清白的。"他说着又捏起了鼻子，"沃尔克曼就是那个泄密者，相信我，这种排查工作我已经做过好几百次了。"

"并且从不曾失误？"我又问。

"从不曾有过你想的那种失误。"布洛迪回答，"我可不是那种狐假虎威、随便怀疑调查别人的人。这件事就是沃尔克曼干的，既不是特伦特，也不是其他任何人——除非其他人全部联合起来骗我。所以，你可以告诉伦敦那边，这件案子已经真相大白了。"

"要是我告诉你，现在我们发现特伦特也不清白呢？"我说。

"我的天哪！"布洛迪嘴上惊呼，脸上却没什么表情，"难道又多了一个泄密者？"

"还好被我们及时制止。"我说，"可经此一事，我有足够的理由怀疑，特伦特和当年那件事也脱不开关系。"

"我明白你在想什么，年轻人。"布洛迪说，"可惜若没有铁证如山，任何调查也无法撼动我们费了九牛二虎之力得出的调查结果。"

"谁都有可能泄密，就是沃纳不可能——是这个意思吧？"弗兰克问我。

"不是！"我厉声否决，"我不是这个意思。"

"伯纳德和沃纳是校友。"弗兰克跟布洛迪解释道。

"信任朋友是种美德，孩子。"布洛迪说，"否则，天哪，我认识的一些人若是遇到这种情况，恐怕恨不得能直接把罪名栽赃到自己老婆头上。"

此话惹得弗兰克·哈灵顿哈哈大笑，布洛迪也跟着笑。

第二天一早，我和莉莎一块吃了早餐。我们坐在被她称为书房的房间里，那里有一个小小的阳台，可以望见康德大街上的来往车流。

这是一个奇妙的房间。从我记事起，每月父亲都会带我来这里，坐在这里等他付月租。这个房间从那时起就是这般模样，一点也没变。除了墙上挂着的大大小小的相框和相片，对于一个幼小的孩童而言，这里还有无数别的神奇物件：摆满了几张小桌子的各式象牙雕刻的小小鼻烟壶；一个铜质的"一战"炮弹壳形状的烟灰缸，上面刻着几个大字：来自伦贝格的礼物，下缘还焊接着一圈俄罗斯风格的雕花铜扣；除此之外，还有两把折扇，扇面描绘着日本风景；一只小巧的瓷塑齐柏林飞艇，侧面印着：柏林－斯塔肯的字样；一支黄色象牙制、用来观赏戏剧的小型双筒望远镜,以及一台已经坏掉的银制小巧便携式时钟。而在年幼的我眼里,这一切"宝藏"之中最为耀眼的,要属莉莎的爷爷获授的一枚红十字勋章:那是属于军人的光彩夺目的珠宝,精心镶嵌在白银相框内的红丝绒背景上。尽管丝绒有些褪色,白银相框却在莉莎女佣的日日擦拭下熠熠生辉。

早餐放在临窗的一张小桌子上,桌子与墙之间的距离刚够拉动薄薄的蕾丝窗帘,亚麻材质的厚桌布却被固定这个缝隙中。莉莎坐在高脚餐椅上,这样无须旁人帮忙也能自己站起来。我算着时间准时到达书房,因为知道没什么比迟到更能毁掉一个德国人的心情。"我的宝贝,"莉莎用德语亲切地打了个招呼,"过来给我一个吻。我行动不便——都怪这该死的关节炎。"

我弯腰在她脸颊上轻吻了一下,小心地避开那两坨红红的胭脂、涂得厚厚的香粉和口红,心中却忍不住好奇:她究竟得起多早才能画出这样的浓妆,并盘出如此精致的发型。"千万别改。"我说,"这间精美的书房还和以前一样令人着迷。"

莉莎微笑着用德语说:"不改,不改。"那是十分地道的柏林口音,每个音节都咬字清晰、十分用力。每次听见这个口音,我便知道自己回家了。

"这里还和我父亲在世时一模一样。"我说。

莉莎很爱听别人赞扬她的房间——"这里和我父亲还在世时也一模一样。"她说,然后环顾四周再次确认此话不假,"有几年我们在壁炉上方挂了'元首'的照片,上面还有他的签名——后来终于可以把'威廉二世'的照片挂回来,大家都松了一口气。"

"即便上面没有亲笔签名。"我打趣道。

"你这调皮的孩子!"莉莎语带责备,嘴角却勾起浅浅的微笑,"看起来你这次的工作任务已经完成了,马上要回到美丽的妻子和可爱的孩子们身边去了——你打算什么时候带他们来见我啊，亲爱的？"

"快了。"我回答，顺手给自己倒了一杯咖啡。

"最好是这样。"莉莎说着咯咯笑了几声，"不然下次你再想见到你的莉莎婶婶，恐怕只能看到白菊花了。"她撕下一块面包又说，"沃纳说，我们德国人有无数形容死亡的词。是这样吗？"

"英文里我们把'绝杀'叫作'致死一击'；把无处投递的信件叫作'死信'；把暴风雨夜出现在船桅上空的电光叫作'死火'；把风平浪静叫作'死静'……而德语更精准，这些意思都有专门的词来表达。"

"沃纳说，德国人之所以有无数形容死亡的词，就像因纽特人有无数种形容白雪的方法、犹太人有无数形容傻瓜的词一样。"

"真的吗？"

"'愚人''傻子''呆瓜''蠢蛋'——"她一口气说了好几个俚语，然后哈哈大笑起来。

"你常和沃纳见面吗？"我问。

"他是个好孩子。我的脚现在这样也没法四处走动，沃纳便常常顺道来看我。他和你年纪差不多吧。"

"他比我年长些，不过上学时我俩在一个班。"

"我到现在还清楚记得他出生的那个晚上：一九四三年三月一日，当时我们刚经历了一场可怕的空袭——巴赫大街和整个西吉斯蒙霍夫都笼罩在火海里；菩提树大道被炸，通往弗里德里希大街的路变成了一片废墟；意大利大使馆和里希特霍芬家的院子里落着好几枚哑炮；库达姆大街上的教堂时钟也在轰炸中损坏，指针从此一直停留在七点三十分的位置。所以我有时总跟沃纳说：'你小子出生那天晚上教堂的钟都停了。'沃纳的母亲那时是我家的厨娘,和丈夫住在从这里数大概四户人家开外的移动房子的阁楼上。我刚赶去把她接回家不久,她便开始宫缩。沃纳是在我家出生的呢,你知道吗?嗨,你当然知道了,这个故事我一定已经跟你讲了不下一万遍。"

"沃纳……"我说,"这个名字对平安降生的犹太小孩而言有什么含义吗?"

"名字是给别人叫的,姓氏则代表家人。"莉莎回答,"不是向来如此吗?"

"是你掩护了他们一家对吗,莉莎?他的父亲呢?"

"他的父亲是个身材高大、孔武有力的男人——这一点沃纳倒是完美继承了下来。总之,整个战争期间,他父亲一直在魏森塞的一座犹太墓园里当掘墓工。"

"没被抓吗?"

莉莎脸上浮起一抹熟悉的笑容,那是我在许多德国人脸上见过的,是对于一无所知的外人表示包容的神情。"把他抓起来,让雅利安人①去给犹太人挖墓地、埋尸体吗?不,他们放过了魏森塞墓园里所有的犹太工人。一九四五年俄军来时,还有个犹太拉比整天自由自在地活着,因为他和沃纳的父亲都在墓园当掘墓工。"莉莎笑着说——可我笑不出来。只有亲身经历过俄军占领柏林的人,才有资格在聊起这种事时微笑。

"沃纳的父亲是战后去世的,死因是多年食不果腹造成的营养不良。"

"沃纳是幸运的。"我忍不住说,"五岁的孤儿要想活下来可不容易。"

---

① 德国人是雅利安人种,并认为这是最高贵的人种。

"他莫不是惹了什么麻烦?"莉莎忽然问,大概是从我不经意间流露的语气中察觉了一丝异样。

我有些迟疑,最终还是开口道:"沃纳脾气拗起来的时候谁的话也不听。"

"我可把一半的身家都交给他了,亲爱的。"

"他是不会骗你的钱的,莉莎。"

莉莎眨了眨涂着厚厚睫毛膏的双眼,说:"我可亏不起这笔钱。本来已经投资到别处了,可沃纳说他有更好的办法能让我赚更多。所有条款都是白纸黑字写下来的。我很好说话,这点沃纳知道。"莉莎用德语里形容免熨烫防皱衣料的词来形容自己"好说话",这是当前时兴的用语,然而她并不是个好说话的人——真要比喻的话,她绝对是老一辈爱用的棉料子,不仅易皱,还需要上浆和小心护理。

"他不会骗你的,莉莎婶婶。沃纳欠你的情一辈子都还不完,这点他心里很明白。可万一他要是生意失利,把你的钱亏了,就算有白纸黑字的合约,那笔钱也回不来了。"

"他做的是出口生意。"莉莎有些不死心地说,仿佛坦白一切就能说服我,让我给她支个招、帮帮忙。

"我还会再来的。"我说,"下次来,我一定好好跟他谈谈。不过,莉莎,你对钱的事还是应该加倍小心才好。"

莉莎鄙夷地从牙缝间呼出一口气来:"加倍小心?你没见就连德国那些老资格的大牌企业都面临破产危机,你倒让我加倍小心——那你说说看,我到底该把钱投给谁才算安全?"

"我会尽我所能想办法的,莉莎。"

"我一个孤寡老妇,遇上这种事可真是孤立无援,一点办法也没有呀,亲爱的。"

"我明白，莉莎，我明白。"我又想到了菲奥娜，想起上次来柏林每天都给她打电话，大半夜连着打了三四通回家却无人接听。她说电话坏了，可我并不相信。

盈盈日光倾洒在屋内的波斯地毯上，透过窗棂，在空气中形成一道微尘飞扬的光柱。莉莎不再说话，转头认真咀嚼面包卷，却听电话铃声忽然响起——是找我的：是弗兰克·哈灵顿。"伯纳德？你还没走真是太好了。我正准备下午派车接你去机场。你打算几点从亨尼格夫人那里出发？中途有没有什么想去的地方？"

"我已经约好车了，弗兰克，不过还是要多谢你的好意。"

"别别别，还是让我送你吧。"

"可是约的车已经没法取消了，弗兰克。"

电话那头顿了顿说："真令人怀念啊！过了这么久，昨晚再见，一切还和原来一样。"

"昨晚都没来得及跟你道谢。"尽管早已为哈灵顿太太预定了一束鲜花作为谢礼，我还是客气地说。

"我们昨晚的谈话……关于那位的事，我希望你不会把它写在给伦敦的汇报文件里。"

原来是为了这个。"我会谨慎处理的，弗兰克。"我说。

"我知道你是个谨慎的人，兄弟。行吧，要是你坚持不让我派车……"

我很清楚所谓的"派车"其实就是弗兰克自己来接我，宣称"正好顺路"，然后便是一路喋喋不休，直到我上飞机为止，于是赶紧客气了几句便挂上电话。

"是弗兰克·哈灵顿吗？"莉莎问，"肯定又有事托你帮忙了吧。"

"弗兰克总爱瞎操心,你知道的。"

"他不是来找你借钱的吧?"

"我可不认为他会缺钱。"

"可他在英格兰有一栋大别墅,在这里的房子也十分奢华,还整天宴请宾客。"

"那是他的工作,莉莎。"我早已习惯莉莎对政府公职人员花钱如流水的不满。

"那他在吕巴斯那边养着的小美人呢——这也是工作?"莉莎笑道,听上去却更像一种愤慨的嘟囔。

"你说弗兰克他……"

"我可是耳听八方,亲爱的。人们都以为我只是个又老又蠢的女人,整天待在自己的小房间里往膝盖上抹药膏,其实——呵——我可什么都知道。"

"弗兰克和我父亲同一届入伍,现在都已经六十岁了吧。"

"这才是最危险的年纪,亲爱的,你不知道吗?你的六十大关可还在前头等着呢,宝贝。"她忍不住笑意,以至于端到嘴边的咖啡都洒了出来。

"你这都是听沃纳说的吧?"我问。

听得这话,莉莎的睫毛颤了颤,继而抬头、眼神坚定地看着我说:"你以为能从我嘴里套出话来,好知道这消息究竟是谁传的——可惜我对你的小把戏一清二楚,伯纳德。"说着她伸出一根手指摇了摇,"这可不是沃纳告诉我的。弗兰克·哈灵顿每次来都摆出一副知书达理、人畜无害的模样,可我却对他了如指掌。"莉莎的形容倒是十分贴合弗兰克给人的印象:彬彬有礼、十分精致——当然,也很适合他细皮嫩肉的儿子。"他老婆总往英格兰跑,于是弗兰克便在这儿找了别的消遣。"她补充道。

"您可真是百事通，莉莎婶婶。"我故意让自己听起来仿佛不大相信弗兰克会做这种事的样子，或者就算信了也不认为这是什么要紧的大事。

"做他这份工作应该更谨慎才是。在外面养情人，还花大价钱在吕巴斯置了一栋价值不菲的小别墅，这可都是实实在在的安全隐患啊。"

"可不是嘛。"

我以为说完这些莉莎便会转移话题，不料她却并不打算放弃："吕巴斯离柏林墙可不远……那儿离俄国佬简直就是一步之遥。"

"我知道吕巴斯在哪儿，莉莎。"我的心情谈不上很好。

"祝你生日快乐，亲爱的。"快要走到门边时，莉莎在背后说道。

"谢谢你，莉莎。"我回答。她从不曾忘记我的生日。

12

我站在名为"童话小镇"的居住区色彩鲜艳的公寓楼顶,放眼望去,能够轻易看见小区的边界和柏林墙另一侧的东德地界。这是一片拥有六万西德居民的住宅区,建筑师们称其为"计划社区",当地居民却称之为"混凝土丛林"。

"有人喜欢这里,"阿克塞尔·毛瑟说,"至少嘴上这么说。"——和几年前见面时相比,阿克塞尔苍老了许多。他比我还要小三个月,可爬满皱纹的苍白面容和光秃秃的头顶,以及经年累月伏案工作压弯的腰背,让四十岁正值壮年的他看起来竟然像五十岁。"他们说,一个小区里各种商店、教堂、游泳馆和餐厅应有尽有是件好事。"他说。

我轻抿了一口啤酒,环视房间。这里看起来实在有些荒凉:没有书、没有照片、没有音乐或地毯,只有一台电视、一张沙发、两把扶手椅和一个咖啡桌,上面摆着一瓶塑料假花。房间角落的地面上铺着一张摊开的报纸,以防机油漏在地板上,报纸上放着竞速自行车的零件。那是他要修缮并重新组装、给十几岁的儿子当生日礼物的。"可你并不这么认为?"我问。

"快喝光手里的啤酒,再来一罐新的——是的,我厌恶这里。一个小区里竟有十二所学校、十五座幼儿园。十二所学校!我简直觉得自己住在白蚁窝里。有些孩子甚至从来没去过市中心,从来没见过我们一起长大的柏林真正的模样。"

"说不定他们不知道柏林什么样反而更好。"我说。

阿克塞尔又开了一罐进口啤酒，发出清脆的"咔嚓"声，罐中的气体"嘶"的一声冲了出来。"你说得没错，伯纳。"他说，"他们去了市中心又能看到什么呢，还不是各种犯罪、毒品和悲惨世事？"他倒了一半啤酒给自己，又把另外一半倒进我杯里。阿克塞尔喜欢分享。

"嗨，至少你家窗外有绝妙的景致。"

"天气晴朗时从这里能眺望到很远的地方，真是难以置信。但即便如此，我也会毫不犹豫地拿它换回我爷爷以前那座破烂房子。我总听人说什么'德国奇迹'，可从不认为那是真的。我十二岁生日时父亲送了我一辆崭新的自行车，如今我能给我的大儿子什么生日礼物呢？一辆该死的二手自行车而已。"

"孩子们可不这么想，阿克塞尔。"我说，"就连我都能认出那是架特殊型号的竞速自行车，何况还是你辛辛苦苦组装的，他一定会喜欢的。"

读书时，阿克塞尔·毛瑟曾是学校里最优秀的孩子之一：化学和数学成绩总得第一，语言方面也十分有天赋，为了练习英语口语甚至忍痛割爱，把自己的自行车借给我骑。如今他在西德警察总署工作，是档案室的高级职员，和妻子以及三个孩子一起挤在这间狭小的公寓里。即便是星期六，妻子也要去附近的德国通用电器公司工厂加班，才能养得起家里的二手宝马车以及定期的伊维萨岛度假之旅。"我哪里弄得到那么多钱搬家？你知道如今柏林的人均房租是多少吗？"他说。

"你父亲回东边生活了吧？"

阿克塞尔嘴角勾起一抹冷笑："还不都是那个该死的蠢蛋宾

德的错——马克斯·宾德，你还记得他吗，那个游戏人间的家伙？"

他说"游戏人间的家伙"时用的是德语词，这个词在德语中有两个意思：戏子和赌徒，他指的究竟是哪一个呢——我琢磨着：马克斯倒是两者都符合。"我一直挺喜欢马克斯的。"我说。

阿克塞尔顿了一秒，似乎想反驳我，但最终选择继续说下去："马克斯不断给我父亲写信，说他在东边过得有多好，父亲都相信了——你也知道我父亲什么样。他本就对这三十年来柏林的变化有颇多不满，说以前菩提树大道有多好，常念叨说希望能在亚历山大广场遇到老友——他总把亚历山大广场叫作'亚历山'，还想去看看大教堂修缮得如何了。莉莎婶婶家的酒吧没人的时候，他俩总有聊不完的话题，两人聚在一起不停缅怀过去，回忆曾在布里斯托见过兴登堡总统的事，或是在'冬季嘉年华'上见过的著名歌手兼演员罗蒂·兰雅……"

"还有在恺撒霍夫酒店和纳粹政客约瑟夫·戈培尔聊过天。"我接话道，"是啊，这些故事我都听过。年轻时我总爱听你父亲长吁短叹——以前就常在莉莎的酒吧见到他，在吧台后面忙活。"隔壁公寓不断传来警笛声、枪击声和孩子们边看电视边打闹的声音。阿克塞尔走到墙边，用手重重击打墙壁以示警告，然而压根儿没有任何效果，反倒是震得屋里的塑料假花抖了抖。

他无奈地耸了耸肩，对仍在持续的噪声表示无能为力。"他也为你父亲做事。要是那边发现他曾为你父亲办事会有什么结果？——铁定会把他关进监狱的。"

"别把他当三岁小孩，阿克塞尔。罗尔夫是只饱经风霜的老鸟，他知道怎么照顾自己。"我说。

阿克塞尔点点头："所以我告诉他：'要是你觉得去那边生活

能重拾青春岁月,爸爸,那你就去吧。还有,把莉莎婶婶也带去……'我母亲在世时从不愿意听他讲这些事,每次都叫他闭嘴。"

"反正他在酒吧找到了完美听众。"

"可他也总是抱怨在莉莎婶婶那里的工作,不是吗?明明很喜欢站在吧台后跟人聊什么是'真正的柏林',那时候的人还知道推崇基督教美德——所谓'基督教世界观'。要是再有客人请他喝几杯,他立刻就会跟人大谈'帝国时期'的故事,活像自己是个参加过一战的大将军,而不只是二战期间的炮兵上尉。"阿克塞尔举起啤酒喝了一大口,"人一旦上了年纪,犯起傻来真是无药可救。"他语气中的愤怒令我意外,而他的双眼正紧盯着手里的酒杯,看不清神情。"我真的不希望他出事,伯纳。"

"我明白。"我说,"可你也别太担心,他已经六十五岁了,是那边允许出入西德的年纪。"

"他有时会和沃纳见面。"阿克塞尔看着我说,"俩人凑一块,不知在做什么勾当。"

这其实是一个疑问句,可我假作不知,只反问:"是吗?"

"你还在为军方的情报局做事吗?"他问。

我点了点头。对于这些认识我父亲,也了解我常在德英两国间来往的人,这是我给他们的解释,而他们也时常让出家里的沙发给我借宿,或把摩托车借给我用。这样的职业并不能获得德国人的尊重,因为德国是这世上唯一一个对情报工作者嗤之以鼻的国家,任何情报组织在他们看来都比拉皮条的好不了多少。这是战后国情所决定的,各行各业都有告密者潜伏其中。

"你不会在调查我父亲吧?"他忽然问。

"别再做这些无谓的担心了,阿克塞尔。"我回答,"罗尔夫不止熬过了战争年代,还平安度过了战后的艰难岁月,我敢肯定他这会儿一定在那边活得好好的、什么事也没有。说实在的,如果下次我再去东边,就去找他。你要是有东西想捎给他,可以告诉我。"

"仅此而已吗,伯纳?" 阿克塞尔说着站起身来走到窗边,望着东边亚历山大广场上高耸的东德电视塔。那里曾是柏林的中心地带,繁华喧嚣:宽阔的五车道大马路上,行人躲避着自行车;自行车躲避着汽车;汽车躲避着疾驰而来的有轨电车。现如今,所有的车水马龙早已消失,"亚历山"广场变成了一片井然有序却毫无生机的水泥地,插满红旗、摆满鲜花、贴满标语。"我看你还是有话直说吧。"阿克塞尔望着窗外说。

"说什么?"

"能见到你我很高兴,伯纳,可你现在不在伦敦工作了——你在这座城市明明有那么多老朋友,却只待几天,还特地跑来我这寒酸的小地方。你可不是为了来询问我的化学成绩、喝杯小酒、聊聊天的吧——我早就注意到了,你看看你那酒喝得有多慢,和警察执行任务的时候一个样;隔壁小孩的吵闹声也能引起你的注意;还特地坐在暖气片旁边,因为我没钱把暖气温度开得太高——桩桩件件都在说明,你来这一定是有什么特别的原因,而我认为,你是有事要我帮忙。"

"还记得两年前我曾找过一个年轻人吗?他从动物园车站旁的办公室里偷了一个行李箱。"

"记得。你让我帮忙查一个信箱号码,告诉你租用的人是谁。可那是英国官方下达的任务。"

"这次的事有点棘手,阿克塞尔。"我从口袋里掏出弗兰克·哈灵顿夹在那本伦敦街道指南中的信递了过去,阿克塞尔迟疑地接了过来却并没有立刻查看。"我猜事出紧急,对吧?这种事从来都很紧急。"说完才慢慢查看起信封上的地址。

"是的,阿克塞尔,否则我就自己去邮局查了。"我说。

他闻言轻蔑一笑:"你最近是否有幸使用我国伟大的邮政服务?上周他们花了整整四天才把一封从柏林蒂尔加藤区投递的信件送到我家,而且送到的时候信封都撕成两半了。即便如此,邮递价格却……"他一边抱怨着一边仔细阅读信封上的数字,"1000 代表柏林,28 代表吕巴斯。"

"你之前说,警察总署保存着所有租用信箱之人签署的租用表格,那你能帮我查到是谁在吕巴斯邮局租用了这个信箱吗?——包括姓名和住址。今天是星期六,能查吗?"

"让我到卧室打个电话。"

"多谢,阿克塞尔。"

"能不能办成取决于今天早上谁当值。我无法命令任何人这么做,这是警察系统明令禁止的……要是干了就是刑事犯罪。"

"要是能尽快查清楚,我就可以早点回家。"

"小时候我们都以为你将来长大了会加入黑帮。"阿克塞尔说,"这事我跟你说过吗?"

"说过的,阿克塞尔,说了无数次了。"

"我们问数学老师赫尔·史托奇,可他说所有英国人都像你这样。"

"不少英国人比我还糟糕呢,阿克塞尔。"我说。

可是他并没有笑,反而点了点头。他想让我知道,我的请求让他有多不开心;他想让我下次找他帮忙之前再慎重思考一下。他走进卧室,转动钥匙、锁上了门——确保我绝对不会听见他和任何人的对话。

这通电话只持续了五分钟。我估计这些资料大概早已录入德国警察总署的电脑里。

"收信人是哈灵顿夫人，也就是信箱的租用者。她在吕巴斯有一个住址。"阿克塞尔放下电话回到客厅说，"我知道这地方在哪儿。那条街景色绝佳，全是漂亮豪华的别墅，远望还能看见一片开阔的农场。我要是有本事一定搬过去。"

"用假名字租用信箱难吗？"我问。

"取决于当天处理手续的是谁。但总的来说，用什么名字申请都没太大问题。很多人的信箱都是用笔名或艺名租的。"

"我上次去吕巴斯还是小时候呢，那儿还和以前一样美吗？"

"吕巴斯村，离这挺近的。要是这扇窗户朝北开，我站在这就能指给你看那条街。那里的一切都被完整保存下来了，包括那座十八世纪的乡村小教堂、火警局、茂盛的栗子树和乡野风光——连农场和那间旧旅店都还在。虽然离这里不过一箭之遥，却像是另一个世界。"

"我该走了，阿克塞尔。"我说，"多谢你的啤酒。"

"要是周一他们炒我鱿鱼怎么办？你想过吗？你只会说你有多么抱歉，而我却要担心下半辈子都只能依赖少得可怜的社保来养活一大家子。"

我无言以对。

"你真是个不负责任的家伙，伯纳。一直如此。"

我本以为弗兰克·哈灵顿会把情妇藏在柏林法属区某间不知名的公寓楼里，毕竟在那无论发生任何事都不会引起注意，然而阿克塞尔·毛瑟提供的地址却在西德属区的最北边，被泰格尔森林和柏林围墙夹在中间。离市中心虽然很近，这里却有几座小型农场，鹅卵石铺就的狭窄道路边停着拖拉机，而它的旁边又停着崭新的保时捷跑车和四缸引擎的奔驰轿车。

路旁宽敞的家庭别墅被精心设计成十九世纪初的古老风格，可完全没有老房子的斑驳，一看便知是新建的。我沿着两侧种满秀丽树木的街道漫步前行，前方有三个孩子悠闲地骑着马，马儿的鬃毛都修剪齐整、皮毛油光水滑，显然被照料得很好。整片区域十分干净整洁，却没什么特点，仿佛好莱坞电影的背景板，只是为了展示一个古老而充满异域风情的地方。

四十号住宅是一栋两层楼的小别墅，正门前有一片宽阔的花园。即便有两棵挺拔的大树，花园也依旧宽敞，周围一圈铁丝网围成的栅栏，上面挂着一块指示牌写着贝尔维尤犬舍，旁边的另一块指示牌上用三种语言写着小心恶犬，其中一种语言是德语。还没来得及细看，屋内便响起好几只狗的吠叫，听起来都是大型犬。

穿过花园走进里面，眼前出现另一片被铁丝网围起来的院落和一间砖砌的小屋，几只大狗正在里面不安地骚动，想要破门而出。"乖狗狗，安静。"我尝试着安抚它们，却并没有用。

一个年轻女人从别墅后方走了出来。她年约二十二岁，有一双柔和的灰色眼眸，小麦色的皮肤，乌黑的长发向后挽成一个髻。她穿着一条卡其色纯棉长裤和一件同色衬衫，内侧缝着垫肩，胸口两侧各有一个带纽扣的衣兜，上衣和裤子都剪裁得十分贴身；衬衫外还罩着一件无袖羊皮夹克，内衬是羊毛的，外侧绣着代表"嬉皮士"身份的鲜艳花朵纹样。

她上下打量了我好一会儿，认出了我的博柏利风衣和花呢爵士帽，于是用标准英语问道："您是来买狗的吗？"

"是的。"我几乎毫不犹豫地回答。

"我们这只有德国牧羊犬。"

"我喜欢德国牧羊犬。"我话音刚落,一只体形硕大的德牧从别墅里跑了出来,停在离我们不到六英尺的地方。它先抬头望了望女人,接着便弓起身体气势汹汹地冲我低声咆哮。

"您不是来买狗的。"女人盯着我说,然后大概觉得眼前的一切十分好笑,便露出整齐洁白的牙齿微笑起来,那只德牧继续冲我龇牙咧嘴。

"我是弗兰克的朋友。"我只好改口。

"我认识的那个弗兰克?"

"唯一的那个弗兰克。"我回答。女人仿佛听到了什么好笑的事,再次咧嘴笑起来。

"是不是出了什么——"

"不是,弗兰克一切都好。"我说,"其实他并不知道我来见你。"

之前她一直半眯着双眼打量我,此刻突然恍然大悟般张开嘴,发出一声轻呼:"您是沃纳的那位英国朋友,对吗?"

此话一出,我也吃了一惊。我俩彼此对望着,空气有一瞬间的凝滞。"是的,沃尔克曼夫人,我是。"很快我便回过神来答道,"但我今天来并不是为了沃纳。"

女人环顾四周,确认是否有邻居在花园里偷听,好在此刻周围并无一人。"我不记得您的名字,但知道您曾和沃纳一起上学……并且您说得一口流利的德语。"她用德语说,"所以我们就不必用英语对话了。让我先把鲁道夫关进狗舍,然后再请你进屋喝杯咖啡。咖啡已经泡好了。"名为鲁道夫的德牧依旧警惕地低声咆哮着,看样子并不想被关进狗舍,除非我也一起进去,好让它确保主人的安全。

"周一到周五会有一个姑娘来家里帮忙，"泽娜·沃尔克曼太太一边轻轻推着德牧往铁丝网围起来的狗舍走一边说，后者温顺地往里走去。"可惜周末无论如何都请不到人，不管给多少钱。人们总说失业率高，偏偏又不愿意工作，这才是问题所在。"她的德语带有明显的口音，所谓的"东部口音"——德国易北河以东地区。尽管人人都说这只是一个形容词，并无歧视之意，可只有来自易北河以西的德国人才会特别提到这个词来区分口音。

我跟着她往别墅里走。首先穿过一个配膳室，里面有一台不断发出蜂鸣的冰箱，上面并排摆放着十二只彩色塑料碗，里面装着按照分量严格分配的面包和切好的肉块；配膳室的角落里放着一把拖布和水桶，另有一个不锈钢的水槽和放满罐头狗粮的储物架，旁边的墙上钉着一排钩子，上面挂着狗链和项圈。"我每次出门都不能超过两个小时，因为这些狗狗们一天要吃四顿才够。一共两窝狗，其中一窝才四周大，需要寸步不离地照顾。过不了几天还会再添一窝。要是早知道这么麻烦，当初我就不会做这事了。"

她踏上一级台阶打开通往厨房的门，一股现磨咖啡的浓香立刻涌入鼻腔。厨房里看不出半点养狗的痕迹，甚至整洁得有些过头，闪着干净光芒的厨具和玻璃器皿整齐地排列在橱柜里。

她轻轻摁下自动咖啡机的开关，取下上面的咖啡壶，在餐盘上加了一副杯碟，又拿出一个同样花纹的小碟子放上几块饼干。咖啡杯和碗一般大，上面毫不意外地也印着色彩鲜艳的大花。我俩端着咖啡坐在别墅里屋的小厅里，这里显然经过了改造，有一扇巨大的窗户，可以越过院里的狗舍清楚眺望远处的农场。此刻的农场上，一辆拖拉机正缓缓行驶，耕犁着棕色的土地，惊得一群觅食的乌鸦四散而逃——好一派悠闲的田园风光！要是没有更远处那道灰蒙蒙的围墙就更好了。"慢慢就习惯了。"沃尔克曼太太说，看来每位来访者都曾如此感叹过。

"并非所有人都能习惯。"我说。

她拾起桌上的一盒香烟，抽出一支点燃，吸了一口才缓缓道："我的祖父曾在东普鲁士有一座农场。他来过这里一次，总盯着那道围墙看。他的农场离这儿差不多有八百公里，但总算还在德国境内。您知道波兰离这儿有多远吗？不足六十公里——这就是希特勒干的好事，把德国变成了他最看不上的二流小国。"

"我可以倒杯咖啡吗？"我问，"闻起来真香。"

"我父亲以前是学校老师。他让年幼的我们学习历史，说以史为鉴就能避免重蹈覆辙。"她说话时微笑着，眼中却并无笑意。那是一种轻浅而客套的笑容，和广告海报上戴着高级手表的模特一样。

"但愿如此。"我说。

"学习历史并不能阻止人们重蹈覆辙——放眼世界，希特勒无处不在。他统治下的德国和安德罗波夫①统治下的俄罗斯有什么差别？"她端起我为她倒好的咖啡说。我端详着她：尽管总带着笑容、一副十分亲切的样子，我却能看见她隐藏在这外表下的敌意。"沃纳想让我回到他身边。"她忽然说。

"他对我来此毫不知情。"我说。

"是他告诉你我在这儿的吗？"她问。

---

① 尤里·弗拉基米罗维奇·安德罗波夫（1914-1984），苏联最高领导人，一九八二年至一九八四年间担任苏联共产党中央委员会总书记、苏联最高苏维埃主席团主席、苏联国防会议主席。一九六七年五月十日，他被任命为克格勃主席。他监督了大规模压制异议的行动，这种压制是通过大规模逮捕和大规模实施被认为"在社会上不受欢迎"的人的非自愿精神病治疗来进行的。

"你害怕他吗?"我没有回答她的问题。

"我不想回去。"

"他以为你在慕尼黑。他以为你跟可口可乐公司的卡车司机跑了。"

"我和那个人只是熟识罢了。"

"他并不知道你还在柏林。"我说,试图让她安心。

"我已经很久不去市中心了。要是需要在百货商场买东西,就请他们送货上门——我怕会在卡迪威百货公司的用餐区撞见他——他还总去那儿吃午餐吗?"

"是的,他还去。"

"弗兰克为何要把我的住址告诉你?"

"这并不是弗兰克·哈灵顿告诉我的。"

"是你自己查到的?"她不无讽刺地问。

"没错。"我回答,"是我自己查出来的。如今要想查一个人并不难:银行流水、信用卡、信用账户、汽车牌照、驾驶证都是线索。要是沃纳能想到你还在这座城市,肯定能比我还快找到你。找人这方面他可是专家。"

"我会给他写明信片,然后让慕尼黑的朋友寄给他。"

我点头表示理解,心里却想:像沃纳这样经验丰富的人,真的会被这种外行的小把戏骗倒吗?

我环视着房间,墙上有两张裱在相框里的柏林乐团剧院海报和一张激进派画家凯绥·珂勒惠支①的版画,地上铺着奶白色毛茸茸的地毯,沙发和椅子都是天然纹路的亚麻布面,上面放着橙

---

① 凯绥·珂勒惠支(Käthe Kollwitz),一位激进的版画家,她有着坚定的政治信仰。 从德意志帝国后期直到纳粹第三帝国的覆亡期间,她从未丧失对未来社会主义的希望,用视觉艺术表达工人的反抗和失落。

色丝质靠枕。室内装饰风格虽有些浮夸却让人觉得十分舒适，没有塑料狗碗或用来磨牙的骨头——完全看不出来家里养了狗。我估摸着这是为了迎合弗兰克·哈灵顿的喜好——他可不是那种能够安心接受臭烘烘的简朴生活的人。透过半开的推拉门，我瞥见一张红木餐桌，正中间放着一只精美切割工艺的玻璃碗和银制装饰，那是这栋别墅里最大的房间，被布置成了餐厅。我琢磨着弗兰克究竟会带谁来这里和他的小情人一起共进晚餐。

"这段关系不会长久的。"沃尔克曼太太说，"弗兰克和我……虽然很亲近、非常亲近，但这段关系并不会天长地久。等他回伦敦时，我们就结束了。这一点我和他打从一开始便都心知肚明。"她从碟子里拿起一块饼干轻咬了一口，洁白的牙齿若隐若现。

"弗兰克会回伦敦吗？"我问。

她原本向前探着身子坐在松软的沙发上，此刻却拿起一只靠枕，用手敲了敲枕面然后放在背后，身体向后靠在沙发上："他夫人希望他能升职。她知道，如果丈夫被调回伦敦，我们的婚外情就会结束——她并不关心弗兰克的事业是否精进，只知道那样弗兰克就会离开柏林、离开我。"

"当妻子的都这样。"我说。

"可我不会回到沃纳身边的。弗兰克总觉得他走了我就会回去，可我绝不回去。"

"弗兰克为什么会那么想？他不是很讨厌沃纳吗？"

"因为他觉得是他把我从沃纳身边夺走了，心里感到愧疚。刚开始他很为此事担忧，可愧疚感通常会转变成憎恨，你懂的。"她面带微笑轻抚着衬衫袖子，手指沿着上面的褶皱从上往下缓缓移动，一举一动都透出万般风情——她的确是个非常美丽的女人。"每逢周末我都倍感孤单。"她说。

"弗兰克去哪儿了？"

"他在科隆呢，明天晚上才回来。"她的微笑带着一丝暗示，"他总留我一个人在家。"

我不知道她这副做派是否真为了暗示我共赴云雨，但我此刻并无此闲情。或许是年龄使然，我心中总有种挥之不去的挫败感，仿佛被人拒绝了一般，于是只静静喝着咖啡、保持微笑，望着远处犹如灰色线条的柏林墙。中午刚过不久，外面却已有雾气升腾。

"既如此，那你今天来这所为何事？我猜是伦敦总部派你来收买我的吧。他们是想给我一笔钱，让我离开弗兰克吗？"

"独守空房的漫漫长夜里您都读些什么书，沃尔克曼太太？用钱让人停止提供性服务的日子早已过去，取而代之的是拿着手铐来逮人的高帽子警察。"

"可不是嘛。"沃尔克曼太太说，脸上笑意更浓，"而且原来登门送钱的通常都是做父亲的，而不是政府雇员。真遗憾，我还以为能有机会站起来、信誓旦旦地对你说'我绝不会离开他，无论你怎么威逼利诱都不会'这种话呢。"

"你真会这么说？"

"弗兰克是个魅力十足的男人，呃……该怎么称呼您？"

"萨姆森。伯纳德·萨姆森。"

"虽然弗兰克有时的确是个冷心肠的浑蛋，但他很有魅力。是个真男人。"

"沃纳不是吗？"

"噢——好吧，我知道，沃纳是你的朋友，我曾听他提起过你。你俩可真是惺惺相惜啊。我这么说吧，沃纳或许是个不错的朋友，可一旦跟他朝夕相处一年就会了解——他是个优柔寡断、毫无主见的家伙。他总让我拿主意：怎么做、什么时候做、做什么、为什么那么做……一个女人嫁给男人难道不正是为了摆脱这种生活吗？"

"当然。"我应道，努力让语气显得真挚，实际上根本不明白她在说什么——鬼知道我有多渴望身边能多几个乐意听我的指令、而不是给我下达指令的人。

"再喝点咖啡。"她亲切地招呼着，"然后请务必告诉我，您今日前来究竟所为何事。不请自来的客人受欢迎的时间是有限的。"

"您对我已经非常有耐心了，沃尔克曼太太，我很感谢。我来找你就是为了告诉你——私下告知——鉴于目前的情形，我在伦敦的上司们认为有必要对您进行政治审查。"

"你指安全审查？"

"是的，沃尔克曼太太。安全审查刻不容缓。我们需要您接受政审。"

"我和沃纳结婚时不是已经做过这种审查了吗？"

"啊，这个嘛——这次的情况跟之前很不一样。您也知道，弗兰克·哈灵顿是身居要职的英国官员，因此这次任务被划定为'双X级别'的高级审查。我们希望您能理解这样做的必要性，并对调查人员予以配合。"

"我不理解。为什么不是弗兰克来安排？"

"只要您冷静想想就会明白，沃尔克曼太太，弗兰克并不知晓此事。"

"你们不打算让他知道？"

"既然是弗兰克的私事，我们还是不要惊动他为好。他为了这一切……"我说着轻轻挥了挥手,示意这屋子里的一切,"已经大费周章了。要是让他知道手下的年轻员工在背地里调查您去过哪里、和谁见面、银行账户里有多少钱,他会怎么想?而要是他看了调查报告,发现上面写着您和某位久疏联系却令他十分介怀的人发生了什么事,他又会怎么想?"

沃尔克曼太太吸了一口烟,半眯着双眼注视着我:"你刚才说的就是你会派人去查的信息,是吗?"

"您是位明事理的女人,沃尔克曼太太,显然早已猜到:这场调查已经开始了。虽然派出的调查人员暂时还未向我汇报,可您一定早已有所察觉:最近这三四个星期,每次出门都有人跟着您吧。类似的任务我们一般不会安排最有经验的老手去做,因此被您看出端倪也并不奇怪。"

说完这些我便不再开口,等着她的反应。然而她依旧无动于衷地靠在沙发上,只直勾勾地盯着我的眼睛,一言不发地抽着烟。

于是我再次开口:"原本我一个月前就打算登门造访,可惜要处理的文件实在太多,抽不开身。"

"你这浑蛋。"她终于开口了,这一次脸上再无笑容。直觉告诉我,这才是真正的泽娜·沃尔克曼。

"我只是奉命行事而已,沃尔克曼太太。"我说。

"屠杀犹太人的纳粹战犯艾希曼也这么说。"沃尔克曼太太语气中充满怨气。

"是的,沃尔克曼太太,您比我更了解德国历史,您说得对。"

我一口气喝完杯底剩余的咖啡,站了起来;沃尔克曼太太依旧坐着,却全程紧盯我的一举一动。

"我不太想从后门出去,希望您不介意。"我说,"我不想惊动您家的狗。"

"怕它们把你撕成碎片吗?"她说。

"那是其中一个原因。"我承认,"我知道门在哪儿,就不劳您相送了。"

"弗兰克一定会让你在这行待不下去的。"她语气坚定地说。

我停住脚步。"如果我是你,今天发生的一切连一个字都不会告诉弗兰克。"我说,"决定是伦敦下的,做决定的人都是弗兰克的朋友。若是曝光,让一切摆到明面上,弗兰克就不得不面临正式质询。这么一来,他要解释的事可就多了,很有可能连这份工作也保不住,养老金则更不必说。如果真变成那样,弗兰克的朋友们恐怕会认为这一切都是你造成的。而他可不只在伦敦有朋友,波恩也有——而且都对他忠心耿耿。"

"滚出去!"

"除非您有什么需要隐瞒的事,否则他们不会动你的。"我说。

"滚,否则我就放狗咬你。"

我回到车里静静等待,决定等上一个半小时,看看刚才灵机一动编出的故事是否能诈出什么人来。星期六下午的街上没什么车,一定很快就会有结果的,我对自己说。

从驾驶席的位置能清晰看见那栋别墅。一个小时十五分钟后,沃尔克曼太太果然拖着一只大号的古驰行李箱和一个装换洗衣物的小行李袋出了门。她穿着一件豹纹外套,戴着一顶同样花纹的帽子,都是真皮——自然,她可不是那种会同情猎豹的人。还没关好花园门,一辆车便驶了过去。她打开副驾驶的门坐进去，车立刻开走。我正准备启动引擎，却已然认出，来接她的那辆车正是沃纳的奥迪，而开车的正是沃纳。车经过我身边时，沃尔克曼太太正激动地挥舞双手说着什么。我俯下身躲开他们的视线，可是车里的两人显然正忙着讨论，根本无暇注意我。看来刚才她口中关于沃纳的一切和沃纳告诉我的关于她的一切——都是谎言。

没必要追上去了，否则一旦引起沃纳的注意，他一定会认出我。退一万步讲，柏林的监控系统十分发达，沿途的道路检查点、机场和交叉路口都有安检人员，只要一问便能知道他们到过哪里、去往何处。

我下车回到那栋别墅前，用刚才在车里找到的钢丝拧成衣架形状，勾着锁打开了配膳室的窗户。沃尔克曼太太走得很仓促，彩色的狗碗胡乱堆叠起来放在水槽里，弗兰克见了一定要不开心的。当然，他要是发现我把他的小情人逼得搭飞机逃跑了，一定会更不开心……多得是会令他不开心的事。

电话机上放着一张纸条，上面是泽娜仓促写下的留言，说家里出了些事需要离开几天，还说下周会给弗兰克的办公室打电话；除此之外，她还表示自己已经跟邻居说好，请他们帮忙照顾家里的狗，请弗兰克放一百马克在大厅的桌子上作为感谢费。

不管沃纳在搞什么幺蛾子，这么看来泽娜也牵涉其中。我暗自琢磨，这是否是为了从弗兰克嘴里套取某些信息，而这些信息又会是什么。

13

布莱特·伦斯勒的办公室位于情报局顶楼，从窗户向西眺望，眼前是一片郁郁葱葱的绿色，让人恍惚以为整个伦敦都坐落于这样一片翠色之中——圣詹姆斯公园、绿园和白金汉宫花园绿树成荫，再远一点还有海德公园的茵茵草地和树林。不过，如斯美景此刻都被包裹在伦敦午后常见的灰色雾霾中。头顶的天空一片阴暗，只剩最后几缕微弱的阳光穿透云层，投射在海德公园旁绿树环绕的长方形贝尔格莱维亚高级住宅区上空。

尽管外面阴云密布，伦斯勒却没有开灯的意思。窗外仅剩的光线如锋利的剃刀般照射在办公室内家具冰冷的金属表面上，让玻璃饰面的办公桌反射出坚硬钢铁材质的光芒，也同样反射在伦斯勒的脸上，让他看上去比平时更加阴冷苍白。

理查德·克鲁耶在他跟前缓缓踱步，但始终保持在一个能清楚看见上司脸色的角度，以便能随时做出回应。克鲁耶很清楚自己的地位，每次伦斯勒让他出席会议无非是需要一个见证人、一个扮黑脸的家伙、一个能看准时机大声支持或者识时务地闭嘴聆听的下属。然而克鲁耶并不安于只做一个默默无闻的追随者，他深谙"识时务者为俊杰"的道理，知道何时该出声、何时该闭嘴。换言之，克鲁耶很清楚什么时候他可以和上司争辩，而这一点正是我始终学不会的——我连何时可以和妻子争辩都不知道。

"你没告诉弗兰克那些文件都是真的吧？"克鲁耶又问了我一遍，这已经是短短半个小时内他第三次问同样的问题了。

"弗兰克根本不在乎这些文件的真假。"我的回答让他俩同时一脸震惊地看着我，"只要不是从他负责的柏林情报站泄露出的就行。"

"你对弗兰克可真够刻薄的。"布莱特并没有反驳我的话；他脱下外套搭在椅背上，又小心地整理了一下以免压出皱褶。

"你希望这件事如何收场？"我问，"你是不是希望听我说：弗兰克每晚都待在家里忙着研究新易容术和新密码，日日勤修苦练、宝刀未老？"我想我此刻的尖刻大概来自对沃纳的愤怒，气他骗我，说弗兰克不希望我接手他的位置。其实从一开始我就不相信沃纳的话，可内心还是一样憋着火。我和弗兰克的友谊一直充满矛盾——只有当我想起自己的身份时才当他是朋友，可惜的是，我并不总记得自己的身份。

"我不希望柏林站有任何野心勃勃、对工作过于热诚的人。"布莱特·伦斯勒说完顿了好一会儿，大概在等我领会他的言下之意：谁能得到柏林站那份令人垂涎欲滴的工作全都由他说了算。"弗兰克·哈灵顿被派去——"他刻意称呼弗兰克的全名，以显得自己并无偏私，"是因为前一任管事的人无能。事实上弗兰克也的确做到了力挽狂澜。他并非最杰出的人才——这一点我们都清楚——他是去收拾残局的。"弗兰克·哈灵顿正是布莱特·伦斯勒指派到柏林的，因此他不允许任何人对弗兰克横加指责。

"弗兰克的任务完成得十分出色。"理查德·克鲁耶几乎是条件反射地接口道；正当我暗自佩服他的马屁功力时，又听他补充道："当初多亏你力排众议、坚持委派他去柏林，布莱特。那时情报局里起码一半的高管都说那会是一场灾难——他们竟然说是

'灾难'！"克鲁耶声情并茂地说完这番话，还不失时机地"啧"了几声，以表对当年怀疑伦斯勒英明决策的无知高管们的蔑视。他说这番话时一直瞪着我，因为我也是当初质疑这一决策的人之一。

伦斯勒说："关于那些材料，你还注意到什么不寻常之处了吗——"他瞟了我一眼，带着一丝责备的语气，"我是说，在告密者把东西扔给弗兰克然后迅速消失之后？"

"布莱特，你是希望我来回答——"我说，"还是我们一起等着理查德回答？"

"等等，什么意思？"理查德闻言立刻紧张起来，"我确实注意到那些文件有几个不寻常的地方，并且正在撰写相关报告。"——"正在撰写相关报告"是理查德为开脱自己的毫无作为所能给出的最好解释。

"伯纳德，你怎么看？"伦斯勒看着我说。

"莫非那些材料全是从吉尔斯·特伦特办公室流出的？"

伦斯勒点了点头。"没错。"他说，"泄露给俄方的那一大摞文件中，每一份都由特伦特经手——无论直接或间接。"

"呵，那让我再告诉你一件事。"我说，"几年前——具体的日期和细节我都一清二楚——柏林站截获了一组俄军密电；不出三日，驻扎在卡尔斯霍斯特的俄军便接到密报，知悉了电报被截获一事——而吉尔斯·特伦特当晚就在柏林站执勤。"

"他的档案记录里为何没有提及此事？"克鲁耶问。我注意到他的深蓝色丝绸衬衫领口挂着一枚金色勋章，和白色牛仔裤刚好搭配。

"他顺利通过了排查。"我回答，"柏林那边认定元凶另有其人，也采取了相应的行动。"

"可你并不相信这个结论。"伦斯勒说。

我举起双手,像巡回剧场的演员一样夸张地耸了耸肩,做出无话可说的姿态。

"他当时也在那个情报站?"伦斯勒问。

"那天他当值。"我没有直接回答他的问题,"而且上个礼拜送到柏林的所有文件都是他经手处理的。"

"你怎么想,理查德?"伦斯勒问。

"或许我们把事情想得太复杂了。"克鲁耶说,"或许这件事很简单,就是特伦特把情报出卖给俄国人了,可我们却总觉得背后还有阴谋。"他微笑着继续道,"人生有时候很简单,有些事也和看上去一样直截了当。"这番话实属他的肺腑之言。

我没有回应,伦斯勒也一言不发——虽然瞄了我一眼,但他并没有开口提问,我猜是因为我并不像克鲁耶那么难以捉摸。

开完会后,理查德·克鲁耶邀我到他办公室一叙。他的语气很客气,但从语气可以听出,如果我不去的话后果自负。于是我乖乖赴约,但一直坐在那儿看手表,直到他忍不住打开酒柜的门。

"行了,给你。"他塞了一大杯金汤力到我手里,"到底是怎么回事?"

"你希望我从何说起?"我问,顺便又看了一眼手表。要和老谋深算又固执的布莱特·伦斯勒周旋就够让人头疼的了,现在又再加上个目光短浅又头脑不清醒的理查德·克鲁耶,真是令人哀叹。

"你莫不是打算告诉我吉尔斯·特伦特是清白的?"他像个孩子似的发起脾气来。

"不是。"我回答,从容地抿了一口杯子里稀释得跟水似的金汤力,看着克鲁耶伸出手指努力想要捞出落在自己酒杯里的苏打水商标纸,而后者却在冰块间悠闲浮沉。

"这么说他并不清白?"

"有这个可能。"我回答。

"那我就不明白了。你和布莱特刚才絮絮叨叨说了那么半天是干什么?"

"我能给自己多倒点儿杜松子酒吗?"我问。

克鲁耶点了点头,眼睛却死死盯着我究竟倒了多少:"既如此,为什么不直接把特伦特找来问清楚?"

"布莱特想利用他。他想调查俄国佬到底想从特伦特那里得到什么情报。"

"从他那儿能得到什么情报!"克鲁耶一脸轻蔑。"好家伙!他们暗中勾结了这么久,布莱特却打算再给他们一些时间……要多久才能百分百确定俄国佬想要的情报?"他抬头望着我,"他们想知道情报局高层在做什么、说了什么、想些什么——不就这些!"

"嗨,这有什么可担心的。局里说了什么、做了什么、讨论了什么只需贴张邮票、用信封装起来寄出去就能知道,看完还能有时间悠闲地做个祷告。"我讽刺地说。

"这会儿别跟我抖机灵。"克鲁耶斥道。他对特伦特的分析是正确的:策反一个与我们如此接近的特勤人员只有一个目的——从他那得到关于情报局的"全面分析"。"特伦特和我一样,都是牛津大学贝利奥尔学院毕业的。"克鲁耶忽然说。

"您这是在跟我显摆、坦白还是抱怨?"我问。

理查德脸上浮起一抹笑意,那是所有从贝利奥尔学院这类高级学府毕业之人在自以为受到比他们低等的人类嫉妒时,会统一浮现的表情。"我只想说他脑子并不蠢,能猜到事情的走向。"他说。

"特伦特对我们已经没有威胁了。"我说,"他已经交代了一切,所以现在还不如将计就计,让他帮我们刺探对方的虚实。"

"我不喜欢这种双面间谍或者三面、四面间谍的操作。他们早晚有一天会把自己搞糊涂的。"

"你认为这种身份很令人困惑。"我说。

"当然令人困惑!"克鲁耶提高了嗓门,"特伦特很快就会发现自己已经搞不清到底在为谁工作了。"

"只要我们知道就行了。"我说,"我们要确保特伦特只听到我们想让莫斯科知道的消息。"

理查德·克鲁耶并不介意我用这种对待八岁小孩的方式跟他说话,反而挺受用。"好吧,这我倒是明白。"他说,"可柏林那边的新发现呢?"

"那不是什么新发现,而是几年前的一次事件。"

"但最近才被发现。"

"并非如此。弗兰克当时就知道,只是我们现在才知道而已。而那仅仅因为弗兰克不认为事情严重到需要通知总部。"

"你是在为谁打掩护吗?"克鲁耶问。看来他虽然脑子愚钝,某些嗅觉还是灵敏的。

"不是。"

"是为了维护弗兰克,还是你在柏林的某个老校友?"

"别揪着无关紧要的事不放,理查德。"我礼貌地建议,"我只是把背景情况告诉你而已。这个案子弗兰克·哈灵顿早就了结了,你要是再去把它挖出来,定会有人说你是怀恨在心、挟怨报复。"

"我挟怨报复！天哪——我不过多问了几句柏林站情报泄露的事，你居然给我扣上挟怨报复的罪名。"

"我是说如果你把已经尘埃落定的事再挖出来，就会有被人这么说的风险。而且弗兰克只要来伦敦，就常和局长见面——他马上要退休了，谁要是敢做任何事影响到他拿养老金，他决不会善罢甘休。"克鲁耶小麦色的脸莫名变得灰白，看来我说的话触到了他的敏感神经，于是我继续道，"想怎么做由你。我只是给你一些中肯的建议罢了，理查德。"

他瞥了我一眼，想确认我是否在讽刺他。"我很感谢你的建议。"他说，"或许你说得对。"他举起杯子喝了一小口杜松子酒，然后皱起眉头做出一副痛苦的表情接着说，"弗兰克这人很讲究生活情调，对吧？上个月我去过他的乡下别墅，那栋房子堪称豪华，而他在柏林的一应开销都是局里出资。"

他在柏林有两套别墅呢——我忍不住想这么补充，但最终还是决定保持微笑默默喝金汤力。

理查德·克鲁耶用一根手指抚摸着白色牛仔裤的腰线，沿着边缘滑到皮质的商标处，然后仿佛终于安心了一般说道："哈灵顿一家在那个小破村子里简直被奉为上宾，你知道吗——地方盛事会邀请他妻子去颁奖，或者当赛马会的评委、去村里的大会堂品尝蛋糕等等——也难怪他急着退休，这种好日子谁不想呢。你去过他家吗？"

"嘿，我跟他认识很长时间了。"我说，不知为何带上了几分抱歉的语气，仿佛需要为从小经常去弗兰克家做客一事感到愧疚。鬼知道这是为什么。

"是啊，我差点忘了，他是你父亲的朋友——是弗兰克介绍你加入这行的，对吧？"

"某种程度上来说是这样。"我回答。

"我是局长招进来的。"理查德说着一屁股坐在他的"查尔斯·伊姆斯"牌高级皮扶手椅上,头向后仰起。见他如此,我的心顿时沉了下去,因为这种姿态通常表示克鲁耶要开始回忆往事了。果然,他说:"当然,那时他还不是情报局局长,只是教官。不过不是我的教官,谢天谢地。有天下午他把我堵在学院图书馆里,和我聊了很多,还聊到了菲奥娜——你的妻子。"他特别强调了"你的妻子"这个身份,好似不提我就会忘记自己妻子叫什么名字,"他问我对菲奥娜的朋友有什么看法。我说那帮人根本就是垃圾——确实也是!他们都是些托洛茨基主义的支持者,每逢辩论必高举标语,凡遇政治话题必先查寻党总支部的意思,看看当时高层们都是什么论调才敢说话。很后来我才知道菲奥娜也在情报局工作,于是恍然大悟——她当时跟那帮马克思主义者混在一起肯定是局长的指示。她一定觉得我很愚蠢。可我也很纳闷,不知局长为何不早点将此中内情告诉我——你知道菲奥娜还那么年轻的时候,就已经打入马克思主义者内部了吗?"

"多谢你的金汤力,理查德。"我仰头喝完杯子里的酒说,故意将玻璃杯放在他擦得一尘不染的红木办公桌上。理查德像被蜇了一样跳起来,一把抓起酒杯,掏出手绢小心翼翼地擦拭着刚才放过杯子的地方。每次当他沉浸在不着边际的怀旧情绪中时,这么做总能立刻把他拉回现实,虽然早晚有一天他会发现这是个计策。

好不容易擦好桌子,他又盯着桌面认真看了半天,以确保一切无碍、红木桌依旧奢华如新,然后才转过身背对着我说:"行,你说得对,我就不多耽误你时间了。过去这几天你都没来得及和家人孩子好好聚聚吧。不过话说回来,你还真是一如既往地喜欢柏林——我以前常听你提起。"

"是的，我喜欢柏林。"

"真不明白你喜欢它什么。一个在战争中被炮弹摧毁的肮脏城市，唯一剩下几座还算不错的建筑现在还落在俄国人的管辖区，到处是被推土机挖平重建的工人宿舍，丑陋无比。"

"的确如此。"我承认，"可还是有一些值得喜欢的东西存在。柏林人是这个世界上最了不起的人民。"

克鲁耶微笑道："我竟不知你还有如此浪漫的一面，伯纳德，这就是你俘获优雅高冷的菲奥娜芳心的原因吗？"

"反正不是因为我有钱或者有社会地位。"我说。

克鲁耶把我的空酒杯、苏打水瓶盖和没用过的餐巾纸放到塑料托盘上，等着清洁工来打扫："吉尔斯·特伦特会不会和布拉姆斯情报线有什么牵扯？"

"我也在想这件事。"我回答。

"你要去见他们吗？"

"或许会。"

"我不希望特伦特察觉你的打算。"克鲁耶徐徐说道。

"他可是个高学历精英，理查德。"我说。

"因此可能会'不经意间'把你的打算告诉他的上线，这么一来，恐怕你会发现等待你的不是热情招待而是敌意了。"喝完杯里的酒，他用手绢擦了擦嘴唇，把空酒杯也放在塑料托盘上。

"而布莱特也会失去他的情报来源。"我说。

"这就不需要我们操心了。"克鲁耶说，"那是布莱特的事。"

14

离开情报局的当天晚上,我去特莎家接菲奥娜。她给我留言让我开车去,好把之前借给特莎的折叠床带回来。那是当初特莎为了和乔治分床睡问妻子借的,其实压根儿没用过。我一直觉得那是特莎用来威胁乔治的手段。她就是这样的人。

晚餐是特莎准备的,正是赛拉斯舅舅不齿的那种"只会做表面功夫"的精致法式料理,硕大的碟子中央放着一片薄薄的小牛肉排和两摊色彩鲜艳的酱汁;煮好的豌豆装在提前把瓤挖空的番茄里;几片切得十分平整的胡萝卜上盖着一片薄荷叶。这是她从伦敦汉普斯特德区的高级烹饪学校里学来的。

"非常美味。"菲奥娜赞扬道。

"教我烹饪的大厨也一样秀色可餐。"特莎吃完盘子里的食物后说。她的饭量似乎一直比猫大不了多少,相比于充饥,用餐于她而言更像是一种获得社交利益的方式;精于"表面功夫"的法式美食就是为她这类人发明的——"他有一双迷人的神色眼眸,仿佛能透过衣物看进你心里。每次教授烹饪技巧时,他总会用手环着我的肩膀、握着我的双手做给我看——'像介样、像介样。'他说话带着浓浓的法国口音——尽管是西班牙人,他却喜欢假装法国人。"特莎说。

菲奥娜转头看着我说:"你不在的时候,特莎给我做了特别美味的食物。"

"像'介'样的食物?"我学着特莎模仿法国口音问。

"还特别给孩子们做了好吃的。"菲奥娜迅速回应,希望能借此提醒我,让我反省身为父亲的责任,"不仅如此,还送了我一加仑意式蔬菜浓汤,放冰箱里可以存好长时间。你可真是帮大忙了,亲爱的特莎,孩子们就爱喝汤。"

"你的柏林之行顺利吗?"特莎看着我,脸上扬起一抹微笑。我俩对对方的喜好心知肚明:她知道我不喜欢这种小女生的精致餐点,也对她追忆曾与西班牙大厨共度的逝水年华没有兴趣,可她一点也不在乎。菲奥娜总是那个打圆场的人。每次看着姐姐为了维持良好气氛而插科打诨的样子,特莎都忍俊不禁。

"相当顺利!"我语气夸张地说,眼底却没有一丝情绪。

"德国的食物比法国实在。"特莎说,"估计德国女人也一样。"这话是冲我来的,更准确地说,她是指初次见面时我身边那位体态丰满的德国女友。那是我和菲奥娜在一起之前的事。

"你也听过那句德国谚语吧:吃什么就变成什么。"我回应。

"天天吃卷心菜会变成什么?"特莎问。

"大概变蝴蝶吧。"我说。

"那吃肉馅汤团呢?"

"至少会变饱。"我说。

"再多给他点儿肉。"菲奥娜打断妹妹,"不然他一整晚都脾气暴躁。"

等特莎端着我的第二盘晚餐从厨房回来,盘子里的食物已经不复先前的精致:一大块小牛肉和一条形状奇特的胡萝卜,让人恍然明白先前平整的胡萝卜片一定是她花了不少心思才切出来的;这次盘子里只有一种酱汁,随意地直接浇在牛肉上。"怎么没有薄荷叶了？"我问，特莎戏谑地朝我胸口捶了一拳，力道不小，害得我咳嗽起来。

"你没发现客厅有什么变化吗？"趁我在一旁狼吞虎咽，特莎问菲奥娜。

"发现了。"菲奥娜说，"是那张漂亮的小桌子，对吧？我正想问你来着。"

"是吉尔斯·特伦特的。他最近在变卖自己祖母留下的旧东西，说是家里东西太多空间不够。还有些别的物件他也打算处理掉。要是谁家里有足够空间能放下一张餐桌就好了……噢，菲奥娜，那张餐桌是纯红木的，可美了，还配了八张椅子呢。要不是家里放不下，就算要我出卖灵魂也得给它买回来——我们现在用的这张餐桌是乔治母亲留下的，我可不敢扔。"

"吉尔斯·特伦特的？"我愣了愣，"他在变卖家里的东西？"

"如今他在为你工作，是不是？"特莎说，"他跟我说你找他谈过话了，说一切都会没事的。我很高兴。"

"他还卖了什么？"

"都是旧家具而已，家里的画可一张也不会动。真希望他能送一幅伦勃朗的蚀刻画给我，我挺想要的。"

"乔治会答应吗？"菲奥娜问。

"我会说那是给乔治的生日礼物。"特莎答道，"不管你给自己买了什么，只要在男人看见时跟他说一句'生日快乐'，他便毫无办法。"

"你可真够无耻的。"菲奥娜斥道，却毫不掩饰心中的钦佩之情。

"换了我，就不会对蚀刻画这般热衷。"我对特莎说，"原画的板子多得很，卖画的只要每隔一段时间印几张出来放到市场上就行。专门吸引吉尔斯·特伦特这种呆子上钩。"

"还能这么干？"特莎很是诧异。

"有什么不可以的。"我说，"这又不是造假。"

"可这不是和私印钞票一样了吗？"菲奥娜说。

"比那要好多了。"我回答，"和你拿丈夫的钱买自己喜欢的东西、却跟他说'生日快乐'差不多。"

"你的小牛肉还够吗？"特莎问。

"这肉炖得很棒。"我说，"甜点是什么——猕猴桃吗？"

"特莎今晚想看电视剧《达拉斯》的重播，所以我们最好吃完就拿上折叠床回家去。"菲奥娜说。

"床不重。"特莎说，"连乔治都能抬得起来——他力气不算大。"

收拾停当，特莎坐下准备看电视，我也已经把折叠床绑在车顶的架子上。"小心开车。"汽车从特莎和乔治居住的小区大门离开，驶上大路，天空忽然飘起淅淅沥沥的雪花，菲奥娜叮嘱道，然后立刻又说，"你回来就好，亲爱的。你不在的时候我很想你。"幽暗的汽车内部氤氲起一种浪漫亲昵的氛围，而外面糟糕的天气更将气氛渲染到极致。

"我也很想你。"我说。

"柏林之行一切顺利吧？"

"一切顺利。"我回答，"四月飞雪……我的天哪！"

"没找到能够消除吉尔斯嫌疑的证据？"

"不仅没有，恐怕反倒挖出关于他的更多问题了。"

"真希望特莎别再跟他见面了，可他俩之间本来也不是认真的。这点你知道，对不对？"她说。

"吉尔斯为什么要变卖家具？"我问。

"最近古董和家具行情渐长。我猜是经济衰退的原因吧,这种时候人们总想把钱投资在不受通胀影响且能够保值甚至升值的东西上。"

"照你这么说,他应该留着那些古董家具才对。"我说,"再说了,就算要卖,为什么不拿到专业拍卖行去?为什么要自己一件件地卖?"

"反正私自买卖自己的家具也需要交税——你是这个意思吗?"

"蚀刻画小、不占地方;平版印刷画可以卷起来……"我说,"可家具又大又重,没办法带走。"

"伯纳德!你不会怀疑吉尔斯想逃跑吧?他怎么可能做这么蠢的事!"

"不是没考虑过这种可能。"我承认。

"那他就是个傻子。你能想象可怜的吉尔斯一个人住在莫斯科,每天排队领当日分的伏特加吗?"

"比这还离奇的事也不是没发生过,亲爱的。做我们这行的对于出乎意料的事早就见怪不怪了。"

我把车开上芬奇利路后继续向南。旁边的反向车道上车辆来来往往、十分繁忙——爱侣们结束了市中心的娱乐活动,正纷纷开车往北边市郊的家中赶去。飞舞的雪花覆盖着夜色,刚一落地便消失无踪,仿佛电视剧里用电动雪花机造出的场景;它们从路边店铺上五彩的霓虹灯前飘过,从明亮的橱窗前飘过,仿佛被染上了五彩颜色的碎纸屑,轻舞飞扬;其中几片落在车子的挡风玻璃上,很快便融化了。

"我和弗兰克聊了不少往事。"我说,"他跟我提到了一九七八年迈因霍夫集团甚嚣尘上之时的一件事。"

"我记得。"菲奥娜说,"当时有人认为还会出现第二起绑架案。那时我很紧张,因为从没遇到过那种级别的安全警报,还以为会发生什么可怕的事。"

"有天晚上情报站截获了一则来自卡尔斯霍斯特的俄军情报,内容有关捷克斯洛伐克的一座机场。"

"是有这回事,还是我处理的呢。那时弗兰克正巧在好为人师的兴头上,于是把监听和拦截情报的所有知识都给我讲了一遍,包括如何识别俄军信号——都隐藏在每条信息的倒数第二组电波中。"

"弗兰克从未向伦敦汇报过截获情报的事。"我说。

"是他的行事风格。"菲奥娜说,"他总说'柏林居民'的任务是为伦敦总部筛选情报、减轻负担,不让无足轻重的报告堆满总部的办公桌。他说获取情报很容易,处理它们才是难事。"说着她打了个冷战,伸手去拨车里的暖气键,想把温度调高,可惜暖气已经开到最大了。"怎么?是不是弗兰克后悔了?事情已经过了那么久——现在后悔也太迟了。"

听着她的话我却心中暗自思忖,不知她是否意有所指:或许现在才对婚姻感到后悔也太迟了。"看那边。"我示意她往窗外看去——一辆白色捷豹轿车在被雪打湿的路上打滑、冲上了人行道,车尾撞在街边小店的橱窗上,玻璃碎了一地,远看像散落的雪花;一个女人站在路边,手上、脸上都是血,一名面无表情的警察正拿着一只塑料袋,放在因惊吓过度而导致过度呼吸的轿车司机口鼻前,让他对着袋子调整呼吸。

"今晚没开我那辆红色保时捷来真是太好了,否则一旦被警察看见肯定吃不了兜着走——你新订的沃尔沃什么时候能送到?"

"车行老板总推说下礼拜就好了,我看他是故意拖延时间,让我等得不耐烦了才好把他那台早打算处理掉的客货两用旅行车塞给我。"

"去找别的车行问问呗。"

"可这家老板给这辆旧车的回收价最高。"

"那你怎么不干脆要那辆旅行车得了?"

"太贵了。"

"我把差价补给你。你的生日就快到了。"

"还是别了,亲爱的。不过,多谢你这么贴心。"

"那车用来运床什么的特别合适。"她说。

"我才不用你家老爷子的钱,不给他机会数落我。"

"他不会知道的。"

"可我知道。而且当初是我信誓旦旦让他把嫁妆收回去,说我一个子儿也不会碰的。"

"你说的是'我的'嫁妆,亲爱的。"

"我爱你,菲奥娜,"我说,"即便你其实并不记得我的生日。"

菲奥娜用指尖轻抚嘴唇,又伸过来碰了碰我的脸颊:"一九七八年那个晚上你到底去哪儿了?为什么不在我身边?"

"我在格但斯克,等着和约好的造船厂工人见面,结果根本没有人来——那是克格勃的陷阱,记得吗?"

"你不说我还真没想起来,大概是我心里不愿记得这件事。不过——是啊,格但斯克,是那里——天知道那时候我有多担心你。"

"我也一样。从那以后,我的事业便总是磕磕绊绊,直到今天。"

"但你每次都能平安脱险。"

"话可不敢这么说。想当年那么多和我一起并肩作战的人却并没有这种幸运……一九七八年情报局正值鼎盛时期，如今却早已零落不堪。"

"那时候你总在外面执行任务，不在家。我特别讨厌一个人待在柏林。我讨厌那里幽暗的街道和狭窄的小巷，要不是好心的吉尔斯每晚开车送我回家，还时常打电话来逗我开心，我可真不知该如何过下去。他还给我推荐了关于德国的各种好书，让我提高自己。吉尔斯真是个好人，所以如今他卷入麻烦我也特别难过。"

"他送你回家？"

"是啊，无论我工作到多晚他都风雨无阻——哪怕午夜时分，哪怕外面一片慌乱，吉尔斯也会到行动组来一边抽根烟一边跟我说笑，然后载我回家。"

我没有说话，继续驾驶。后方一辆车忽然抢道超车，溅起一地泥水泼在挡风玻璃上。我咒骂了几声，又隔了好几分钟才问："当年吉尔斯的办公室不是在另一栋楼吗？我以为要进行动组的大楼必须有红色通行证。"

"平日里是这样的。可每天工作快结束时，在附属楼工作的人都会来主楼——除非有伦敦来视察的领导在。附楼没有热水，而大家一日八个小时的工作很辛苦，得洗个澡、换身衣服才舒服。"

"可当时不是出了事吗——一个叫乔伊·布洛迪的人还把每个人都叫去质询了一遍，因为当晚有人泄露情报。"

"唉，你觉得大家会怎么说呢，亲爱的？你认为有谁会说出真相、让弗兰克丢脸吗？我的意思是，换了是你你会说：是啊，附属楼的人总是随意进出主楼，没事偷张纸、拿支笔什么的，还把女朋友带到最高层的会客室厮混吗？"

"呃，我倒真不知还有这么多事。"

"女人在一起就爱八卦，亲爱的，尤其当你住在异国他乡，身边只有那么几个女孩子可以说话，其他同事又都是这世上最声名狼藉的男人时。"她说着用手掐了掐我的胳膊。

"这么说，柏林情报站的所有人都对乔伊·布洛迪撒了谎？而吉尔斯·特伦特其实有机会获得那些信号？"

"布洛迪是个美国人，亲爱的，大家怎么可能让他看自己国家的笑话，你说是吧？"

"弗兰克要是知道了会气死的。"我说，一想到弗兰克精心制定的各种规章制度、操作协议和复杂的安全纪律竟被人公然无视甚至不顾当时他还在办公室，我便泛起一阵恶心。那段岁月我大部分时候都在执行极危险的任务，就是那种会被圆滑世故的上级假托"德语不够流利"而婉言谢绝的工作——理查德真是聪明，而伯纳德真是愚蠢。

"弗兰克就是一头自私自利的猪。"菲奥娜愤恨地说，"他喜欢这份工作带来的金钱和特权，却不愿认真工作，整天就只想着如何笼络富豪名流、花天酒地，然后让纳税人替他付账。"

"局里一定设了限度，不会允许他随意挥霍的。"我说，"我有时觉得局长是故意把弗兰克安插过去收集八卦流言的，因为他喜欢听这些，可弗兰克却很善于分辨什么是八卦、什么是重要情报。他有这种天赋，能在麻烦来临之前准确预估。他不止一次仅凭街头巷尾的流言和直觉力挽狂澜，这样的例子我能跟你讲上一天。"

"弗兰克退休后谁会接替他的位置？"

"这话别问我呀。"我说,"我估计他们会在电脑上搜索,找一个和弗兰克一样讨厌柏林且生活奢侈的家伙,外表看起来像是跟团去德国旅游的英国佬——这点弗兰克很是拿手。"

"你这张嘴可真损。弗兰克对自己的德语很自豪。"

"要是他没用德语写下那些员工守则、贴在告示板上硬要给德国员工看,或许还能糊弄过去。我唯一一次看见沃纳笑得差点儿晕过去就是在柏林情报站的大厅告示板前,他在看弗兰克用德语写的《火警应对指南》。这事很快便在情报站内传为笑谈,人人都知道;还有个德国安保人员,每年圣诞派对都会把它拿出来背诵一段。有一年,弗兰克盯着那人跟我说:'这些德国佬可真行,竟然这么乐于嘲笑本民族的语言缺陷——怎么回事?'而我看着他回答:'是啊,弗兰克——他的声音还真和你有点像,你发现了吗?'弗兰克回答:'不曾注意。'——我至今不知他当时到底听没听懂我在开玩笑。"

"布莱特说,局长在考虑接管柏林站人选时提到了你的名字。"

"我不在的时候你常和布莱特见面吗?"

"别在这件事上纠缠了好不好,亲爱的,我和布莱特·伦斯勒根本不可能有任何暧昧关系。"

"没人跟我提过这件事。"我说,然后补充道,"我是指接管柏林站的事。"

"那你想接手吗?"

"你希望我回柏林吗?"

"我愿意做任何能让你真正开心的事,伯纳德。"

"我现在就很开心。"

"那我希望你能多表现出来一点,不然我会担心的——你自己想去柏林吗？"

"看情况吧。"我回答得很谨慎，"要是上面只想找个人接替弗兰克，继续维持那个千疮百孔、摇摇欲坠的组织，给我多少钱我也不干。要是他们能让我大刀阔斧地改革，把它改造成符合二十世纪特色的新面貌……那我可以考虑。"

"我能想象你就这样把刚才那番话一字不落地跟局长重复一遍的样子，亲爱的，可你那可爱的小脑袋里难道从不曾考虑过一种可能吗：弗兰克、理查德、布莱特和局长都认为他们管理的情报组织已经十分出色、天下第一了？他们才不会听你的劝告，允许你仅凭一腔热血去改造什么二十世纪的新面貌。"

"真是金玉良言。"我说。

"你生气了。"菲奥娜说。

"你说的是事实。"我回答，"不过话说回来，我们没必要浪费时间讨论这些，因为我知道他们根本不可能让我接替弗兰克的位置。"

"这可说不准。"菲奥娜敷衍地回应了一句，随即又说，"你知道我们已经开过家门口了吗，伯纳德！咱们这是要去哪儿呢？"

"你看到那辆停着的车了吗？里面坐着两个男人——就在我们家大门口。"

"噢！伯纳德，你是认真的吗？"

"你让我在这个住宅区里转转，看看有没有别的埋伏，然后我走路过去。"

"就是两个人碰巧把车停在路边而已，你恐怕想太多了！说不定是一对情侣在互道晚安罢了。"

"这么多年我都是这么过来的。"我回答她，"和一个喜欢想很多的人一起生活或许不太容易,但至少我还活着,宝贝,这一点很重要。"

巡视一圈后,我发现这片街区空无一人,既没有行人也没有别的车辆,于是停下车,对菲奥娜说:"先等五分钟,然后你开车沿着这条路回家,把车直接开进车库,注意神情保持自然。"

菲奥娜此刻才终于露出一丝担忧的神色:"看在上帝的分儿上,伯纳德,你可千万小心。"

"别担心。"我说着打开车门,"老本行了。"

我从外套口袋里掏出一把手枪塞进雨衣口袋里。"你要带枪?"菲奥娜吓了一跳,"你拿它干什么?"

"最新指示——"我说,"凡携带一级保密文件的工作人员都应随身携带枪支。别担心,就是把小手枪。"

"我讨厌枪。"菲奥娜说。

"五分钟,然后再行动。"

她伸手一把拽住我的胳膊,说:"我和布莱特什么事也没有。我和谁都没有任何瓜葛,亲爱的,我可以发誓。我心里只有你。"

"你是看我手里有枪才这么说吧。"我本意是开个玩笑,可这个玩笑糟透了,然而菲奥娜还是努力挤出一丝笑容,躬身换到驾驶座上。

外面很冷。纷飞的雪花击打着我的脸颊,地上的积雪已经厚到一踏上去便能留下鞋印。寒冷的空气保护着千姿百态的雪花,让它们在风中盘旋。

我转过街角,走上伯爵大街,那是我家所在的街道北侧,这样能从背后接近那辆车,相对来说更安全,毕竟在车里要转身查看后方的情况很不方便。这辆车并非情报局车库里的任何一辆,之前也从没见过,不过它停泊的方式并不像准备随时撤离的样子——那是一辆老旧的蓝旗亚牌方头轿车，顶上还有一个无线电话天线。

驾驶座上的人一定一直盯着后视镜，因为我刚一接近，他便打开了车门。一个年约三十岁的男人从车上下来，身上穿着一件黑色拉链式皮夹克，头上戴着一顶滑雪场常见的色彩鲜艳的针织帽。看到这一幕我的心又放松了一点：克格勃的暗杀小队不至于穿得如此扎眼。

男人双手垂放在身侧，和衣服口袋保持着一定距离，等我靠近问道："是萨姆森先生吗？"

我停下脚步。车里的另一个人依旧保持着坐姿一动不动，甚至不曾回头看我。"你是哪位？"我问。

"克鲁耶先生让我给您传个口信。"他说。

我又向前走了几步，却丝毫不敢放松警惕，一只手插在口袋里握住那把小手枪，并把枪口转向他站的方向。"所为何事？"我问。

他垂目看了看我鼓鼓囊囊的口袋："他让我在这等您。因为您没有留下可以联络的电话号码。"

这话倒是不假。菲奥娜还等着我帮忙把床搬回家呢。"长话短说。"我说。

"是关于特伦特先生的。他病了，现在在奥沃区。克鲁耶先生也在。"男人说罢轻轻抬手指了指车，"需要我打电话告诉他，您这就过去吗？"

"我自己开车去。"我说。

"没问题。"他回答，然后把针织帽往下拉了一点遮住了耳朵，"您希望我请克鲁耶先生亲自打电话跟你确认此事，对吗？"他拼命忍住溢到嘴边的笑容，我的谨小慎微显然令他忍俊不禁。

"可以。"我说,"小心驶得万年船。"

"好的。"他挥手略略敬了个礼,打开车门坐下之前又问,"还有别的吩咐吗?"

"没有了。"我回答,手依旧握着口袋里的枪。目送他们走远后,我进屋给自己倒了一杯麦芽威士忌,等着克鲁耶的电话。过不多久菲奥娜也回来了,她紧紧拥抱着我,用冰冷的嘴唇给了我一个吻。电话很快响了。

除了地址,克鲁耶对其他细节一概语焉不详,只让我一小时内立刻赶到,并再三强调"立刻、马上、赶紧"。出发前我先把车顶棚上的折叠床搬回了家,我可不想顶着这家伙过去,可这种简单的体力活却累得我气喘吁吁,连手也止不住有些颤抖——或者,这其实是刚才正面交锋迟来的身体反应?我也说不准。

以萨里郡板球场命名的伦敦奥沃区并不是游客们喜欢的那种漂亮住宅区。这里各种小工厂和工人住宅楼星罗棋布,虽有一个公园,但入夜后并不安全。谁能想到,隐藏在主要干道后方、在柴油燃烧的烟雾、四散的垃圾和流浪猫穿梭的小巷子附近,竟坐落着一片经过翻新改良过的宁静住宅区。这里的房屋大多是维多利亚时期风格,主要居民为政客和公务员——尽管这个区域老旧过时,但地理位置离主要政府机关聚集的威斯敏斯特区很近。克鲁耶给我的地址就是这片住宅区的其中一栋房子。

我到的时候,理查德正斜靠在客厅里阅读《经济学人》杂志。这是他的习惯,每次总随身带着类似的读物,卷起来放在对襟双排扣的短上衣口袋里。见我进来,他合上杂志放在身边的沙发上。今天的理查德穿着牛仔裤、跑鞋和看起来边很厚实的白色羊毛高领毛衣,我在那些顶着恶劣天气仍需在甲板上拖网劳作的渔民身上也见过那种毛衣。

"不好意思,你打了好几次电话我都没接到。"我客气道。

"没关系。"理查德说,可他的语气听起来完全不像没关系的样子,"特伦特用药过量,刚抢救过来。"

"他吃了什么?严重吗?"我吃了一惊。

"幸好被他姐姐发现了,谢天谢地。"理查德说,"是她把特伦特带到这来的。这是她的家,还叫了医生。"他说"医生"的语气听起来仿佛在说变态或者恐怖分子。"那个医生不是我们的人。"他接着道,"是当地医疗中心找来的,谁知道有没有用。"

"他怎么样了?"

"你说特伦特?他会没事的。不过这或许是个警示——俄国那边怕是逼得有些太紧了。我不希望他们把他逼得太紧,以免特伦特权宜之下认为放弃我方相对更安全。"

"这是他的意思?他亲口说那边把他逼得太紧了?"我问。

"我认为有足够理由相信事实就是这样。"理查德说,"所以需要有人给他分析利弊,让他认清现实。"

"比如呢?"

"需要有人跟他解释清楚:我们不可能任由他跑到莫斯科,逐一回答克格勃的审问——泄露几份加密文件是一回事,帮助俄国建立对我司各情报线和总部组织架构的全面了解又是另一回事,更别提汇报有关情报局高层的详细信息。此事我们绝不会姑息。"理查德把《经济学人》卷成圆筒敲击着左手,语气阴森地补充道,"而且特伦特最好明白,以他所知内情的程度,我们根本不可能让他接受中央刑事法院的审判。"

"而你想让我去当这个恶人,跟他分析利弊?"我问。

"我以为这些你早就跟他分析过了。"理查德回道。

"你就没有想过,能令一个人选择自杀,这件事本身就说明他所承受的压力过大了？"

理查德没有回答，只全神贯注地卷着手上的杂志，直到形成一根细细的圆筒，一丝光亮都透不过去。长久的沉默之后，他终于开口了："我可没让那蠢货出卖自己的国家。你以为我会因为他的精英出身就网开一面吗？"他说着掏出烟盒，取出一根香烟放进嘴里，却没有点燃。

"我没有上过大学，"我说，"不明白你在说什么。"

他不耐烦地起身，走到壁炉台前，在上面胡乱翻找着火柴，其间还捻起一只水仙花的花瓣查看是否是塑料做的，然而那并非假花。"你虽没上过大学，有时候说的话却能一针见血，伯纳德，我的老朋友——我一直在思考今天下午你跟布莱特·伦斯勒说的那番话，直到今晚接到报告赶来这里时才终于明白了一些。"我还从未见过如此焦躁不安的理查德，好不容易他终于在壁炉台上找到了一个火柴盒，里面却空空如也。

"是吗？"我回应道。

"你认为目前为止我们查到的一切都太过轻而易举了，对吧？所有材料都像是提前准备好似的直接交到柏林弗兰克的手上，而这些材料都指向特伦特是内奸，因此你多有疑虑。而且你还怀疑泄露截获俄方军情一事和他有关，因为那天晚上他也在情报站。总而言之，你觉得所有线索都明确指向吉尔斯·特伦特这一点十分可疑。"

"我确实认为此事有诸多疑点。"我爽快地承认，"当我发现我所怀疑的每件事都恰到好处地被给予完美解答时，就知道调查的方向出了问题。"

"咱们打开天窗说亮话吧，"理查德说着，顺手把空火柴盒放回壁炉台，决定暂不抽烟了，"你觉得莫斯科知道我们在监视特伦特吗？你认为莫斯科是否打算把他推出来当替罪羊？"他说着小心翼翼地将那支香烟放回了烟盒。

"这对他们来说不啻一个好办法。"我说。

"好让我们以为过去几年泄露的情报都是特伦特搞的鬼？"

"是的，这样就能把我们的疑惑一笔勾销。只要把特伦特抓起来，我们就会长叹一声，彼此告慰说问题解决了，一切恢复如常、再无担忧。"

理查德用卷得紧紧的杂志狠狠按压在手上，形成一圈圈红色的印子，然后紧盯着那些印子细细打量，仿佛一个算命师盯着有钱客人的手掌纹。

"会让他们这么做的只有一个理由。"半晌，理查德抬起头直视着我面无表情的脸说，"那便是除了特伦特，情报局里还有他们安插的另一个内线……这个人能够继续为他们提供特伦特一直以来所能提供的情报。"

"是更好的——"我更正道，"比特伦特所能提供的更好的情报。"

"何出此言？"

"因为莫斯科中央情报局总会把自己人接回去——无论是花钱还是逮捕可怜的游客作为人质，甚至从监狱里放一两个已经判了刑的外国特工出来作为交换……总之，他们为了把自己人带回国不遗余力。"

"但我可以告诉你，有些人表示并不怎么喜欢'回国'以后的生活。"理查德说。

"无所谓。"我说，"莫斯科情报局的目的只是为了把这些人安全带回俄罗斯而已……不管是颁奖、表彰还是别的什么狗屁英雄纪念活动，总之莫斯科很擅长那一套。"

"然而目前他们并没有表现出任何想把特伦特带回莫斯科的迹象。"

"这和他们平常的行动方式很不一样。"我说,"他们选择放弃特伦特,必然是有其他更好、更重要的理由,而这种理由只有一个,那便是为了安插或者保护另一个内线——一个比特伦特更有价值的内线。"

"有没有可能俄罗斯并不知道特伦特已经暴露了?"

"或者是特伦特自己不愿意去莫斯科?是啊,这两种可能性我不是没有考虑过,可惜都不成立。我认为他们是故意暴露特伦特,打算牺牲掉他,而这一举动十分反常。"

"另一个内线——"理查德沉吟道,"莫斯科可能在局里安插的另一个人……你觉得是情报局的某位高层——我说得对吗?"

"回头想想,理查德——我们已经很多年没有培养过杰出的双面间谍了,也没有找到过任何重要的俄国间谍。这些都指向同一件事:有人在故意阻挠我们的一切努力。"我说,"多年来我们经历过一系列重大失败,而其中一些案子特伦特并无权过问。"

"过去的档案错综复杂,查起来费时费力,你又不是不知道。"理查德说,"而且他们若在高层有人,必定不会蠢到每得到一条信息都采取行动,否则便太着痕迹了。他们很聪明。"

"你说得没错。"我说,"所以很有可能莫斯科对我们的了解比我们想象的更多。"

"你怀疑过我吗?"理查德忽然问,边说边用卷起来的杂志在手上飞快地敲了一下,留下一道红印。

"你不是那个内线。"我回答,"或许谁也不是;说不定根本没有这个内奸——仅仅只是我们的人不堪重用罢了。"

"为什么不怀疑我?"理查德坚持道。他对我不假思索地把他排除在外感到恼火。

"你要是莫斯科的奸细，就不会像现在这样调度办公室人手了：你会把秘书安排在你的办公室外的接待室工作，而不是让她和你待在同一个房间，给她随时观察你一举一动的机会；你会随时关注时事，而不是缺乏兴趣、一问三不知；你也不会把最高机密文件忘在复印机里，搞得大家如临大敌，还惊动了整栋楼的工作人员，这种事去年一年就发生了三次。而且你多半还会懂得如何摄影，每年度假旅行的照片也不至于拍得那样乱七八糟。所以——不，理查德，你不是莫斯科的人。"

"你也不是。"理查德说，"否则你不会如此轻易地指出这些问题。因此，在这件事情上咱俩是一个阵营的。接下来你要去柏林联络布拉姆斯情报线，这件事我们要保密，仅口头交接，不要留下任何书面文件。并且从现在起，我们必须对特伦特保持密切关注，关于他的一切决议、言辞、所思所想都必须十分小心。你我携手必能严查此事，绝不放过任何蛛丝马迹。"

"你的意思是，连布莱特也不告诉？"

"布莱特那边我会处理的。他只要知道我们需要他知道的事就够了。"

"你不会是在怀疑布莱特吧？"我心里一惊，立刻想到了菲奥娜。要是她和布莱特之间真的有什么，一旦对布莱特展开调查，这事迟早会被人发现，到时候必定鸡飞狗跳、不得安宁。

"谁都有可能——这话你自己不也说过，甚至可能是局长。"

"这我可说不准，理查德。"

理查德忽然激动起来："噢——我知道你在想什么。你认为我这么做是为了架空布莱特，不让他了解关键信息，好取代他的位置。"

"我没这么想。"我回答,实际上这个念头刚才确实闪过脑海。

"我们之间不要一开始就产生分歧。"理查德说,"我和你必须彼此信任。我应该怎么做才能让你相信我?"

"我需要一份书面文件,理查德。假设有一天我受到审判,在宣布判决前可以出示且扭转局面的那种文件。"

"如果我给你这份文件,你就会按我说的做?"

"是的。"理查德的问题让我不得不直言心中的恐惧,这让我感到不安——或者应该说是害怕,十分害怕:情报局如果有莫斯科的间谍,所有人将被置于危难之中,可若找出了这个人,则有可能令整个组织失去上层的信任,甚至因此解散。

理查德点了点头说:"你知道我的推测是对的,你心里跟明镜似的。情报局高层之中就有莫斯科的间谍。"

我没有提醒他,刚才他还说从我和布莱特的对话中获得了灵感,让他终于明白了我的意思。让他认为这些主意都是他自己想出来的更好,毕竟精英之流总觉得自己最有想法。

门外传来脚步声,有人敲了敲门。医生推门进来说:"病人现在睡着了,克鲁耶先生。"态度十分恭敬。鉴于这栋房子的维多利亚风格,我先入为主地以为医生会是一个留着络腮胡、带着高顶礼帽的男人,然而这却是个十分年轻的男人,比理查德年纪还要小些。他有一双目光单纯的大眼睛,长长的波浪鬈发披散到硬挺的白色衣领处,手里拿着一个破旧的黑色格莱斯顿式旅行提包,想必是从德高望重的医师前辈那里继承来的。

"医生,您的诊断结果是?"理查德问。

医生把手提包放在地上,伸手取下挂在衣架上的外套一边穿一边说:"如今自杀已不像过去那般罕见了。德国每年有大约一万四千人自杀身亡,比遭遇交通事故死亡的人数还多。"

"不用给我数据。"理查德说,"楼上那位有可能再次自杀吗?"

"听着,克鲁耶先生,我只是个社区医生,不是算命的。但我可以告诉您,虽然您认为数据并不重要,但自杀者的行为十有八九都早有端倪。但凡您这位朋友的身边有一个关心他的人,也不会走到这一步。至于您问我他会不会再次尝试自杀:如果您能给他足够的关心和照顾——在我看来他很缺乏这点,那就一定能提前知道他会做什么,不用等到事发再通知我这种不知有没有用的医生来善后。"

理查德边听边点头,仿佛十分认可医生的话。"他明天能恢复正常吗?"他问。

"至少要等到周末。"医生回答,"总之,这次多亏了特伦特小姐帮忙。"他侧身让出一点空间,门外吉尔斯·特伦特未婚的姐姐斜着身子挤了进来——"幸好她曾做过护士,一切处理得十分妥当,连我也没什么可指摘的。"

特伦特小姐没有回应医生的极力夸赞。她年近六十岁,和弟弟吉尔斯一样,身材高挑消瘦;她有一头深色的卷曲长发,戴着镶满宝石的框架眼镜,上身穿着一件羊绒针织衫,下身搭配一条红蓝绿相间的苏格兰格子裙,纯棉的女士衬衫领口上别着一只古董黄金胸针,穿着打扮内敛含蓄,看上去日子过得不错。

屋内的装饰也很符合特伦特小姐的气质:清醒冷静的中产阶级,品位较为传统。房间里的地毯、书柜和可看到机芯的"骨架钟"都看起来价值不菲,大约是从父母那继承而来的,却和家中装饰的整体风格有些格格不入。我琢磨着它们是否是吉尔斯·特伦特最近处理的那批家具。

"我只是按照常识做了些处理而已。"特伦特小姐边说边轻快地搓着双手。她的口音有明显的苏格兰高地腔。

年轻医生向众人道过晚安后便离开了。天知道我来之前理查德都跟他说了些什么，不过除开刚才那番激情演讲，他的态度恭敬得有些离谱。

"您就是我弟弟的上司吗？"特伦特小姐问。

"是的，我是。"理查德回答，"所以想必您能明白，我听到这个坏消息时有多么震惊。"

"是啊，我能想象。"特伦特小姐冷冷地说。不知她对弟弟的工作内容有多少了解，我心想。

"但我宁愿您不曾找社区医生过来。"理查德说着递给她一张卡片，上面写着情报局所有的紧急联络号码，"使用单位为您弟弟配备的专业私人医疗服务会更好。"他面带微笑地看着特伦特小姐，即使后者表情严厉地阅读完卡片后又抬头用凌厉的目光上下打量他，那个笑容也不曾改变。"我们会给你弟弟安排一间条件良好的病房，有夜班护士照看，任何医疗需要都能及时得到满足。"说完理查德又微笑起来，特伦特小姐依旧没有回应。从刚才进来到现在，她的脸色一直没有变过。"您能做的都已经做了，特伦特小姐。"理查德最后说。

"我弟弟今晚就留在这儿。"她说。

"我已经把一切都安排好了。"理查德不紧不慢地回答。看来这两人势均力敌，毕竟理查德的厚脸皮堪比犀牛皮。我津津有味地看着这场交锋，思绪却不受控制地飘回菲奥娜身上，近乎病态地想象着她和布莱特在一起的场景：他们谈笑风生、携手共舞、开怀大笑……爱意浓浓。

"您没听见我刚才的话吗？"特伦特小姐平静地说，"我弟弟需要静养，您不应该打扰他。"

"这不是你我有资格做的决定。"理查德毫不退让,"您弟弟入职时便签署了合约,在职期间的一切医疗看护都须交由雇主管理。而今天这种情况——"他故意停顿了许久,挑起一边眉头说,"您弟弟必须接受我们的专业医护人员的检查。我们不得不考虑有关医疗保险的事,那些审核保险的家伙对于非合约规定的操作可是毫不容情。"

"他刚睡着。"这话已经有一点让步的意思了。

"特伦特小姐,要是您弟弟的保险被撤销,他的退休金也就泡汤了。我想您一定不至于认为自己的医学知识比刚才的医生还高明吧。"

"我可没听见医生同意让他转移到别的地方。"

"他写了意见书给我。"理查德说——他的杂志里早就夹了一张纸,此刻被展开来,粗略看了一眼,然后肯定地说:"你看,就是这个。"他把那张手写了几行字的纸递给特伦特小姐,后者看过后,默不作声地还了回去。

"这张纸条是医生刚来的时候写的吗?"她说。

"没错。"理查德回答。

"可那时候他还没检查过弟弟的情况呢——您刚才在楼上待了这半天莫非就是在做这件事?"

"救护车很快就会到了,特伦特小姐,能否恳请您帮弟弟收拾几件衣物,放在行李箱或者袋子里?我保证他们之后会把箱子和袋子还给你的。"理查德说完又挂上了一个大大的笑容,"以他的情况来看,应该需要至少一到两天的换洗衣物。"

"我要陪他一起去。"特伦特小姐坚持道。

"我会给局里打电话问问的。"理查德说,"不过他们对这种事通常都是拒绝的。晚上办事就这点麻烦——需要的时候一个能拿主意的人都找不着。"

"我以为你就是可以拿主意的人。"她说。

"可不是!"理查德回道,"您看我的意思不就是,这会儿找不到能推翻我决策的更高层的人了嘛。"

"吉尔斯真可怜,"特伦特小姐愤懑地说,"竟然遇到你这样的上司。"

"其实绝大多数时候我都不管他的。"理查德回道。

特伦特小姐猛地抬起头打量着他的神色,想看明白理查德究竟什么意思,然而后者和她一样面无表情。于是她愤怒地转身,看着坐在沙发上、手拿报纸和一支铅笔的我问道:"还有你!你在干吗?"

"我在玩报纸上的填字游戏。"我回答,"一共六个字母,提示是:在歌剧中结了婚,但在塞维利亚没有。您知道是哪个词吗?"

"我不懂歌剧。我讨厌歌剧,对塞维利亚也一无所知。"特伦特小姐说,"你要是没别的事,现在立刻从我家离开。"

"我确实没别的事了,特伦特小姐。"我说,"但或许你弟弟能解开这个谜题。"

上帝啊,我心想,要是布莱特就是莫斯科的间谍,并打算策反菲奥娜该如何是好!事情若真如此可就麻烦了。

"你根本不是在玩填字游戏!"特伦特小姐怒道,"刚才所谓的提示也是你瞎说的。你看的分明是招聘信息和广告页。"

"我正打算换一份工作。"我只好这么回答。

15

理查德让人把特伦特送到贝里克庄园看管起来。那是一座十八世纪的豪华庄园,以詹姆斯二世和马尔堡公爵妹妹的非婚生子"贝里克"命名,后于一九四〇年被英国陆军部接管。和许多"暂时"由政府接管的好东西一样,它从此再也没有回到原主人手中。

庄园地处偏僻、与世隔绝,简直是为情报局量身打造的绝佳场所。七公顷的广阔土地上有一圈十五英尺的高墙,上面爬满常春藤,周围杂草丛生,与其说是秘密基地,整个庄园看起来更像是座荒废已久的古宅。

庄园别墅外的槌球草坪上矗立着好几座涂着木焦油的尼森式半圆筒形活动营房,是分配给武装守卫的寝室;别墅主楼内还增建了两个预制结构的房间,作为召开会议或特殊训练时的演讲厅。除了这些缺乏品位的增改建筑,贝里克庄园原本的优雅华丽还是得到了最大限度保留。庄园周围的城壕最是风景优美,水边的蒲草、鸢尾花和百合欣欣盛开、争奇斗艳。从表面上完全看不出新添加的下水道排水系统的痕迹,就连将略显质朴粗糙的茶室和守卫室改造成哨岗时也都特别小心地保留了其原始风貌,周边的红外光束和声波警告牌也很好地隐藏在灌木丛中,连专门负责检修的技术人员都要花一番工夫才能找到。

"你可真无耻!"吉尔斯·特伦特愤懑地说,"这纯粹是绑架——不管理查德用什么冠冕堂皇的理由解释。"

"你吃了那么多安眠药,他很不开心。"我答道。

"你就是个幸灾乐祸的浑蛋。"特伦特继续骂。此时我俩正在庄园二楼的一个狭窄房间内,目之所及只有四面白墙、一张金属小床和一张描绘纳尔逊上将在特拉法尔加战役中牺牲的图画。

"你认为我应该为你的处境感到抱歉,"我说,"可惜我并无此意,所以你很不满。"

"你就不能消停会儿吗?"

"我不是审讯官。"我语气轻松地说,"也从未当过审讯官,这点和你不一样。吉尔斯,局里绝大多数的审讯人员你都认识,其中一些还是你亲自培训过的——这是我从你档案中看来的。要不你直接告诉我想让谁来问话,我一定想办法安排。"

"给我根烟。"特伦特说。我俩都心知肚明,情报局根本不可能让任何审讯人员接近特伦特,否则立刻便会流言四起,近至英国政府、远至克里姆林宫都会掀起轩然大波。我给他递了一支烟,特伦特接过去说:"不如直接给我两包?"他是个老烟枪。

"贝里克庄园有规定,禁止室内吸烟,而且医生也说抽烟对你身体不好。"

"真不知你费尽心机让我活着是为了什么。"特伦特突如其来的哀怨并不令人信服。庄园客房部提供的棉质睡衣对于身材高挑的特伦特而言实在有些窄小;睡衣没有纽扣只有一条腰带,他不停拉扯着衣领,好遮住敞开的胸口。或许这让他想起了审讯培训教程上的话:对被拘留者进行质询时要"剥夺他们的尊严和舒适感"。

我说:"他们照顾你的健康可不是为了将来送你去中央刑事

法庭受审的——如果你想问的是这个。"

他接过我递上的火柴点燃了香烟,然后略微弓起身子深深吸了一口,这是对尼古丁上瘾的人迫不及待地释放和享受。他缓缓吐出嘴里的烟雾,问道:"你真这么想?"

"让你成为公众目光和媒体报道的焦点吗?不可能。你知道太多内幕了,吉尔斯。"

"你可太看得起我了。我知道的不过冰山一角,你什么时候见过我参与任何重要项目或计划?"他的声音里有一丝郁郁不得志的怆然,不知这是否是促使他选择叛变的原因之一,我心想。

"就算冰山一角也是政府最痛恨的,特伦特,你口中的冰山一角恰恰是各路报纸杂志最趋之若鹜的内容。正因如此,我们才不可能让你穿过媒体的长枪短炮去中央刑事法庭。媒体知道读者们并无兴趣阅读关于苏联经济的长篇大论,而是吸引眼球的秘密消息,比如谁如何在匈牙利军方代表的情妇卧室里安装了窃听器之类。"

"如果不去法庭,那么——"

"之前我千叮咛万嘱咐,吉尔斯,让你想办法安抚那位叫作切列斯塔科夫的朋友。"我走到他床边,一屁股坐在床上,表示我并不赶时间并且打算深入交谈一番——我还知道特伦特很讨厌别人弄皱他的床单。当一个人烦躁不安时最容易变得斤斤计较、轻率冲动,这也是我从特伦特亲自编纂的培训报告中学来的。我接着说:"他还挺有幽默感的——就是你那位自称来自大使馆的朋友,居然给自己起名叫切列斯塔科夫。那是果戈理的著名喜剧《政府督察》里那个冒名顶替者的名字:兜里装满用于贿赂的资金;勾引督察的女儿;满口谎言、一肚子诡计,把小镇上的腐败官员们耍得团团转,结果等到一切落幕,他竟能毫发未伤地安然离开——他最后的确安然脱身了吧，还是被关进监狱了？"

"我怎么知道？"

"果戈理也挺有幽默感的。"我步步紧逼。

"如果不上法庭，那会怎么样？"

"别这么大声啊，吉尔斯。唉，这不是很明显吗？要么他们认为你态度良好、肯合作，于是给你自由，让你去南方海滨城镇和老头儿、老太太们一起颐养天年——要么你拒绝配合，最后被送上闪着警示灯的救护车，却永远也无法按时抵达急诊室。"

"你是在威胁我吗？"

"哈，我倒是想。"我回答，"可我只是努力想把你这糊涂脑袋敲醒而已。"

"切列斯塔科夫……管他到底叫什么名字——并没有对我起疑心。可若是你继续把我关在这里，他反而会的。对了，我们到底在哪儿？我昏迷了多久？"

"别老问我同样的问题，吉尔斯，你知道我不能回答你。如今最迫在眉睫的问题是：你什么时候才打算告诉我们真相？"吉尔斯沉默了，他看着手里的香烟琢磨着还能抽几口，于是我接着说，"让我来回顾一下我们初次见面时说的话吧。今天早上我在读……"此时，吉尔斯忽然抬头瞪着我。"噢，没错，吉尔斯——我不会消停的。我这人一辈子也摆脱不了下层人的劳碌命。"我说，"当初我们第一次谈到这件事时，你说你经常和姐姐及切列斯塔科夫一起去看歌剧，并趁此机会把复印文件交给他。有意思的是，你用了'treff'这个德语词。"说完我故意停顿了一下，想看看他听到"姐姐"和"看歌剧"这两件事会有什么反应，然后盯着他的表情继续缓缓道来，"'treff'——这是只有间谍才会用的词。虽然我自己从没用过，但常在电视电影里听见。

对于那些对间谍特工这个职业抱有浪漫幻想的人而言，这个词的弦外之音足够令人激动：'treff'——德语含义有'会面'之意，但也有'打击、攻击'之意，因此对于军方而言还有'战斗''斗争'或者'行动'的意思，还可以表示'战列'——你知道这些吗，吉尔斯？"

他狠狠吸了一口烟。仅剩的烟头迅速燃尽，可他并未扔掉烟蒂，而是放在唇边，努力保留最后的温度，良久方道："我从未想到过这些。"

"或许这正是切列斯塔科夫和你谈话时会用这个词的原因——壮胆，让你觉得无所不能，仿佛下一刻就能成为改变历史的伟人。我曾问过克格勃的人，为什么给手下特工配备切列斯塔科夫给你的那些设备：看起来像打火机的微型照相机、伪装成摄影机的无线电传输器、一次性密码本等等——切列斯塔科夫从没有让你真正使用这些没用的玩意儿吧？克格勃的人几乎从来不用——那他们为何要多此一举？在西方这样的自由社会里，他们下达的指令却仅仅只是让人坐上出租车、穿过城市见个面、聊聊天，或者去复印店简单复印几份资料而已。结果那个克格勃的人回答我说，这样做会增加手下特工的自信——你是不是也这么觉得，吉尔斯？有了这些装备你是不是觉得信心百倍？当然，你也知道这些会要了你的命。当我们在你家地板下找到那些东西时，你就已经完蛋了。真愚蠢啊，居然藏在地板下：地板下和阁楼上——这是搜查人员最先搜查的两个地方——难不成也是切列斯塔科夫教你做的？"

"你还真说对了，是他让我藏在那儿的。"特伦特回答。说完这话，他站起身来，紧了紧睡衣腰带往门口走去。他打开门往走廊里左右打量了一番，转回身来时口里念念有词地说着"想喝茶"之类的话。他说以为听见护士经过的声音,但我知道是我刚才那番话终于真正刺激到他了。

"所以话说回来,吉尔斯,你之前说是你给切列斯塔科夫和姐姐买了歌剧票,三个人一同去观看演出看起来会比较……"我故意顿了顿才接着说,"比较没那么显眼。但这话其实挺奇怪的,吉尔斯——昨晚我睡不着,一直在想这事:是和什么相比没那么显眼呢,我心想——比两个男人一块去看歌剧好些吗?可我觉得这说不通——你明明希望和切列斯塔科夫见面这件事越隐秘越好,却又为什么要带上你姐姐呢?于是我干脆起了床,重新阅读你的审讯笔录。我把你描述三人一起去看歌剧的那部分找了出来:你引述姐姐的话说'作为一个俄国人而言,切列斯塔科夫先生是个讨人喜欢的男人'。我猜你会引述这句话,是为了证明你姐姐对俄国人并无特别的偏爱。"

"你说得对。"特伦特肯定道。

"甚至还对俄国人有一定偏见。"

"是的。"

"无论你姐姐怎么看待切列斯塔科夫和他的同志们,你的问讯笔录都清楚表明,她是知道此人的姓名和国籍的——我说得对吗?"

"是的。"特伦特不再来回踱步,而是站在被改装的电热壁炉前,紧张地揉搓着双手,"她喜欢歌剧。邀请她一起去可以让我们的会面显得更自然。"

"那要这么说,你姐姐可没跟你说实话,吉尔斯。"我不紧不慢地说,"昨晚我故意编了个有关歌剧的问题——答案很简单,就算最无知的歌剧迷也能轻松答出,可你的姐姐却答不出来。相反,她说自己不喜欢歌剧,说的时候还很愤怒,仿佛有什么理由让她特别痛恨歌剧。"

"我听不懂你想说什么。"特伦特道。

"你是不是冷,吉尔斯?你看你都开始发抖了。"

"我不冷。"

"其实此事的真相并非如你所述,对不对,吉尔斯?俄国人是不是利用了你的姐姐来接近你?是不是和你姐姐年龄相仿的切列斯塔科夫某天'恰好'走进她的羊毛制品店,请她帮忙挑选合适的商品?他是怎么说的:给母亲买礼物,还是给自己的妹妹,抑或女儿?反正不是给妻子买——他妻子怎么了呢?是不是去世了?这是很常见的招数吧。就这么一来二去,他俩的关系逐渐升温——克格勃的人很有耐心,这点我的确很佩服他们;我们总是急躁得很,美国人比我们更是有过之而无不及——所以最终你姐姐介绍了你们认识,并邀请常常聚会,而你答应了。"

"你把这一切说得活像是一场精心策划的阴谋。"吉尔斯怒道,然而他的怒气并非冲我,也不是针对任何其他人——就像一颗突然爆炸的火星,一颗被扔进火里的子弹。

"怎么,时至今日你难道还不愿承认吗?唉,这倒也不能怪你:当一个人忽然意识到原来自己从一开始就被人算计,还按照他们的剧本翩翩起舞而毫不自知的确令人愤怒。"

"她辛辛苦苦照顾了我们的父亲整整十年,并为此推掉了几门很好的婚事,好不容易遇到一个合适的人,我怎么可能狠心扼杀?"

我难以置信地摇了摇头:"你真以为一切都是偶然、她遇到的是真爱吗?你以为白马王子就这么巧地恰好走进姐姐的羊毛店,并为她穿上水晶鞋,而这双鞋子又正好合脚吗?你认为他为克格勃工作、而你为英国秘密情报局工作这件事也是巧合?"

"他说他是苏联商务代表团的人。"特伦特愤愤地咕哝道。

"你别开玩笑了,吉尔斯。"我毫不留情地说,"我要笑死了。"

"我想要相信他。"

"我明白。"我说,"就像我也想要相信这世上真有圣诞老人一样。可我不能一直回避明显不合理的地方,比如,圣诞老人是怎么把那些该死的驯鹿塞进烟囱、带进房间的。"

"我跟着他俩去看歌剧和她跟着我俩去到底有什么本质的不同?"

"这个问题我倒是可以回答。"我说,"情报局长不能让你接受公开审判,原因刚才已经讨论过了,但他可以把你姐姐送上法庭。"

"我姐姐?"

"并让你成为匿名证人。你很清楚我们一般会如何处理这类情况,平时一定没少读关于间谍审判的新闻报道吧。以你的处境而言,我相信你不只会读,还会仔仔认真研究。"

"她和这事一点关系都没有。"

"你要是认为仅凭这句话就能让她免受牢狱之苦可就太天真了。"

"你这禽兽!"

"好好想想吧。"我对他的辱骂不以为意。

"我会自杀的。"吉尔斯绝望地说,"下次我一定不会再失败。"

"然后留下你姐姐,独自一人承受所有的狂风骤雨?我不相信你会这么做。"我说。

他看起来是那样悲伤,我忍不住又递了两根香烟给他,并承诺会让人把他常穿的衣服送来:"好好遵医嘱按时检查身体、好好吃药、听护士的话。到时间就去吃午餐,然后我们去花园里散散步。"

"花园?原始丛林还差不多。"

"两点准时见。"

"干什么?"

"彻底交代关于你那朋友切列斯塔科夫的事,把你先前问讯笔录里说不通的地方捋顺了。"

"什么说不通的地方?"

"到时候你自然就知道了不是?"

密布的云朵间偶尔透出一方蓝天,白云正逐渐变成灰暗的积雨云,空气里也开始弥漫起雨水的味道。特伦特穿着一件带毛领的高腰机车夹克,竖起领子遮住双耳,头上戴着一顶做工精良的尖顶帽,一看便知是价格不菲的名牌货。

置身乡野的他看起来很不自在,罔顾周围清新的空气不停地抽烟。"他们打算什么时候放我回去?"他扔掉烟蒂,顺手摘下一根树枝折成两截,再抬手抛进水面仿佛凝固般的壕沟里。

"你明天就能回家了。"我说。

"有人可以帮我兑现支票吗?"

"去找出纳就成。"我俩沿着城壕缓步前行,很快便来到一条小巧的木桥边;过了桥,周围的灌木变成了荒草丛生的树林。"切列斯塔科夫给你寄了一张明信片。"我告诉他。

"寄到我家?"

"不然还能寄到哪儿?"

"他想约我见面？"

"上面说，有个叫吉尔夫的人组织周末去钓鱼，他钓到了四条不知名的大鱼；还说预计本月十六日下午两点回来复工。我相信这对你来说，包含重要信息。"

"对你来说不是吗？"

"对我来说，这只意味着莫斯科的间谍组织打算沿用二十多年前的老手段，就算效率再低，也要一点点推进他们的计划。"

"这个手段似乎依旧有效。"特伦特挑衅地说。

"一个庞大的警察国家投入如此大量的时间和人力物力，去渗透一个开放自由的西方国家——怎么也得有点效果吧。"

"我和你一样不喜欢俄国人。"特伦特说，"我是被迫的。"

"因为他们威胁要向情报局的安保人员举报你——我知道，你跟我说过。"

"你尽管嘲笑吧——你根本不明白他们有多可怕。"

"而你知道该怎么办，是吗？——日复一日地为他们提供内部情报。你对切列斯塔科夫卑躬屈膝、唯命是从。对于一个不喜欢俄国人的人而言，你的反应堪称良善恭顺之楷模。"我讽刺道。

"因为我知道这一切不会持续太久，所以才做的。我是听他们的话做了许多事，可我也一直在想办法拖延，有时也会拒绝他们的要求，甚至直接告诉切列斯塔科夫，他的要求不可能达成。我一直在争取时间。我知道他们最后会放过我的。"

"你为什么会相信他们？哪个情报机构会甘愿放过一个有如此地位优势的特工？"

"因为切列斯塔科夫跟我保证过，打从一开始就保证过。"特伦特直视着我的双眼，"而我相信他的话——这只是他的权宜之计，他亲口答应的，而我也跟他提了条件。他承诺绝不会让我提供任何足以危害到我方特工的材料。他只想要些大致的背景信息而已。"

"外加一点点额外的具体情报。"我补充道。

"切列斯塔科夫需要一些日常情报来写工作报告。他问的不过是情报局的日常公务安排和员工值班表之类的信息，还有诸如伦斯勒的年纪、克鲁耶的房子是已经付清还是仍在付房贷，等等。他的很多问题我都不知如何回答，有些则不愿回答，可他说自己必须得到这些信息才能让莫斯科满意。"

"看来他很懂得利用你的同情心嘛，"我讽刺道，"要是没有你帮忙，可怜的切列斯塔科夫就会被调到另一个城市去了，这么一来你姐姐得多伤心啊。"

"我知道这听起来很蠢——"

"何止是蠢，简直是卑鄙——"我打断他，"愚蠢，且自以为是。你难道从未想过，为了这些背叛情报局是否值得？你不觉得为了你姐姐的性生活让整个国家付出代价太过昂贵了吗？"

"你这该死的浑蛋！"

"你难道从未担心过自己被逮捕吗？"

"不曾想过。"

"切列斯塔科夫有没有跟你讨论过，一旦遭到怀疑应该怎么做？他有没有跟你说过，一旦东窗事发，他会想办法帮你离开英国？他有没有给过你什么电话号码，让你如果遭到安保人员的盘问就打过去汇报？"

"这些问题我都回答过了：我们从来没有讨论过万一被捕我该怎么办这种事。"

"可你跟我撒了不少谎，特伦特，所以我希望你现在能坦诚直言，否则很快会被送到另一座庄园去。到时候可没有能让你散步的花园，或者允许你在吃午餐的时候抽烟了。听明白了吗？"

"听明白了。"特伦特回答。我的威胁并没令他露出害怕的神色——只是压制了他的怒火而已。他的身体天生便显得较为健壮，与他强大的精神相得益彰。那种强壮和运动员并不相同，是天生高大健壮的人自然流露的，因此，一想到这样的特伦特竟会选择自杀，我便觉得有些奇怪；而更离奇的是，下定决心选择自杀的他竟然失败了。不过我并未深究这个问题。我和他在荆棘遍布的树林中穿行，脚下不时响起枯枝折断的轻响和泥泞溅起的水声。一只野兔忽然从灌木丛中窜出，把我和特伦特都吓了一跳。

先开口的是特伦特："我跟他们说，我不可能去莫斯科。说我宁愿被关进英国的监狱也不愿去俄国，一辈子流亡、客死异乡。切列斯塔科夫说没问题，他们可以接受，还说像这样一早跟他们说清楚是好的，这样他就会小心不让我知道任何可能令克格勃蒙羞的事，以免受审判时被公开。"

"令克格勃蒙羞！他真这么说？他们把持不同政见者关进疯人院；将数千人送进劳改营；暗杀流亡国外的人、恐吓反对者……他们正是这世上最无耻、最强大的暴政机器，而他却担心你会令他们蒙羞！"

"过去的已经过去了。"特伦特带着些自我维护之意道，"告诉我你想让我做什么，我都听你的。"

"那张明信片上的内容什么意思？"

"意思是下周二傍晚我要去见切列斯塔科夫，且必须在下周一下午三点整打电话给他，获得会面的细节。"

"我认为你应该尽快回应，跟他联络，说有紧急事务需要商量。告诉他你因为服药过量被带到这里接受问询。你的故事要尽可能接近事实。"

"要跟他说是你负责问讯吗?"

"是的。"我回答,"告诉他你很害怕,说游戏结束了、你不干了。说你很害怕,怕得要死。"

特伦特点了点头。

"他会问你是否还有其他人接受问讯,而你要回答说,情报局的每个人都被问讯。他会问你我们是否掌握了什么证据,而你要假装思考,然后迟疑地表示我们并没有找到什么证据。"

"说完全没发现证据?"

"他会告诉你,我们之所以把你单独带到这里来,只是因为你用药过量,而你要表示同意,说很可能就是这样。之所以如此是因为,我想让切列斯塔科夫安慰你,因此你得表现出焦虑恐惧的样子。接下来他会问你是谁负责这场调查,你要把我的名字告诉他;他会说我的级别不够高,还不足以让此事受到上头的关注,并告诉你如果真的东窗事发,按照这事的严重程度,情报局一定会调外援介入调查的——都记住了吗?"

"你说得很详细,我记住了。"

"等完成这番对话,你还要对切列斯塔科夫说,自己竟会服药过量实在是太傻了,因为你现在正在调查一件极为重要的大事。告诉他,你本来打算写一份关于'柏林系统'的报告给他——里面会有整个柏林情报网的信息,包括我们在德国的一切活动。这个消息定会让他垂涎三尺。"

"我从没听说过'柏林系统'这回事。"

"你照我说的做,他会明白的。"

"言下之意是:可惜现在这么一闹,我没法调查了?你是想让我这么说吗?"

"委婉一点、慢慢来——就说现在要想继续这么做得需要一点时间，因为你必须确保不再受到任何怀疑；告诉他这将是件极重大的事，这份文件将包括此前十年之内的所有事实和数据，以及美国中央情报局的全部联络信息和沟通内容。"

"最后你会把刚才提到的这些文件都给我，让我交给他吗？"特伦特问，"你最好让我从一开始就弄清楚这个计划究竟会如何发展。"

"我们不会让你失望的，吉尔斯。我们会准备好能让切列斯塔科夫满意的材料，并让这位同志忙的脚不沾地。"

"别把我姐姐卷进来。"

"行。我不会把她卷进来的，但你必须绝对可靠。"

"我可以。"他回答。

我们穿过灌木丛往回走，又来到了那座弯弯的小桥上。特伦特停下来点了一根烟，脖子缩在衣领间，好让毛领挡住冷空气，以便让火柴燃烧得久一些。我说："还有一件事我想问你。这件事对本次的行动而言并不重要，我只是好奇。"

特伦特吐出一口蓝灰色烟雾，重新直起脖子，顺手把用过的火柴扔进城壕。两只鸭子见状迅速游了过来，发现落在水面的东西并不能吃后，又安然地游走了。"什么事？"特伦特望着河面，落叶随着水流起起伏伏，水草也在鸭子游过泛起的波痕中舒展。

"一九七八年九月的一天晚上——"

"一九七八年我在柏林。"他打断我说，仿佛这样就能止住我的话头。

"我们都一样。"我说，"菲奥娜、弗兰克和我那时也在柏林。理查德在法兰克福，一有时间就会来柏林；布莱特也是。我想问的是:某天晚上,柏林站通信室截获了一则无线电报——就是巴德尔·迈因霍夫集团一事闹得沸沸扬扬的那天晚上。你还记得吗?"

"要劫持飞机的事吧——我记得很清楚。弗兰克·哈灵顿似乎认为,那件事完全是为了令他名誉扫地的计策。"特伦特微笑道,仿佛这是一个笑话。

"当时柏林站针对这份俄军电报做了特殊处理。"

特伦特转头看着我说:"是的,我记得。弗兰克让一个美国人负责审问大家,结果惨败收场。"

"惨败?"

特伦特耸了耸肩没有解释。

"那天你值班结束时去过主楼,"我接着说,"进入行动小组的办公区。你看见那则电报内容了……我猜是在菲奥娜的办公桌上看到的。"

"劫机的消息引起恐慌的那天晚上?谁说我那天去过行动小组?"

"菲奥娜。你去接她下班,好送她回家。"

"那天晚上没有,我没去过。"

"你确定吗?你不跟我说是不是因为你没有进入情报组办公室的许可?"

"这个嘛,理论上来讲我的确没有许可,但无论是谁,只要有工作牌就能进入主楼。我不否认自己经常无视门禁、进出行动组办公室,但那天我的确没去,因为我听说弗兰克又在耍官威审人。老天,你也知道弗兰克这人什么样。我曾亲眼见过他对一名资深员工破口大骂,只因对方把灭火器从自己办公室挪了出来。"

"弗兰克对于火灾防控的确有些紧张过度。"我说,"这点大家都知道。"

"是啊,他紧张过度的可不止这一件事,还包括附楼的人未经允许擅自进出行动组办公室——因此,那天晚上我没有去。我们收到消息说弗兰克大发雷霆,因为波恩政府认为柏林市长很可能被绑架,所以大家那天都尽量绕着他走。"

"事情是:当晚通信室截获了一则卡尔斯霍斯特俄军驻地的情报……"

他点点头说:"而这件事不出三日便被卡尔斯霍斯特俄军知晓,并立刻更换了电报代码和波长。是的,这些我都知道。那个美国佬……叫乔伊什么的,总爱说'叫我乔伊就好'——"

"乔伊·布洛迪。"

"就是乔伊·布洛迪。他把整件事都跟我们讲过一遍。"

"今天咱们的谈话内容别对其他人提起。"我说。

"提不提的对我来说都没什么分别。那天晚上我的确没有去过行动组办公室。"

"可是菲奥娜跟我说你去过。"

"那就是菲奥娜对你撒了谎。"

"她有什么必要对我撒谎?"我问。

"这你就得问她了。"

"那么,你是通过其他什么渠道得到情报内容的?这件事我一定要搞清楚,吉尔斯,你还是一并老实交代为好。"

"因为调查结果显示,泄露情报的是你的老朋友沃纳·沃尔克曼?你想帮他洗脱罪名?"

"沃纳那天晚上是如何进入行动组办公室的?他从来没在那儿工作过,平时都在外面街上出任务。"

"沃纳·沃尔克曼那天晚上也不在主楼。当时他是通信室信息安全部的人,当晚就是他把电报信息从通信组带到译电组的。"

"仅此而已?可是从通信组到译电组只需乘车经过五个街区,除非沃纳会魔法,否则如何能在这么短的时间内解开密电。"

特伦特下意识地吸了一口烟说:"人们的推测是:沃纳·沃尔克曼当晚故意在译电组磨磨蹭蹭赖着不走,很可能看到了破解后的电报内容。总之,他其实并不需要知道全部电报内容也可以通知俄军电报已被截获——只要他能认出密电的标题代码或基础代码、时间以及俄军的信号发射台识别符就够了。只要有这几个信息,即便沃纳对于具体内容毫不知情,俄军方面也能立刻知道哪条信息被截获。"

"你相信这件事是沃纳干的吗?"

"布洛迪对调查十分小心,给了每个人自述清白的机会。那天晚上连菲奥娜也接受了问讯,因为信息是经她手处理的。当然了,我从未读过那份调查报告,只知道最终结论是:沃尔克曼最有可能做这件事。"

"我问的是:你相信是沃尔克曼做的吗?"我重复了一遍问题。

"不相信。"这一次特伦特回答得直截了当,"沃纳此人很懒,根本懒得去做双面间谍——据我观察而言,他甚至连单面间谍也不想做。"

"既如此,那会是谁做的呢?"

"你知道,弗兰克很讨厌沃纳,一直在找机会把他赶走。"

"若不是沃纳,这件事总归是有人做了的,除非你认为是弗兰克自己故意泄露信息,只为栽赃给沃纳,好除掉他。"

"不是没有这个可能。"

"你不会是认真的吧。"

"有何不可?"

我答道:"因为弗兰克若想除掉沃纳,直接炒他鱿鱼就行了,何必大费周章搞出向俄军泄密一事呢?"

"那本身并非什么了不得的情报。"特伦特说,"情报局还曾用比那更严重的事作为筹码,以增加某个双面间谍的可信度,这种事我们也见过不少。"

"可是,只要弗兰克想,随时都能炒掉他。"我再次强调。

"但若是弗兰克还想让他声名扫地、不再受到信任呢?"

我盯着特伦特思索了良久,最终还是承认道:"你说得有道理。"

"沃纳·沃尔克曼常常四处散布关于弗兰克的流言。"他说。

"流言?"

"你应该也听过吧,每次沃纳多喝了几杯啤酒就会开始讲。他总能平白说出一些根本无人知晓的丑闻和绯闻,比如,弗兰克总拿局里拨给他的无须报备的资金做些私人勾当,还喜欢跟在档案室的打字员姑娘们屁股后面到处跑,等等。我估计弗兰克最后实在受不了他了——谎言千遍便成真,人们慢慢就会信以为真的,不是吗?"

"我想是的。"我回答。

"的确有人泄露情报。"特伦特接着说,"如果不是沃尔克曼或者弗兰克,那么莫斯科一定在柏林站行动组安插了别的人,并且那天晚上此人也在,而这人绝对不是我。"

"天知道呢。"我说,仿佛对这件令人困惑的事失去了兴趣。可事实上我已因此确定,那晚有人泄露我方拦截俄军情报一事至关重要,因为那是莫斯科安插在情报局的重要内线唯一的一次失手。

"你认为接下来会怎么样？"特伦特说——他想问的是：接下来他会怎么样。

"你在这行待的时间也够久了。"我提醒道，"——比我还久。应该知道事情会如何发展。你知道有多少和你一样不清白的人最后却被无条件宽恕，不仅正常退休，还能领取全额养老金吗？"

"有多少？"特伦特故意问。他知道我不可能回答，只觉得这样做很有趣。

"很多。"我说，"有军情五处的、军情六楼处的；政治部有两个；还有三个是政府通讯总部的——去年你还协助审讯过。"

特伦特没有说话。我们目视着四个男人从庄园别墅里出来，沿着鹅卵石铺就的小路往大门看守室走去。其中一人特地慢了半步好与其他人保持相同步调。他们是庄园的安保人员，只有这样的人会在意和同伴们保持同步。"我不喜欢监狱。"特伦特语气随意地说，仿佛只是在讨论是否喜欢参加晚宴或出海航行这样的事。

"你从没进过监狱，是吗？"我问。

"没有。"

"相信我，监狱和这里是完全不同的两个世界。不过，让我们希望事情不会变成那样——不管是你还是别人。"

"这一招叫'留一线希望'吧？"特伦特说，那是他写的审讯教程中的一章。

"你也别因此就认定没有希望。"我回答——尽管事实如何我们都心知肚明，特伦特在那一章里还写道："可以对被审讯者许下任何承诺：想要自由就许他自由，想要月亮也可以答应，反正等一切尘埃落定，他也没有资格和机会找你理论。"

16

人们笑称数据中心是"黄色潜水艇"[①]，菲奥娜却似乎很喜欢待在这里。数据中心位于伦敦"政要机关一条街"的白厅大街地下三层，我偶尔也会去，但每次都不会逗留太久。数据中心的空气经过了人工过滤和净化，总是干燥而温暖，而外面的天空总是蔚蓝，让人不禁感觉时光仿佛静止一般，让你得以暂时喘口气、悠闲地思考人生那些平时来不及思考的事情。或许这就是为什么数据中心员工办事效率总是那么低，而一旦有紧急需要，我总会亲自去查询数据。

进入数据中心的通道只有一个，入口在外交部办公室内。由于进出外交部大楼的人员混杂，敌人便很难准确区分哪些是电脑技术部门的员工。该中心占据了地下三层：一层为大型计算机中心，一层是软件中心和处理软件的员工办公室，而第三层也是最下面的一层，则专门用来储存机密数据。

我走进地上一层的安检室，和往常一样等了三分钟，让穿着制服的安检人员调出我的照片、外貌特征和身份核查视频。年迈的安检人员自然认得我，但每次还是按部就班地遵照流程核实身份。一个人的地位越高，需要花在身份核查上的时间就越长，毕

[①] 英国披头士乐队的一首歌，后被改编成电影，讲的是披头士四人组开着一辆黄色潜水艇打败敌人的故事。

竟整日坐在办公桌后拿工资过日子的人，很在乎能否在地位比他们高的职员心里留下工作尽责的良好印象。比如我就曾注意到，一些低级员工往往只需和安检人员点个头或眨眨眼便能顺利通过。

安检员打了一串代码，告诉电脑我即将进入数据中心，然后微笑道："都没问题了，先生。"他的态度仿佛比我还迫切，恨不能快点让我进去似的——"是来见您太太吗，先生？"他问。

"今天是我们的结婚纪念日。"我说。

"看来晚上有香槟和玫瑰了。"

"只有两瓶淡啤酒和印度菜外卖罢了。"我回答。

他笑了起来。他更乐意相信，我这身旧西装是间谍工作的标配。

菲奥娜正在地下第三层的机密数据中心。这是一间十分宽敞的开放式办公室，看上去有些像照明充足的地下停车场。房间的其中一面墙边排列着高级员工专属的办公区，每个工位都配备了一张小地毯、一个齐腰高的小书柜和一把给客人的椅子——虽然这里几乎从不需要接待客人。这里放满了一排排金属架子，仿佛无穷无尽，上面存放着各种胶片卷轴；架子的另一面排列着许多磁盘驱动器元件；脚下是防静电的特殊地毯，银灰的颜色反射着头顶荧光灯的冷冽光芒。

我沿着被大块玻璃隔出的走廊走近，菲奥娜并未注意到。我推开透明玻璃门进入机密数据中心，左右打量了一番：除了我的妻子，这里别无他人。周围是连绵不绝的电器嗡鸣和磁盘驱动器旋转的声音；忽然，不知何处的机器发出一声轻啸并开始高速运转，片刻后又逐渐恢复平稳，只发出不规则的"哔哔"声。

菲奥娜就站在其中一台机器前，等着它完全停止运行后按下一个按钮，机器上缓缓弹出一个小托盘；她给上面的磁盘放上盖子，又扣上插销，再把小托盘推入机器，动作一气呵成、十分娴熟。菲奥娜总是自豪地说，数据中心要是缺少员工她随时可以顶上——"这样一来就没人敢抱怨这份工作太耗时，或者为早点儿下班编出别的借口了。"

我缓步走到附近的一个操作台前，台面上有一个可旋转的显示屏、一个键盘和打印机，另外还配备了一把带滑轮的办公椅和一个塑料垃圾桶，里面装满了打印机里的灰绿色宽大纸张。

"原来你记得。"菲奥娜终于注意到了我，脸上洋溢起快乐的光晕，"你记得。真是太好了。"

"结婚纪念日快乐，亲爱的。"我说。

"你也记得我们要去学校看儿子的比赛吧？"

"没忘。"我回答。婚后的我总扮演那个因工作繁忙而忘记各种纪念日的角色，可事实上菲奥娜的工作比我还忙。她总是忽然出差，目的地及工作内容不明，又或者整晚开会，而与会人物的身份、姓名我也一无所知。我曾一度认为这很令人自豪：我的好妻子在情报局里身居高位、能力出众。然而现在，我却失去了那样的信心——我想知道她都和谁在一起，长夜漫漫我独守空床的时候，她又在做什么。

妻子给了我一个吻，我紧紧拥住她，在耳边对她轻声诉说我有多么爱她，分开的日子里有多想念她。这时，一个女职员推着一个小推车走了过来，上面全是装满新磁碟的棕色纸箱。看见我俩的举动，她显然以为自己发现了什么不得了的地下恋情，一脸惊诧。我冲她眨了眨眼，后者紧张地扯出一个笑容。

片刻后，菲奥娜开始收拾堆了一桌子的文件，桌后的架子上每一层都塞满了各种材料、书籍和操作手册，没有一丝缝隙，她不得不先把一大摞文件挪开才能坐下,正准备开口却又忽然停了下来。等旁边的磁碟机突然开始高速运转又复归平静后才说:"你给保姆打过电话了吗,让她早点儿给孩子们做晚餐?"

"我打了,当时她还在花园里忙活,所以让比利转告她了。"

"你知道比利常常把几件事搅和在一起。我希望保姆能随时看着孩子们,不想让她在花园里忙活。"

"或许她是在花园晾晒孩子们的衣服。"

"我们家明明有一个很好用的甩干机。"菲奥娜不满。

保姆更喜欢把衣服拿到花园里晾干,我心想,却没有把话说出来。甩干机一直是这两个女人之间一触即发的矛盾焦点。"你可以亲自给她打电话叮嘱。"我说。

"你需要在这待很久吗?"菲奥娜问。

"不用。我就是来打印一份个人材料的。"我说。

"要是需要半小时或更长,我可以趁这段时间再做点自己的工作。"

"十分钟就好。"我说着在操作台前坐下,输入指令"打开"。电脑发出嗡鸣,显示屏亮起,上面出现一行指示:"请输入您的姓名、级别和所属部门。"我遵照指示一一输入,屏幕变为空白,这表示电脑正在检索我的个人档案。过不多时屏幕上又显出一行字:"请确认您周围没有其他人能看见屏幕或此工作台。请输入您的准入密码。"我依言而行,接着屏幕提示:"请输入日期和时间。"再次键入所需信息后,电脑要求输入"今日代码",我一一遵行。

"今天的运动会什么时候开始?"旁边操作台前的菲奥娜一边埋着头、聚精会神地涂着鲜红色的指甲油,一边问我。

我的显示屏上正好出现提示:"指令?"我输入"克格勃"

后打开了相关数据区间,然后答道:"七点半。但我计划先和你去街对面的酒吧小酌一杯。"

刚才看见我俩接吻的女孩又走了回来,怀里抱着一大摞电脑打印文件——这里其实有很多专门用来弃置机密文件的垃圾箱,可她显然想再多看一眼那对打情骂俏的地下恋人,所以走了回来。

我又输入了另外两个代号:"海外红土地"和"切列斯塔科夫",屏幕显示新问题:"仅限屏幕?"——这是所谓的"默认问题",表示操作员若无其他指令,文件内容便会用打印机打出来。我点下了"开始"选项。

终端处理器发出一阵响亮的嗡鸣声。这是后台程序正在上千万个词条中筛选的标志:去掉无关的内容,只留下所有与"克格勃"相关的信息。过了一会儿,打印机突然响了两声,然后发出嘶哑的"吱吱"声缓缓印出四行字后又不动了。"记得别硬拽打了一半的纸。"菲奥娜嘱咐道,"新送来的连续打印纸和打印机的输出口好像不怎么匹配,今天下午已经卡住三次了。"

"我从来不会硬拽。"我说。

"如果一直出不来,就打内部电话'03'号找值班电脑工程师。"

"那午夜之前我们哪儿都别想去了。"

"只要你别硬拽就不会卡住。"菲奥娜头也不抬地仔细观察着自己的指甲。

就在此时,打印机忽然复活了,上面的菊花轮嘶叫着前前后后地转动着,哗啦啦打出一长串关于切列斯塔科夫的数据。打印机每隔一行便会倒着印一次,这总能令我惊叹,从某种角度而言它和达·芬奇的"镜像书写法"有些相似。毫无疑问,机器的设计者一定是想让操作它的人类感觉自愧不如。过了好一会儿，机器终于停止运行，一切复归平静。文件末尾印了一个终止代码，表示所有与搜索指令相关的数据都已得到查询并打印。操作台上亮起"系统繁忙"的红色提示灯亮，这是通用的电脑语言，表示电脑目前闲置中。

菲奥娜起身从她的工作台朝我走来，边走边挥舞着刚涂好红指甲的双手，那种姿态在我眼中是一种威胁——此时只要我表现出哪怕一丝诧异：仿佛不知道原来涂了指甲油要这样甩动双手才能快点干，那么必然会有大麻烦。"你去贝里克庄园那天的天气真好，早知道应该开那辆保时捷的。"她说。

"开那辆车，别人都默认你会给更多小费。"

"可怜的吉尔斯还好吗？"

"他呀，且黯然神伤着呢。"

"他吃的药量达到致死量了吗？说不定那其实是他求救的方式？"

"求救的方式？你又把这件事和社会学那一套混为一谈了。"

"到底是不是？"

"这谁知道呢？装药的瓶子已经空了，可能里面本来就只有几粒。多亏他姐姐处理及时，趁着还没完全消化，逼着他把吃下的药丸全吐了出来。"

"医生没说什么吗？"

"那个医生很年轻，又被理查德着实恐吓了一番，满脑子都是对秘密情报组织的恐惧，我不认为他那天晚上真的能专心检查。真正做出有效医疗处理的是特伦特的姐姐，她会把医生找来不过是因为护士们都被洗脑得太厉害，就算是已经离职，也始终坚信必须有医生的首肯她们才可以做决定，才能照顾好病人。"

"你觉得他会再尝试吗?"菲奥娜问,然后轻轻对着指甲吹气。

"只要他还关心姐姐的死活,就不会。我说过,只要他敢再有异动,我保证把她姐姐送上审判席。"

"你很讨厌他,是不是?我已经很久没见过你这副样子了。我敢打赌你一定把可怜的吉尔斯吓得魂不附体。"

"这我倒是不敢苟同。"

"你是不知道自己能多吓人:你开的玩笑一点都不好笑,脸还又臭又硬像块石头似的。但或许正因如此我才会对你动心,那时候的你可真是野性十足。"

"你说我?"

"别这么惊讶,亲爱的,你也知道自己凶起来有多可怕。"

"我讨厌这世上所有像吉尔斯·特伦特这样的人。如果这样对他们就算可怕的话,我倒希望多一点像我这样可怕的人。我讨厌国内那帮整日玩政治游戏的家伙,他们自以为是'心怀苍生、无私分享'的大善人,实际却是愚蠢至极的讨厌鬼。我曾近距离接触过这帮人,知道他们什么样,更别提还有那些满口仁义道德的浑球,跑到这来参加什么英国工会代表大会,张口闭口大谈国际友谊——我又不是没见过他们回到自己国家、关起门来的嘴脸,那是假笑也没有了、仁义也没有了,只有重新拿出来戴上的铜指虎[①]。"

"管理苏联这么大的国家可不像管理切尔西花展那么容易,亲爱的。"菲奥娜说。

我郁闷地咕哝了一声。每当我发表完对克格勃的长篇大论后,妻子总是这样回答我。菲奥娜喜欢大谈社会公正以及帮助第

---

①铜指虎,一个或几个连起来的铜戒指,往往十分坚硬且有棱角,戴在手指关节处,击打目标时破坏力更大。

三世界国家脱贫的理想，只要对她有利，争论时也很乐于活用"结果比手段重要"那套成王败寇的理论。我知道这是受她父亲的影响。

"可是特伦特并不是当克格勃间谍的料，不是吗？"她问。

"他们告诉特伦特说，只需要他帮三年的忙。"

"我想这只是安抚他的说辞罢了。"

"但特伦特却信之无疑。"

菲奥娜笑了起来："我想，特伦特这么解释，对于化解你们之间的坚冰一点作用也没有吧。"

"他也没那么蠢。所以我认为克格勃的人说的是真的。"

"为什么？这是什么道理？"

"和他联络的克格勃间谍让他把无线电装置藏在地板下面。这是我和他聊天时，他自己承认的——我能确定这是真的。"

"那又如何？"

"怎么会藏在地板下？——我要是告诉手下的特工把东西藏在地板下，那只有一个原因，那就是希望他被抓住。把无线电装置藏在那种地方，还不如直接买下报纸整个版面宣传。"

"我还是不太明白。"

"他们连'再见代码'都没有给特伦特。"我说。

"那是什么？"

"一旦特伦特被跟踪，或是发现家里被人搜查过，又或者某天早上提前一点上班，却发现安保人员正在检查他桌上的东西等等，这时候他便需要打电话讲这些情况通知某人，那个电话号码就是'再见代码'——他们甚至没有许诺，说一旦暴露就会送他离开这种话。"

"你能想象吉尔斯·特伦特在莫斯科度过余生吗？算了吧，

亲爱的！"

"那是克格勃办事的标准流程，是莫斯科的明文规定。他们从不会把主动权交给在外执行任务的间谍头目，让他根据手下特工的个性来决定如何管理。你不了解这帮该死的俄国人，克格勃的所有特工都会得到一个'再见代码'。"

"或许他们的流程改变了。"菲奥娜说。

"他们从未改变过任何流程。"

菲奥娜小心翼翼地摸了摸指甲油，确定全都干了，于是说："我准备好了，随时可以走。"

"好的。"我也站起来，再次从头到尾读了一遍关于切列斯塔科夫的资料。

"你可别想着把这份资料带出去。"菲奥娜警告我，"安保人员会大发雷霆的。"

"就算今天是我们的结婚纪念日也不行？我才不在乎。"嘴上这么说，我手却没停下，把刚打出来的文件放进了旁边的碎纸机，看着它被切割成一条条细细的碎片，掉进下方的透明塑料袋里。

"我相信你的话。"菲奥娜接着说，"他们为什么不给吉尔斯'再见代码'之类的东西呢？"

"我认为他们一早就计划让特伦特当'替罪羊'。我认为他们想让我们抓住他。我还认为他们知道我们对特伦特说的一切话。"

"为什么？"

"因为他们完全没有给特伦特安排任何逃跑计划，明确承诺他只要三年时间，然后又给了一台无线发报机让他藏在地板下——这玩意儿特伦特根本用不上，也从没学过如何使用。我认为他是被陷害的。"

"为何要陷害他？"

"唯一能想到的理由是，他们想用此举来掩盖在我们之中安插了真正的间谍这一事实。"

本以为妻子会不以为意地大笑起来，却发现她眉头紧锁，面色严肃："你刚说的这些都是认真的？"

"是的，而且是最高层的人。"

"这个推论你跟布莱特汇报过了吗？"

"理查德觉得现阶段先不告诉他为好。"

"这么说理查德也同意你的观点。"

"不管理查德别的方面有什么问题，谁也不会认为他能胜任双面间谍的任务，而俄国人绝不会雇佣一个傻子来为自己工作。因此我同意对有关特伦特的事做保密处理。"

"和他有关的所有事都保密？"

"所有相关事宜。"

菲奥娜偏过脑袋看着我，仿佛不认识我的样子。"你要对布莱特隐瞒情报？天哪。你可知道，这么做实际上隐瞒的可不止他一个，还包括情报局长和整个委员会。"

"确实如此。"

"你真是疯了，亲爱的。你们这么做事可是有专门名号的——叫作'叛国'。"

"这是理查德的主意。"

菲奥娜难以置信地摇着头，仿佛无言以对。"我真不敢相信这一切。我不敢相信自己竟然站在这里听你讲这种荒谬至极的话。"

"咱们还是去看儿子的比赛吧，看他拿冠军。"我转变了话题。

菲奥娜说："可怜的小比利，他真的相信自己能得第一。"

"你不相信吗?"我问。

"比利是个好孩子,"菲奥娜说,"但我知道体育方面他肯定垫底。"

"机密数据中心这层没地方喝酒,对吧?"我问。

"'黄色潜水艇'内部严禁酒水,这是局长的命令。"菲奥娜回答。

"我的下一个生日礼物,"我说,"就要一个扁平小酒壶。"

菲奥娜假装什么也没听到。

17

晚上七点四十五分,我和菲奥娜抵达比利的学校,没能喝到计划中的小酒。这是一所典型的公立学校,二十世纪六十年代设计风格,一看便知设计师当年必定没花太多心思,多半是一边听着收音机一边完成的图纸。整间学校看起来就像一只巨大的长方形鞋盒,千篇一律、毫无特点,只有硬质纤维板墙面上的裂痕和浸晕出的斑驳锈迹或许与众不同。

今晚的体育会在正面有一排玻璃大门的建筑中举行,建筑后方与体育场相连。现场早已坐满观众,有三十几位尽职尽责的父母。他们提前买好了体育会的介绍手册,规规矩矩地坐在体育馆暖气最弱的一侧,那里摆放着好几排金属折叠椅。校长是一位留着络腮胡的年轻人,戴着一条鼓鼓囊囊的彩色围巾,看花纹应该属于某所地方大学。他说我们迟到了,让我们快点入座,并提醒说没穿运动鞋不能踩踏体育馆的木质地板。由于我粗心,忘记换运动鞋,于是只能绕着体育场边行走。场上的高年级男生正在做屈膝运动,旁边的老旧录音机里播放着英国摇滚乐队平克·弗洛伊德的歌。

预留的家长观众席已经没有位置了,于是我扶着菲奥娜爬上一座跳马,然后自己也跳上去坐在她旁边。校长不悦地看了我一眼,那表情仿佛在说:这家伙待会儿恐怕会毫无顾忌地穿着不对的鞋子在体育场上走来走去。

第一场是低年级的接力赛。孩子们拼命地表现着兴奋喜悦之情,大喊大叫、相互打闹、推搡、上蹿下跳。菲奥娜把头凑过来说:"我刚才一直在思考吉尔斯·特伦特的事。你说他服药过量的那个晚上,知不知道姐姐会打电话来?"

"他俩都否认了这一点。但也可能都在撒谎。"

"为何要撒谎?"

"对特伦特来说,他自视甚高,不愿承认自己居然会做出这种愚蠢又冒险的事。"

"他姐姐呢?"

"如果她承认特伦特知道她会给他打电话并发现自杀一事,就不得不思考弟弟是否想以这种方式来'求救',并劝告她及时抽身。"

"用这种方式来劝告姐姐也太夸张了吧?难道不能直接约她出来喝杯茶、摊开说吗?"

"他姐姐的性子可要强得很,轻易不会承认弟弟为了供她谈情说爱而出卖灵魂。如果直说,她一定会嗤之以鼻,然后耸耸肩、根本不听。"

"可那时无论是局里还是俄国那边都在不断施压,吉尔斯真的相信自杀能让俄国人收手吗?"

"有可能。"我回答,眼睛却看着场上的比赛——老天哪,看看那些精力旺盛的孩子们,我真觉得自己老了。

"或者他以为,这么做会让局里缓和对他的施压?"菲奥娜忽然开始对吉尔斯·特伦特的事上心,是因为这里面涉及性与感情。我猜女人大抵都这样。

"我不知道,亲爱的。"我说,"我也只是猜测而已。"

"你的猜测有时候挺准的。"

"听听，有多少已婚男人能从妻子那里得到这样的赞赏？"

"我只是恭维你一下，好让你多点安全感。"她说。

妻子抬起头望着新上场的队伍，他们正排队准备第二场比赛。留胡子的校长很是一丝不苟，他手里拿着一个卷尺，仔细地检查着所有物品和学生站队的位置和角度，时而点头认可，时而摇头否定。菲奥娜认真检视了一遍列队的孩子们，确定比利不在其中，于是又重拾话题："吉尔斯那么做是为了他的姐姐。他本来根本不需要牵涉其中的，对吗？你说过，俄国人是利用他姐姐找上他的。"

"可你也别觉得他们会随便找人。别以为克格勃愿意费这么大一番工夫去策反一个对他们的提案毫无兴趣的人。"

"这我倒没想过。"

"你觉得女人会随便找个已婚男人，并期待他碰巧已经厌倦自己的妻子吗？不会的，她一定会提前评估自己成功的概率。"我差点儿就拿特莎举例了，幸好及时打住。

"那么女人是如何计算这种概率的？"菲奥娜问。

"有的人喜欢在某种可容忍的范围内幻想自己干坏事。比如，杀人是什么感觉啊？把这份文件寄给俄国人会怎么样？找个爱撒娇的情妇，在贝斯沃特富人区租间公寓金屋藏娇会是什么感觉……。一开始他们只是随便想想，因为这些想法实在太疯狂了。可总有一天这样的幻想会逐渐成形，到那时他们就会开始思考该如何实施，然后一步步认真着手计划。"

"可我还没听见你解释，女人究竟是如何计算自己在已婚男人那儿的成功概率。"菲奥娜说。

我微笑着为场上获胜的队伍鼓掌。

然而菲奥娜并没有放下这个话题的意思。"你认为俄国人找上他姐姐的时候,吉尔斯已经度过了幻想期?"她问。

"这倒不一定。可是,当他发现姐姐男朋友的身份时,并未立刻将此事汇报给安全科。"

"难道他本来就想过要做这种事?"

"每个人都想过这种事。"我说。

"你是说包养情妇还是出卖机密?"菲奥娜问。

"会有这种想法就是人性。"

"那么,吉尔斯哪一步走错了?"菲奥娜接着问。

"他想象自己做坏事的样子,并觉得可以接受。"我掏出香烟,校长看见立刻走了过来,面带微笑对我摇了摇头,我只好放回去。

"而你却无法接受自己真的和藏在贝斯沃特富人区的撒娇女人热情相拥?"

"人不可能什么都要。"我说,"幻想和现实不可能同时存在,就像鱼和熊掌不可兼得一样。"

"你这话相当于把自由党的竞选基础炸了个大洞。"

"一仆不侍二主。这一点就算特伦特那种精英名校毕业的笨蛋也懂。"

"我和布莱特之间从不曾有过私情。"菲奥娜说,并伸手抚住我的手。

"我知道。"我回答。

"真的知道?"

"是的,真的知道。"我很想相信她,然而内心却不配合。

"我很高兴听你这么说,亲爱的。一想到你会为此担心,我就很难受。"她转头直视着我的眼睛,"再说了,布莱特……这么多男人里,我最不可能喜欢上的就是他。比利什么时候上场?"

我看了一眼比赛安排手册说:"应该是再下一场:低年级障碍赛。"

我朝菲奥娜挪了挪身子,离她更近一点,轻声诉说我有多么爱她。她的秀发散发着洗发香波的味道,我用鼻子轻轻蹭了蹭她的发丝。

"大家都以为我们不会长久。"她给了我一个拥抱,"我母亲甚至断言,不出六个月我就会离开你。为此,她甚至在家里给我预留了一个房间,直到比利出生之后才放弃。这件事你知道吗?"

"知道。"

"只有特莎支持我嫁给你。她能看出我有多爱你。"

"她是能看出你有本事让我对你死心塌地。"

"这真是个可爱的想法。"她笑道,"我一直担心哪天忽然冒出一个聪明的小姑娘,也发现了如何让你死心塌地的秘密。不过到目前为止,我还没发现这个人。其实说实在的,亲爱的,你是个心如磐石的人,不会讨女人欢心。"

"会讨女人欢心的男人一般都怎么做?"

"你对女人没什么兴趣,所以我从不担心你在外面金屋藏娇。你绝不会为了把'爱撒娇的情妇'藏起来而煞费苦心。"

"你这话听着和吉尔斯·特伦特一个味道。那天他跟我说,沃纳·沃尔克曼绝不会当双面间谍,因为他太懒了。"

"没人敢批评你懒,我的宝贝,但你从不会花心思哄女人——无论对我还是特莎,甚至连对你自己的母亲也不会。"

我认为她的指责毫无道理。"我对女人和男人一样好。"我辩驳道。

"天哪！你可真是我的傻老公。你难道不明白女人并不想被像男人一样对待吗？女人喜欢男人宠着她们、哄着她们，希望被珍惜。你什么时候给我买过花，或者忽然送上一份惊喜？你就从没想过问我要不要周末一起旅个游。"

"我们不是经常周末旅行吗？"

"我说的可不是去赛拉斯舅舅家，或者带着孩子出去玩——那只是变着法子给保姆放假罢了。我说的是你瞒着我计划一场去巴黎或者罗马的旅行，就我俩，住在某个美丽的小酒店。"

我真是永远猜不透女人的脑子里都在想些什么："可我每次问你要不要跟我一起去哪里，你都说自己工作太忙。"

"我才不要跟着你去出什么鬼差。你觉得我喜欢一个人在柏林闲逛，等你去见手下的密探吗？"

"说到柏林，我必须得去一趟。"我说。

"理查德和布莱特商量的时候我听见了。"

"他们怎么说？"

菲奥娜左右打量了一番，确定没有人能听见，这是她的习惯。可她完全不必担心：有的家长正和校长聊天；有的已经跑到外面刮着大风的操场上，为自己的孩子加油打气；剩下的则全神贯注地看着场上的比赛。"我知道局长说过，处理这件事没人比你更有经验。理查德说，他们只能尽快收掉布拉姆斯这张网。布莱特假装同意，但其实一旦失去布拉姆斯四号这条线，他的部门主管的位置就不保了。但就目前而言，理查德和布莱特勉强达成一致，打算想办法让布拉姆斯四号再工作两年，而他们认为只有你能说服他。"

"说服他继续为布莱特和理查德卖命，直到布莱特退休、理查德升迁——是打的这个主意吗？"

"我敢说他们心里一定有这种想法。一旦布拉姆斯四号的情报断了,定会引起巨大骚动——必须有人为此事负责。就算大家都知道这个结果不可避免,还是会找人来背黑锅。"

"我不相信布拉姆斯四号的情报如此重要。"我说,"他不过偶尔给我们提供一些有价值的信息罢了,大多数时候送来的都是普通的经济预测。"

"即便如此,布莱特还是誓死守卫这条线,因此我认为,你我所知的不过是这些情报的万分之一而已。"

"就连布莱特自己也承认,收到消息只能佐证其他来源得到的情报而已。虽然布拉姆斯四号时常能给我们一些重要提示,比如苏联粮食交易,但那也是在我们已知俄罗斯签署了运输协议之后。而协议所指的船只型号能清楚表明俄国打算从阿根廷进购多少粮食,其中多少会通过墨西哥湾运输。我们不需要布拉姆斯四号提供莫斯科国民银行买了多少阿根廷比索期货的信息,反倒是俄罗斯坦克进驻阿富汗这么重要的事,他根本没跟我们汇报过,连一点口风都不曾透露。"

"话虽如此,亲爱的,你也太不讲道理了。俄国侵略阿富汗不需要得到国家银行的支持,而布拉姆斯四号能获得的也仅仅只是银行内部信息罢了。"

"你以为俄国人发兵之前,不会先提前几个礼拜把大笔钱款汇入阿富汗首都喀布尔的银行吗?你以为他们不会花钱去巴基斯坦购买情报、收买人心吗?要想收买那地方的人心,几张国际通用信用卡可不够,克格勃必然需要大量真金白银,而这么大一笔钱只有银行能出得起。"体育场上有人正按规定位置摆放箱子和橡皮轮胎,为下一场比赛做准备。

"这是比利那场比赛吗?"菲奥娜问,"他们在干吗呢?"

"对，到比利那场了。他参加的是障碍赛。"——竟然选择障碍赛！真是虎父无犬子。

菲奥娜说："总之，亲爱的，你我都清楚，重要的不是布拉姆斯四号线的情报多有价值，而是情报来源是苏联控制的银行内部，并且都是政客们能看懂的明确信息。大臣们可听不懂电子情报汇集或间谍卫星图的分析，太复杂了，而且他们知道硬件技术是美国人的。可如果我们说莫斯科国民银行和经济情报委员会里有我们的人，他一准能听懂并且喜不自胜。只要成立专门委员会来分析这些情报，就能在和美国的谈判中掌握先机。谁都知道布莱特以布拉姆斯四号为基础建立了一整个系统，所以你可别那么不懂察言观色，非说这条线不重要，否则一定会惹人讨厌的。"

"这倒是一种全新体验。"我说。

菲奥娜脸上浮起一抹甜美的微笑。每次当她意识到我必定不听她的劝告时，这种笑容就会出现——"是相当惹人讨厌。"她说。

"我正想碰碰运气。"我有些生气，"如果你的好朋友布莱特不喜欢我的想法，那他可以滚蛋。"我当然知道自己的反应有些过头，菲奥娜也知道我其实对她和布莱特的关系还是有所怀疑。这时候更聪明的办法是含蓄地抱怨几句，让她感觉我毫无疑心。

正在此时，我看见比利上场了，于是立即冲他挥了挥手。可比利太害羞了，只对着我们微微一笑。他和其他低年级学生一起排队绕着体育场走着，看来哪怕整天糊里糊涂的小孩也有资格参加障碍赛。

这是一场障碍接力赛，不知为何比利被安排第一个上场。他手脚并用、拼命翻过两个橡胶大轮胎，又像蛇一样左右绕行、跑过一排塑料锥形桶，然后爬上一个大箱子；从箱子另一侧翻下来后,比利终于迎来了最终冲刺:跑回起始点与二号队员交接。然而就是最后这段路程,比利不慎绊倒了:整个身子俯冲出去,直直摔倒在地。等好不容易站起来时,他的脸上已满是血迹,连白色背心都沾上了血。队友们在另一头拼命呐喊,比利一时有些茫然,不知该往哪边跑。这种感觉我太清楚了。

"天哪!"菲奥娜惊呼。

我按住她肩膀,阻止她立刻爬下跳马跑去比利身边。"就是磕到鼻子了。"我说。

"你怎么知道?"菲奥娜问。

"我就是知道。"我说,"让他自己处理。"

18

罗尔夫·毛瑟总是在最难预料的时间和地点忽然出现。"你到底从哪儿冒出来的?"我问,对大清早被他的电话吵醒,硬逼着我起床出门一事很是不快。同样令我不快的还有此刻堆积在脚边的垃圾和手上难喝的咖啡——那是在伦敦维多利亚长途汽车站附近的咖啡机上买的。

"没法等到上班时间才见面,而且我知道你就住在附近。"他说。我和罗尔夫·毛瑟相识于孩童时代,那时的他是个无业游民,虽曾做过德国国防军上尉,战后却只能在柏林黑市勉强维生,同时偶尔帮我父亲跑跑腿。如今再见面,他已是六十六岁高龄,但容貌和气质还和当年在莉莎·亨尼格酒店工作时一样,未曾改变。

"你儿子埃克苏说,你住在东柏林。"

"某种意义上,我此刻仍在东柏林。"罗尔夫说,"你知道,东边现在允许老年人出国。"

"我知道。见过埃克苏了吗?他很担心你,罗尔夫。"

"现在叫我'罗尔夫'了是吧?我记得以前你对我的称呼是'毛瑟先生'。"

"我记得有段时间还有人叫你'毛瑟上尉'呢。"我提醒他。那样称呼他的人是我父亲——罗尔夫被提拔为上尉仅三个星期战争就结束了,父亲发现后便开始尊称他为"毛瑟上尉"。我还记得罗尔夫听到这个称谓时,脸上洋溢的自豪感。

"毛瑟上尉。"他礼貌地笑了笑,就像为了拍摄全家福而努力在业余摄影师镜头里配合微笑的人。"是啊,你父亲很懂得利用年轻人的虚荣心。"

"是这样吗,罗尔夫?"

他听出了我声音里的怨憎,但没有回应。罗尔夫四下打量着长途汽车站,仿佛一个没见过世面的外乡人。他穿着一件棕色皮外套,材质做工都像东柏林菩提树大道商店里的东西,只有富裕的西德游客才买得起。和许多德国人一样,他也喜欢穿刚好贴身的衣服——腰圆膀粗的身材套上一件贴身皮外套,中间扎上一条皮带,再加上每次说话便会抽动的尖鼻子,罗尔夫看起来活脱脱就像一只两脚站立、体态丰盈的犰狳。他有一张圆脸,肤色苍白、眼神憔悴,那是常年在昏暗的酒吧通宵工作且烟酒不离手之人的特有形象,早已没了当年那个因在一九四四年红军春季攻势中的英勇表现,在布格河畔的文尼察荣获"橡叶骑士十字勋章"的炮兵军官那意气风发的模样。

"要去长途旅行吗,罗尔夫?"

"我要的东西你都带来了吗?"

"你可真是胆大包天,罗尔夫。"

"这是你欠我的人情,伯纳。"

一辆长途客车进站了,柴油引擎在车站低垂的砖石拱门加持下更加噪声震天。车缓缓倒退入站,停在车牌指示的地方,十几名疲惫的旅客缓慢走下车,一边打着哈欠、挠着头,一边到车旁去取行李,一副睡眼惺忪的模样。"戴着这样的厚呢帽、穿着这样的皮外套去英国内陆城市可是很显眼的。"我对毛瑟说,可他并没有反应。客车司机下了车,把终点站的牌子换成了"卡迪夫"。

"把东西给我,伯纳。说教就留给沃纳那小子吧。"罗尔夫抽了抽鼻子说,"难不成现在干这种事你害怕了?以前我可没见过你这么紧张。"

"你到底要枪来做什么,罗尔夫?"我忍不住想告诉他,之所以紧张是因为我不知道他是否真的清楚自己在干什么。所谓"以前",罗尔夫所做的也不过是传递消息,或四处吹嘘他在战争期间的英勇事迹罢了。谁也不清楚他背地里干过什么肮脏勾当。但多年来就我所知,他唯一做过的,就是把秘密信件或物品藏在酒吧吧台下,等能对上暗号的人来了,便把东西交给对方而已。

"那天你问我借摩托车的时候,我追问过你是要干什么吗?"他问。

这明明是性质不同的两件事,但在罗尔夫看来似乎没有差别。真有意思,他竟然没用以前帮我办过其他事来堵我的嘴。虽然罗尔夫不曾冒着生命风险为我办事,却好几次差点儿因此丢了工作——在我看来,为了朋友宁愿丢掉工作已是很深的情分了。

罗尔夫道:"你到底要不要把公文包给我,还是打算在这人来人往的长途车站打开示众?"小时候每次见到罗尔夫·毛瑟我都会害怕,因为他有一对粗犷的浓眉,眉尾还向上飞扬,更衬得他一脸凶神恶煞。然而后来我发现,他的眉毛之所以张牙舞爪,是因为眉尾的毛发总是很长,为了不遮住视线只好把它们往上梳。自此以后我对罗尔夫·毛瑟的恐惧便彻底烟消云散了,取而代之,他在我眼里变成了一个总爱回忆过去美好时光的孤老头子。

"我要是跟你说我没钱呢?"我说。

一个黑人清洁工拿着大扫帚，在我俩背后清扫街上的垃圾——有被啃过的鸡骨头、冰激凌包装纸和其他五颜六色的废物。趁着清洁工把垃圾拢成一小堆缓缓扫过，罗尔夫转身把手里喝完的纸咖啡杯也扔了进去。"英国的所有高级情报人员都有五百英镑零花钱，每一张都是用过的非连号纸币，放在家里以备不时之需。这条规定已经执行好多年了，伯纳，你我都心知肚明。"

"公文包你拿去。"我把包递给他。

"你总是想得很周到，伯纳。"

"这事我感觉不大好，罗尔夫。"

"为什么？"

"你到底拿枪干什么，罗尔夫？"

"还记得是谁教你开保险箱的吗？"

"根本不是保险箱，就是学校放报告用的保险柜而已。一把小刀和餐叉就能撬开。"我回答。

"我儿子埃克苏说你俩以前很要好，伯纳。"

"这话你和儿子确认过吗，罗尔夫？"

"我们都知道，你是我们的好朋友。"

"或者应该说，你认为我最傻，会乖乖照你的要求把枪和钱都给你，并且绝无二话？"

"是好朋友。我衷心感激你。我们都很感激你。"

"谁是'我们'？"

罗尔夫·毛瑟微笑道："我们都这么想，伯纳——我、埃克苏、沃纳，还有其他人。现在换我们欠你人情了。"

"或许吧。"我不由得心生警惕，帮罗尔夫的忙通常意味着让自己卷入大麻烦。

他把公文包放在地上，然后伸手解开宽大的皮外套，把东西藏好，再重新扣上外套扣子；他特意紧了紧腰带，仿佛怕冷似的。

"布拉姆斯四号是谁，伯纳？他的真名叫什么？"

"我不能告诉你，罗尔夫。"

"他还在柏林吗？"

"这点没有人知道。"我回答——这当然是谎话，可我只能这么说。

"有传言说，布拉姆斯四号不愿再给情报局办事了。我们想知道他是否已经离开柏林。"

"你为什么问这个？"我问。

"因为一旦他不干了，你们就会关闭布拉姆斯这条线，让所有人结清工资、卷铺盖走人。我们需要提前知道状况，早做打算。"

我沉默地看了他一会儿——就我所知，罗尔夫·毛瑟是最近才加入布拉姆斯情报网的，经手的事务并不多。忽然脑子里灵光一闪，我恍然大悟："你说的是那笔灰色生意，对吧？伦敦方面一直暗中为你们提供支持、帮助沃纳的进出口生意？"

"这事你没跟上面汇报吧，伯纳？"

"我的烦心事已经够多了，没兴趣再给自己找麻烦。"我说，"但伦敦总部那么做，并不是为了帮你们在东德或别的地方做生意。"

"你们以前可不是这么说的，伯纳。我还记得当初所有人都说，布拉姆斯是柏林系统最棒的一条线——无人能出其右。"

"时代变了，罗尔夫。"

"所以现在要抛弃我们，把我们扔在狼窝里不管了吗？"

"你说的这是什么话?"

"你以为我们不知道伦敦总部里有克格勃间谍吗?布拉姆斯网随时都有可能暴露。"

"你听谁说的?沃纳吗?沃纳不是情报网成员,他根本不为情报局工作,这你知道吗?"

"是谁说的并不重要。"罗尔夫回答。

"看来确实是沃纳了——可我们都清楚这话是谁告诉他的,对不对,罗尔夫?"

"我可不清楚。"他坚决否定,眼神却出卖了他。

"是他那个该死的妻子,那个该死的泽娜。"我内心狠狠咒骂着贪图美色的弗兰克·哈灵顿。我太了解弗兰克了,他是不会向泽娜透露任何重要信息的,可我也足够了解泽娜·沃尔克曼,知道她会以感情为要挟,想方设法打听想知道的事。泽娜喜欢让自己看起来十分重要,会把各种胡乱猜测、流言蜚语和半真半假的消息告诉给沃纳,而后者对她所说的一切信之不疑。

"泽娜也是担心沃纳的安危。"罗尔夫维护她道。

"你要是真这么想,罗尔夫,那就是个傻子。除了自己的安危,泽娜谁也不关心。"我驳斥道。

"那或许是因为,除了自己,也没有谁真正关心她。"罗尔夫说。

"哎哟,罗尔夫,你这话说得我心都要碎了。"我讽刺地说。

很遗憾,这场会面最后在我们对彼此的尖酸刻薄的对话中结束了。离开时我回头望了一眼,看见罗尔夫还站在站台上,没有上车。我怀疑他根本就没打算乘坐长途汽车。罗尔夫·毛瑟也可以是一个狡诈的魔鬼。

19

我参与过最机密的谈话通常并非发生在情报局的"静室",即没有安装窃听器的办公室,而是在餐厅或者"圣詹姆斯俱乐部"这样的地方,有时甚至是出租车后座。因此当理查德·克鲁耶邀请我早上九点去他家参与"秘密谈话"时,我真的一点也不惊讶。

到了大门口,一位门铃修理工为我开了门。理查德的妻子达芙妮今早在家,正在工作。客厅的角桌上放着一个巨大的素描本,电视机上放着一只果酱罐,里面插满了五颜六色的彩色墨水笔,沙发上则散着好几张某种新式早餐的广告设计图。这个家里处处彰显着达芙妮的艺术背景:色彩鲜艳的民间艺术品和针脚尚显粗糙的坐垫套;壁炉上放着一张古早画风的亚当夏娃图;古董柜里陈列着好几个精致的火柴盒套。客厅里唯一的个人物品是两张照片:一张是理查德两个儿子在寄宿学校的大合照,照片上的所有孩子都穿着灰色校服、露齿微笑;另一张是鲜艳的彩色照片,是理查德最心爱的船,放在壁炉台上十分显眼。高保真音响里轻柔地流淌出吉尔伯特和沙利文共谱的轻歌剧,理查德跟着低声哼唱。

从"用餐区"能望见达芙妮在厨房忙碌的身影。她正用一只大号的开口陶瓷壶往杯子里倒热牛奶。听见我进门,她抬起头来用意大利语打了声招呼:"Ciao!"表情看起来比平常愉悦——她知不知道自己的丈夫正和我的小姨子打得火热?达芙妮的发型精致而蓬松,一看就是在昂贵的高级理发店弄的,想必是那里的常客。以我对女人的粗浅了解,这或许正是她已经知晓理查德和特莎婚外情的表现。

"路上堵车了?"我脱下雨衣搭在椅背上,理查德问。这是他委婉批评我迟到的方式。理查德很喜欢率先引发大家的紧张感,这是他从某位年纪轻轻便事业有成的大亨写的书里学来的伎俩。为了长见识,我曾在某个周末从他办公室偷偷"借"走了这本书。

"没有。"我撒谎道,"十分钟就到了。"

理查德微微一笑,我瞬间为自己配合他游戏的行为感到后悔。

达芙妮把两杯热可可放在中间凹陷的小巧锡制托盘上端了过来,那原本是用来展示皇室御用梨牌香皂的盘子。我的杯子上印着庆祝乔治五世国王登基二十五周年的纪念画。理查德对达芙妮表示感谢,并力荐我就着饼干喝,达芙妮则收拾好放在客厅里的画笔和纸张,上了楼。有时我真想不明白他俩是如何走到一起的:搞秘密情报工作的人和做广告宣传的人——真是个奇怪的组合。还是和同为情报局员工的人结婚比较好,至少不用每次接到工作电话都必须让妻子离开房间。

理查德一直等到妻子上了楼、进了房间才开始说话:"我有没有告诉过你,布拉姆斯四号情报网就要分崩离析了?"

他显然不是真心提问,而是期待我肯定这件事早在他的精准预料之中、他真是算无遗策。然而我只面无表情地看着他说:"你似乎是说过,理查德,我记不太清了。"

"看在上帝的分儿上,伯纳德!我两天前才提醒过布莱特。"

"到底发生了什么事?"

"这条线的人都跑了。弗兰克也来了。"

"弗兰克也来了?"

"别总重复我的话——是的,该死的,弗兰克也来了。"

"他在伦敦?"

"他就在楼上,正洗澡换衣服呢。他昨晚来的。我们熬了大半夜,就聊这件事。"理查德站在壁炉边,手指轻轻敲打着壁炉台,他穿着牛仔靴,一只脚搁在壁炉的黄铜围栏上。

"你今天不去办公室吗?"我双手拢着那杯热可可,发现其实并不烫,干脆喝了一口。我不喜欢温凉的可可。

理查德用手轻抚着胸前的黄金吊坠,那个坠子用一根精致的项链挂着。他温和地微笑着。

"很快布莱特就会知道弗兰克来伦敦的事。如果你也不在办公室,他只要稍微想想就能明白。"我说。

"鬼才管布莱特如何。"理查德说。

"你不喝热可可吗?"我问。

"其实,这用的是真巧克力。"理查德说,"是我们对面的邻居从墨西哥带回来的。他们还教了达芙妮如何制作墨西哥式热可可。"

我一听便知,这是理查德委婉表示并不喜欢的方式。"为健康干杯。"我说着拿过他手里的热可可仰头喝下。他的杯子上印着"彼得兔"故事里的四只小兔子:福女、棉花波、毛毛和彼得。他的杯子比我的那只小,估计达芙妮也知道丈夫并不喜欢墨西哥式的热可可。

"没错,鬼才管布莱特如何。"理查德重复了一遍。改装的天然气壁炉并未开启,他用脚尖轻轻踢了踢里面做装饰用的假木柴。

要是理查德决心和布莱特·伦斯勒打一场你死我活的硬仗，那我一定押注在伦斯勒身上。当然这话我没说出来、也没必要说，只问："这都是你用来架空布莱特的计划之一吗？"

"是我们的计划——"理查德纠正道，"'我们'。"

"你还没收到你上次承诺的秘密文件呢。"

"我的老天，放心吧，我会给你的。"理查德说着，楼上忽然传来滚石乐队的歌曲，他解释道："是达芙妮。她说工作时放点音乐更有效率。"

"所以弗兰克到底想干什么？为什么专门跑来这儿跟你说悄悄话？他为什么不直接跟局里汇报？"我问。

理查德又露出那副温和的笑容："答案不是显而易见吗，伯纳德，弗兰克想要我的位置。"

"弗兰克都快一百岁了，正等着退休呢。"

"可他若能先爬到我这个位置再退休，每年退休金能多出好几千磅。从我这个位置退休，弗兰克至少能混个大英司令勋章，搞不好还能得到爵级司令勋章。"

"弗兰克会这么想是不是你撺掇的？以他的年纪，这事根本不可能。"

理查德皱了皱眉："咱们就别揪着这个问题不放了好吧，至少现在别。要是弗兰克有自己的想法，我们也没资格替他做决定——你能明白我的意思吧？"

"明白你的意思？——我恐怕比你想得还要明白：你要弗兰克帮你除掉布莱特·伦斯勒，让你坐上他的位置，然后再把你的位置让给弗兰克——尽管你知道弗兰克根本得不到。"

"你的思想真阴暗。"理查德犀利地评价道，"总以最大的恶意揣测人心。"

"而令人悲伤的是，最后证明我的揣测往往都是正确的。"

"总之，我们对弗兰克委婉一点。他正心慌呢。"

事实证明，无论是布拉姆斯情报网，还是弗兰克·哈灵顿的情绪，理查德的话都是夸大其词。十分钟后弗兰克下了楼，看上去略显疲惫——若是我和理查德彻夜长谈，第二天恐怕比他也好不到哪儿去。除此之外，弗兰克看上去十分整洁。他刚刮过胡子，脸上有两道细小的伤口，那是刚才修剪嘴唇上小胡子的尖角时不小心割伤的。他换了一身深色和白色细条纹的三件套西装，衬衫干净平整，脚上是擦拭得油光锃亮的牛津皮鞋，手里还是一如既往地握着那个烟斗。弗兰克的声音有些疲惫沙哑，但他很擅于隐藏自己不够光鲜的一面，并且我知道他绝不会在我和理查德面前露怯。

见到我，弗兰克似乎很高兴："很高兴你也在，伯纳德，理查德把事情原委告诉你了吗？"

"我还什么都没跟他说呢。"理查德接话，"因为我希望他直接听你说。喝热巧克力吗，弗兰克？"

弗兰克看了一眼手腕上的金手表："一小杯金汤力就好，理查德——如果方便的话。"

"这是热可可，弗兰克。"我插嘴道，"按照墨西哥人的做法调制的。"

"你不是说你喜欢吗？"理查德带着丝戒备地说。

"很喜欢。"我回答，"我可是连喝了两杯呢，你看！"

"杜松子酒如果有普利茅斯产的，"弗兰克说，"加不加苦汤力水我都行。"然后走到壁炉前，把烟斗里的灰烬抖了进去。

等理查德关上酒橱回来，看到壁炉里的烟草灰，顿时大呼小叫起来:"我的天哪,弗兰克!你看不出来这个壁炉是天然气供热的吗?"他把金汤力酒塞进弗兰克手里,然后跪在壁炉前仔细检查。

"实在抱歉。"弗兰克真诚地道歉。

"这个壁炉做得跟真的似的,仿佛真的烧着柴火。"理查德拿起达芙妮落下的一张早餐设计图,把弗兰克刚才倒掉的烟灰轻轻聚拢起来,变成一个小堆,然后扫到用来装饰的木柴下藏起来。

"真抱歉,理查德,真心的。"弗兰克靠在沙发上,拿出一个黄色油纸做的烟丝袋放在膝盖上,然后看着我点了点头,举起酒杯抿了一口。接着,他改换语气对我说:"事态很可能恶化,伯纳德,如果你要去那边,现在是最好的时机。"

"能有多坏?"我问。

理查德站起来,用手在大腿上拍了拍,清除掉粘在手上烟灰,替弗兰克回答道:"很坏。"然后又对弗兰克说:"跟他说说你是怎么发现情况的。"

"我还不敢说自己已经完全清楚究竟发生了什么,"弗兰克说,"但预示着麻烦找上门来的第一件事,是那个波恩的警察联络官打来的电话:边境守卫从下萨克森州的希茨阿克的易北河里捞出一个人来——他爬过柏林墙、穿过该死的地雷区、越过了所有的边境障碍、潜入河里,差一点就成功偷渡了。好在没有受伤。从西德的警察报告来看,事发前后并未听见东德有枪声或任何骚动,几乎是一场堪称完美的逃亡。"

"这家伙真走运。"理查德感叹道。

"或者应该说,他掌握的边境情报十分详细。"弗兰克说,"东德的边境防御体系设在易北河的东北沿岸,那里没办法在河里安装障碍或陷阱,所以东德政府一直抱怨,要求将边境线设在易北河中央。就目前而言,那里是最佳逃跑路线。"

"你是说最佳过境点?这件事波恩那边为何插手,又为什么会打给你?"

"接待中心的工作人员盘问那个男人时,发现他竟是东德海关的一名官员,这件事引起了波恩政府的兴趣。"

弗兰克看着我,似乎在等着看我有什么反应;见我无动于衷,便埋头慢条斯理地划着火柴点烟斗。"这名东德海关官员——"好不容易点着了烟斗,他再次开口,挥了挥手里火柴灭掉火,差点又要习惯性地扔进壁炉,幸好及时反应过来,于是反手把火柴扔进了理查德专门放在他手边的三角形陶瓷烟灰缸里,"叫作麦克思·宾德。是我们的人,布拉姆斯情报网的成员。"

理查德已经花了一个晚上听弗兰克详细铺陈整件事情的来龙去脉,此刻便打断他拣紧要的告诉我:"弗兰克第二天一大早试着用平时的'联络线'联系了布拉姆斯网的人,结果竟未得到任何回复。"

"我的原话可不是这么说的,理查德。"弗兰克咬文嚼字地抗议,"我收到了其中两人的回复。"

"那并不是什么正经回复。"理查德也咬文嚼字起来,"只是两则'无法联络'的信号。"他已认定布拉姆斯情报网的瓦解正是他向上爬的绝佳机会,并决心要让事情的走向按自己的希望来。

弗兰克咕哝了一声,不再反驳,只端起酒抿了一口。

理查德接着说:"那帮浑蛋利用进口银行的信贷搞鬼,赚得盆满钵满,而这一切多半有布莱特的背后支持——给他们提供伪造文书、联系人名单等各种材料。"

"沃纳一直报怨拿不到文书。"我说。

"那是他故意放的烟幕弹罢了。"弗兰克说,"他们要搞那档子事,最不可或缺的就是那些文书。"

"东德政府经常投诉,说我们为'反社会分子提供援助'。"我说。

弗兰克原本垂目抽着烟斗,此刻却抬眼盯着我,语气尖锐地说:"这话很让我反感,伯纳德。你应该比谁都清楚,东德那帮人有事没事总拿这种事做文章抨击我们,我要如何确定他们这次说的是真的?"

理查德嘴角忍不住抽搐,扭头拼命控制自己不要笑出声来。众望所归的布拉姆斯情报网竟然是一帮犯罪分子联合起来、利用情报局为自己谋取私利的手段,这事要是坐实了,铁定能把布莱特·伦斯勒打倒在地永远爬不起来,并彻底失去布拉姆斯四号这张王牌。"弗兰克觉得东德政府会以谋杀罪起诉他们。"理查德补充道。

"起诉谁?在哪儿起诉?"我问,脑子里立刻浮现出罗尔夫·毛瑟的脸,内心虽然震惊,脸上却只露出恰到好处的惊讶。之前我就一直担心,游说布莱特给沃纳发放贷款展期的举动是否恰当,他会不会怀疑这档诈骗生意我也有份?为了掩盖内心的忧虑,我起身走到酒橱前问:"我可以给自己倒杯酒吗,理查德?"

"有人联系过你吗?"弗兰克问,"罗尔夫·毛瑟的儿子说他父亲去了汉堡,但我看他多半是来了伦敦。"

"还有谁要吗?"我举起杜松子酒瓶问,然后答道,"就目前为止,没有人联系过我。"

弗兰克盯着我的眼睛沉默了好一会儿,才缓缓摇了摇头。"不必了。"他拒绝了我的好意,接着说,"我只是说,万一情报网被渗透,那么他们下一步很可能以谋杀罪提起诉讼。这是东德对付逃犯的惯用手段。"弗兰克解释——"一旦被以谋杀罪名起诉，被告人就会立即成为头号通缉犯。关于他的详细描述会被印成传单四处发放；武装部队、警察系统、边境守卫也会接到指示。当然了，市民们若发现头号杀人通缉犯，也会立刻举报。最近东德人对于黑市交易倒是挺宽容的……"弗兰克再次看着我说："对吗，伯纳德？"

我浅啜了一口刚倒的杜松子酒，心里盘算着弗兰克究竟猜到了几分：是关于我和罗尔夫见面，还是和布拉姆斯网的其他成员的联络。理查德看起来倒是心无芥蒂——除了如何利用这件事为自己牟利之外，他显然根本想不到别的；然而弗兰克是看着我长大的，要骗过他可不容易。"这是免不了的。"弗兰克说，"布拉姆斯这条线的唯一用处，就是把布拉姆斯四号得到的文件和情报传递给我们。现在他们不听话，惹了麻烦——这种事我们不是没见过，对吧？"

"你认为他们就这么跑了，既不向我们申请支援，也不要任何协助或物资？"我问。

"不，那是理查德的看法。而我认为，他们可能只是暂时避避风头。"弗兰克说，"安保系统例行清算的时候也会这么干，很平常。"

"可不管有多平常，"我提醒道，"他们还是有可能被抓住。到那时，东德必会有令人无法拒绝的条件让他们开口，说不定还会牵扯出另一条情报线。你是担心这个吗，弗兰克？"

"什么令人无法拒绝的条件？"理查德问。

我还没来得及回答，弗兰克便说："国安局的人有的是办法撬开他们的嘴，理查德。"

理查德给自己倒了杯酒："可怜的家伙们——麦克思·宾德、

罗尔夫·毛瑟……还有谁来着？"

"等他们真被抓到了再替他们可怜也不迟。"我说，"麦克思·宾德现在何处？"

"还在汉堡的边境接待中心。审讯人员说，要等审讯结束才准我们提人。"弗兰克回答。

"这不行，弗兰克。"理查德插嘴道，"我不喜欢让我们的人被德国的小审讯官揪住不放——立即找人把他弄出来。"

"我们不能那么做，"弗兰克说，"必须走流程。"

"我们柏林情报网的弟兄不能待在那个什么接待中心。"理查德坚持。

弗兰克没办法，只能耐心解释："柏林如今还在盟军管辖之内，因此我们可以在柏林自由行动，但东德那边可就不一样了，什么都必须先通过当地联邦宪法保卫局审核，再上报给科隆总部，这些都需要时间。"

"弗兰克，你是什么时候见到他的？"

忽然，客厅门上传来几声轻响，达芙妮·克鲁耶探出头来说："我要去公司了，亲爱的，今天要给一帮十岁的小朋友试镜，拍广告用的。我可不敢把这群祖宗留给助理一个人管。"她头上戴着一顶优雅的宽檐帽，身上披着一件蓝色长披风，脚上的靴子擦拭得十分干净——和上次在赛拉斯舅舅家见面时的装扮大不相同。那时的她还喜欢碎花连衣裙和老气的框架眼镜。

"去吧，亲爱的。"理查德例行公事地亲吻了妻子并嘱咐道，"如果今天我要加班，会给你办公室打电话说一声的。"

达芙妮也亲热地给了我一个礼貌的吻。"你们男人总是加班。"她的语气俏皮地说——至此，我已彻底确定，她已经知道了理查德和特莎的事；不知这身新行头是否也是受到丈夫出轨的刺激才置办的。

我们望着达芙妮上车、发动引擎、开车离去，然后弗兰克才回答了我的问题。

"对我来说只要确认了身份就够了，"他说，"没必要为此专程跑到下萨克森州那个破地方去看。知道消息的第二天，我整天都在联络剩下的成员。"

"达芙妮把作品集落下了。"理查德忽然说，顺手拿起旁边桌上一只皮制文件夹，那是刚才达芙妮跟他吻别时放在那儿的，"我这就往她公司打电话，让他们派人骑摩托车来取。"不忠的男人总会特别表现出对妻子关怀备至的样子，这是男人的共性。

理查德走到门厅拿起电话。他声音很大，被分割门厅和客厅的毛玻璃门一挡，变得模糊不清。

"你最好告诉我真相——"我对弗兰克说，"趁着理查德打电话的机会。"

"什么意思？"

"东德海关的人叛逃，并且跳进易北河打算偷渡——这种事对于西德政府而言根本没什么稀奇。就算他们感兴趣，为何会第一时间联系你呢？"弗兰克没有吭声，于是我步步紧逼，"波恩的警察联络官并不知道我们柏林秘密情报站的电话号码，弗兰克。我本以为理查德会注意到这个漏洞。"

"他们找到了麦克思·宾德的家，要逮捕他。"弗兰克终于承认。

"什么罪名？"

"不清楚。但肯定和那个进出口诈骗的生意有关。当时只有他妻子一个人在家，想办法给他递了口信，才让他有时间逃跑。"

"这些都是麦克思·宾德告诉你的？"

"是别人从沃纳那听来的。"弗兰克承认,"沃纳没有危险。所有证据都指向宾德,没有暴露其他人。后来麦克思·宾德从希茨阿克潜入易北河,打算从那儿过境,刚才已经讲过了。他现在还关在边境接待中心。我想联系布拉姆斯四号,但现在根本没办法。"

门厅不断传来理查德讲电话的声音,正详细描述着文件夹里都有什么,以及取件人员应该如何找到这栋房子,他还担心摩托车上无法妥善放置文件夹。这期间门铃接连响了两次,他生气地冲着修理工大叫,让他先别测试。"你也是听别人说的,而这个传话人又是从沃纳那听来的。"我重复了一遍弗兰克的话问,"这个传话人是谁,弗兰克?"

"是泽娜。"他老实承认,埋头搅弄着烟斗里的烟丝,避开了我的视线,"她是个很有魅力的女人,我很宠爱她。只是她得每隔一段时间见见沃纳,我也没办法。宾德这件事有些细节就是她告诉我的。"弗兰克说完把烟斗放在嘴里吸了吸,却没有烟。

"原来如此。"

"你知道我和泽娜·沃尔克曼的事了,对吧?"弗兰克再次拨弄着烟斗里的烟丝,确定它们并未被点着,把烟斗放回了上衣口袋,拿起酒杯喝了一口。

"是的,我知道,弗兰克。我猜伦敦办公室泄露的那摞文件也是她给你的吧。"

"确实如此。那些文件都是真实的。"弗兰克再次承认。

"确实真得不能再真了。"我说,"都是从莫斯科直接寄过来的顶级机密。有人精心筛选了,好让我们认为吉尔斯·特伦特是伦敦总部唯一的内鬼。泽娜是从哪儿弄来的?"

"泽娜人脉很广。"弗兰克说。

"似乎有点太广了,弗兰克,而且都不是什么好人。"

"这些最好不要告诉布莱特,也不要让伦敦总部的人知道。"

"泽娜显然也参与了布拉姆斯情报网私下的这笔灰色生意。"我说。

"有可能。"弗兰克回答。他杯里的酒已经喝完,只能伸出舌头舔了舔嘴唇。

"不是'有可能',弗兰克,是'绝对'。一切都明摆着的:那个姑娘一直在骗你。她和沃纳以及其他人从头到尾都是同谋。"

"你是想说,是你的好兄弟沃纳亲手把自己妻子送到我的床上吗?"弗兰克的语气陡然锋利起来。他不能接受心爱的女人竟然一直在骗他,就像他认为我无法接受好兄弟会用如此下作的手段。

"我没这么说。"我回答,"或许她是先跟沃纳分了手,才跟你在一起的,但后来她发现自己手上有可以卖给布拉姆斯情报网的好东西,而沃纳是她唯一认识且能联络上布拉姆斯网的人。"

"卖什么给布拉姆斯情报网?"弗兰克忽然显得十分不安,他不停开关着手里黄色烟丝袋的搭扣,眼睛盯着里面的烟草,仿佛有什么吸引了他的注意。

"情报啊,弗兰克。"我说。

"你的意思是,我不小心把什么重要信息透露给她了?"

"我们最好尽快查清是否真有此事,弗兰克,"我说,"而且事不宜迟——如果泽娜·沃尔克曼真的把你俩的枕边私语当作情报贩卖,我们就必须立刻警告手下的特工,否则他们一旦被东德政府捉住,麻烦就大了。"

"不要小题大做。"弗兰克反驳道,"我从她那儿获得情报还差不多,她从我这里什么也得不到。"

"在我看来，这并不是小题大做，弗兰克。"我寸步不让，"因为这事我也牵扯其中。届时是我去东德替你冒险、保你无虞、替你善后，还要想办法事事都比东德国安部快两步。所以，为了杜绝泽娜有任何一丝机会获得我的行动计划，从今天起，我的任何行动都会对你保密，也不会管你的婚外情，弗兰克。"

"别犯傻，伯纳德。你以为就凭那几个跟你在柏林喝酒的跳梁小丑，就能把你安全送过边境吗？你以为和你一起上学的那些家伙，对那座城市的了解比我还多吗？我花了一辈子查阅相关资料，四处走访当地人并亲眼确认，我的情报来源五花八门、数不胜数，并且从不轻看任何一条情报——这就是我每天从早到晚的工作，伯纳德，我对柏林的了解就像图书管理员对藏书、牙医对病人的口腔状况、轮船设计师对轮船引擎的各个零部件一样：了如指掌！那座破烂难闻的城市的每一寸土地——从皇宫到废水沟，我都一清二楚。"

"你的确很了解那座城市，弗兰克，比谁都了解。这我承认。"我说。

弗兰克审视地看着我，忽然反应了过来，惊呼道："我的天哪！你难道是在怀疑我吗？"他猛地站起来直面着我，挺起胸膛，用一只手敲打着胸脯说："你看清楚，在你面前的是弗兰克·哈灵顿——从你还是个牙牙学语的小孩起，看着你长大的人！"

"别这样，弗兰克。"我平静地说。

"别怎样？"他答道，"我跟你父亲保证会照顾好你。你加入情报局时我就这么跟他说，他临终前也再三保证过。我说我会好好照顾你，若哪天你要去东边，一定要听我的安排。"

我从未见过弗兰克如此激动，只能说："让我想想吧。"

"我不是在开玩笑。"他却没有换话题的意思,"你要么照我的安排过去,要么压根儿别想去。"我不想和他争执,有那么一瞬,心里竟打算冒险试试。"照我说的来,否则我绝不同意。"——弗兰克再次强调。

理查德还在门厅处和电工抱怨,说修个门铃费用太高了,接着从隔门边伸了个脑袋进来,问我借五镑现金。"这就是非法经营,"收钱的时候理查德解释,"他们只接受当场现金结账。"

"好吧,弗兰克。"等理查德离开后我说,"就按你的安排来。"

"这件事就我和你两个人知道。"他说,"我会想办法把你送过去。"我注意到,他并没有保证会把我接回来。

"理查德把消息捂得很紧,"我说,"他跟你说了吗?"

弗兰克再次低头检视起手里的油纸包,检查还剩多少烟丝:"我的法子绝不会出错。"他说。

"这事连布莱特也不知道。"我说。

"有人给我们提供消息。"弗兰克说,"这个人能顺利获得许多重要情报。"

我对此不置可否。弗兰克竟然说出这样的话,这简直不像他,我真不知道该如何回应。

我瞥了一眼壁炉墙上的时钟,大声感叹,时间竟然已经这么晚了,然后邀请弗兰克有空来我家共进晚餐;弗兰克则表示他会看看自己的行程,要是能来一定给我打电话。接着,我大声对还在门厅的理查德说了再见,后者还在电话上努力解释着达芙妮落下的早餐广告设计图多么重要,而电话那头的人似乎并不以为然。

为了见吉尔斯·特伦特，我特地从情报局的一众"安全屋"中选了位于基尔伯恩高路上的那间博彩店。见我进来，收银台后的女服务员冲我点头致意。店里有三个男人正在讨论赛马的祖先和血统，我从他们身边挤过去，来到一扇写着员工专用的门前，推开门、顺着楼梯走上去，来到一间小客厅。客厅的窗户外是人行道，上面摆着个二手商品摊，陈列着各种二手浴缸、洗手池等物品。

"每次你总选我泡咖啡的时候出现。"特伦特站在一张木头长桌边说，桌上放着一瓶牛奶、一大罐从塞恩斯伯里超市买的速溶咖啡粉和一袋白糖，糖袋子里露出一截勺柄，看得出是一只大号的勺子。特伦特正用电热水壶往一只外表有裂纹的杯子里倒水，杯子上用红色指甲油写着蒂妮的名字——"不管之前干等了多久，只要一泡咖啡你准会来。"

"出了点儿事。"我含糊地说。今日一见，我终于能明白了特莎为何会迷上特伦特——他终于恢复了平日的英俊风采：身材颀长，头发蓬松卷曲，衬得整个人气质斐然；头发并非上了年纪的人常见那种灰白夹杂、乱糟糟的样子，而是一片片银色发丝整齐地梳起来，就像意大利电影海报里的男明星，身边总有身材丰满的女演员衬托的那种。

"我不太想在这个肮脏的小房间里讨论复杂严肃的话题。"特伦特的嗓音有种低沉的混响。

"那你想在哪个肮脏的小房间讨论？"我问，顺手从洗碗池上方的餐具架取下一个倒扣的杯子，倒入开水、咖啡粉、白糖和牛奶。

"我的办公室离你也不远，"特伦特说，"平常一周也会去几次，根本没必要跑到基尔伯恩的博彩店来，太显眼。"

"我不喜欢速溶咖啡。"我说,"每次咖啡粉都会凝成一个个小球漂在水面上,一不小心喝到嘴里,那种味道实在可怕。"

"你听见我刚才说的话了吗?"他问。

"我以为你并不期待回答。"我说,"我以为你只是普通地抱怨一下人生而已。"

"如果你先放咖啡粉,再一点点加开水,咖啡粉就会均匀融化的。然后再加牛奶。"

"我一直不擅长厨房里的事。"我说,"首先,你在基尔伯恩的破旧博彩店里并没有想象得那么扎眼。有赛马比赛时,楼下的店铺里总是挤满了身穿高级西装的人,他们在一匹马上下的注恐怕比你我一年的工资还高。至于你说在办公室谈正事更安全,我只能对你的天真表示震惊。"

"什么意思?"

"你认为谁能为我们的谈话提供安保?"我问,"或者应该说,可以保护我们的谈话内容不被谁窃听?你的办公室有何安全性可言?——那么多牛津大学毕业的社会精英睁着大眼睛、张着大耳朵盯着我们呢。我还记得上次去你办公室,一群尖嘴猴腮的小年轻一直进进出出,个个盯着我,想看看秘密情报局的人是不是都在腰间或肩上别着六连发的手枪。"

"你想太多了。"特伦特说。

"这话说得,"我回答,"我的工作就是想很多。一旦你和切列斯塔科夫的事出了问题,我不用费什么脑子也想象得到你的结局。或许你对于如何泡咖啡有绝对权威,但安保工作还是交给我来安排更保险。"

"别再跟我提什么安保措施!"特伦特说,"我才不要房子周围有人二十四小时站岗,或在门窗上装什么特殊安全锁。"

"那你简直愚蠢至极。"我毫不退让。我俩都站在木桌边,周围只配备了坚硬小巧的木凳子,还是站着比较舒坦。

"切列斯塔科夫那天没来。"特伦特望着窗外说。街上有个抱着小孩的女人,每当行人经过她便紧紧盯着他们,大多数人都略带尴尬地匆匆离开。"她在讨钱。"特伦特说,"我还以为穷人只能上街乞讨的日子早就一去不返了。"

"那是你在富人区待的时间太长了。"我说,"那天来的是谁?"

"没有一个人给她钱。你看到了吗?"

"那天来的是谁?"

"你是说滑铁卢车站的密会吗?根本没有人来。"

"他们从不会跑空。"我说,并且警告他,"别靠窗户太近,不然你以为我们为什么装卜纱窗?"

"根本没有人来。我都是按照他们的指示做的:在约定时间之后七分钟抵达车站的四面钟下方,见没有人来便先离开,过两个钟头再回去。可还是一个人也没有。再然后我便去了备用汇合点待命。"

"在哪里?"

"塞尔弗里奇百货大楼的美食区,新鲜鱼货摊的隔壁。一切都在按部就班进行。"

"莫斯科中央情报局喜欢用经历过世事考验的老办法。"我说,"一九七五年时,我们曾在那个四面钟下方逮到过他们的人。"我走到特伦特所站的窗户旁边,也看了看街上乞讨的女人;一个穿着深色雨衣、头戴灰色毡帽的男人正把手伸进自己的上衣内侧口袋里,掏着什么东西。

"总算遇到好心人了。"特伦特说,"她为什么不站在巴克莱银行外面？也是，或许在博彩店门外更容易讨到钱吧。"

"你认不出他是便衣警察吗？"我说，"公开乞讨或向人要救济金都违反了一八二四年颁布的《流浪法》，抱着孩子做这种事还有可能被指控触犯《儿童和青少年法》。"

"那个浑蛋。"特伦特咒骂。

"之所以有便衣警察，是因为这里有情报局罩着。"我说，"当然那警察并不知道这么多，只清楚这里是内政部指名保护的地方。那个女人并不是经常乞讨的人，否则一定不会选择博彩店，因为赌博场所总会吸引不三不四的人，而这些家伙会把警察引来。"

"你是想说那个女人是克格勃的人，他们在监视秘密情报局的安全屋？"

我没有回答他的提问。"他们一定认为你被人跟踪了，特伦特——这是切列斯塔科夫没有赴约的唯一解释，否则，俄国人一定会在约定地点出现。再跟我说说你们上次会面的情况吧。"

"你说得没错，刚来了辆警车，把那个女人抓走了。"他看着我，"上次会面一切顺利。我告诉切列斯塔科夫，说有可能得到关于柏林情报系统的资料，他非常高兴，带我去了寇松街的某家高级俱乐部用晚餐，坚持要请我吃顿大餐，还点了昂贵的红酒。我对空有形式的法式大餐没什么兴趣，但他显然很想做点什么来笼络我，所以我真不明白俄国使馆怎么会突然放弃我。"

"不是使馆放弃你，"我说，"是其中的克格勃成员。他们自然有理由——俄国人做任何事都有理由，这点不用怀疑。"

"你说过，他们的一切行动都是遵照莫斯科的指令。"

"是吗？呵，这要是我说的，那可真是太对了。没有莫斯科的批准，他们在伦敦分部的头头连内裤都不敢换，连洗衣液的种类都得先写份报告去请求批示。"

"可莫斯科总部为什么要他们放弃我？如果他们真的要放弃，为什么不直接告诉我？"

"我不知道，吉尔斯老兄。"

"别用那种讽刺的口吻叫我'吉尔斯老兄'。"

"那你可得忍忍了，眼下我想叫你什么你都得受着。"我说，"因为若是莫斯科情报中心决定放弃你这颗棋子，很可能并不仅仅是把你从一起喝酒、吃大餐和库伊比舍夫水电站纪录片的观众名单上去掉这么简单。"

"怎么说？"

"他们很可能会采取更严酷的举措。"我告诉特伦特。

他平静地听完我的推断，说："你想听听我的意见吗？"

"特别愿意。"我讥讽地回答，可他并不在意。

"我认为是你派人把切列斯塔科夫抓了起来。"

"抓起来？你是说派政治部的人去抓？"

"要么是政治部，要么是你自己的执勤人员，也有可能是某个平时和你关系较远的下属机构或者别的部门。"

"你认为我会让哪个'关系较远'的下属机构去'抓'切列斯塔科夫？"

"美国中央情报局。"

"听听你现在说的话，简直像个十八岁的反核示威者。你知道我们绝不会允许中情局在我们国家抓人；你也很清楚无论哪个下属机构、关系亲疏，都不可能无缘无故把俄国人抓起来。"

"你们这种仗势欺人的人说话办事从不坦荡。"特伦特说。

"你是不是喝多了，特伦特？"我凑近了问。

"怎么可能。"

"天哪,现在还没到午餐时间呢。"

"我要是想喝汤谁能拦着?你那些见不得光的勾当都是我帮你做的,不是吗?等最后铲除切列斯塔科夫,给他盖棺论定的时候,荣誉谁拿?奖章谁收?还不是你们——你,和该死的理查德·克鲁耶之流。"

我一把抓住他的衣领狠狠摇晃,他的脑袋也跟着前后晃动起来。"你给我听着,小人!"我刻意用轻柔的声音说道,"你现在唯一要做的、见不得光的勾当,就是收拾自己留下的烂摊子。以后没有我的允许你胆敢再喝酒,我就立刻申请逮捕令把你关起来,免得因为你,让任何一名特工的生命受到威胁。"

"我没醉。"特伦特说。刚才那一晃让他的脑子清醒了许多。

"但凡让我失去任何一名特工,特伦特,我一定要了你的命。"

他沉默以对。他知道我是来真的。"他们是你的朋友,对吧?"片刻后他开口道,"他们是你在柏林读书时的朋友。哈哈!"

我知道自己不该动手,可还是忍不住照着他的肚子给了一拳,好让他更清醒些。

我拿起电话拨通英国联邦紧急措施署的电话。接电话的人我认得:"彼得,我是伯纳德,现在正在'马车与马'这家店。"——情报局的安全屋都用的是酒吧的名字,我告诉他:"我需要人手送一个醉鬼回家并看管起来,直到他清醒为止。还有,给我找心智坚定的人来,不要那种听个故事就簌簌掉眼泪的软蛋。"

放下电话,我转头看了看特伦特。他正坐在硬邦邦的小木椅上,捂着肚子无声地哭泣。

"你会没事的。"我告诉他,"把你的眼泪留给切列斯塔科夫吧。他要是不中用了,俄国人会把他送回国,安排一份好工作,让还在一线卖命的人看着觉得有盼头。"

20

和往常一样,罗尔夫·毛瑟又选了一个糟糕的时间来找我。当时我正在看英国广播电台的一档有趣的关于火车模型的纪录片;孩子们在楼上蹦跳玩闹;菲奥娜在厨房和保姆争执薪资问题。

我把罗尔夫请进客厅,问他要不要我帮忙把皮外套挂起来,他却暴躁地摆了摆手拒绝。"你还好吗,罗尔夫?"我问。

"给我来杯威士忌。"他说。

罗尔夫的面色看起来有些苍白。我给他倒了一大杯苏格兰威士忌,他一屁股坐在沙发上,眼神空洞地盯着电视屏幕。旁边茶几上的台灯灯光在他耳边划出一道清晰的光晕。我打量着他,而他举起手摸了摸脑袋,大约是碰到了伤口,脸痛苦地皱了一下。

"你还好吗,罗尔夫?"我又问了一次。上次见面时,他的满腔自信此刻似乎都被抽走了,就连那对粗犷飞扬的眉毛也有些耷拉。

"我已经六十六岁了,伯纳,可我不还活着吗?"

"你就是个铁打的臭老头儿,罗尔夫。"我说。他的鞋子上满是刮痕,皮外套也沾了不少污渍。他从茶几上的餐巾纸盒里抽出几张,简单清理了一下身上的脏污。

纪录片里的火车轰鸣声有些吵,于是我拿起遥控器关掉电视。罗尔夫谨慎地四下张望了一番，从口袋里掏出一个棕色纸袋交给我："你说过会把它处理掉。"

我从袋子里取出一团用厚羊毛围巾包裹的东西，打开后发现是我给他的那把左轮手枪。我把枪拆开，拿出枪膛闻了闻，除了新鲜的机油味什么别的味道也没有——整把枪从里到外清理得干干净净。罗尔夫以前一定是名优秀的士兵。

"你说过会把它处理掉。"他又说了一遍。我摇了摇纸袋，里面还有三发没用过的子弹和三枚已经用过的弹壳。

"你到底做了什么，罗尔夫？"我问。

"我让你赶紧把它处理掉。"

我把枪和围巾装回纸袋，放进旁边的书桌抽屉，和待缴账单、菲奥娜的首饰和银行的透支通知放在一起。

罗尔夫静静盯着我做完这一切，说："我今晚就回去。能借我一辆车吗？我要去哈里奇。"

"你最好告诉我这究竟是怎么一回事。"我说。

"借还是不借？"

"外面有一辆蓝色的迷你牌轿车。你几点必须赶到？"

"给我一个厚信封，等我到了会把车钥匙放里面给你寄回来，也会告诉你车停在哪儿。"

"就算现在过去，也赶不上去汉堡的船了。"我说。他抬眼看着我，没有说话。我怀疑他根本就没打算去哈里奇乘跨海渡轮回德国——像这样说的话真假参半，让人永远搞不清究竟哪句是真、哪句是假，是罗尔夫保守秘密的方式。"我去给你拿钥匙。"我无奈道，"那是家里保姆的车，小心别弄坏了。"

"伯纳，能给我一顶帽子吗？我的弄丢了。"

我拿着一摞样式各异的帽子回到客厅，他选了一顶布面棒球帽试了试，大小刚好，帽檐投下的阴影正好遮住他的面容和脸上的伤口。"记得那辆车是你偷的。"我一边帮他把帽檐压得更低些，一边说，"你本来要来找我，却发现那辆车的钥匙还挂在车里，于是直接开走了，并没有来敲门。"

"知道了，伯纳，我知道。"

"虽然没人会相信这个故事，但你务必一口咬定。我也会这么说的。"

"我说我知道了。"他焦躁地回答。

"布拉姆斯情报网出了什么事？"我问。

"没出什么事。"

"麦克思·宾德打算从易北河偷渡到西德。"

"麦克思害怕了。"他说。

"还有谁害怕了？"

"反正我没有。"他直视着我的眼睛——不管有没有自信，他还和平常一样凶神恶煞，"兵来将挡、水来土掩，我一贯如此。我才不会扔下老婆孩子跳河逃跑，让他们独自面对风暴。"

"布拉姆斯网的其他人都还在岗位上吗？伦敦这边很担心。"

"稍微有点小麻烦。"罗尔夫回答，"布拉姆斯网遇到的小麻烦和那些经济学家错误估计经济形势的后果差不多，不过是让五十来万人丢掉工作罢了。"他为自己尖酸刻薄的玩笑扯起一个阴沉的笑容。

"但愿这个小麻烦不会变成大灾难。"

罗尔夫·毛瑟点了点头说："我们有预防措施。很早以前我们就明白，一旦出了事，伦敦是不会保护我们的。"

我假装没听见他的埋怨。布拉姆斯情报网已经存在太久了，久到每个人都已疲倦厌烦，好几年前就该解散的。这个情报网存在的价值完全取决于布拉姆斯四号提供的情报，同样地，成员们愿意坚持的唯一理由，就是那笔因此衍生的灰色进出口生意——就像一场因利益结合的婚姻，其存在的基础是双方都能从中获利。

罗尔夫给自己添了一大杯酒，一口气喝完后站起身来，穿上外套跟我道别。

"记得别停下来跟警察问路。"我嘱咐道，"让他闻到你这满嘴酒气，铁定把你关进局子。"

"我会小心的。"他说，"我喜欢单独行动，伯纳，从来不爱照章办事。你父亲也知道。"

"你身上有英镑吗？"

"回去接着看电视吧。"他说，"帮我跟你太太道个歉，说我无法多留一会儿。"

"她会理解的。"我说。

罗尔夫又露出那种阴沉的笑容——早在我结婚之前他便不怎么喜欢菲奥娜。

罗尔夫从我家离开三个小时后，理查德忽然打了一通电话过来。"你在哪儿？"我刚接起电话他就问。

"我在哪儿？你觉得我会在哪儿？我在家呢，坐在沙发上看电视，并且正在思考是否应该把暖气打开，接着看深夜影院。"

"这种随时更换的临时线路就是麻烦，你永远都不知道对方到底在哪儿。"理查德含糊地抱怨了一句。

"什么事？"我问。电影已经开始了，我可不想浪费时间跟他谈去柏林的经费问题或者我要的新车。

"有没有人来找过你?"他问。电影开场前的字幕逐渐消失,屏幕上出现了一艘小汽船,正行驶在明亮的蓝色湖面上。

"没有。"我回答。

"今天早上你给安全组打了电话,让人把吉尔斯·特伦特送回家。"

电影里的蒸汽船头上有三个穿白色西装的男人,正靠在船舷上俯瞰湖面。"特伦特喝了不少酒,"我说,"说话很难听,还指控是我们抓了切列斯塔科夫——就是跟他接触的那个俄国大使馆的人。"

"接电话的是谁?"

"你问安全组吗?一个嘴巴上留着小胡子的年轻人,叫彼得。我不知道他姓什么。"

"他和特伦特之间有过节吗?"

"听着,理查德。"我回道,"我有权决定什么时候、找什么人把需要审查的人送回家。特伦特要是不高兴,尽可以跟局长告状。要是再让我听见那个浑蛋胡乱攀咬谁,我就再把他关起来。除非不让我管了,否则这件事我说了算——我倒是不介意,反正我也不喜欢管这件事,你知道的。"

"这些我都明白。"理查德说。

"如果他们把我从这案子上调走,就等于打你的脸,理查德。"

"别这么生气。"理查德带着安抚的语气说,"没人责怪你。能做的你都已经做了,大家都知道。"

"那你到底想说什么,理查德?"

"我想说的是,关于特伦特这件糟心事,那些该死的报纸媒体很快就会发表文章,暗示公众是我们做的。你懂的。而我们一旦为自己辩白,势必会让莫斯科得知许多我们不愿透露的消息。"

"能麻烦你从头讲起,说清楚一点吗?"我说。

"没有人给你打电话,通知你特伦特被杀了吗?"

"什么时候的事?怎么死的?"我问。

"今天下午快到傍晚的时候,有人爬进他家后花园,顺着排水管爬到楼上,从一扇开着的窗户进了屋。政治部让我们尽快写好初步调查报告。"

"特伦特死了?"

"被枪杀的。当时他正在洗澡,凶手把浴帘拉紧,以防血溅到身上,反正政治部派来的侦探是这么说的。周围的邻居都没有听见枪声。这年头,电视上整天播放警匪枪战片,就算有人拿机关枪扫射恐怕也没人注意。"

"知道是谁干的吗?"

理查德嘲讽地轻哼了一声:"你在开玩笑吗?他们检查了墙上的弹头,说子弹射击的速度出奇慢。弹道学的人说子弹是由懂行的人特殊处理过的——里面的火药分量被精心减少了。一听就是件精细活,对吧?要我说肯定是克格勃的人干的。可他们为什么要费这功夫,伯尼?"

"这样子弹就不会一连击穿好几栋房子的墙壁,把邻居的电视机打坏——尸体是谁发现的?"

"他姐姐。她有钥匙,自己开门进去的。本想去看看他好不好,毕竟离上次吃安眠药的事才过没多久,若非如此,我们恐怕要等明天早上才会发现尸体。我本来一直怀疑特伦特是同性恋来着,你呢?我是说,这么多年他一直未婚——可若是他把家里的备用钥匙给了姐姐,就又不太像了——你不觉得吗?"

"还有别的什么情况吗,理查德?"

"你说什么？哦，没有了。不过我认为有必要跟你确认一下：今早你们分开后，特伦特是否有任何不寻常的举动。"

"这我帮不了你，理查德，因为我也不知道。"我说。

"唉，我知道你明天一早还有任务。弗兰克让你穿暖和点儿，柏林很冷。"

我挂了电话走到书桌边，取出刚才的纸袋，打开裹着的羊毛围巾，发现上面有好几个小孔。罗尔夫·毛瑟就是用这条围巾裹住手枪杀掉特伦特的，唯有如此才能掩盖住左轮手枪的声音。我拿起放大镜仔仔细细地检查了一遍，终于在弹壳上发现了几道清晰的刮痕，那是人为加工留下的痕迹。毫无疑问，有精通枪械且拥有专门工具的人特别处理过这些子弹。

我坐回沙发，盯着电视又看了一会儿才关上。电影里的蒸汽船正在下沉，原本站在船头的三个男人被淹死了。我想，这大概是一部喜剧片。

21

四周一片漆黑，弗兰克·哈灵顿轻手轻脚地走在前面，浑身上下都充满了戒备。他握着手电筒，却只在遇到安全井或大水坑的时候照一照，好叫我避开，又或者照着前方出现的铁轨，带着我翻过去。

柏林的地铁隧道里有一股奇怪的气味，让人不自觉想起街头巷尾的传言："二战"快要结束时，几个工程师决定炸掉薛恩伯尔格和默克恩大桥之间的运河闸门，让运河水灌进地铁隧道，将躲藏其中的市民、德国军队和俄罗斯人通通淹死。也有人说并没有什么被水淹，只不过是腓特烈大街地铁站墙上的隔板损坏龟裂了，让冰冷的施普雷河水漏了一些进来而已。然而无论传言真假，都不要轻易否定那些梦魇的存在，否则，地铁停运后曾进入过这条幽深的交叉铁轨隧道之人必会告诉你，这里依旧徘徊着多少往事的幽灵。而那股奇怪的气味一直萦绕在周围，不曾消散。

弗兰克走得十分缓慢，每隔一段时间便会轻声说点什么，好让我知道他的位置。"从莫里茨广场到沃尔塔街的地铁乘客里至少有一半人不知道，这条线路其实带着他们在东柏林的地下转了一圈又回到西柏林。"

"我们已经在东柏林下方了吗？"我问。

"目前头顶上这部分路线的乘客自然是知道的，因为地铁停靠在腓特烈大街站时会有人上来检查身份证件。"弗兰克停下脚步,竖起耳朵听了一会儿,周围除了水滴声和远处发电机的朦胧嗡鸣之外,一片寂静,"等到了东柏林的地界,墙上会有标记。红色。东西两边的分界线。"他举起电筒对着墙比画了一下,示意我即将出现的标记位置。可惜眼前这面墙上只有一团团交错而粗壮电缆圈,黑乎乎地,积满陈年累月的灰尘。弗兰克关掉电筒,不小心踩到一截断裂的排水管,跟跄几步,低声咒骂着。不过他装备齐全,不用担心:脚上是橡胶长靴,身上是铁路工程人员的连体工装制服,里面穿着暖和的旧衣裤。我也穿着一样的连体工装,里面的衣物是我此次唯一带去东柏林的东西,因为我俩一致认为,凌晨时分带着大包小包的行李看起来实在可疑,必然招致警察或卫兵的盘问和搜查。

我俩沿着隧道缓慢前行,仿佛走了好几个钟头。有时弗兰克会驻足聆听,但周围除了老鼠突然抓挠墙壁的声响外,就只剩下电流无休止的嗡鸣。

"我们在这里等一会儿。"弗兰克忽然说,抬手将腕表举到眼前,"东柏林的铁路机师有时会在晚上进隧道,检修'凯瑟霍夫地铁站'的终端设备,如今改名为'台尔曼[①]广场站'了——共产主义者都很爱用英雄的名字给街道和车站命名,是吧?"弗兰克打开手电筒,指着墙上一块凹进去的空间,那里放着一个黄色金属漆盒,盒子里有一部电话。那是给地铁司机用的,万一地铁出了故障停在两站之间,他们可以来这里联络机械维修工。除了电话,还有一张凳子,弗兰克走过去坐下歇息。此处隧道离地面

[①] 恩斯特・台尔曼(Ernst Thälmann, 1886—1944)德国共产主义者和德国工人运动的重要活动家,德国共产党在"第三时期"的最高领导人,在纳粹上台后被捕,死于布痕瓦尔德集中营。

并不远，我能感觉到从通风口吹来的冷风。

"你好奇过为什么柏林墙会选这么奇怪的一条分界线吗？"弗兰克问，"'二战'期间，盟军在伦敦兰开斯特府[①]举行过一场重要会议，这条分界线就是那次会议划定的。当时这么设计，是为了定出攻占柏林后盟军的分管区域，为此还特派了书记员紧急寻找柏林地图。可惜那时白厅档案室里唯一能找到的，只有一张一九二八年的柏林城市目录，于是只好就着那张图，按一九二八年的柏林市行政区域画了一条线。由于这原本只是战时的一个临时协议，因此并没有人在意这样划分是否会和天然气管道、污水管道、快铁线和地铁线相冲突。这场会议是一九四四年举行的，谁也没想到这条线竟一直沿用至今，成了横亘在东西德之间的天堑。"我坐在黑暗中，静静听弗兰克讲述。我知道他现在特别想掏出怀里的烟斗抽上一口，可他忍住了，转而用磨嘴皮子的方式来消解烟瘾。

弗兰克接着说："多年前，苏俄共产党打算把柏林市马察恩区建设成一座发达的卫星城市，并赋予它行政权力，成为拥有自治权的直辖市。然而同为共产党的德国律师要求和莫斯科派来的人坐下来谈一谈，并拿出过去战争期间签署的各项协议，一一核查。结局就是，苏俄当局下令，无论如何都不可建立新的直辖市，因为破坏旧协议就意味着给予西方势力同样的权利改动既定协议。"

"原来律师才是这天下的实际掌管者。"我说。

"我会带你到'城市中心站'出入口，你从那儿出去。"弗兰

[①] 兰开斯特府（Lancaster House），也曾叫作约克府（York House）、斯塔福德府（Stafford House），是位于英国伦敦西区的一座建筑，靠近圣詹姆士宫，是一个宫殿建筑群的一部分，现被列为英国一级保护建筑，由英国外交及联邦事务部管理。

克说。其实这些他早就说过了，还给我看了地图和出入口及外面街道的照片，可我不忍心打断他，只得任由他又讲了一遍——"那是处交通枢纽，是东西德地铁线交汇的地方。当然了，两边的线路在不同深度的隧道里。"

"还有多远，弗兰克？"我问。

"别紧张。我们必须先确定东德那边有没有派人来维修轨道。他们虽然没有武器，但有无线电联络机，用来通知上面的人何时关闭电源，免得把维修线路的养路工电死。"

我们就这样蹲守在黑暗里，过了很久才继续前进。"一九四五年，苏联红军攻入柏林，在'城市中心'地铁站遇到了强大火力阻击。"弗兰克又开始讲故事，"当时这个地铁站是名为'北欧'志愿装甲掷弹兵师的纳粹党卫队大本营。他们是最后一支负隅顽抗的德军常规军，但人员构成却并不怎么'德国'，而是由一大帮外国志愿军人组成，包括从其他部队派来的三百多名法国士兵。德军当时就在我们此刻所在的位置，拿着枪不停地向上扫射，致使俄军无法进入隧道。你听过那句老话吧——'若能守住隧道，即使老弱残兵也足够阻挡千军万马'？这么说吧，当时德军恰好就在隧道里，面对他们生命中的最后一场战斗，可谓不成功便成仁，激烈情况可想而知。"

"后来呢？"

"俄国人采用人海战术，硬生生从入口处推了一台野战炮进来，沿着站台推到铁轨上，朝着这里的隧道接连开炮。就这样结束了战斗。"弗兰克说完突然停下脚步，伸手示意我不要说话。我真怀疑他有超越一般人类的听觉，因为直到停下脚步好一会儿，我才隐约听见远处传来有人交谈和工具敲击的朦胧声响。弗兰克凑近我悄声道："在这种老旧隧道里，一点点声音也能传很远。说话的人很可能离我们尚远，比如在法兰西大道的废弃地铁站。"他四下张望了一番，"咱们就在这儿分别吧。"然后指了指另一个通风口。从这边望去，通风口尽头的隔栅处透出一点模糊的灰色光亮。"动作轻点儿。"他叮嘱道。

我脱下连体工装交给弗兰克，然后顺着通风口狭窄的管道爬了上去。管道内壁上每隔一段都嵌着一个半环形的铁环，有些早已生锈断开，好在我没有行李，轻轻松松便爬到了出口。出口的盖子用锈迹斑斑的隔栅固定着，看起来很难挪动。

"往上推。"弗兰克在下面提醒，"打开一点儿，直到足够你看清外面街道的状况，然后找准时机迅速出去。"

我伸手握住隔栅往上推举，轻易便推了起来。隔栅和盖子都看不出清扫或上油的痕迹，却定然近期被人移动过，只为让我顺利出去——弗兰克做事一贯十分谨慎，从不显山露水。

"祝你好运，伯纳德。"

我摘下工作手套，沿着通风管扔回给弗兰克，然后尽我所能迅速从检修口闪身而上。出来后才发现，其实根本不用紧张——就西方标准而言，腓特烈大街这个曾经柏林市政府所在地简直人烟稀少，安静得不像话。很难想象这是一个工作日，目之所及空无一人，只有城市东侧传来车辆行驶的模糊声响。这个自治型的"米特城中区"仿佛共产主义用一记重拳狠狠拍在西方制度上的产物：它的三面均环绕着"反法西斯护垒"，也就是其他人口中的柏林墙；墙的位置离我并不远，数不清的大功率探照灯把边境照耀得如同白昼，甚至连头顶的夜空也仿佛褪了颜色，变成灰黑，就像从冰冷大海中蔓延到陆地上的迷雾。

看得出来，弗兰克在挑选路线上很是费了一番工夫。通风管的出口被很好地隐藏在行人看不见的地方，周围有一堆沙土、一大堆瓦砾、几台建筑机械和一台电力机关的小型发电机拖车。检修口的铸铁盖十分沉重，我费了好大力气才让它物归原位，累得满脸通红、气喘吁吁，坐下歇了一会儿才站起来，往夏洛特大街走去，打算从国家剧院的后门、那条和菩提树大道平行的街道抄个近路。想到施普雷河对岸，只能通过河上的几座大桥——米特自治区一面被柏林墙环绕，另一面则盘踞着施普雷河，就像两条手臂，将整个区域紧紧抱在怀中。

缓缓靠近国家剧院，终于能看到灯光和行人了。剧院后门正敞开着，有人扛着巨大的舞台布景板进进出出，还有人抬着一个骑师的雕像，一看就知是名剧《唐璜》最后一幕的道具。我穿过街道，将自己隐藏在屋檐和树丛的阴影里继续前行，却见两名警察从原帝国银行、现在的中央委员会办公楼方向朝我走来。于是我立刻改变行动路线：要是刚才不用等地铁停靠就从隧道里出来，说不定就能混进从西德经查理哨岗来东边观光、听歌剧的游客当中，完美避开警察的视线了。这些精心打扮的游客们有的穿着正式的晚宴西装，有的背着驻军军团设计的华丽杂物包，女人们则穿着曳地晚礼服长裙，盘着精致的发型。对于日复一日生活枯燥无聊的当地人来说，这些游客就是西边腐朽颓废生活的缩影。不过，穿成那样虽不会被警察拦下来盘问或要求出示证件，但对我的目的地——工人阶级的地盘而言，却太过扎眼了。

此刻路上根本没几个行人，我转身向北走去，经过腓特烈大街地铁站的拱门时，忽然停下脚步。那里有两个男人正大声吵嚷，为街对面上演的讽刺歌舞剧争论不休；几名铁路工人正等着交班；几个非洲游客沉默而好奇地睁着双眼四处打量。此时过河，选择魏登达姆大桥相对来说风险最低，因为那里的灯光比其他通往河心岛的大桥更暗，而东德政府的许多机关都在岛上，守备森严。

举目四顾，皆是回忆，战争的疮痍随处可见：当初从元首地堡中逃出来的那些人就是逃到了这条街上，把死去的马丁·鲍曼①留在河边，从步行桥过了河夏里特医院——在这座阴森肃穆的大楼太平间里，苏联红军找到了曾策划一九四四年"七月事变"以求推翻希特勒的人冰冷的尸首。据说希特勒亲自下令，故意将他们的尸体摆在冰冷的停尸间展示，以儆效尤。

一名警察从施普雷河旁的布莱希特老剧院方向走来，看见我时猛地加快脚步。尽管我的身份证明都已准备就绪，却直到此刻才意识到自己并不知该如何与东德警察对话。"喂，你！"警察喊道。

东柏林的人如今都怎么称呼警察来着？这可不是美国，表现得太随便或太恭敬都会令人生疑。无奈之下，我决定扮演一个刚换完班、喝了几杯伏特加、已有几分醉意、正打算回家的工人——可现如今东德的法律规定喝多少伏特加才不算违规、不会被抓进警察局强制醒酒呢？

"你在这干什么？"——警察的声音有些尖锐，从口音判断是北方人：大概是罗斯托克、施特拉尔松德或吕根岛的人。东德人相信，外来的雇员比柏林本地人更可靠。

我假装没听见，继续往前走。"你给我起来。"警察又说。我停下脚步转头望去，只见大桥下的阴影中坐着两个男人，听见命令他俩也没起身。警察问："你俩从哪儿来的？"

两人中年纪较大的一个留着络腮胡，穿着连体工装和一件又脏又旧的皮夹克，他回答："你又是从哪儿来的呢，小子？"

---

①马丁·鲍曼（Martin Bormann,1900-1945）是纳粹德国时期纳粹党党务中心的领导人，他的级别相当于当时德国的一个部长。

"起来，我送你们回家。"警察说。

"送我回家？"胡子男说，"行啊。我家在舍讷贝格，你把我送回去吧。"说完大笑起来，又接着道："舍讷贝格区的约克大街，就在铁路边上，谢谢。"

这时，他旁边那个年轻点的男人也摇摇晃晃地站了起来，劝同伴说："算了。"

可是胡子男仿佛没听见一般，又重复了一遍："舍讷贝格区，约克大街。乘快铁离这就两站路——可惜啊，你从没听说过，而我再也回不去了。"说完男人又唱了起来："那是五月的舍讷贝格——"他唱得荒腔走板，根本听不出调子。虽然醉得不轻，嘴里的话倒是并不糊涂。

警察的语气少了几分抚慰之思。"你们不能在街上逗留。"他说，"站起来。让我看看你们的身份证件。"

喝醉的大胡子从鼻腔里挤出一声轻蔑的笑，他的同伴对警察说："别管他了——你看他这状态，神志不清的。"可他的口齿实在太不清晰，很难听明白。

"我给你们两分钟时间。如果再不动身回家，我就开车把你们送到警局去。"警察说。

"这个警察是个大蠢蛋。"大胡子用德语边说边笑，这种调侃每个德国警察都听过。

"跟我走！"警察命令道。

大胡子又开始唱歌，这次声音更大了："那是五月的舍讷贝格……"

我见状赶紧加快脚步离开，以免警察一个人处理不了这两个醉汉，跑来找我帮忙。一直走到百米开外，我还能听见那个大胡子醉不成调的歌唱，歌词描述着很久很久以前，住在舍讷贝格的一个小姑娘经常温柔又快乐地亲吻她心爱的男孩。

沿着"奥拉尼恩堡门"地铁站所在的绍塞街一路向前是足球场,我闪身走上旁边的小路,隐匿在曲折小径的幽暗之中。已经很久没有做过这种需要准备假身份的"新遭"特工了,那些关于假身份的说辞总觉得不怎么可靠。我太老了,许多事都有些生疏,这次若能平安返回伦敦办公室,以后无论如何也不会再出来。

小路两旁是一栋栋五六层楼高的公寓楼,破旧衰颓,是一个世纪前的建筑,原本用来安置来城市工厂打工的贫苦农民工的。这么多年过去,这些楼房却一点也没变,而罗尔夫·毛瑟的家就在普伦茨劳贝格区的这样一栋脏兮兮且摇摇欲坠的公寓二楼。开门时他光着脚,一副睡眼惺忪的模样,睡衣外面套着一件红色的丝绸睡袍。

"怎么是你?"他一边问一边解下门上的锁链。总算轮到他被不请自来的深夜访客惊到了,我很享受他脸上的表情。

我跟着他走进客厅,不客气地跳上一张松软的椅子坐下,既没有脱掉外套,也没有摘下帽子。"计划有变,罗尔夫。"我说,"我有预感,今晚外面不太平。"

"哪晚外面都不太平。"他说,"你需要床吗?"

"有空房间吗?"

"我这儿别的没有,空房间倒是多得很。一共三间,随你挑。"他拿出一瓶波兰伏特加,放在桌上离我近的一侧,然后打开白瓷暖炉,把炭灰拨到一边,又说,"在柏林墙的这一边,所有房子的租金都差不多,不管是两室一厅的公寓还是大别墅,所以没必要搬家。"随着他的拨弄,炭火的刺鼻气味充斥了整个房间。

"我有些忐忑,不知你是否还在这里呢,罗尔夫。"

"为什么不在?继伦敦发生的事情后,这里反倒最安全,不是吗?"

"为什么这么说,罗尔夫?"我问。

"所有证据都指向伦敦,他们一定认为凶手就在伦敦。"

"但愿如此。"我说,

"我不得不下手,伯纳,我必须把他处理掉,你知道的。否则那个男人会把整个情报网都毁掉。"

"这事别再提了。"我说,可毛瑟打定主意要获得我的谅解。

"他跟柏林的克格勃特务说,让他们准备五十间左右的单人牢房——再不动手,布拉姆斯情报网会全军覆灭,说不定还会牵扯出别的情报网。现在,你明白我为什么要那么做了吗?"

"我明白,罗尔夫。这件事我比你更清楚。"我给自己倒了一小杯罗尔夫的果味伏特加,一饮而尽。即使加上了香甜的果味,也依旧遮盖不住那股辛辣呛口的烈酒味。

"我必须处决他,伯纳。"

"'处决他'——好一股黑帮火拼的味道,罗尔夫。让我们面对现实吧:你谋杀了他。"

"是刺杀。"

"只有杀掉政府官员才能叫'刺杀',而且还必须是贪官污吏或者暴戾的官员。'处决'是司法程序的决策结果。承认现实吧:你就是谋杀了他。"

"你惯会玩文字游戏。现在危机解除了,你当然可以在这讲大道理。"

"他只是个懦弱愚蠢的人,时刻被愧疚和恐惧所折磨。重要的情报他根本不知道,上礼拜之前还从不晓得还有柏林情报系统这回事。"

"是啊,"罗尔夫说,"柏林情报系统——这就是他出卖给克格勃的情报。我问过沃纳了，他说里面包含了这边的情报网的所有联络人信息，甚至包括整个柏林地区的全部紧急联络名单和不同情报网之间的联络方式。我们都很担心，伯纳。"

"你从哪儿得知特伦特的姓名和住址的？"我问。

他没有回答。

"是沃纳，对不对？而他是听那个该死的泽娜说的？"

"你向弗兰克·哈灵顿打听了一九七八年的泄密事件，而弗兰克猜这个叫特伦特的男人受到了怀疑，并正在接受调查。"

"然后他把这些告诉了泽娜？"

"你见过泽娜吧，是她从弗兰克嘴里套的话。"

"我跟你说过多少次了，沃纳不是情报局的雇员——你为什么不直接联系奥林匹亚体育馆那边？"

"来不及，伯纳。而且沃纳比你们在奥林匹亚的人更可靠。你不也是因此才悄悄用他的吗？"

"为什么不把那天晚上在伦敦的计划告诉我？"

"我们不想让伦敦总部知道这件事。"罗尔夫说着给自己倒了一小杯伏特加。此刻，他的额头上已覆盖了一层细密的汗珠，而那并非因为炉火。

"为什么？"

"回答我：特伦特是从谁那里得到柏林系统资料的？一定是伦敦的某个人，伯纳。"

"太他妈对了！"我怒气冲冲地说，"因为这个要给他所谓资料的人本来是我。"说完我注视着他，琢磨着究竟应该告诉他多少。

"你？这绝不可能，伯纳。"

"这是计划的一环，你这蠢货——是我让他跟莫斯科那么说的。我答应给他柏林系统的资料，是为了跟他做交易，用这法子把他牢牢拴在手上。"

"所以你的意思是，这是局里的安排？"

"你真是蠢到家了，罗尔夫。"

"所以我白杀了那个可怜的家伙？"

"你把我们的计划搞砸了，罗尔夫。"

"我的天哪，伯纳！"

"现在你最好告诉我该去哪个房间休息，我明天还有的忙呢。"

他站起来，用红手绢擦了擦眉毛上的汗珠："我怎么睡得着，伯纳？我做了一件可怕的事，良心不安，哪里睡得着！"

"那你就想想那些被你用炮轰死的可怜虫，罗尔夫，把特伦特的名字也加进去。"

22

第二天清晨,阳光明媚,连普伦茨劳贝格区也看起来美好了一点。可惜罗尔夫·毛瑟的二楼公寓窗户外只有一个鹅卵石铺就的庭院,一棵结满果实的巨大栗子树几乎占满了整个院落。阳光透过新发的绿叶照进公寓,竟像一道道水波,让房间看起来仿佛沉浸在水里。

院子里剩下的空间里除了几株矮小的灌木,还停放着至少二十几辆自行车,旁边并排放着好几辆婴儿车,除此之外还有几排垃圾桶,里面的垃圾被饥饿的野猫拖拽了出来,散落一地。昨晚我就是被它们愤怒的呼号声吵醒的。栗子树被窄小的院墙逼迫着,提早开花结果,墙是灰泥糊的,已经斑驳脱落,任何一丁点声音落到上面都会产生回响;两个女人拿着水桶泼洒在地上,然后用硬扫帚用力擦洗。她们向彼此高声打招呼的声音,以及偶尔的训斥和争吵的声音,都透过那堵墙听得清清楚楚。

"地方简陋,没什么可看的。"罗尔夫说,一边用坑坑洼洼的咖啡壶给自己倒咖啡,然后把壶放下,示意我自己动手。罗尔夫行为率直,还保留着当兵时候的习性,那种以自我为中心的特质是男人单身太久以后的必然结果。"该死的野猫吵得我不得安宁。"他抱怨道。

"柏林特色的面包卷。"我赞道,伸手从盘子里拿起一个三角形的全麦面包卷,这是柏林人早餐常吃的食物,"我睡得还不错。多谢你收留,罗尔夫,让我今天有精神办事。"

"现在很难买了。"罗尔夫说,他指的是早餐,"面包的价格全由政府说了算,那些懒猪似的面包师傅根本不想费工夫研究新花样,都只做普通面包了。"他已经从昨晚良心的谴责中缓过来了,正如所有的士兵都必须尽快从昨天的战斗中缓过来一样。

"哪里都一样。"我说。

"你可以在这儿住一个礼拜。反正我一个人也住烦了。原本合租的夫妇去看他们结婚的女儿了。"罗尔夫从托盘上拿起咖啡杯,倒了些牛奶进去,然后坐在床上等我刮胡子,"不过我们得轮流去地下室去看炭火。"

"希望我不用待一个礼拜。"

"你要去见布拉姆斯四号吗?"

"有可能。"

"真有布拉姆斯四号这个人?"他问。

"但愿有。"

"我一直以为这是某个团队的代号。不然为什么布拉姆斯四号的情报总和我们得到的其他情报分开处理?"

"这也是常见操作。"

"官方层面上,他确实存在于布拉姆斯情报网中。"罗尔夫说完故意停顿了一下,表示接下来要说的话很重要——"可是布拉姆斯网的成员却从未见过这个人。"

"你怎么知道没见过?"我语气忽然尖锐起来,"该死,罗尔夫!你应该很清楚自己不该和第三方讨论有名有姓的特工。"

"就算这个第三方也是特工?"

"那尤其如此。因为这样的人被抓住审讯的可能性更大。"

"你已经离开一线很久啦，伯纳，在伦敦办公室坐太久了，现在说话的态度就跟弗兰克·哈灵顿一个样。"

"给我留点儿咖啡，罗尔夫。"我抱怨道。

他停下正在倒咖啡的手，抬起头冲我咧嘴一笑。"假如到最后你发现这个人并不存在呢？"他问，把剩下的咖啡连同残渣一起倒进我杯里，"假如你发现，他只是克格勃大楼里的一个信箱，而你这么多年来一直像个傻瓜似的被蒙在鼓里呢？"

"这是你的猜想吗，罗尔夫？"

他咬了一口面包卷，一边慢慢咀嚼着一边说："不是，我只是跟你唱反调而已。"

罗尔夫·毛瑟的想法没错：尽管沃纳·沃尔克曼不是情报局的员工，却比柏林情报站的任何一个人都更可靠。他在东柏林有自己的车，此刻正停在美丽堡地铁线的地上轨道旁等我，周围的老式建筑在街道上投下深深的阴影。

我打开车门坐在他旁边。他一言不发，直接启动引擎向北驶去。

"怪不得布拉姆斯四号这么紧张。"我说，"已经有太多人开始对他的真实身份感兴趣了。"

"最多不出半年时间，一定会有人查到他的真实身份。"沃纳说。

"伦敦那边还希望能再留他两年呢。"

沃纳冷哼了一声，以示对伦敦总部及他们所有计划和野心的蔑视："还打算继续用布拉姆斯网来传递情报？"

"也可以尝试其他办法。"我说。

"比如使用高频无线电对讲机吗？那玩意儿的信号最远能传到奥林匹亚体育馆。"沃纳毫不掩饰语气里的刻薄。

"是有人提过这个办法。"我承认，那是理查德在上个月的一次冗长会议中提出的唯一建议。

"谁提出谁是傻子。"沃纳斥道。

"不然还有什么办法？把他调到别的情报网去？"

"这也不是没可能，对吗？"

"还从来没有过把一个情报网的特工调到另一个情报网的先例。"我说，"大多数情报网的管理者都喜怒无常，这种赶鸭子上架的事必定和他们产生摩擦和争执，我可应付不来。"

"让他和别的情报网联络，会降低情报传递的速度。"沃纳说。这当然只是他的猜测，因为他并不清楚我们在柏林还有哪些情报网——可他猜得没错。这里有很多和沃纳一样的人，明明没有薪资却无休止地工作。布拉姆斯网之所以能存留至今，恐怕都是沃纳的功劳。

"你把他确实存在的消息透露给其他人了。"我说。

"他真的存在吗？"沃纳问，"有时候我也很好奇。"

"你最近跟罗尔夫·毛瑟联络过吧？"

"当然。"沃纳坦率地承认，"你以为情报网的人传了这么多年消息，却一点也不好奇消息的来源吗？尤其每次上面像夺命似的催促我们之时。"

"我要尽快去见他。"我说。

沃纳原本望着窗外，此刻却忽然转头盯着我，久久地打量了一番："你终于打算把秘密告诉我了，是吗？这可真不像你会做的事，伯尼，你去见他为什么要告诉我？"

"因为你本来也已经猜到了。"

"不,"沃纳摇头道,"这不是唯一的理由。"

"因为我们很可能要尽快把他带离东柏林,沃纳。"我说。

"你去哪儿,我送你。"沃纳说,"市中心吗?反正我今天没事做。"

"我需要你的车,沃纳。你今天有很多事要做:我要你立刻搭飞机去伦敦,并且今晚就回来。"

"为什么?"

"有些事一旦发生,除了争分夺秒别无他法。"

"会发生什么事?"

"沃纳,假设……"接下来的话,我用尽了力气方能艰难开口,"我是说假设——克格勃安插在伦敦总部的间谍就是菲奥娜呢……"

"你妻子?!"

"你仔细想想,这样是不是一切都说得通了:吉尔斯·特伦特为什么会暴露;菲奥娜为什么故意暗示我,泄露卡尔斯霍斯特信号的事和特伦特有关?那时布莱特根本不在柏林,而理查德从未接触过那段信号,只有菲奥娜……只有她在关键时间出现在关键地点,而且每次都是。"

"你不是认真的吧,伯尼。"沃纳难以置信。

"我也希望自己是错的,沃纳。可如果真的是菲奥娜,而她打算逃跑,就一定会把孩子们也带上。"我很想听沃纳否定我的推测,骂我胡说八道。

"可是,伯尼,机场的勤务官很可能认识她。她要是自己一个人走,还可以说是出差,若是带着孩子,我想勤务官一定会先和情报局确认,否则不敢放她走。"

"那她会如何应对?"我问。

"她若真是克格勃的人，一定会安排人单独接走孩子。上帝啊，伯尼！这事光想想都觉得糟透了——不会真的是菲奥娜，对吧？"

"我们现在必须相信理查德。"我说，"他会给你提供一切所需的协助：把孩子们交给我母亲，尽可能办得机灵点儿，让一切看起来自然，我不希望菲奥娜发现我在怀疑她。不过，你一定要安排人随时跟着孩子们——用专业保镖，他们知道什么时候该干什么，而不是普通安保人员。还有，沃纳，你要小心安排，让我到时候可以假装不知道此事。这是为了以防万一我真的错怪了菲奥娜。"

"我敢肯定你一定是错怪她了，伯尼。"

"你最好赶紧行动。先去出租车停靠点，然后你立刻行动，把车留给我。我今天任务繁重，晚上在罗尔夫家见。"

"我敢肯定你绝对错怪菲奥娜了。"沃纳重复道，但每说一个字，他的声音都会少几分自信。

23

和布拉姆斯四号会面的地点,是他在东柏林奥托·格罗提渥大街的办公室。这里曾是威廉大街,如今也只有这一段街道改了名而已,沿着这条路往前、一直到柏林墙附近的那段路依旧用过去的名字。办公楼的名字也改了,毕竟这里曾是纳粹"至高无上"的空军部所在地,是纳粹党政军领袖赫尔曼·戈林下令为手下官僚修建的。战火侵袭下,能在市中心得以保留的前纳粹建筑不多,这便是其中一处。

在大堂接待处填好申请表后,接待人员指了指楼梯,示意我上楼。那个男人就在这里——那个在理查德口中的"荒芜之地"魏玛市的歌德博物馆后,找到正在小巷子里东躲西藏的我,赶在敌人抵达前的几分钟把我救出的人。这是我一辈子也不会忘记的事。

天知道是伦敦总部的哪个事务员突发奇想,给这个情报网起了"布拉姆斯"的名字,更不知这男人又为什么恰好是"第四号",总之从几十年前起,他的档案便一直以这个名字登记并沿用至今。布拉姆斯四号的真名是沃尔特·冯·蒙特博士,无产主义阵营的德意志民主共和国的公民,不过,他名字中间的"冯"字已经很久不用了。蒙特是一个身材高大却形容忧郁的男人,年约六十岁,脸上布满皱纹;他戴着一副金边眼镜,灰色寸发修剪整齐。他虽然高大,但气色看上去却有些虚弱,还略显驼背,配上见面时早已过时的客气礼节,甚至给人一种唯唯诺诺的错觉;身上的黑色西装虽精心熨烫过,却能一眼看出颇有些年头,里面的衬衫和脖子上的黑领带也一样,说话间还总下意识地扭着双手,活像狄更斯笔下的殡仪员。

"伯纳,真的是你,真不敢相信……"他说,"一晃已经过去这么多年了。"

"有那么久吗?"

"那时候你还没结婚呢,而现在,我听说你已经是两个孩子的父亲了。我说得对吗?"

"没错。"我回答。他站在办公桌后,目视着我,缓缓走到窗口。我们所在的地方离柏林墙很近,近到几乎能看见安哈尔特火车站遗址,要是再高一点,就能看见洛伊施纳咖啡厅了。我装作不经意地摸了摸放在窗台上的电话组线箱,又抬头看了看天花板的灯照设施,最后才转头看向他。

他猜到了我的心思,冷笑道:"啊,你担心这有窃听器。放心吧,有人会定期检查这间办公室,确保没有那种东西。"

直到我先在有霉斑的塑料椅上坐下,蒙特才坐了下来。

"你想离开这里?"我轻声问。

"时间不多了。"他回答,声音平静而坦然。

"为何如此着急?"

"你知道为什么。"他说,"你们伦敦总部有人定期向克格勃传递消息。他们早晚会……"

"可你不一样。"我说,"你的资料和所有其他资料都是分开的。"

"他们安插的这个人可不简单,"他说,"一定是伦敦高层中的某人。"

"总部希望你能继续效命。"我说,"至少再干两年。"

"他们太天真了,不断索要更多。你这次来难道就是为了这个——劝我接着干?"

"这是其中一个原因。"我承认。

"那你就是在浪费时间,伯纳。但不管怎样,我都很高兴再次见到你。"

"他们不会轻易放弃的。"

"不轻易放弃?" 蒙特一边想着伦敦打算强迫他继续效命的事,一边用手小心翼翼地撕着一版新邮票,"他们能怎么办?如果我决定不再向他们传递消息,他们又能如何?如果他们出卖我,这件事很快就会被传开,到时候整个情报局都吃不了兜着走。"

"伦敦绝无可能出卖你。这一点你也清楚。"

"那他们打算如何制裁我?拿什么手段来逼我坚持?"好不容易把一整版邮票整整齐齐地撕下来,他又把剩下的印刷边缘一点点卷起来变成一个小球。

我说:"那样一来,你恐怕就再无机会离开东边了,而我认为你很想离开。"

"我太太想走。她想去给她哥哥扫墓。她的哥哥在战争期间死在了突尼斯。他们从小一起长大,感情很好。不过如果实在走不了,也不强求。"他耸了耸肩,把卷成一团的小球展开,重新压平。

"但你还想去圣保罗看儿子。"我说。

他仿佛全神贯注地把玩着那张纸条,沉默良久,才说:"你真是一点没变啊,伯纳,还和以前一样令人头疼。我应该早点儿想到，你一定会追查那些资金动向的。"

"一家位于卢森堡的控股公司，时常接收从慕尼黑巴伐利亚国家银行汇来的钱，再转到国家银行圣保罗分行——这很容易查。"我回答，"那家出版公司的账户太不活跃了，根本骗不了人。"

"还有别人知道这事吗？"他拨开办公桌上那个精美笔座上的铜制墨水瓶盖，盯着里面干涸的墨水沉积问。

"我没跟任何人提过。"

"多谢你，伯纳。"

"是你把我从魏玛救了出来。"我说。

"那时的你太年轻了，需要有人帮助。"

他再次把邮票边缘卷起来，精准利落地扔进了早已干涸的墨水瓶，然后关上盖子说："可第二天他们就把伯施抓了。"

"那已经是过去的事了。"

"是我把伯施的地址给了那些家伙。"

"我知道。"

"谁能想到，那个可怜的老家伙那时候还会回家去？"

"我要是你，也会那么做的。"我说。

"你不会的，伯纳。你可不是个轻易屈服的人。"

"所以总部才派我来游说你。"

本想开个玩笑，可蒙特并没有露出半丝笑意。他头也不抬地说："要是我说我能帮你把总部的内奸给挖出来呢？"

原来如此。原来之前所有的信息和故意制造的麻烦全都是为了这个。我沉默不语。除了赛拉斯，蒙特对伦敦情报局的人一无所知，而前者是他多年的老友和上线。赛拉斯如今几乎早已不再参与伦敦总部的日常事务管理，应该不会牵涉其中吧？

他再次开口,手上依旧摆弄着那个笔座:"我不知道此人的名字,但可以尽可能明确的让你弄清他的身份,并提供充分证据,哪怕伦敦总部闹上法庭也不怕。"

或许他指的是吉尔斯·特伦特——我得知道他打算用来谈判的筹码是不是我已知的信息:"你打算怎么做?你能得到什么样的证据?"

"你能把我弄出去吗?"

"就你一个人?"

"我和我太太。我们俩。我们必须一起走,绝不分开。"

我几乎能够肯定,他想挖出来的人就是吉尔斯·特伦特,而我确实有兴趣了解克格勃是否知道特伦特已经暴露并被我们策反。只是,光凭这点情报并不足以把蒙特救出来。

不知是否猜到了我的想法,蒙特说道:"我说的这个人,能够进入总部数据中心。"他注视着我,对于我惊讶的神情很是满意——他竟然知道总部有数据中心。"这个人使用的密码前缀是'膝跳①'。"

我拼命维持着表面的冷静,让自己看起来没什么反应,心里却早已翻江倒海。事已至此,再也没有任何理由回避这个令人悲痛的事实:"膝跳"这个代码只有伦敦总部高层中特选的几个人才有权限使用,可以打开数据中心电脑上自动连接美国中情局档案的路径——从一个情报中心连通到另一个,因此以"膝跳反射"命名。要是至今为止东柏林收到的所有材料都有"膝跳"这个暗号,那么我简直无法想象,伦敦情报局究竟泄露了多少机密。他说的绝不是吉尔斯·特伦特,而是更高层的、和行动组脱

---

①膝跳,即"膝跳反射"的简称。膝跳反射是一种最为简单的反射类型,它的完成过程仅包含两个神经元:感觉神经元和运动神经元。

不开关系的某个人。"你最快何时能拿到证据?"我问。

"今晚。"

"你打算什么时候动身?"刚才的发现彻底改变了整个局势——如果布拉姆斯四号能帮总部找出这个深藏不露的苏联间谍,那么伦敦方面一定希望他能亲自指认并提供证据。

"你了解女人,伯纳,我妻子恐怕需要好几天来做决定。"

"就明天,我带你们一起回去。可我丑话先说在前头:你提供的证据必须能确凿无误地抓住这个一直为克格勃提供资料的内鬼,否则咱们的计划只能作罢。"

"我会给你提供四页纸的手写数据,这个证据够充分吗?"

"手写的?那肯定是假的。没有一个间谍会蠢到用手写材料。"

"你真这么想吗,伯纳?可是有的时候——比如天色已晚、人又疲惫时,很难一直保持高度警惕。要怪就怪克格勃安排在伦敦大使馆的那个指挥官,伯纳,他把原件全部寄了回来,而不是复印件,或者该怪柏林经手此事的职员没把手写文件拿出来。我真为那个间谍感到遗憾,他的感受我太了解了。"

"一份手写的情报——却没有引起这里任何人的注意?"我还是难以置信。

"我们这边有很多材料都还是手写的。我们可没有西边那么先进,什么都已经自动化。而且这个人的字迹很特别——娟秀整洁,是喜欢画很多圈圈的花体字。"

"来自伦敦总部?"——我心知,那正是菲奥娜的字迹,但又忍不住怀疑,这会不会其实只是总部某个计划的一环。

"这里只是一家银行,安保系统并不十分严密。这份材料的内容很有意思,属于高度机密——关于英格兰银行支持英镑汇率的提案。之所以能一眼便知,是因为我最近正在搜寻相关信息。"

"你刚才说今晚就能把这份材料给我?"

"是的。我知道这份报告放在哪里。"

"请转告您太太,除了几件换洗衣物和能放进口袋的财物,别的任何物品都不能带。"

"这种事我已经跟她反复强调多次了,伯纳。"

"也不能带任何朋友、亲戚、小猫小狗、宠物鹦鹉或者家庭相册。"

"她明白的。"蒙特说。

"即便如此,仍需十二分警惕。"我接着说,"尽量别吓着她,但请务必让您太太明白:这次离开是要冒生命危险的。"

"她不怕,伯纳。"

"很好。"

"那今晚九点见,我的朋友。你知道科佩尼克区附近的维尔海德那有座'先锋大楼'吗?从这里乘快铁,大约二十五分钟就到了。G-341号房间。我会带着材料来见你。"

"我去找。"

蒙特站起身来,双手撑在腰侧、仰起脖子长长地叹了口气,仿佛从沉睡已久的梦中醒来。"终于做了这个决定。"他叹道,"你能明白这对我有多重要吗,伯纳?"

"我需要给在伦敦的妻子打个电话。"我说,"若不及时联络,她会担惊受怕的。你有能直接拨打的安全电话吗?"

"用我的吧。我每天都要用它给西边打好几次电话——先按九,再拨号即可。"蒙特说,"没有电话监听,但会有通话记录。悠着点儿,伯纳。"

"我和她有暗号。"我解释道,"只是私下聊天,但我会提到手写文件的事,她会明白什么意思的。"

24

先锋公园特别体现了东德政府对体育休闲领域的重视:占地两平方英里的园区内遍布高端体育场、跑道、足球场、田径运动场、温泉中心和游泳池,甚至还有一个赛马场。我找到园区主建筑楼,走进灯火通明的室内,穿过设备齐全的健身房和大型室内游泳馆之间的过道———一眼望去,游泳馆里不仅有专业潜水教练,还有一排排免费的吹风机。

我来到四楼G–341号房间,透过玻璃窗往里看了看。这是一间不大的排练室,墙上镶着色彩鲜明的木板,四个略年长的男人正在排练舒伯特的名作《死神与少女》的弦乐四重奏,蒙特博士坐在一架巨大的钢琴前。他并未演奏,而是微微偏着头、闭着眼睛聆听四人的演奏。过了一会儿,他忽然站起身说:"不对,先生们,不对——你们的演奏并不优美。"他歪了一下头,忽然看见站在门外的我,却装作不认识,接着对那四个人说:"或许我们今晚练了太久舒伯特的曲子,不如换成海顿的《七十七号C大调》吧。看看你们还记得多少。"然后冲我挥了挥手,示意我进来,对我浅浅鞠了一躬并正儿八经地握了手,四名演奏者则忙着更换乐谱。

"我们只练了三遍。"他抱歉地说。其中一个男人不小心把乐谱掉在地上,不得不跪下去一张张捡起来。

"排练是很辛苦的。"我应道。

蒙特优雅地抬起双手,示意四人开始演奏。听着缓缓流淌的乐曲,他脸上露出老师对学生特有的满意表情,然后带着我进了隔壁房间。这个房间比排练室要大些,靠墙整齐划一地排列着用来存放乐器的钢制储物柜和放衣服的木质储物柜,每个柜门上都有锁。

"你错过了我们的《鳟鱼五重奏》。"他说,"有我的钢琴独奏。"

"文件拿到了吗?"我问。

他略低着头,仔细听着隔壁的排练。"第一小提琴手不如从前了,"他难过地说,"他的手指关节出了问题,正在进行热疗,可惜治疗效果恐怕并不尽如人意。"

"文件。"我有些不耐烦地问,"带来了吗?"

"没有。"他回答,"没有。"

"怎么回事?"

不等他回答,房间的另一扇门便被打开了,那里通向另一个排练室。一个胖乎乎的男人一只手拽着一个小男孩,另一只手提着一支大提琴走了进来。"你看,蒙特博士就在这儿。"胖男人对儿子说,"你自己问他,每天需要练习多久。"然后又转头看着我们说:"每天为了让这个小恶魔练琴,真是能把圣人气死!他现在整天就知道美国爵士乐——您跟他说说,蒙特博士,让他好好练习。跟他说应该演奏真正的音乐、咱们德国的音乐。"

"如果缺乏兴趣,说再多孩子也不会爱上音乐的,斯本格勒先生。或许您应该顺其自然,让他选择自己喜欢的音乐。"

"呵,现在老师都这么教,是吧?"没有得到蒙特的支持,胖男人毫不掩饰心中的不悦,"不过我并不相信所谓的现代教育理念，这又不是加利福尼亚……"他说着打量了我一番，似乎觉得我并非东柏林本地人，但也不是外国人，便接着说："我们都是德国人，对吧？这里又不是加利福尼亚——至少目前还不是。愿上帝保佑我们不要变成西边那种乌烟瘴气的样子。我让儿子学大提琴他就必须学——你听见了吗，罗萨？每天晚上都必须练足一个小时的琴，才能和朋友出去踢球。"

"听到了，父亲。"小男孩用充满崇敬的眼神看着父亲回答，并紧紧握住父亲的手，后者却挣脱开，把手伸进衣兜里掏钥匙；父亲严厉的命令似乎反倒给了小男孩某种信心和勇气。

胖男人把琴放进其中一个柜子，然后关门并上锁。"你看看你，毛都没长全，踢什么足球。"他一边往外走一边大声说，小男孩再次握紧了父亲的手。

"咱们德国人很享受专制独裁赋予的那种信心。"蒙特悲哀地说，"这一直是我们的民族缺点。"

"我要的文件。"我不为所动，继续问道。

"装着那份文件的资料被事务员拿走了，即将交给银行经济委员会的主席。"

"为什么？"——难道柏林的克格勃组织已经开始行动了？

"那份资料很厚，伯纳，他们要是想看，可以有很多理由。"

"明天能拿回来吗？"

"正常流程是联系档案记录办公室，通过他们去找。等一等总会拿回来的。"

"你要我相信东德官僚的办事效率？"

"我没要你干任何事。"蒙特冷冰冰地说道。他显然认为自己也是东德官僚的一员，因此对我刚才的话很是不快。

"你明天就去拿，一定要把那份该死的手写文件拿出来，交给我。"

"我要如何为自己的行为开脱呢？哪怕是最普通的文件，进进出出都是要签字的。如果事务员说我把文件拿走了——哪怕只是去办公室看了一眼，你觉得经济委员会的主席会怎么想？"

"看在上帝的分儿上！"我怒火中烧，忍不住想冲他大吼，但还是拼命忍了下来、压低声音道，"你的行动奇不奇怪有什么关系？你为何在意别人是否怀疑？我们现在讨论的，不过是你离开前要做的最后一件事。"

"是啊，你只是口头应承了一声而已。"他回答，"但假如你看到这份文件后，认为它其实并没什么价值呢？你倒轻松，只要说声谢谢、转身离开就行，回伦敦报告说，我这边给不出什么有用的东西，而我却不得不回到办公室面对接下来的腥风血雨。"

"你倒是机灵。"我说，"但我的行动必须先等伦敦批准，才能保证可以带你们离开，否则仅凭我一己之力是办不到的，这一点你清楚。我本可以骗你，说一堆好听的话，可我没有。我说的都是实话。"

"批准需要多长时间？"

我耸了耸肩，表示不知道。

"这么看来，西方官僚的办事效率也不怎么样？"他讽刺道。他很愤怒——恐惧会让一些人产生愤怒，尤其是像蒙特这样年纪较大且隐忍节制的男人。多年来他都毫无畏惧，冒着巨大风险为我们刺探消息、传递情报，等着一切即将结束，一想到此后余生都要在西方度过，却忽然惴惴不安，这真是件奇怪的事。虽然奇怪，我却也见过其他有同样反应的人：一想到要面对竞争激烈、车马喧嚣、节奏飞快、犹如万花筒般的全新世界，要面对诸如疾病、犯罪、贫穷等新风险——任谁都会心生惶恐。所以蒙特需要一个确切的保证,如果我不能以合他心意的方式尽快提供这个保证,他很可能突然变卦,放弃逃离东德的打算。类似的情况以前也发生过,并且不止一次。

"必须留出足够的时间做准备。"我说,"让你和太太无须进入难民接待所,而是以高级贵宾的身份入境;我们会提供最好的照顾,让你们衣食无忧——我们会安排你们去加图的军用机场,乘坐英国皇家空军的飞机直飞伦敦,不用经过海关或移民署的盘问。但要做到这一切必须准备好相关文件,而这些需要时间。"我并未提及还有跨越柏林墙这段高风险的路程。

"我明天就去取文件。"蒙特终于答应,并问道,"届时赛拉斯·冈特会来吗?"

"他会来见你的,一定会。"

"我和他以前十分亲近。我也认识你的父亲。"

"我知道。"隔壁的乐曲有一小会中断,但很快舒缓的乐声便再次响起。

"海顿的音乐总是诉说着永恒的真相。"他说。

"等到了那边,一切都会顺利的。"我说,"你会和多年未见的老友重逢,还可以做很多有意思的事。"

"我想去见儿子。"

我知道伦敦方面不会那么快允许蒙特去巴西的。等到了英国,等待他的首先是漫长的述职报告,至少要半年后才有可能获得海外旅行的批准,即便如此,总部也不会愿意让他去巴西,因为那的德国殖民区早已被东德间谍渗透。"我们或许可以把你儿子接过来见你。"我说。

"一步一步慢慢来吧。"他说,"我现在还没到伦敦呢。"

"快了。"我信口承诺,心里却想着待会该走哪条路回市中心。

"是吗？"蒙特的语气有种令我无法忽视的冷静，令我打起精神、凝神静听，"你已经告诉伦敦方面我想离开这里。而且，关于昨天你和你太太打的那通电话，我试着理解你们暗语之下的真正意思大概是：他们已经知道我能提供足以挖出内部间谍的关键证据了，是吧。"

"怎么说？"我用怀疑的语气问道。隔壁琴房里的四重奏曲调庄严，第一提琴手正用僵硬的手指努力传达着缱绻哀思。

"你真的这么傻吗？伦敦一定有人不希望你查到这里，因此他们会想尽办法阻止你发信息回伦敦，并且耍手段把我俩一起干掉。"

"你想太多了。"我说，"我跟我太太的谈话是私下行为，不会写进官方报告。"

"这话我可不信。总要有人负责安排我们离开。"

"这人正是我的直接上级，这次的行动我只和他一人汇报。你尽管放心，他不是我们要找的那个家伙。"

"我今晚不回家。"

"你要去哪儿？"

"我有座小木屋，有两间小屋子和一间厨房，也通了电——我打算今晚去那儿，免得躺在家里整夜担惊受怕，怕警察来敲门。今天早上我太太已经先过去了，等我过去就有热汤喝了。"

"这座木屋在哪儿？"

"布赫霍尔茨的一所教堂后面。那有一片开阔的土地，周末常举办好几百人的活动或者派对，即便天气寒冷也不间断。"

"你打算今晚过去？从这里到布赫霍尔茨可不近！需要我送你吗？我有车。"

"你真是个好人。从这里搭公车过去的确折腾，车站离得也远。"

我顿时意识到他是故意提起这个话题的,目的就是希望我能送他过去。"你什么时候能走?"我问。

"得等这首海顿的乐曲演奏完毕才行:我得告诉我的朋友,他的手指正在康复——当然这并非事实,但好友之间就得这么说,不是吗?"他黯然一笑,"而我的这些好友们……从此再无相见之日,对吗?"

我先把蒙特送回位于埃尔克纳的家。那是一座被湖水和森林环绕的小村庄,位于东柏林市的最东边。我在车里等了十多分钟,才见他拎着一个小包出来。

"我带了些家庭照片、旧信件和我父亲的奖牌。"他带着歉意解释道,"因为我突然意识到,这一走,真的再也回不来了。"

"别带太多东西。"我提醒他。

"我会把大部分都扔掉的。"他保证,"其实很早以前就该这么做了,只是我总是太忙,没时间去办。"

我们从埃尔克纳一路向北,驶上环城高速公路——是希特勒的首席工程师弗里兹·托特设计的,环绕整个柏林市。如今这条公路却状况堪忧,我们不止一次被道路工事阻挡,不得不变成单车道缓缓向前。快到布隆伯格区的出口时,车流忽然被前方一辆军用摩托车拦住;一名军警一边疯狂地挥舞着特制的长手电筒跑上跑下,一边用军人特有的嘶吼方式大声发号施令。民用车辆全部停下,看着一支俄国陆军车队浩浩荡荡地从身边驶过。整整花了十多分钟,这支重型军用装载车队才从破烂的公路上全部离开;其中一些卡车上装着坦克,另一些看起来像是导弹。在这等待的间隙,蒙特讲了一个笑话,讲之前还开门见山地告诉我:这是个笑话。

"关于这些缺乏维护的高速公路,东柏林的民众们常开一个玩笑——"他说,"他们说:早知如此,还不如让那些该死的纳粹回来,至少他们能把自己修的高速路管好。"

"这话倒是不假。"我说。

又等了好一会儿,我们听着俄军的车队碾过地上蓄满雨水的浅坑,溅起哗啦啦的水声,直到沉重的引擎声渐渐走远。蒙特出神地望着那些装载车,忽然说:"柏林战役开始时,我正开车经过这条高速路。那是一九四五年的四月末。新闻播报里说,白俄罗斯第一方面军的坦克正向夏洛滕堡区西北方向推进,但在俾斯麦大街处遭遇阻力。还有些不知是否属实的消息称,红军步兵已攻入柏林市中心莫阿比特。当时车上除了我还有三个人:我弟弟和他的两个同学。我们想趁着俄军还没到柏林南边,赶紧从这条路回家——我家住在万湖区附近。那时的我真是个白痴!我们并不知道,俄军早有部队从柏林的西南方进入,已经抵达了万湖区——他们经过了格鲁讷瓦尔德,在弗里德瑙遭遇德军,正在激战中。"

说完这些他沉默了,直到我忍不住问:"那最后你们回到家了吗?"

"当时我就在这条路上:就是现在这段路。我们被拦了下来,就像现在这样,只不过当年拦住我们的是纳粹的机动车党卫队。他们打开油箱、抽干了汽油,然后把车子推到路边。当时路上没有一辆车能逃过这样的命运,包括卡车。他们甚至用枪指着两辆德国空军的油罐车,说强行征用。"

"所以你们只能走路回家?"

"党卫队命令我们下车，要求查看身份文件。我因为有帝国银行的通行证，他们没说什么，可那三个孩子就不一样了。他们被强拉去当兵，被逼着上战场和俄国人打仗。我也反抗过，可他们威胁说，再吵就把我也送上战场。"蒙特清了清嗓子，"从此以后，我便再也不曾见过他们三人。"

"已经是四十年前的事了。"我提醒他，"你到现在还是无法原谅自己吗？"

"我应该跟他一起走的。我弟弟当年才十五岁。"

"你只是做了当时认为正确的事罢了。"我安慰道。

"不，我屈服于纳粹的命令。"蒙特说，"因为我害怕了。我从不曾跟任何人承认过，但今天我可以诚实地告诉你，那时我很害怕。"

俄军的车队终于走远，车流再次缓缓前行移动。蒙特靠在椅背上，头抵着副驾旁的车窗。此后一路他都再没说过一句话，只在我们接近通往潘科的高速路交叉口时，才出声提醒。

好不容易抵达布赫霍尔茨，天色已晚，原本的小村庄已经被划为柏林郊区。有轨电车的终点站就在教堂前面，那条街十分宽阔，估计是村子的中心广场。夜色渐浓，唯一的光线来自附近的一家酒馆，里面空无一人，只有一名侍应生在拖地。

蒙特让我在教堂旁转弯，汽车沿着教堂墓地旁的一条坑坑洼洼的乡村小路缓缓行驶。四周一片漆黑，车头灯的亮光清楚照见道路两边的树木和灌木丛。这条小路的宽度刚好能容纳这辆小车，旁边的土地被整齐的油漆栅栏和精心修剪过的树篱分割成一块块，分别以一道精致的小铁门宣示着主权，有种近乎滑稽的特别感。

远处柏林墙的西侧灯火通明，霓虹灯在天际镶出一道淡淡的粉色光晕，让我能大致看清这里每块土地上的房屋及小木屋的形状——每一栋都被主人精心装扮过。这是东德政府唯一允许私人所有的独立住宅，售卖它们也成了唯一被官方容许的资本主义行为。

蒙特伸手指了指停车的地方，然后把离开这片迷宫一样的住宅区的路线详细告诉了我。我大为感激，毕竟这条路如此狭窄，根本不可能掉头，也没法避让对面的来车。

我对他说："和你有关的材料和所有其他材料都是分开的，蒙特博士。就算伦敦总部有内鬼，你也不用担心会暴露。"这位老人正活动着僵硬的身体，艰难地下了车，仿佛刚刚这段路程瞬间让他苍老了许多。

他站在窗边弯腰看着我，我朝副驾的窗户俯身，摇下车窗听他有什么话说。"你不必跟我说这些，伯纳。"他说，"我本就打算明天一早去办公室。我会把那份文件带回来的。我不怕。"

我没有回答，却发现他下意识地绞握着双手，和今天上午在办公室见面时一样。

"那天之后，我再没走过那条路。"仿佛觉得欠我一个解释，他说，"不管要绕多远的路、无论目的地是哪里，我都再不曾去过那里——直到今晚。这么多年过去了，这是我第一次重新走上那条高速路。"

"如果让你难过了，我很抱歉，蒙特博士。"我说。

"我应该早点儿去的。"他却说，"至少现在我不会再被那些可怕的梦魇缠住了。"

"那就好。"我说，心里却明白，他的梦魇只是从旧的换成了新的而已。

好不容易回到普伦茨劳贝格,抵达罗尔夫·毛瑟的公寓外,我已疲惫不堪,却还是保持着职业警惕,把沃纳的车停在街角的另一边,坐在里面静静等了好一会儿,仔细观察着整片区域。确定没有问题后,才下了车,轻轻关上车门锁起来。

街道寂静而空旷,唯一的声响来自不远处那条高于地面、通往美丽堡车站的火车线路,以及偶尔经过的汽车或公交车。罗尔夫·毛瑟家所在的地方不存在停车位不够的烦恼。

公寓入口处的小功率灯泡散发着微弱的光芒,由于位置太高,平常很难清扫。昏黄的灯光照着地上布满裂痕的鲜花纹瓷砖,和墙上一排十几个凹凸不平的金属信箱。左手边有一道宽敞的石砌楼梯,右手边是一道长长的狭窄走廊,走廊尽头处有一扇金属加固过的门,打开就是公寓楼背后的小院。那道门每到夜里便会上锁,以保护停在院子里的自行车,并防止任何人深夜倒垃圾或抽烟,打扰楼内居民的安宁。直觉告诉我,那里的阴影里站着一个人。正想着,下一秒便见人影一闪。我知道那个动作代表着什么:那是长久站立的人终于等来了自己要等的人时,下意识的动作。

"别轻举妄动。"阴影中的人轻声说。

我微微挪动脚步也躲进阴影中,手伸进口袋握住藏在里面的小刀。这是我唯一敢带来东德而不用担心被怀疑的武器。

"伯尼?"没想到那个躲藏在阴影中的人竟是沃纳——除了他,会用这个名字叫我的德国人屈指可数。

"怎么回事?"

"进来的时候有人看见你吗?"

"没有。怎么了?"

"罗尔夫家里来人了。"

"谁?"

正说着,公寓楼外驶来两辆车。大半夜,两辆私人轿车同时出现在普伦茨劳贝格的普通民众住宅区,多半来者不善。我跟在沃纳身后朝走廊尽头快步走去,然而通往后院的门始终打不开。就在此时,两名身着制服的警察和两个身穿皮外套的男人从公寓大门走了进来,打开手电筒开始查看信箱上的名字。

"毛瑟。"两名警察中较为年轻的一个念道,手电筒对着其中一个信箱。

"真是了不起的重大发现,侦探大人。"其中一个穿皮外套的男人讽刺道。刚才的警察转过身来,手电筒的照耀下,一个三十五岁左右、身材瘦小、留着列宁式小胡子的男人出现在视野里。

"是你说的十九号。"年轻警察辩驳道,"我只是按照你给的地址带路而已。"他看上去十分年轻,还带着对大多数德国人来说都十分好笑的撒克逊口音。

"上头派我来执行任务,结果现在已经迟到整整十五分钟了。"留着列宁胡子的男人嘟囔着,带着厚重的柏林工人阶级口音,"早知道还不如走路来。"

"就算走路你的地址也是错的。"小警察的撒克逊口音更浓了。

穿皮外套的男人生气地转身看着他:"或许有人跟你说当警察比当兵轻松,但我才不管你爹是不是党内高官!这里是柏林——我的地盘,所以你最好乖乖闭嘴,让你干什么你就干什么!"不等小警察回答,男人便转身朝楼上走去。另外三人默默跟在后面,听他继续滔滔不绝:"你等着吧!等那个克格勃的上校来了,有你害怕的时候,小子,有你害怕的时候!"

沃纳还在想方设法扭着金属门把手,却忽然意识到警察们并没有用手电筒照走廊这边，我们不用担心暴露。"好险。"他轻叹了一声。

"到底怎么回事？"我追问。

"来了两个人。都是东德国家安全部'史塔西'的人。现在就在楼上罗尔夫的公寓里。大概三个小时前就来了，你知道这意味着什么。"

"他们在等人。"

"不是在等随便什么人。"沃纳表情阴郁，"他们等的是你。你有任何东西留在那间公寓里吗？"

"当然没有。"

"那我们走吧。"沃纳说。

"你觉得他们会不会派人在外面看守？"

"让我先出去。我有完美的身份证明文件。"

"等等。"我眼角瞥见一个人影，紧接着一名警察走了过来。他朝走廊的其中一扇门走去，大概是听见了我们刚才交谈的声音，但只看了两眼便离开了。

又等了好几分钟，先前那四名警察抓着罗尔夫·毛瑟从楼上下来，出了门，把他塞进车里。罗尔夫一直吵吵嚷嚷，声音在楼梯间回荡，未见其人便已清楚听见他的大嗓门。

公寓大门打开又重重关上。罗尔夫的吵闹声在空旷的大街上回响。很快，汽车引擎声响起，湮没了他的声音。

直到警车走远，公寓里的其他住户才迟疑地打开了门。有人窃窃私语、疑惑地询问着，其他人用更轻的声音回答着。这样的讨论不过持续了几分钟，很快一切便复归平静。

"事已至此，"我说，"与其梗着脖子一声不吭，还不如乖乖招供。罗尔夫这么闹说不定会让警察稍微质疑一下逮捕的合理性，这样或许能为我们争取一些时间去救他。"

"他这么闹并不是为了跟警察证明自己的清白。"沃纳说，"而是为了警告你。"

"我知道。"我回答，"可我们眼下什么也做不了。"

罗尔夫·毛瑟是不是菲奥娜第一个动手除掉的人？我琢磨着——而我，会是下一个吗？

25

明面上，沃纳·沃尔克曼在东柏林是没有住所的，但实际上，他在腓特烈大街有一所河滨仓库。一楼是办公室，二楼有四个房间，被他改装成了舒适的生活区域，包括一个小巧的厨房和一间起居室。按照政府规定，沃纳是不能在东柏林过夜的——没有警察的批准，任何东德人都不能留客夜宿。不过，由于沃纳做的是外汇生意，政府便对他在这里"安家"一事睁一只眼闭一只眼。

沃纳总共用了三把钥匙才打开仓库大门。"这里有冰箱和彩色电视机，还有美国制造的蓝色牛仔裤和百得牌钻机——全是西方世界最先进、最高级的设备，我不时便会添置一些。"他为使用如此复杂的门锁做出解释。

"百得牌钻机？"

"用来改进和扩大楼上的生活区域。不仅如此，它还可以用来装修一些可以合法售卖的周末度假屋。"他沿着一条陡峭的楼梯往上走，打开了另一扇门。

"好多百得牌的设备。"我看着新装修的大厅，墙上挂着两幅镶着精致边框的水彩画：一幅扭曲抽象的裸女图和一个跛脚的小丑。我凑近了仔细欣赏，显然都是德国表现主义艺术家的手笔。这种看起来近乎胡乱涂鸦的东西莫名能扣动柏林人的心弦。

"诺尔德和基什内尔的作品。"沃纳脱下外套挂在红木制作的精美衣架上说,"我知道不是你的菜。"

"但挺值钱,沃纳。"我回答。环顾四周,房间里放着一些不错的古董家具。从小到大,沃纳一直很擅长搜罗好东西。读书时他就经常不知从哪儿找来美国产的糖果、坏掉的坦克零件、军徽、轮滑鞋的轮子等各种令小孩子爱不释手的宝贝。

"在柏林墙这边用西德货币,什么都买得到——和其他人锁在地窖和阁楼的宝贝相比,我这些不过是九牛之一毛而已。"

我也把帽子和外套挂在衣架上,沃纳的衣服旁边,然后跟着他走进另一个房间。灯光从窗外透进房间,沃纳穿过房间走到窗边张望:施普雷河近在咫尺,明亮的月光落在河畔杂草丛生的荒地上;高于地面的火车轨道背对着天空,月光勾勒出它钢精铁骨的复杂轮廓,铁轨向远处延伸,可惜没多远便被柏林墙粗暴截断,空余在此逐渐被岁月侵蚀。近处还有一座没有屋顶的工厂,自一九四五年战役结束后便荒废了,至今无人涉足。沿着幽暗的河流往右望去,能看见远处亮着灯光的奥伯鲍姆桥拱门,那是东西柏林的边境通行站之一,以施普雷河为界,将东西边清楚地隔开。

沃纳猛地拉上窗帘、关掉桌上的台灯。"咱俩应该喝一杯。"他说。我自然没有异议,于是他拿出一瓶德国白兰地和两只酒杯,又从硕大的卫星电视旁的冰箱里取出冰块和一壶水。

"典型的离异男人配置。"我说,"如果一个男人在起居室里准备了冰块,他必然已经离异。结了婚的男人会去厨房拿冰块。"

"那未婚的单身男人呢?"沃纳问。

"会把冰块放在卧室里。"我说。

"你总是什么都知道。"沃纳说,"小时候就这样,这点很让我生气。"

"我知道,"我说,"我很擅长让人生气。"

"哼,反正你肯定把泽娜气得不轻。"他说。

"你为什么没告诉我,你其实知道她的下落?"

"你认为她和弗兰克·哈灵顿有私情?"

"难道没有?"我试探地问,喝了一口不加水的白兰地——水壶还在沃纳手里,此刻他正举着晃来晃去。

"你酒喝得太多了,知道吗?"

"知道,我妻子总不忘提醒我。"

"抱歉。"沃纳说,"我不是要责备你,只是现在这个情形,你必须保持清醒。"

"如果喝了酒就能失去清醒,那我要再来一杯。"我说。

沃纳又给我倒了一杯,说:"他们没有私情,吕巴斯那边的房子是一个安全屋。泽娜在弗兰克·哈灵顿那儿做卧底。她从未对不起我,要不是因为知道我很讨厌弗兰克,她原可以告诉我更多内情。"

"这是她说的?她在做卧底?"

"有我保护,她不会有事的。"沃纳说,"她把来龙去脉都告诉我了,我俩也重新开始了。有时候两个人需要先经历巨大的分歧,才能彼此理解。"

"行吧。这杯敬你,沃纳。"我举起酒杯。

"说起来,我俩能重归于好还是你的功劳。"沃纳说,"你把她吓坏了。"

"不客气,沃纳。"我说。

他勾起嘴角,露出一抹并不怎么愉快的微笑。"我照你吩咐的做了:去伦敦见了理查德,并且赶上了最后一班飞机回来。真是争分夺秒。"

"一切还顺利吗？在入境检查点没遇到麻烦吧？"

"你是想问我有没有被跟踪吧？东德人才不在乎我一天之内从伦敦往返：如今伦敦是票汇买卖的核心，我总去，不然你以为我是怎么得到这些生意的？没有一家西德银行愿意合伙，除非我能拉到伦敦或者纽约银行的赞助。"

"挺好。"

"东德政府很需要西德货币，伯尼，他们恨不得多来点现金。目前东德夹在俄罗斯和西方世界之间，艰难得很——既需要俄国的石油，又想要西方的技术。这道夹缝只会越来越紧，我都不敢想象十年之后会是什么样。话说，我已经把从莉莎那里借的钱连本带利还给她了。"

"别太担心了，沃纳。"我安慰道。

"他们可是德国人，伯尼，我当然会担心。"

"谁说不是呢。"我敷衍道。

"别用那种表情看我。"他抱怨道。

"我用什么表情看你了？"

"就是那种——'你们犹太人怎么都这么情绪化'的表情。"

"别多心。"我说，"倒是你，为什么这么舍不得买好的白兰地？这瓶根本不是法国产的。"

这一次他并未抱怨，而是直接把酒瓶推到我跟前。"我去见了理查德·克鲁耶，照你的指示，他也同意让你乘明天的卡车离开。那时候你已经给妻子打过电话了，所以理查德立刻做了安排。只要一到西德境内，我们就能把你心爱的布拉姆斯四号送走。"沃纳微笑道。他知道理查德派我来东德，本意是为了说服布拉姆斯四号继续为情报局工作。

"听起来不错。"我说。

"你只要回到西德,我就放心多了。"沃纳接着说,"这边认识你的人太多了。"

"认识又如何?"

"别像个小孩似的。"沃纳说着拿起白兰地、盖上瓶盖,放回画着中式山水图案的古董酒橱。

"那个酒橱是用一条李维斯牛仔裤换来的那个吗?"我被他小心翼翼关柜门的动作弄得有些烦躁,于是问道。

"要是让'史塔西'的人认出你,肯定会被立刻抓起来审问。你知道得太多了,他们不可能任由你在东边到处乱跑。真不知道伦敦怎么想的,竟会让你过来。"

"说明你也不是什么都知道,沃纳。"我回答,"局长不会什么事都随时跟你汇报。"

"你以为今晚'史塔西'去罗尔夫家只是例行公事吗?他们已经知道你来了,伯尼,他们想抓你——明摆着的事。"

"疑神疑鬼这种事还是让我来吧,沃纳。"我对他说,"毕竟我比你有经验。"

沃纳站起来说:"走,我们去楼下看看明天你藏身的那辆卡车。"

我也站起来,把杯里的残酒一股脑儿倒进洗手池。

"喝太多酒你的脾气都变坏了。"沃纳说。

"怎么会。"我答道,"只有别人把酒瓶从我跟前拿走,才会让我脾气变坏。"

外贸部租给沃纳的仓库十分宽敞,里面停着两辆载重三十吨的大卡车,如此一来竟还有充足的空间用来打包货物,放置工作用的金属台和两张办公桌、三个文件柜以及一台古老的阿德勒打字机。

"我们会用螺丝固定出一个空间,让你藏在里面。"沃纳说着从后面爬进卡车的载货舱,空旷的舱体里立刻响起回音,"头两次这么运人的时候,我们用的是电焊枪,结果不小心把其中一个人的腿烫坏了,所以现在都改用螺丝钉,再在外面涂上速干油漆,看不出来动过手脚。希望你没有幽闭恐惧症。"他指着货仓里面的一个位置,那里有两片摊开的金属板,露出后面一个小小的舱室。"里面留了不少气孔,因为有挡板遮住,别人是看不出来的。这两个小支架可以放下一张小木凳,我们会在上面再加个垫子,因为你需要在里面待很久。"沃纳说。

"要待多久?"

"海关的那些浑蛋懒得要死,根本不会努力工作。"沃纳说,"花十来分钟给我们填个表格,他们就要坐下来休息一个多小时。"

"总共需要多久?"

"有时候卡车在边境停上一两天,那些当官的也不会看上一眼。经常听人说,卡车司机们在休息室等得都要发疯了——或许这么说你心里能有个数。"

"这么说最多得等三天?"

"这种事全凭运气,伯尼。放松点儿,带本书什么的。我在里面给你装一盏灯,怎么样?说不定运气好,他们直接就让我们过了。"

"需要待在这个金属小箱子里的不是我。"我说。

"我知道。"沃纳似乎并没有因为猜中我的计划而沾沾自喜,反而有些愤懑。

"你知道什么?"

"打一开始我就知道。我心想：这个浑蛋肯定打什么鬼主意呢。结果你看，这不就来了吗！所以，是谁要走？"

"让布拉姆斯四号先走。他要带上妻子。这地方两个人能挤得下吧？第一趟最好让他俩走。"

"这不是你真正的目的。你就是故意想感动我，让我觉得你是个大好人。"

"我就是个大好人。"我说。

"我呸！你是个狡猾的大浑蛋。"沃纳斥道。

"这事你告诉理查德了吗？"我问。

"都是按你吩咐办的：除了理查德我谁也没说……当然他要告诉谁我就不知道了。"

"我的孩子们呢？"我终于还是不得不问出这个一直回避的问题。

"你的担心是多余的，伯尼。菲奥娜不可能是内鬼。"

"二十四小时全程监护安排了吗？每次轮岗都要有三个人、两辆车？"

"都按你的意思办了。无论白天黑夜，你的孩子们都有人看着。理查德答应得那么爽快，我倒挺惊讶的。"

"多谢了，沃纳。"我说。

"菲奥娜知道这个仓库的位置吗？"看来沃纳最终还是开始怀疑她了。

"我没告诉过她。她不知道。"

"她不会眼睁睁看着你被抓还无动于衷的，伯尼，你可是她孩子的父亲。"沃纳的语气满怀同情。为什么对于遭遇了伴侣背叛的人，人们的态度总像对待感染了绝症的人一样呢？真是太不公平了——可转念一想，当初我发现泽娜和弗兰克的事时，不也是这么对待沃纳的吗？

"你会在里面装两个座位吧？"我敲打着用来隐藏小隔间的金属板问。

"去哪里接他们？"沃纳问。

"这得好好想想。"我说，"不能让他们来这里，以免到时候他回伦敦述职，把这个地址说出来，然后被哪个藏心眼的人偷偷记下，最后连北约情报局的人都知道了。"沃纳耸了耸肩，什么也没说，我接着道："但这么大的卡车又不能上街，尤其是潘科这种地方，太扎眼了。"

"米格尔海姆大坝路。"沃纳想了想，说出一个地名。那是一条几乎笔直的公路，从位于柏林市外的大米格尔湖周围的森林中穿过，"从阿尔斯塔特到慕格勒海姆的那段路上一栋房子也没有——除了森林就只有这条路——从这里过去也很方便。"

"然后你打算走哪条路？经过卡尔斯霍斯特俄军总部，还是特雷普托的红军纪念碑？"无论哪条路都有尖着眼睛的交警和便衣安防人员。

"走哪条路有关系吗？那时候我们早已通过了边境检查，不会有问题了。"沃纳说。

"这么大一辆卡车停在人迹罕至的森林中唯一的路上，不惹人怀疑吗？"我还是不太放心。

"别人见了只会觉得司机下车小便去了。"沃纳回答。

"在米格尔海姆大坝路的什么位置交接？"

"你就一直往前，直到看见我的卡车。"沃纳说，"位置最好由我来定。我会找个安全的地方，你一定能看见我的。工作日很少有这样载重三十吨的鲜黄色大卡车停在那个地方。"

"十二点半。"我说，"希望这个时间点那些交警都去吃午餐了。"

"你觉得他妻子会不会有幽闭恐惧症？我知道很多女人都有。几年前就有过这么一例，我还记得很清楚：一个想从东德逃跑的女人因实在无法忍受被关在车下方的行李舱里，突发惊恐，不断拍击卡车底部想要出去。结果和她一起逃跑的所有人全部被逮捕。你说，我要是给布拉姆斯四号一根麻醉针管，关键时刻他能给妻子注射吗？"

"如有必要，他可以。"

"我就知道你不会坐第一趟。"沃纳说，"我就知道你要先把布拉姆斯四号送出去，自己才会走。"

"你为什么会这么想，沃纳？"

"因为你绝不允许自己和伦敦总部的较量中处于被动地位，以免他们临时改了主意你却无能为力。"

"你看人的眼光不错啊，沃纳。"我半开玩笑地说。

"既成事实而已。你这人就这样。以前是，现在也是。"他说着跳下卡车。

"还有一件事。"我说，"以防万一，我要你明天全程监视布拉姆斯四号，从他在布赫霍尔茨登上电车去办公司开始，寸步不离。"

"没问题。"沃纳说。

"但凡发现他做出任何与我指示不同的事，立即终止计划。"

"我就喜欢你这样，伯尼。你是这世界上唯一一个比我疑心病还重的家伙，这让我很放心。"

"记住：但凡有任何一丁点儿异动……"我再次强调。

"你不要提前告诉他，我们会在米格尔海姆大坝路会合吗？"

"当然不会。明天就算他主动跟我打招呼，我也不会回应。"

"就算真是菲奥娜……"沃纳忽然说，"她也不可能每天都对新送来的情报采取行动吧，这样太可疑了，很快就会被发现是克格勃的人。"

"莫斯科方面或许认为即便冒险也值得。布拉姆斯四号这条线价值极高——可能是他们多年查找却一无所获的最大情报漏洞之一。"

"所以你才安排他明天先走，这样就算莫斯科得了消息，也会放第一辆卡车离开——他们觉得你可能会躲在第一辆里，所以第二辆必然藏着布拉姆斯四号。这场游戏很危险，伯尼，如果你的推测正确，最后被抓的就是你。"

"我的推测也有可能是错的。"我说。

26

"冯·蒙特博士夫人,您别担心。"我说,"您丈夫很快就会回来的。"我望了望窗外:小巧的花园里结着各样果实;平整的小田地里,苗壮的蔬菜枝叶向着四面八方舒展;园艺用的小屋和棚子白天看来更加奇怪;花园的每一侧都有几堆沙土堆成的小丘、袋装的水泥灰和垒起来的砖块及木材,看样子是打算自己动手盖点什么。

时值五月,果树、灌木、开花的藤蔓和矮树丛皆是一派欣欣向荣的样子,几乎把房屋包裹了起来。空气里到处弥漫着紫丁香的气味,一簇簇小花和盛开的樱花一起,宛如绽放的春雪;含苞待放的玫瑰和小巧的杜鹃也已露出娇艳的花骨朵。然而茂盛的植被依旧藏不住隔壁邻居鲜红色的单层小屋,屋外的墙面上还模仿着中世纪城堡的样式精心绘制了一条条弯曲的黄色线条。

蒙特夫妇居住的这栋小屋相较之下保守许多:外墙是深绿色的,和周围的绿意融为一体,木质的百叶窗上有老式花朵纹样;房子一侧靠墙搭了一间小小的温室,里面摆满了种在花盆里的草药,还有养在木盒子里的生菜和康乃馨。茂盛的植物们挤作一团,争抢着头顶的阳光。花园打理得井井有条,仿佛园艺宣传手册里的图片,一看便是老夫妇的风格。

"你为什么让他谎称自己不舒服?"蒙特太太问。她是一位神情严肃的女性，穿着白色蕾丝衣领的黑色连衣裙，头发向后梳成一个髻：高颧骨、细长的双眼——典型的波罗的海德国人长相；偏红的亚麻色头发和蓝眼睛在爱沙尼亚人中很常见。"为什么呢？"她又问了一遍，神情喜怒难辨，但情绪平静。她的脸上除去几道皱纹和老年斑之外，几乎看不出岁月的痕迹。

"这样说，之后等人们发现他已经好几天没来上班时，就不会太惊讶。"我回答。

"真希望我们此刻还在埃尔克纳的公寓。至少那里有电视，不会这么无聊。"

"您的邻居正打算出门晒太阳呢。要不您也去外面晒晒太阳、透透气，休息半小时？"住在隔壁"中世纪城堡"的邻居刚在自家门口的迷你草坪上铺了一条毯子，此刻正拿着防晒霜往胸口上抹，一边举头望天，警惕地皱着眉头查看是否有乌云。

"不了，他会拉着我不停地聊天。"蒙特太太拒绝道，"他是名退休公交车司机，独身一人，一旦打开话匣子就停不下来了。他喜欢郁金香，而我讨厌郁金香。你呢？你不觉得那花看起来很假吗？跟塑料花似的。"她站在小窗子前望着外面花园里的杜鹃和玫瑰，"这些花都是沃尔特精心照料的。等我们走了，他一定会想念它们的。"

"你们将来会有新的玫瑰和杜鹃。"我说。

"就连今天早上他也不忘给玫瑰喷水。我说他傻，可他还是坚持那么做。"

"这是花儿们一年里最需要水的时候。"我说，"我的花都长黑斑了。"

"你会和我们一起走吗？"

"我会跟着你们。"

"这种事你以前也做过，对吗？"

"您不会有危险的，冯·蒙特太太。虽然不太舒服，但是没有危险。"

"你当然会这么说了。"她愤愤地说道，"你的工作就是给我们打气、让我们相信你。"

"等冯·蒙特先生回来，我们就该起程了。"

"你为什么让他大老远从银行赶回来？我们怎么不去城里跟他会合？"

"我只是按计划行事。"我说。

她看着我摇了摇头："不，你这么安排是为了先检查他带回来的文件对不对，让你有机会取消计划——沃尔特把你说的话都一五一十告诉我了。"

"要不您先看会儿书？"我说。我指的是蒙特太太在看的《波兰短篇小说选集》，之前她曾翻开过两三次，可都没看几页便又放下。她心事重重，无法专注。于是我说："一直胡思乱想对事情并无益处。"

"我怎么知道我丈夫是不是已经离开了？"

"你是说去了西边？"

"是啊。我怎么知道他是不是已经走了？"

"没有您，他是不会走的，冯·蒙特太太。"

"你是不是挺失望的？"她问，语气里有种强势的满足感，"你本希望沃尔特自己一个人走，是不是？"

"不是。"我平静地回答。

"哼，撒谎。你原本就是那么希望的。你原本的计划里只有他一个人，你本打算把我一个人留在这里。"

"是冯·蒙特先生这么跟您说的吗？"

"他什么都跟我说,我们的婚姻里没有秘密,一直如此。"

"那他还跟你说了什么?"我带着微笑,尽量让语气听起来和缓。

"我还知道他今天回办公室是去干什么——你是想问这个吗?"

"那您不妨说说看。"

"去拿一份什么文件,一个克格勃间谍手写的。这人在伦敦情报局地位很高。"

我没有否认。

"我说对了吧。"她接着道,"而且你只要看到字迹,就能辨认是谁写的。"

"但愿如此。"我说。

"那我想请教:看过之后你又打算如何?你会告诉我们这人是谁吗,还是瞒着我们,用这份情报为自己谋得好处?"

"您为什么会这么想?"

"因为很明显。"她说,"你要是只为了追求真相,完全可以让他直接把文件寄回伦敦,可你却要自己先看。你想当那个手握权力的人。"

"可以麻烦您再为我泡杯咖啡吗?"

"我丈夫就是太善良了。"她说,"从来不会利用手上的权力谋私。他之所以做这些,都只为了自己信仰的一切。"我点头表示赞同。蒙特太太转身走到一个十分小巧的水池边,那是镶嵌在橱柜里,只要关上柜门就看不见的迷你洗手池,给电热水壶装满水后按下开关。"这栋小屋是我们俩在战争时期买的,沃尔特说炸弹落在柔软的泥土上威力没那么大。我们在院子里种了土豆、大葱和洋葱。当时没有电,我们得步行很远去取饮用水。"仿佛被无形的力量胁迫,她不停地说话,双手交叉环在胸前,眼睛盯着水壶。我注意到她的手和手肘处都红红的,那是不停揉搓的结果,仿佛怕冷。在此之前她一直将恐惧隐藏得很好,但抵不过从心底产生的寒意。她一直站着等水烧开,然后倒进咖啡壶里。"你结婚了吗?"她忽然问,然后将一个毡毛套围在咖啡壶上,双手紧紧贴在套子上,汲取着咖啡的温度,"她也整天待在家里,感觉无聊得很吗?"

"我太太在上班。"我解释道,"我们是同事。"

"你们是由于工作认识的?我和沃尔特第一次见面是在贝尔瑙,他父母的大别墅里。他们家在德国有很高的地位,你知道吗?"

"我曾和您丈夫的父亲见过一次面。"我说,"是一位了不起的老人。当时我还是个孩子,他却像对待大人一样尊重我;几天后,还给我寄了一本真皮装订的乐谱:《美丽的磨坊少女》①。那是从他自己的书房里找出来的,上面还有他的名字、烫金的,里面夹着一支雕刻精致的书签。我父亲说,战火纷飞的年代,沃尔特的父亲只来得及从书房抢救出二十几册乐谱——这本谱子我至今仍然珍藏着。"

"原来你小时候生活在柏林,怪不得说的德语一股柏林味儿。"听说我认识老冯·蒙特先生,她似乎放松了许多,"老蒙特先生下葬那天,当地来吊唁的居民有好几百人。葬礼就在他家的大宅外举行,他们家过世的亲人都葬在那里。我父亲是村里的医生,一直守在他床前,看着他咽下最后一口气——你父亲是做什

---

① 《美丽的磨坊少女》(*Die schöne Müllerin*) 是由弗朗茨·舒伯特基于德国诗人威廉·米勒诗作改编的声乐套曲,创作于一八二三年。它是最早被广为传唱的声乐套曲之一,也是舒伯特最为重要的作品之一,被视为艺术歌曲的巅峰之作。

么的呢?"

"我父亲最初是公司文员,三十年代失业了很长一段时间,后来参了军;战争期间获得嘉奖、当上了军官,战后继续在军队服役。"

"我是沃尔特的第二任妻子——这并不奇怪,他的第一任妻子艾达在第一次空袭中去世了。"她一边往杯里倒咖啡,一边说,"你有孩子吗?"

"有,一个儿子和一个女儿。"

"我丈夫也有一个孩子,当然,是艾达生的——也是他一直心心念念想见的那个儿子。"她把一大杯黑咖啡从桌上推到我面前,举手投足间都流露出浓浓的戒备。

"在圣保罗的那位?"

"那是沃尔特唯一的孩子,所以他才这么上心。我真心希望他见到儿子后不会失望。"

"怎么会失望呢?"

"毕竟这么长时间没见了。"她的语气仿佛在说:这一切难道不是显而易见吗?儿子也好,父亲也罢,都会对彼此失望的。

"他的儿子一定心怀感激。"我说,"沃尔特为他付出了太多。"

"他把自己的一切都给了儿子。"蒙特太太说,"——从你那儿得来的每一分钱。他把原本应该属于我的生活全部给了儿子。"她喝了一口咖啡,言辞虽然怨愤,但她的表情依旧平静。

"很快他的儿子就能当面向两位致谢了。"

"我们对他来说不过是两个陌生人罢了。他儿子才不会希望突然多出来两个老人需要照顾呢。再说,沃尔特以后也赚不了什么钱了。"

"一切都会好起来的。"我含糊地安慰道。

"我们的存在只会让他觉得有义务照顾我们,而他一定很讨厌这种事。可这么一来他又会心生愧疚,每次一想到我们就愧疚难当。"她又喝了一口咖啡;这件事她显然已经反复思考过多次了,"我一直都很悲观。你太太也这样吗?"

"她要是个悲观主义者,就不会选择嫁给我了。"我说。

"你还没告诉我,你俩是怎么认识的呢。"蒙特太太说。

我含糊其词,说是在一次派对上认识的,然后起身走到窗边假装眺望风景。我还记得那一天,菲奥娜和另两个女孩一起来参加派对;理查德·克鲁耶认出了她,而我则立刻拿上一瓶桑塞尔白葡萄酒和两支空酒杯向她走去。后来,我俩合着破旧唱片机里的音乐翩翩起舞,一边跳一边说派对主人的闲话——那是一位外交部的初级文员,刚得到派驻新加坡的调遣通知,于是举办了这次派对。

那时,菲奥娜还在伦敦牛津街的一家旅游公司当打字员,只是份临时工作,第二个礼拜就会结束。她问我是否知道哪里有真正有意思的工作,需要高学历、会打字、能用三种语言速记的员工。一开始我还以为她是在开玩笑,毕竟她身上的衣服和佩戴的珠宝都不像是急着找工作的人该有的样子。

"她说自己在找工作。"我跟蒙特太太说。

那时候布莱特·伦斯勒正在组织一项卧底计划,需要有人在伦敦霍尔本的办公楼工作,专门获取、筛选和处理柏林办公室发来的数据。我们需要招募新员工,而布莱特决定不走平常路,放弃普通的公务员招聘渠道,因为那样不仅费时耗力,要填写各种表格和安排面试,而且即便费了这么多工夫,通常得到的申请者还都是外交部挑剩下的。

"那天的她是什么样子？"蒙特太太问。

"穿着普通。"我回答——那天，菲奥娜穿着一件紧身马海毛上衣。之所以记得这么清楚，是因为后来我整整用了两次干洗服务，并且自己动手不停刷毛，才把粘在西装上的毛球弄干净，那可是我为了参加派对才穿的唯一一件上好西装。我问菲奥娜在哪儿学的速写和打字，她却讲了个有些傻气的笑话作为回答，我才意识到原来她是牛津大学毕业的高才生。不过，我假装看不懂她那种微妙的城府。那时候理查德·克鲁耶忽然出现，打算把我俩拆开，结果菲奥娜毫不客气地回敬说：难道你看不见，我正和今天派对上最英俊的男人跳舞吗？

"后来你们又见面了吗？"蒙特太太问。

派对结束的第二天晚上，我便和菲奥娜约会了。我很想告诉她，我可以给她提供一份工作。一想到能和她同处一间办公室，我的心便激动不已。布莱特·伦斯勒一开始并不赞同我的提议，因为他不喜欢让尚未通过全面身份调查的人加入项目，可后来他得知了菲奥娜竟和局里的传奇人物赛拉斯·冈特是亲戚，便含糊地答应了。一开始，菲奥娜的这份工作被加上了十分苛刻的条件，只允许她待在我的办公室里，不得接触任何敏感材料或柏林情报站的人员信息，然而短短几年后，由于工作勤奋且经常加班加点，菲奥娜频获嘉奖，一路升迁至行动组。

"后来我给她找了份工作。"我回答蒙特太太。

"说不定她看上的并不是你，而是那份工作。"蒙特太太偏着脑袋，故意调侃道。

"说不定是这样。"我回答。

我看见屋外小路通往教堂方向的尽头处站着两个男人，都穿着普通民众的衣服，但绝对是国家安全部的人无疑。政府严格要求秘密警察不得留胡子,且必须穿便衣,但如此一来却让他们更加显眼,任何东德居民都能一眼认出来。除了傻子,人人都能看出他们和正常便衣警察的区别,反倒是后者更难分辨些。此刻,外面一个便衣警察的影子也没有。"冯·蒙特太太,"我平静地说,"有两名警察正沿着小路过来,挨家挨户搜查。"我紧盯着秘密警察的行动,却发现来的不止两个:他们的后面还跟着另两个穿警察制服的男人——再后面有一辆黑色沃尔沃轿车,正小心翼翼地试探着往前开,生怕剐蹭到路边;轿车后面还有一辆迷你面包车,顶棚上有盏灯。"一共四名警察。"我纠正道,"或许还不止。"

蒙特太太也走到窗边,但很聪明地没靠太近。"哪种警察?"她问。

"开得起沃尔沃的那种。"我不再掩饰语气里的尖酸刻薄——只有东德高级官员或特殊行动人员才有资格开这种进口车。

"我们该怎么办?"蒙特太太平静地问,没有显出一丝害怕——嫁给间谍这么多年,大抵早已习惯了这种场面。

"去温室拿两盒幼苗。"我指挥道,"我在这里看着他们,等你回来我们马上走。"

"去哪里?"

"坐我的车。"

"那样就得从他们身边经过。"

"无论从哪儿走都会被他们看见,还不如硬着头皮正面出击。"

她拿起一顶模样十分荒谬、类似土耳其毯帽①的帽子戴上,

---

① 土耳其毯帽,又叫"菲斯帽",主要是指过去一些伊斯兰国家男性戴的平顶有缨无边红色圆帽。

又拿出几个看起来十分坚硬的大发卡，把帽子紧紧固定在头发上，然后环视四周。显然她原本计划带走的东西很多，此刻却只俯身从床底的箱子里抓出一件毛皮大衣穿上；接着，她走进温室，回来时手里抱着两个刚发嫩芽的小盒子，一个递给我，另一个自己拿着。打开大门，我冲旁边铺开毯子晒太阳的邻居笑了笑，后者却闭着眼睛假装睡觉。出了花园，我小心地关好花园门，跟在蒙特太太身后沿着小路朝警察走去。

这番查验竟颇有组织：两个警察一组，分守着小路两边，另有一名警察走进小屋花园敲门，另一人则转到屋后蹲守；沃尔沃轿车司机的手里握着手枪，随时准备着，对着逃跑的人来一枪；轿车后座上有一个男人，定睛一看，竟是那个留着列宁胡子的高级警员——罗尔夫·毛瑟就是被他抓走的。此刻他正靠着椅背，埋头查看手中夹在一块木板上的名单，拿笔一一检查过姓名和住址并打钩。

"你们是什么人？要去哪儿？"见我们靠近，其中一名警察问。说话的是那个操着撒克逊口音的小年轻，这次他分到的任务是替沃尔沃轿车扶着路边的灌木丛，以免刮花了车漆。

"不关你的事，小伙子。"蒙特太太回答。她的姿势略有些僵硬：穿着皮草大衣站在太阳底下，手里抱着一盒植物幼苗，头上戴着一顶奇怪的帽子。

"你们住这儿？"年轻警察走到路中间挡着我们，我注意到他别在腰间的手枪枪套是打开的；他双手环胸向我们问话，警察们都误以为这种姿态会显得他们更亲切。

"住这儿？"蒙特太太不屑地反问道，"你把我们当成什么了——偷住别人房子的流浪汉吗？"

这话让小警察也忍俊不禁——确实，蒙特太太无论怎么看也无法和西方电视里那种浑身脏兮兮、头发又长又油的流浪汉形象联系在一起。"您认识住在这里的一个姓蒙特的人吗？"警察又问。

"我才不认识住在这儿的人。"蒙特太太轻蔑地说，"我不过是来买东西的，别的地方买不着。我叫儿子一起来，帮忙拿这些康乃馨的幼苗。他今天不上班，车就停在前面。就这么些幼苗竟然要十马克，简直太过分了！你们真正该查的，是那帮混迹于此、领救济金的家伙。"

"我们正查着呢。"警察说，他脸上挂着微笑，脚下却不曾挪动一步。

蒙特太太见状凑近问："你们在找谁啊？"她故意压低了声音，音量却恰到好处，大家都能听见："是不是那些搞换妻游戏的人渣？还是说，又有妓女搬进来了？"

警察好笑地勾起嘴角，终于侧身让出道路。"阿姨，您还这么年轻，就别过问这些事了。"他说着转身，目送我们卖力地捧着花苗离开，"大家给咱们的园丁让个路，他们忙着呢。"他冲身后一名警员喊道。闻言，其他警察也侧身让出路来。坐在沃尔沃后座上的男人一直盯着手里的名单，未出一言，想来他以为自己的手下一定已经查验过我们的身份了。

27

手里的康乃馨花苗很重，一路走到教堂，我的额头上早已浸出了汗珠，然而蒙特太太并无半分抱怨。或许她比外表看起来要强健许多，也或许她手里那盒没有我的那么重。

巴赫霍尔茨是四十九号电车的终点站，铺着鹅卵石的乡村广场上停满了通勤者的自行车，密密麻麻、层层叠叠，有的挨着倚在路边，有的挂在专门的架子上，一眼望去起码有好几百辆，挤得中间的狭窄小径仿佛弯弯曲曲的迷宫。迷宫中央站着一个男人，正读着手里的报纸，然而他看起来心事重重，时不时便抬头朝周围的小路扫一眼，似乎在等什么人。那个男人的身躯像熊一样魁梧，腿却很短，大大的脑袋上戴着一顶小小的帽子，不是沃纳·沃尔克曼是谁？

他好似并未看见我，但我知道，他故意选择那个地方站着，就是为了方便监视借给我的那辆车。我打开车门，把康乃馨放进车厢，请蒙特太太坐上后座。等蒙特太太关上车门，确定她听不见外面的对话后，沃纳才开了口。

"你现在不是应该在城市的另一边等我吗？"我轻声道，强忍着想冲他怒吼的情绪。

"问题应该不大。"沃纳回答。他转头看了看街上，不远处的邮局外停着一辆警车，但开车的警员并未注意我们，正和穿着白色制服的交警聊天。"今天早上，四个便衣警察去你朋友的公司找人。虽然只是礼貌地询问了几句，却把你的人吓得半死。"

"昨天抓走罗尔夫·毛瑟的那帮人现在正在搜查他的小屋，还见人就问认不认识他。"我说。

"我知道。我刚看见了。"沃纳回答。

"托你的福，沃纳。"

"我若冲上去，然后和你一起被抓起来可不划算。"沃纳带着几分辩解之意说，"我还是保持自由之身对你更有用。"

"他现在人在哪儿？"我问。

"你说布拉姆斯四号？他刚到办公室不久就急匆匆地出来了，手里拿着一个小文件夹，眼睛眉毛都皱到一起了。我当时也不知该如何是好，也没有电话能联系你，所以就叫手下的人先把他控制住——这件事做得很隐蔽，表面上看不出与我有关，他也不知道是我干的。我不想让他知道仓库的位置，所以就让人开车先把他载到米格尔湖去了，并吩咐卡车另找机会过去。之后我就上这里来找你了，想问你计划到底还要不要继续。"

"至少要做足样子，好写报告。"我说，"我们先把这位老太太送到米格尔湖去，让她上卡车。"

"你可真把自己人保护得很周全！"沃纳叹道，"他在柏林至少工作了二十几年，我却直到今天才第一次见到。"

"最高级别的保护。"我模仿着弗兰克·哈灵顿的官腔说。

沃纳微笑起来。任何针对弗兰克的玩笑他都喜欢。

沃纳坐上司机席、握住方向盘、发动引擎，掉头向南，朝着柏林大街和市中心驶去。"去米格尔湖走绕城高速更快，沃纳。"我说。

"可那样一来就会离开东柏林进入苏联占领区。"沃纳说，

"我不想跨越东西柏林的边界。"

"我就是从那条路来的。那样更快。"我坚持。

"今天是'耶稣升天节'——大家都会请假出游,游泳、晒太阳什么的。虽然不是官方假日,但很多人都不去上班,说什么'怠工主义'。这恐怕是东边唯一真心受民众欢迎的'主义'了。但也因此一路上都会有警察,记录每个出城者的姓名,抓捕喝醉酒的人,当然最主要的目的是劝大家回去工作,不要旷工。"

"你这么一说我就懂了,沃纳。我们不走那条路了。"我说。

蒙特太太俯身向前,从座椅中间的空隙探头问道:"你们刚才说要去米格尔湖?那地方今天人很多,每年的这一天大家都会去那里。"

"我和伯尼小时候也经常去那儿游泳。"沃纳说,"夏天快到时,大米格尔湖的冰总是最先融化的,冬天又是最早结冰的,可以滑冰,水也不深。不过您说得对,夫人,今天湖边一定人山人海——我真想给自己两个耳光,竟然忘了今天过节!"

"我丈夫也会去那儿吗?"

这次换我回答:"您丈夫已经在那儿等您了。我们过去同他会合,今晚就能越过边境。"

很快,眼前便出现了第一批狂欢者:十几个男人站在一辆装载啤酒的平板马拉车里,喝酒吵闹。这种使用充气轮胎的马车在东欧国家很常见,但这一辆用鲜花、树叶和彩色纸条装饰得五彩斑斓。拉车的灰斑骏马体格健壮,为了今天特别洗刷、修剪了毛发,马鬃用鲜艳的缎带整齐地编成辫子。马车上的男人们带着滑稽的帽子,其中不少是黑色礼帽,他们穿着短袖衬衫,其中一些人穿着东欧国家的代表服饰:蓝色牛仔裤;当然,穿着代表西方国家的T恤衫的也不少,比如其中一件上面印着标语"我爱德顿纳海滩·佛罗里达",另一件则写着"尊尼获加[①],大驾光临"。灰斑马缓缓向前挪动,男人们手握啤酒,摇摇晃晃又兴奋地大声唱歌,其间还冲着街上的行人大喊大叫,或对年轻姑娘发出怪声。我们的车经过时,他们更是起哄欢呼。

前往克佩尼克镇的路上全是这样疯狂胡闹的派对。男人们三五成群,有的站在路边的树荫下,有的一声不吭地抽烟喝酒,那专注的样子真是地道的德国风范,还有的则一边哈哈大笑一边唱歌;有些喝醉了往路边一躺,沉沉睡去,一个挨着一个,像垒在一起的木头;还有些则扶着树干或墙边疯狂呕吐。

沃纳一直把车开进米格尔海姆大坝路的深处才停下。周围没有别的车,高大的杉树密密麻麻,遮住了头顶的阳光;路两旁的森林延着米格尔湖展开,向后扩展成一片广袤的林区。目之所及并不见沃纳那辆黄色的卡车,但他注意到卡车司机正站在路边,身旁不远处有一条小岔路,弯曲狭窄的小道一直延伸到米格尔湖边。

"怎么了?"沃纳有些紧张地询问。

"一切就绪。"司机报告。他是一个体形魁梧结实的男人,脖子红红的,穿着一条工装裤,戴着一顶红白羊毛针织帽子,很像英国足球迷喜欢的那种。"卡车本来按计划停在这儿,可突然来了一群疯子……"他说着用眼神示意路对面停车场里的一群男人,"乌泱泱地往车上爬,我不得不把车开走。"他带着我至今听过最浓重的柏林口音,让人不禁想起老一辈的喜剧演员,如今只能在夏洛滕堡后面的小巷子里,那种无证经营的卡巴莱歌舞表演场看得到了,他们还在孜孜不倦地讲着那些老掉牙的柏林

[①]世界知名的苏格兰威士忌品牌。

式笑话。

"车现在停在哪儿?"沃纳问。

"开到一个远离大路的防火带里藏起来了。"司机说,"唯一的问题是:上周一直下雨,现在这里的土地很松软,而你知道,我本来就很重——一旦车陷进去,我们就有大麻烦了。"

"这是另外那位。"沃纳偏了偏头,向司机示意后座上的蒙特太太。

"她看起来倒不重。"司机说着问蒙特太太,"夫人,您有多重?有五十公斤吗?"他扯着嘴角笑着。蒙特太太并未回答,因为她显然不止这个数。"别害羞啊。"司机又说。

"那个男人呢?"沃纳问。

"哦,你说教授先生啊。"司机说,许多德国人总愿意称呼衣着体面又年长的德国男人为"教授","我把他送去湖边餐厅了,请他喝杯咖啡休息一下。我跟他说,等我们准备好,会有人来接他。"

说话间,我再次看见那辆黑色沃尔沃轿车和迷你面包车。它们正从米格尔海姆的方向朝这边驶来。这么快就到,想必是走的环城高速,而且肯定亮起了警灯、扯起警笛让别的车让道。

"快去找教授。"沃纳对我说,"这位夫人由我开车先送上卡车,再回来这里等你。"

我沿着林间小路匆忙往湖边走去,耳边传来一阵阵奇怪的声音,像是波浪排击着乱石沙滩,又穿过碎石退入海中的声响。越靠近湖滨的开放式餐厅,这种声音越大,而接下来映入眼帘的场景着实令我震惊。

湖滨餐厅的室内部分工作日并不开放,湖边的"啤酒花园"却开着,此刻已经里三层外三层地挤满了醉生梦死的人。其中绝大多数是年轻人，穿着鲜艳的衬衫和牛仔裤；也有几个穿着睡衣或缠着阿拉伯头巾的；不少人都戴着耶稣升天节必备的传统黑色礼帽。一个女人也没有，全是男人。一个挂着酒水牌子的小窗口前排了长长的队伍，另一个窗口写着咖啡，也排着长龙，然而两个窗口此刻卖的都是啤酒，用半升容量的塑料杯子装着。周围的木桌上重重叠叠地放着无数个同样的空塑料杯，还有不少被扔在旁边的花圃中和矮墙下。

"我的天哪！"跟在我身后过来的一个醉汉惊呼，正是我的心里话。

刚才听见的奇怪声响原来就是这群男人发出的：他们正惊叹着，看一只塑料球被高高踢向空中，在众人头顶的蔚蓝天空上划了一个弧线，又不偏不倚地落回刚刚踢球的人脚尖。

足足用了好几分钟，我才在疯狂的人群中找到蒙特。他不知用了什么法子，竟找了把椅子，坐在湖边人群相对稀疏的地方喝着咖啡。他大概是这群人中唯一一个喝咖啡的了。我走过去，在他身旁的矮墙上坐下，因为周围再没别的椅子——谨慎的餐厅员工早已提前把它们从危险区域挪开。"该走了。"我说，"你太太到了。一切顺利。"

"我把文件带来了。"他说。

"谢谢。"我说，"我知道你能做得到。"

"今天部门里有一半员工请假，我不费吹灰之力就进了主管办公室，找到了文件。"

"我听说警察去找你了。"

"他们是去搜查办公室的。"他纠正道，"我在他们到之前就离开了。"

"他们还去了布赫霍尔茨。"我说。

"从办公室出来后,我便一直想着该怎么通知你,结果一个男人直接从大街上把我拽走带到这儿来了。"蒙特把手伸进口袋,掏出一个棕色信封放在桌上;我盯着看了一会儿,并没有去拿。"你不打算打开看看吗?"蒙特问。

"不了。"我回答。不远处,六个男人组成的管乐队正在调试乐器,发出叮叮咚咚的响声。

"你应该看看里面的字迹,看看伦敦总部的叛徒到底是谁。"

"我知道是谁。"我说。

"你是想说,你已经猜到了是吗?"

"我知道是谁。一直都知道。"

"我可是冒着失去下半辈子自由的危险,去给你拿这玩意儿。"他按捺着怒气说。

"我很抱歉。"我对他说,然后伸手拿起桌上的信封,握在手里翻来覆去。我认真思考着究竟应该怎么办才好。不久,我终于做了决定,把信封还给了蒙特。"把它带去伦敦吧。"我说,"交给一个叫理查德·克鲁耶的人。他是一个身材精瘦、头发卷曲、喜欢啃指甲的男人——小心千万别落在其他人手里。现在我们必须立刻上路,警察似乎已经跟来了,和布赫霍尔茨的是同一批人。"

"我太太,她还好吗?"蒙特闻言立刻警惕地站起来,而不远处的管乐队正好开始演奏第一支祝酒曲。

"她很好,我刚才也告诉过你了。现在我们必须赶快离开。"警察已经来了,我能看见他们。那个留着列宁胡子的男人也在:他穿着长长的棕色皮外套、留着一撮小胡子,还戴了一顶棕色的皮帽子和金属框架眼镜。他表情严肃,脸上的镜片反射着阳光,也遮住了双眼。跟在他身旁的是那个撒克逊口音的小警察,白净的脸颊上神色紧张，像个迷失在人群中的孩子。这样的小警察通常不会出现在秘密警察的队伍里，我心想，可见他父亲的影响力确实很不一般。四个警察沿着小路走到尽头处，突然停了下来，一脸惊讶地望着前方狂欢的人群，和我刚来的时候一样震惊。

乐队的演奏震耳欲聋，根本无法对话。于是我抓住蒙特的胳膊，拉着他快步走进一帮正手拉着手准备跳舞的人群中。忽然，一个套着睡衣、肌肉结实、嘴唇上留着卷胡子的男人抓住蒙特说："来呀，爸爸！一起跳舞。"

"我不是你爸爸。"我踮起脚尖查看警察的位置，听见蒙特对男人说。警察们没有动，还站在啤酒花园的另一头，有些无奈地看着眼前密密麻麻的人群，不知该从何找起。这时，"列宁"拍了拍身边一个年纪稍长的警察，让他去排队买啤酒的人中寻找，又让另一个警察沿路返回——很显然，他打算把迷你面包车上的人手都叫来。

此时，穿睡衣的男人又抓住了蒙特的手，他不得不再一次挣脱。"我没有爸爸。"那个男人用悲伤的语调说着，然后假装抹起了眼泪，他的朋友们大笑起来，举起双手左右摇摆，正好赶上乐队"嗡—啪—啪"的节奏。回头望去，只见戴着皮帽的"列宁"正往花坛上爬，仰着头，越过乌泱泱的人群头顶，往这边看。他周围的人都停下了舞步看他，足球也没人踢了，孤独地沿着台阶滚落。

"往那边走，穿过树林。"我对蒙特说，"你会看见一个虎背熊腰的男人，和我年纪差不多，穿着一件羔羊皮领的大衣。看见他后别停下，沿着那条路继续走，直到看见一辆巨大的货运卡车，蒙着明黄色的帆布，上面印着'温德尔贝格'的字样。看到它就不用再走了，赶紧上车躲起来。你太太已经在上面了。"

"你怎么办?"

"我会想办法拖住他们。"

"那样太冒险了,伯纳。"

"赶紧走。"

"谢谢你,伯纳。"蒙特静静地说了一句。我们都知道,自从他在魏玛救了我的那天起,这就是我欠他的。

"用走的,不要跑。"我看着他奋力拨开人群的身影喊道。好在他穿着黑色西装,混在这群同样穿着黑色上衣的男人中,很快便消失不见。

我也拨开人群往湖边走去。那有一个小小的栈道,几个男人正试着往停泊的一艘小帆船上爬;好容易爬上去了,一个人想去解拴在岸边的缆绳,可惜醉醺醺的根本解不开;一名餐厅员工发现了他们,大喊着要他们停下,可男人们置若罔闻。

一阵震天的欢呼声忽然从背后的啤酒花园传来。我转头看去,只见三个醉醺醺的年轻人正在矮墙上走猫步,每个人手里都拎着一大罐啤酒;他们头戴黑色礼帽,身上却一丝不挂,每走几步便停下来,对着起哄的人群深鞠一躬表示感谢,然后仰头狠狠喝一大口酒。

列宁和他的三个跟班正用手肘推搡着窃窃私语的人群往这边挪动。他们的出现搅扰了众人的兴致,人们以为警察来是为了抓旷工的人,并逮捕那几个裸奔的家伙,于是纷纷流露出厌恶的表情。在酒精的催化下,人们不再掩饰心中的憎恶,一些人发出抗议的怪叫,四名警察周围的人们也开始暗暗地推搡他们。忽然,一个膀大腰圆、身穿运动衫和牛仔裤的男人挡住了警察的去路,似乎决意要和他们作对。然而这些警察都接受过严格训练,非常清楚该怎么应付这种情形——和全世界所有的警察一样,他们深谙控制人群之道：反应要迅速，下手轻重要合适。其中一个身穿制服的警察看准时机，猛地抽出警棍，一下子放倒了那个大个子男人；"列宁"则用力吹了三声警哨，表示后面还有更多警力支援，然后继续向前推进——原本围拢的人群只好心不甘、情不愿地为他们让出一条道来。

此时的蒙特早已进入森林，离啤酒花园起码有一百多米远，从这里已看不见人影。然而"列宁"刚才肯定已经发现了他，否则不会刚穿过人群最密集的地方，便朝森林跑了过去。

我也开始跑。匆忙间，我选了一条和警察的追捕路线交叉的小路，追着他们的脚步在树林茂密的灌木丛间疾驰。"列宁"转头查看是谁跟在身后，看见了我又回过头继续追赶。"这边！"我大喊道，然后掉头朝通往湖边的小路跑去。

有那么一会儿，"列宁"和三个跟班均不为所动，依旧顺着蒙特离开的方向追去。他们的声音远远传开，蒙特一定听见了。"你们四个！"我调整音色，用自信能够骗过他们的、上级专属的傲慢语气再次大喊，"这边！你们这些该死的蠢货。他要坐船逃跑！"

但那三名警察依旧跟着"列宁"往前跑，根本没有掉头的意思。"你们听不见我说话吗，蠢货！"我上气不接下气地怒吼，"我说了，在这边！"

大概是我的气急败坏令人信服，"列宁"忽然转了方向，喘着粗气、大步流星地朝我跑来。他双目圆睁，满脸通红，军靴重重地踏在落满枝叶的地面上，地动山摇。见他近前来，我喊道："船就藏在那边！"这是我信口胡诌的，只为把他们从正确的道路引开；等他们到了湖边，会发现根本什么也没有。后面三名警察经过时，我还煞有介事地冲他们挥了挥手，往湖边指去，然后掉头延原路返回，装出等待警力支援的样子。

可惜我走了还不到五十米，"列宁"便已奔到湖边。别说船了，那个湖岸边根本什么也藏不了。他立刻命令那个操着撒克逊口音的小警察飞奔回来截住我。

"站住，先生！"撒克逊口音在身后响起。

"这边来！"我打定主意假装到底。

"先生，请站住。"小警察再道，"否则我就开枪了。"他抽出手枪对准了我。我心里飞快地思考着：这个年轻人先前敢和顶头上司理论，鉴于这份底气，搞不好真会开枪。一番计较之后，我停下了脚步。"请出示您的身份证明，先生。"小警察跟上来说。

我看见"列宁"正气喘吁吁、脚步踉跄地沿着小路返回，盛怒之下，他的手指不停握紧又松开。游戏结束了。"我只是想帮忙而已。"我说，"我刚才明明看见他往这边跑的。"

"搜他的身。""列宁"对小警察说，然后停下脚步调整呼吸，又道，"把他抓回去、关起来。"然后转头对另一名警察说："我们去米格尔海姆大坝路搜。"言罢，他走到我跟前，几乎快要贴着我的脸，恶狠狠地瞪着我的眼睛说："这个人要好好审。今天定要把这件事问个清楚。"

28

我被关进当地派出所的一间办公室。窗户上焊着铁条，用暗锁锁了起来——看来他们并不认为我是需要关进监狱的危险分子。这本是好事，可某种诡异的心态却令我大为光火。更令人火大的是，"列宁"竟然派那个撒克逊口音的小警察来做第一次审讯。"你叫什么名字？替谁工作？"——尽是这种白痴问题。浓浓的撒克逊口音让我忍不住想要打探他的确切出生地，但小警察并不接我的话茬儿。我猜他大概来自德国某个偏远的小镇，应该是在波兰和捷克斯洛伐克接壤的地方。终于，当我提起他的口音和家人，小警察稍微放松了些，于是我乘胜追击，突然问起今天在米格尔湖的事，他果然来不及多想便说漏了嘴，表示让蒙特给跑了。我点点头，立刻又说肚子饿、问他要吃的，不着痕迹地转移了话题。小警察看起来根本没意识到，自己刚才无意中透露了重要信息。

第一次审讯结束后，小警察离开了房间，只留下一个面无表情的年轻警员，坐在办公室里看守。无论我怎么搭话他都不理我，甚至当我起身走到窗边查看时，他也一句话不说，连看都不看我一眼。

这间办公室位于柏林利希滕贝格区，被国际情报圈子称为"诺曼大街"的东德国家安全部大厦顶楼。从窗户向下望去，法兰克福大街就在旁边。这条宽阔的大街是柏林市内的主要交通干道，向东延伸，上面车水马龙、川流不息。此时天气已转凉，街上没几个行人，只有国安部下班回家的员工们从大门口拾级而下，往马达兰大街地铁站走去。

大约午夜时分，"列宁"终于来了。按照一贯步骤，他们搜走了我的腕表、钱、一盒法国香烟和随身携带的瑞士军刀。每过一个钟头，外面不知是教堂还是市政厅的时钟都会准时敲响，向我报时。"列宁"很随和，甚至还在我调侃咖啡难喝时哈哈大笑。他的年纪比我想象的要大些，大概和我同岁，难怪白天的森林追逐中他喘成那样。他穿着一件棕色的灯芯绒西装，胸口处有个口袋，规规矩矩地扣着扣子，翻领边缘有编织纹路。我猜这件衣服要么是他自己设计的，要么就是在匈牙利或者罗马尼亚的某个偏远小村的裁缝店里淘来的。他很喜欢旅游——这是他自己说的，接着又跟我聊起了美国老电影，还有他当年被借调到古巴安全警察部门的故事，以及对侦探小说的热爱。

他掏出一盒细细的雪茄，示意我拿一支，我拒绝了。这是审讯的标准操作。

"我抽不惯雪茄。"我说，"抽完嗓子疼。"

"那咱们不如试试从你身上搜到的法国香烟吧——可以吗？"

这种时候，就算我说不可以也没用，于是回答："行啊。"闻言，他从外套口袋里掏出那盒还剩一半的法国高卢牌香烟，自己拿了一支，然后把烟盒放在桌面上、推到我面前。

"这包西方国家的烟是我在地铁上捡的。"我说。

他微笑着说："我在你的拘捕报告上就是这么写的。你看，你说的话我还是会听的吧？"他把打火机扔给我。打火机也是西方国家的，是那种用完就可以扔掉的便宜货，透明塑料材质，能看见里面的汽油。汽油所剩不多，但还能用。"这个证据就这么被你和我给烧了。对吧？"他冲我眨了眨眼，一副心照不宣的模样。

按照"列宁"的介绍，他的真名是艾瑞克·史提纳斯，记忆力超群——因为他能把无数喜欢的作家名字倒背如流，并且对每本书里的情节和相关细节如数家珍。谈及书中角色，他的态度竟像是把他们当作了真实存在的人物。

"你觉得——"他问我，"歇洛克·福尔摩斯如果遇到一个外国罪犯，破案会不会比较困难？你说他那一套是不是只对英国人，或者文化信仰和英国人差不多的人才有用？"

"他只是个小说人物。"我回答，"没人当真的。"

"可我当真。""列宁"说，"福尔摩斯是我的精神导师。"

"福尔摩斯是虚构出来的。根本没有这个人。那都是胡编乱造的。"

"你怎么如此粗俗，毫无欣赏能力。""列宁"说，"在《四签名》这本书里，福尔摩斯曾说过：排除一切不可能的，剩下的即使再令人难以置信，那也是真相。这样精妙的观点实在令人叹为观止。"

"可是在《血字的研究》一书中，他又说过几乎完全相反的话。"我反驳道，"他说，如果一个情节似乎和一系列推论相矛盾，那么，这个情节必定有其他某种解释方法。"

"哈，原来你也喜欢看。""列宁"说着抽了一口烟，"不过，我并不认为这两句话互相矛盾。"

"我说艾瑞克，"我对他说，"关于该死的歇洛克·福尔摩斯，我唯一记得的故事，就是大半夜一只狗的奇怪事件。"

"列宁"挥手阻止我，然后靠在椅背上，双手指尖合在一起说道:"我知道,你说的是《银斑驹》①。"他皱起眉头回忆着书里的话——"那天晚上,狗没有什么异常反应。这正是奇怪的地方。"

"完全正确,艾瑞克我的老兄!"我说,"既然同为福尔摩斯书迷,我能否请你解释一件同样奇怪的事:为什么到现在还没人来认真审我?"

"列宁"抿嘴一笑,那表情仿佛一位牧师听见主教开了个冒失的玩笑。"我要是你也会这么问,英国人。我跟上级说,这个从伦敦来的高级公安人员肯定会好奇,我们怎么不照正常流程审他。我说:这么一来他就会想,是不是自己被特殊对待了——他会以为是我们不愿意让他知道审讯流程;然后他再一想:那一定是因为我很快就能被放出去了。一旦犯人这么想,便会咬紧牙关什么也不说,再要想问出点什么,恐怕要等上好几周了。"

"那你的上级怎么说?"我问。

"他的原话恕我不能奉告。"他抱歉地耸了耸肩,"但就算我不说,想必你也已经看出来了——他一个字也没听进去。"

"没听进去你建议趁着天气暖和赶紧审我?"

他半眯着眼睛点了点头,这也很像牧师。"本来应该趁早审问你的,对吧?但这种事和那些坐办公室的家伙根本说不通。"

"我懂。"我说。

"是啊,你懂,我也懂。"他说,"我和你一样都是冲在前头做苦力的。我曾去过西方好几次,和你一样,是去执行任务的,但最后功劳和升迁的机会给了谁呢——整天坐在办公室里拉帮结派的浑蛋们。你很幸运,你们的帮派体系并不总和你作对。"

---

①柯南·道尔所著的"福尔摩斯探案"的五十六个短篇故事之一,收录于《福尔摩斯回忆录》。

"这种体系我们也有。"我回答他,"叫作'伊顿派'和'牛剑派'①。"

可"列宁"并没有因为我的话停止讲述。"去年我儿子考上了大学,可他的名额最后却被另一个分数比他低的孩子夺走了。我去投诉,却被告知这是国家政策,要优待工人阶级家庭的孩子,让他们排在有专业能力的家庭之前——其中就包括我家。该死,我说,就因为父亲聪明有能力、考试能拿高分,你剥夺我儿子的大好前途?这是什么狗屁工人国家!"

"我们的谈话录音了吗?"

"录什么音,好给他们理由把我和你一起关起来吗?你以为我疯了?"

"我还是想知道,为什么一直没有人来审我。"

"告诉我——"他身体忽然前倾,抽了一口烟,下意识地缓缓吐出烟雾,思考着如何措辞,"你每天能拿多少?"

"什么意思?"

"我不问你到底是做什么的,"他说,"只想知道你每次这样出差,他们每天给你多少钱作日用开销。"

"一天一百一十二英镑的食物费和住宿费。除此之外还有额外的开销补助,包括交通费。"

"列宁"猛地吐出一口烟雾,愤怒之情溢于言表。"我们辛苦一天却什么都没有。会计部坚持让我们把所有的开销都记下来,我们用的每一分钱都必须记账。"

"我最讨厌这种小账本。"我说。

"好像我们尽想着偷鸡摸狗似的——没错,就是这样。真希

---

① 指的是英国上层精英或贵族子女才读得起的伊顿公学,也包括精英云集的牛津、剑桥大学。

望上层的白痴官僚们能明白这种感受。"

"我们的对话你真没录音?"

"让我悄悄告诉你一件事。"列宁说,"一个小时前,我刚给莫斯科打过电话,请求他们允许我用自己的方式审问你。不行——他们这么回答,说是克格勃的上校马上就到。莫斯科那边一直这么说,可我至今连个人影也没见到——他们说,'给你的命令是:不要轻举妄动,只把人看管起来就好'。这帮愚蠢的浑蛋!莫斯科就是这样。"他狠狠吸了一口烟,又狠狠吐了出来。"老实说,就算你现在坦白说莫斯科总部有你们的间谍,我也不会感到惊讶。"

"是吗?"我说。

他笑了笑:"你要是我会怎么做?这位克格勃的上校明天早上抵达,届时他将接手你的案子。你觉得他会表彰我抓住你这个功劳吗?根本不会!所以,先生,我不会审问你。我不愿意为了上边那些党派大人物卖命。"

我点了点头,心里却不为所动。很早以前我便明白,越是笃信教义的人才越不怕讨论异端邪说;只有真正信奉耶稣的人才会对主教有怨言;深爱孩子的父母往往会在他人面前数落孩子;越是富得流油的人越不会放过掉在地上的任何一分钱——而在东柏林,只有最忠心耿耿的家伙,才敢摆出一副苦大仇深的样子批判政府和体制。

第二天早上七点,警察带我下楼。几分钟前,我就听见有车停在大门外,紧接着便是保安队长煞有介事地高声发号施令,这是他们对大人物表达忠心的方法。

我被带到一间以东欧标准而言十分豪华的办公室：芬兰产现代设计风格的办公桌椅，地上铺着一张上好的羊皮地毯，空气里有淡淡的消毒水味和地板抛光剂的廉价香味——非常典型的莫斯科风格。

菲奥娜并未坐在办公桌后，而是站在房间一侧，"列宁"正绷直了身体站在她旁边，看样子正在汇报情况。见我进来，菲奥娜直接打断他，语气冷傲地命令道："你回办公室吧，该做什么做什么去，若有需要我会叫你。"——级别高低不言而喻。这道命令是用俄语说的，菲奥娜的俄语还是一如既往清晰流畅，我一直很佩服。原来那位艾瑞克·史提纳斯竟是个俄国人，想必也是克格勃的特工——算他厉害，那一口地道的柏林腔德语说的，连我也不曾有过半点怀疑。他很有可能是在东德长大的俄国人，父母在此工作生活，就像身为英国人却在德国长大的我一样。

菲奥娜看着我，微微挺直了脊梁。"又见面了。"她说。

"你好，菲奥娜。"我说。

"你猜到了？"她的样子看起来和往日不同：少了几分温柔，多了几分自信和松弛。伪装了一辈子，好不容易可以做回真实的自己，她一定松了口气——"之前我便时常觉得，你或许早就猜到了真相。"

"这还需要猜吗？一切都那么明显……或许应该说是'本该'显而易见。"

"既然如此，你为何从不曾采取行动？"她的声音冷冰冰的，仿佛刻意逼迫自己听起来像个毫无感情的机器人。

"原因你心里清楚。"我含糊地说，"我一直在想，或许还有别的解释，故意不去多想，因为我不愿意相信——并不是你露了马脚，如果你担心的是这件事。"当然这并非事实，她也知道。

"那份材料我真不该用手写的。我就知道这帮蠢货会忘记拿出来，他们明明答应过……"

"这间办公室有酒吗？"我打断她。此时此刻，真相就赤裸裸地摆在眼前、无处可逃，反倒令我觉得好受了点儿。正如怀抱希望比愿望实现更美好，或许恐惧忐忑也比可怕的事情本身更令人害怕。

"可能有。"她拉开办公桌的抽屉一一查找，发现了满满一瓶伏特加，"这个行吗？"

"只要是酒就行。"我说着从置物架上抓起一只茶杯，接过酒瓶往里倒了一点。

"你应该少喝点儿。"菲奥娜表情漠然地说。

"有你在，想要少喝可不容易。"我喝了一口，又往里倒了一些。

她冲我笑了笑，那笑容稍纵即逝："我没想到会是这样的结局。"

"这话听起来很像好莱坞电影台词。"我说。

"你何必让自己如此为难。"

"我也不想。"

"自上次格丁尼亚的行动以来，我便下令，此后无论有任何计划，都必须首先保证你的安全。"

"事实的真相却是你背叛了我的每一次行动。"而且每一次竟然都是她在背后保护我，这才是对我最大的羞辱。

"你很快就可以离开，不用接受审讯。今天上午就可以走。不管沃纳有没有提这个要求，都会如此安排。"

"沃纳？"

"我刚下飞机便被他用车堵在柏林去泰格尔的路上，拿枪指着我，威胁我答应必须放你走。沃纳真是孩子气。"她说，"直到现在还是只会用孩子的招数，只要认定了一个人、一件事就心无旁骛——和初次相遇时的你一样。"

"失去了这种孩子气的我，或许应该感到遗憾。"我说。

"而我也并不因此感到欣喜。"菲奥娜朝我走了几步，靠得更近些，深深看了我一眼，"你的计策不错——说会坐第一辆卡车过境，这样我便以为来得及截住你宝贝的布拉姆斯四号——冯·蒙特。"

"却没想抓住的是我。"我说。

"是啊，这招很聪明，亲爱的。可我若不打算放你走呢？"

"你不会这么做的。"我回答，"把我留在身边对你并无好处：若是把我关进苏联监狱，反倒会妨碍你；而有一个囚犯丈夫也不符合你所信仰的社会公序良俗。"

"你说得对。"

"至少你还认真思考过放我的理由。"我说。

"我何必抓着你不放？你不会懂的。"她说，"你只会嘴上抱怨社会阶级体制的不公，当玩笑话随便说说罢了，而我却为了改变它，实实在在地努力。"

"不要解释。"我说，"给我留些疑惑，让我也有不知道的事。"

"你还和当年在弗莱迪·斯普林菲尔德的派对上初见时一样，是个傲慢的浑蛋。"

"比起从那时起就被你愚弄的家伙而言，我觉得自己还算好。"

"你并没有什么损失，也不需要遗憾。等回了伦敦，很快便会接手理查德·克鲁耶的位子，等到年底，只怕布莱特·伦斯勒的工作也是你的了。"

"会吗?"

"因为我,你成了大英雄。"菲奥娜恨恨地说,"大家都一无所知的时候,你却有本事让我为了自保拼命想办法。直到接到你的电话、提到手写材料之前,我都以为还来得及,以为生活可以一直这样下去。"

我没有说话。我恨自己没有早一点面对事实——我一直是菲奥娜最有力的掩护:谁会相信,立功无数的伯纳德·萨姆森竟然娶了别国特工当妻子,还毫无察觉?她嫁给我以后生活虽然变得复杂了些,却十分安全。

"你最珍视的特工也保住了——能把布拉姆斯四号安全送回英国,你手下的其他特工以后更会安心办事。"

我依旧沉默不语。她说这些或许只是想引我上钩,好套出点儿什么。在百分之百确定蒙特夫妇俩安全之前,我还是装傻比较好。

"你看看,亲爱的,这一切都把你塑造成了光芒万丈的英雄特工,不是吗?唯一令人唏嘘的,不过是你的个人生活罢了——没有妻子、没有归宿、没有孩子。"

菲奥娜用幸灾乐祸的语气说着。我知道她这是故意激我,想让我失去理智、让我发怒。我太熟悉她的这种语气了——曾几何时,在别的场合、为了别的事情,她也这样过;她曾用这样的语气批评过沃纳,批评过我的语法、口音、西装和前女友们。

"我能走了吗?"

"拘捕官艾瑞克·史提纳斯少校九点会带你去查理检查站。一切手续都已办妥,你不会有事的。"她微笑着说。菲奥娜很享受在我面前显示权利的感觉。她是克格勃的上校,他们不会亏待她的。克格勃对自己人一直很好，只是把其他人视为草芥而已。

我转身要走——但女人都不喜欢这样，她们总要把你留下来，让你乖乖坐着听她们长篇大论，不然就写封长信给你。无论是最后一句话还是最后一个念头，都必须由她们留下。

"孩子们会被送去莫斯科最好的学校——这是我答应为他们办事的条件之一。我或许可以想办法为你安排一条安全通道，让你偶尔来看他们，但我无法保证一定能办到。"

"明白。"我说。

"我也不能让他们来英国看你，亲爱的，因为我不怎么信得过你，你不会让他们回来的。我说得对吗？"

"对。"我回答，"我不会。现在我可以走了吗？"

"你的银行欠款我已经付清了，还往账户里打了六百英镑，用来支付保姆的薪水。另有一百来镑，用来支付别的账单。这些我都写下来交给银行经理摩尔先生了。"

"知道了。"

"局长会派人来找你，而你可以告诉他们：我方原则是一切保密——不得公开我叛逃之事。我想他一定会答应的，毕竟去年情报局就已饱受各种丑闻侵扰，经不起折腾了。"

"我会转告他的。"我答应道。

"那么，再见了，亲爱的。分别之前，能给我一个吻吗？"

"不能。"我说着，伸手打开了房门。"列宁"站在楼梯口候命，手里握着皮帽子。他看见我身后的菲奥娜，于是继续板着脸：长官面前不得微笑。我很好奇，他是否知道菲奥娜是我妻子？以后她恐怕要在柏林工作了，可怜的艾瑞克·史提纳斯。

我们一起下了楼。一到底楼，我便加快脚步越过他往前走去，他见状也加快了脚步，于是我们一起冲向前门，逃也似的离开了这栋肮脏的大楼。"还有别的吩咐吗？""列宁"一边举起手通知手下把车开过来，一边问。

"比如什么吩咐？"我回答。

坐在黑色沃尔沃轿车后座上，我望着窗外阳光普照的大街：这个曾经的"斯大林巷"当年一夜之间便被改名为"卡尔·麦克思巷"，所有路牌也在黎明前换掉了。车子离开巷子驶上菩提树大道，不一会儿又转上腓特烈大街，查理检查站在街的尽头隐约可见。

"我会带你直接通过检查站。"史提纳斯说，司机则按了一下喇叭。检查站的哨兵认得这辆车，立刻挪开路障，车子甚至不用减速便直接开了过去。

西柏林这边，站在玻璃哨岗里的美国兵只略略看了我们一眼，并未阻拦。"就送到这里吧。"我说，"我自己从这里打车走。"其实我早就发现了街对面沃纳的车，就停在我们平时监视检查站的位置，他坐在车里。沃尔沃轿车转了个弯，停了下来。我下了车，和所有好不容易离开东德的人一样，深深吸了一口柏林的空气。我心里抑制不住想要跑到运河边，顺着河去看吕佐夫广场、去父亲在陶恩齐恩大街的办公室找他；我想偷偷拉开他办公桌的抽屉，拿走他用来当口粮的巧克力棒；我想爬上霸占了一半街道的瓦砾山，从另一边光滑的地方滑下来，掀起一阵飞扬的尘土；我想从残存的门诊室里、被人清扫得十分干净的地面上跑过，看着周围整齐陈列着从战争中幸存的瓶子、砖块和焦黑的木材，每一样都打扫得干干净净；我想跑到那家街角店，问毛瑟先生能不能让儿子阿克塞尔出来玩，等他出来，我们一起去找沃纳，然后三个人一块去游泳……我真想过这样的日子……

"一切还顺利吗，沃纳？"我问。

"一个小时前,我给英格兰方面打过电话了。"沃纳说,"我知道你回来头一件事就是问这个。你母亲的房子周围埋伏着一支全副武装的警察部队,无论俄国佬想干什么都没机会。孩子们很好。"

"多谢了,沃纳。"我说。想到孩子们,我的思绪总算能从菲奥娜身上暂时转开,心里却只觉得,若能真的放空一切、什么也不想该有多好。

后记

创作者经常收到的写作建议便是"遵循常规"。它指的是尽量精简故事主线，删掉描述性的段落，对重要情节加以渲染和扩展，尽可能简化对人物特征浓墨重彩的描述，以及去掉支线情节。这样的建议并非毫无益处，但它更倾向于把小说变成电影剧本的创作。你或许觉得这样其实也不错，事实也的确如此——除非你真正想创作的就是一本书，而不是剧本。

在我开始写作的年代，这样的指导尚未成体系，但我仍乐于不时打破一两条所谓的写作规则，有时甚至把所有规则都抛之脑后，自由创作。我想大概所有作家都遇到过角色塑造的问题，而如何塑造角色毫无疑问是我写作时最看重的一点——不只是对主要角色的塑造，也包括各种配角甚至龙套。在创作《柏林游戏》之前，我一直为此而苦恼：努力在如何保持情节推动的速度和把人物塑造得更加真实立体之间寻找平衡。要让角色更加真实或者更有说服力，就需要更多创作空间。描写角色的家庭生活是否意味着按下故事主线的暂停键，然后开始冗长地叙述诸如房贷、电费、孩子的头疼脑热、交通拥堵这种无聊又沉闷的东西？答案是否定的——这不是一个作家对待读者应有的态度，除非他根本不在乎读者，否则，那还不如去写纯文学好了。

我一直是个热爱计划的人。那些十天就能写出一本小说的作家实在令人惊叹，我的一位朋友就是这样；而当我听说还有些作家宣称在写最终章之前，他们自己也不知道故事会如何结束，更觉得大开眼界。我是个谨慎的人，对于这样信马由缰的创作方式实在不敢想象。

我的创作过程总会产生大量"垃圾"：被揉成一团扔进纸篓的笔记或草稿。《柏林游戏》在很长一段时间里，一直被放在垃圾桶盖上。这个故事的基本思路一直令我不忍丢弃，但实际写起来却有不少问题，而我一直找不到解决的办法。直到《再见，米老鼠》一书进入最后的创作阶段，我才突然再次获得了些许灵感，并创作出日后被大家所熟知的那位名叫"伯纳德·萨姆森"的角色。《再见，米老鼠》讲的是"二战"期间，美国战斗机飞行员在英国起飞、奔赴战场的故事，被媒体形容为"一个浪漫的战争故事"。这在当年虽是一个令人意外的评价，却让我无法反驳。原本我想描写的是一个父亲和他儿子的故事，但许多读者却被儿子和他英国女朋友的爱情深深吸引。书中描写了许多性格鲜明的英国人和同样鲜活多彩的美国空军人物，他们的相遇和碰撞所产生的火花，并不比描写一场重要的空战简单。尽管如此，我仍不止一次后悔，后悔自己未能在描写空军基地和空战情节时，将这些英国角色更好地融入其中。我为何没在小说中，把儿子的女朋友写成一名护士或者无线电接线员，让她能直观地见证或听到男人们冲锋陷阵、浴血奋战的故事呢？但若果真如此，写出来的便是另一种小说了，那还不如不写，因为那种小说我自己并不喜欢看——这一直是我如何创作的决定性因素。

然而这样的纠结和思考却催生了另一个灵感：何不写一个关于妻子、女友和他们心爱的男人并肩战斗的故事？如果她们的地位比男人还高，能对他们发号施令又会如何？要不干脆写一部有关间谍的小说吧？我有一肚子关于间谍和特务的故事，而柏林对于我而言更是另一个故乡——我在东西柏林都有相熟的人，我太太更是能说一口地道的德语。这么一想，小说中的人物家庭生活的 ·面也就不再那么琐碎无聊了：夜半的枕边私语也可能事关生死；忠诚不再仅限于对婚姻，还包括《国家机密法案》。想到这些，我顺手拉过桌上的一份文件，把这些点子写在了空白处——那是一份美国空军的声明文件，内容是确认我的身体机能和健康符合乘坐"幽灵"战斗机的条件。至此，《柏林游戏》的创作正式拉开帷幕。

作为一名小说读者而非作者，我判断一个故事成功与否的标准，一直以来都是看其中的角色是否随着故事的发展而有所改变。这种改变或"成长"，这种小说人物是随着故事发展而产生变化的过程，是对花费时间精力阅读作品的读者最好的回报。

因此，使用同一批角色（每个角色都会老去、改变）来演绎不同的故事，需要大量的事前计划和对写作水平相当高的要求，这既令人跃跃欲试，又让人望而生畏。角色们会逐渐老去，可能变得更有智慧，也可能变蠢或者充满怨愤；他们会遭遇挫折、生病难过，也会有开心的时刻或突如其来的死亡和绝望。而小说应当和现实一样，无法逆转或重来：第三部故事里的某个角色死掉了，哪怕因此会令我对如何推进故事绞尽脑汁，也不可能在第四部里推翻这个情节。正因如此，为了创作这个系列的第一个故事《柏林游戏》，我所需要做的计划和准备比创作其他故事更多。首先是角色——他们是故事的核心和基础，只有他们立得起来，伯纳德·萨姆森的故事才站得住脚，才能好看。对主要角色稍作模糊化处理或许能为将来的故事发展留出选择的余地，人物塑造最好从那种特别接地气或者特别真实的角色下手，比如会因风云变幻的情势而急躁、崩溃或喜形于色的人。我之前便在别的故事里创作过东西德合并成一个联邦国家的故事，两边的官僚互相比较着彼此的养老金政策，边境守卫也不再总是开枪射杀叛逃者，这些都理应是积极的信号。当西方民众谈论着所谓"德意志民主共和国"体制的稳定性，甚至对之表示敬佩时，拒绝佩戴粉色滤镜的明眼人都能清楚看见其表象下腐朽崩坏的迹象。当我在"耶稣升天节"和那些醉醺醺的人们一起欢庆时，这个想法更是越发坚定，也正是这番经历给予了我创作《柏林游戏》最终章的灵感。我知道，阻挡在东西德之间的高墙终有一天必将倒塌，但从未想过，现实中柏林墙竟会以那样举世震惊的方式被推倒。好一段风谲云诡又壮阔的历史，真值得为它写出一个好故事！

　　读到现在，想必您也已经明白我的人生多么有趣了吧。梅尔文·布拉格男爵曾在一次电视节目中采访过我。他对观众们说，我是他此生见过最努力工作的作家。能得到他的表扬我很高兴，但他其实说得不对：我从不认为自己是在工作。对于我而言，同小说创作的各种问题斗智斗勇是和度假一样的享受，而用我的笔刻画出各种各样的角色，亦令人喜悦。"戴顿的小说里没有真正的坏人。"这是某位书评人给我的评价，其他评论家也纷纷赞同——他说得对：从那些不怎么令人喜欢的人身上，寻找几分可取之处，既是种美德，也令人满足。

连·戴顿
二〇一〇年

Berlin Game © PPC Pluriform Publishing Company BV 1983
This edition is published by arrangement with Peters, Fraser and Dunlop Ltd.
through Andrew Nurnberg Associates Ltd.
Translation Copyright © 2024, by New Star Press Co., Ltd.
Simplified Chinese edition copyright: 2024 New Star Press Co., Ltd.
All rights reserved.
著作版权合同登记号：01-2024-0314

图书在版编目（CIP）数据

柏林游戏 /（英）连·戴顿著；王雨佳译 . —— 北京：
新星出版社，2024.11
　ISBN 978-7-5133-5353-3

Ⅰ.①柏⋯ Ⅱ.①连⋯ ②王⋯ Ⅲ.①长篇小说－英
国－现代 Ⅳ.① I561.45

中国国家版本馆 CIP 数据核字 (2023) 第 217270 号

午夜文库
谢刚 主持

柏林游戏

[英] 连·戴顿 著；王雨佳 译

责任编辑　曹晓雅
责任校对　刘　义
责任印制　李珊珊
装帧设计　人马艺术设计·储平

出 版 人　马汝军
出版发行　新星出版社
　　　　　（北京市西城区车公庄大街丙 3 号楼 8001　100044）
网　　址　www.newstarpress.com
法律顾问　北京市岳成律师事务所
印　　刷　北京天恒嘉业印刷有限公司
开　　本　910mm×1230mm　1/32
印　　张　11.625
字　　数　271 千字
版　　次　2024 年 11 月第 1 版　2024 年 11 月第 1 次印刷
书　　号　ISBN 978-7-5133-5353-3
定　　价　65.00 元

版权专有，侵权必究。如有印装错误，请与出版社联系。
总机：010-88310888　传真：010-65270449　销售中心：010-88310811